马诤———著

大师的江湖

文化艺术出版社
Culture and Art Publishing House

图书在版编目（CIP）数据

大师的江湖 / 马诤著. —北京：文化艺术出版社，2018.10
ISBN 978-7-5039-6575-3

Ⅰ.①大…　Ⅱ.①马…　Ⅲ.①长篇小说—中国—当代
Ⅳ.①I247.5

中国版本图书馆CIP数据核字（2018）第214632号

大师的江湖

著　者	马　诤	
责任编辑	董良敏	
书籍设计	赵　蠡	
出版发行	文化艺术出版社	
地　址	北京市东城区东四八条52号（100700）	
网　址	www.caaph.com	
电子邮箱	s@caaph.com	
电　话	（010）84057666（总编室）84057667（办公室）	
	（010）84057696-84057699（发行部）	
传　真	（010）84057660（总编室）84057670（办公室）	
	（010）84057690（发行部）	
经　销	新华书店	
印　刷	国英印务有限公司	
版　次	2018年11月第1版	
印　次	2018年11月第1次印刷	
开　本	710毫米×1000毫米　1/16	
印　张	20.75	
字　数	288千字	
书　号	ISBN 978-7-5039-6575-3	
定　价	48.00元	

目 录

引子

改革开放以来，变化可谓日新月异。

其中有一项变化，叫人爱也不是，恨也不是。没有它不行，有了它又平添许多烦恼，这就是职称。

"忽如一夜春风来，千树万树梨花开。"

在全国范围内，忽然冒出了成千上万个职称，凡是吃"大锅饭"的，几乎人人有份。仿佛一觉醒来，我们大家都像变了一个人似的，提高了身价，也提高了地位。

这是多么令人惬意的事！而且现在弄个头衔、称谓什么的也容易多了。

掏点钱注册个公司，那你就是经理、总裁、董事长了。

要想当个作家、诗人也不难，大街上随便扔一块砖头，就能砸着好几位。

扭扭屁股就是歌星，哭一次、笑一次的就是影星了。

如果你再会点坑蒙拐骗，那就是大腕儿了。

还有什么"天王"、"天后"、"天皇巨星"……

总之，高帽子有的是，随便奉送，包你满意。

然而在众多美称中，尚有一种称谓还没有被用得太滥，那就是"大师"。

按照过去的标准，只有在某一领域达到绝顶造诣，并且得到举世公认的人，才会被尊为"大师"。

但这也只是一种传统观念。既然"天王"、"天后"这样肉麻的字眼都叫得出口，"大师"也随便赠送又有何妨？

这也是我们这个时代的一个特点，看上去似乎十分开明，其实骨子里仍残存许多旧的观念。所以往往走几步，又停下来，不知道是否应该继续往前走。

难啊！

关于大师，也有一些例外的情况。

例如"气功大师"之类，似乎贬义居多。

但也有一种大师是由官方任命，而且获得也不甚费功夫，那就是棋类大师，包括中国象棋大师和国际象棋大师。

只要参加比赛，并且获得一定名次，就可以获得"大师"的称号。

何其容易乃尔？

比如"国家大师"，过去只要获得全国比赛的前六名，即可被任命为"国家大师"。

"国家大师"之上还有"特级大师"，过去规定，凡三年内两次获得全国比赛的前三名，即可被任命为"特级大师"。

最近有关方面以慈悲为怀，又放宽大师的尺度，规定凡1956年以来获得全国比赛的前16名，即可被任命为"国家大师"。

原来全国只有几位大师，这一下又增加了十几位国家大师，皆大欢喜。

作为一个中国人，幸何如之？

其实这种大师制度并非我们自己的"土特产品"，而是西方的"舶来品"。

在欧、美诸国，什么大师、博士、教授之类，不大值钱，就如先生、小姐一样，可以随便乱叫。

　　但这对我们未必是一件坏事，我们只需要采取"拿来主义"，即可使人文景观产生更上一层楼的感觉。

笔者要讲的这个王路，是一位中国象棋国家大师。

一个二十来岁的小青年，就被称作"大师"，让人别别扭扭。

笔者每次见到他的时候，都有一种吃了苍蝇的感觉。

一副嬉皮笑脸的痞子相，居然跟"大师"两个字联系在一起，这世上还有"王法"吗？

王路本人倒不以为耻，反以为荣，"大师"二字从不离口。

他倒并没直呼自己为"大师"，但喜欢稍微拐弯抹角提及自己的身份。

比如他爱这么说话："昨天某某见了我，问道：'大师，您吃了吗？'"再不就是："某日，某人向我请教：'大师，您对这个问题怎么看？'"

上帝，救救我！

关于王路大师的由来，还有一些"英雄"故事。其中有些情节是王路酒后失言，泄露了天机。还有一些情节是他的队友添油加醋，绘声绘色讲的故事。

但据笔者多方考证，倒也并非胡编乱造。

据说有一年全国比赛，王路立誓要拿下"大师"的称号。

人生能有几回搏，此时不搏更待何时？

那一年他发挥得还算可以，有输有赢。

临到还剩最后四轮比赛时，他算了一笔账，发现除非这四轮比赛全部拿下，否则今年的"大师"称号就又泡汤了。

若按真正实力，他所遇的这四位对手，一个也赢不了，能和上一盘就不错，也算他们家祖上积过德，烧过香了。

你说怎么办？

眼看"大师"就要跑了，着急不着急？

幸亏王路这个人还有点小聪明，知道不能把心思全放在棋上，而要在棋外下些功夫。

他先找到一位与他年龄相仿的对手，问道："哥们儿，还有戏没戏了？"

那位说："还有什么戏？全赢也没戏了。"

王路说："既然没戏了，干脆让哥们儿一盘，等明年哥们儿也让你一盘。"

那位一听，主意不错，这一让一让的，不都成大师啦！遂说："小意思，只是明年你别忘了这回事就行！"

王路说："够哥们儿，没说的！今天晚上哥们儿请客，你说去哪儿吧？"

晚上，王路请客，又把另一位棋手也一块儿捎上。等把他灌醉以后，一通软磨硬泡，求人家让一盘棋，差点没跪在地上。

那一位被逼无奈，只好答应让他一盘。

就这样，王路轻轻松松赢了两盘棋。

另外两盘棋，王路虽然也赢了，但却费了一番周折。其中一位是著名棋手、特级大师，说来还算他的长辈，见面要叫老师，就不好称兄道弟地套交情了。

所以王路去找这位棋手的时候，脑子里想的是怎么演戏。

一进门，他先装作一副小学生的模样，垂首侍立，不敢说话。

那位长辈对这位晚辈一向瞧不上眼，嫌他油头滑脑，没个正经，因此没好气地问："有什么事？"

王路说："刘老师，学生虽然有点小事，但不敢对您说。"

刘大师说："你还有什么不敢的，现在就是让你去当美国总统，你也敢！"

王路说："当美国总统倒没什么，但我这点事却不好启齿。"

刘大师说："有话就说，有屁就放，不说就走，我正烦呢！"

王路未语先掉泪，哽咽地说："学生今年再打不上去，也无颜回去见家乡父老，还求老师可怜学生一次。"

刘大师说："得、得，你先收起这副德行，没听说一句话吗：莫斯科不相信眼泪！你的意思我也明白了，无非是求我让你一盘。按理说这事也还有限，过去也做过。但只一点，别人可以让，你却不行，你知道为什么？"

王路说："是啊，为什么呢？"

刘大师说："让别人，只要装得像一点儿，顶多说我大意了。但你就不同了，再怎么装，人家也知道其中必有猫腻儿。你这种人沾不得，沾上了就连累我一世的清白。"

王路说："无论如何，求您看在师生的情分上，让我一回……"说着两腿一软就跪下去了。

刘大师见他如此可怜，也不由得动了恻隐之心，叹息着说："你要是在棋上多下些功夫，何至于到今天这步田地。"

王路听这口气，知道有戏，忙说："您就是我的亲生父母，再生爹娘，来世就是变牛变马，也要报答您的救命之恩！"

刘大师一听，浑身直起鸡皮疙瘩，打了好几个冷战，忙说："我救你，谁救我呀？都什么年月了，还想靠嘴皮子办事？"

王路想想，站起身，从兜里翻出 1000 块钱，放到刘大师面前，"一点儿小意思，实在拿不出手，您就买杯茶喝吧。"

刘大师说："你什么意思，想贿赂我吗？"

王路说："一日为师，终身为父，这是做儿子的一点儿孝心……"

刘大师忙摆手说："你饶了我好不好，算我求你了，你要再说，我非恶心死不可。"

王路嬉皮笑脸说："那咱们换一种说法……"

刘大师说："什么也别说了，这钱你先拿回去……"

王路说："那您是答应了？"

刘大师说："容我再考虑考虑……"

刘大师的意思是嫌钱太少，但这话他说不出口，心说："1000块钱就想买个大师，这大师也太不值钱了！"

原来这刘大师什么都好，就是一样，嗜赌成性。

昨天晚上打麻将，输了几千块钱。这一次来参加全国比赛，他原想"空手套白狼"，赚点盘缠回家，所以带的钱不多。谁知连打几天下来，手气都不好，输得精光，连翻本的钱都没有了。

今天本想借点钱再去赌一把，但他又拉不下脸，不好意思开口。王路来的时候，他正一个人坐在屋里生闷气，心里痒痒得不行，但兜里没钱，怎么好上阵充大款呢？

王路这1000块钱虽然少了一点儿，但在他窘迫之时，倒成了救命的稻草，所以这笔交易很快就达成了。

临到与王路比赛的时候，刘大师就装病弃权了。

这也是一种变通的解决办法，因为刘大师若真输一局，便会招致许多闲话，有损他的一世清名。

大师们对自己的声誉还是很看重的。

王路的第四个对手是一位老棋手，已经50多岁了。之所以仍在棋坛拼搏，是想争取个好的名次，万一能混个特级大师，这辈子也算没白活。

对他来说，机会已经不多了，所以格外珍惜，你若求他让一盘棋，那简直比登天还难。

王路也曾找他做思想工作，诱之以利，动之以情，也许了一些愿，什么生猛海鲜、经济补偿之类，但老家伙丝毫不为所动。

　　王路没辙了，恨不能雇人杀了他，想了好几回，但最终也没敢付诸行动。

　　已经成了四分之三，难道就毁在这"四分之一"手里？

　　王路食不甘味，寝不遑安，竟如热锅上的蚂蚁，团团乱转。

　　那几天，王路将这位老棋手视为眼中钉、肉中刺，上场比赛时，专盯着他瞧。想象自己的目光就是一把利剑，一剑刺中老家伙的心脏。又祈祷上帝发发慈悲，叫老家伙心肌梗死，猝然倒地……

　　可上帝是什么人，能听他的吗？

　　也不知道怎的，后来真给他看出一点破绽。原来这老棋手年纪大了，精力不济，尤其到后半盘，往往一副恹恹欲睡的模样，所以他往往泡一大茶缸浓茶，全靠喝茶提神，否则就坚持不下来了。

　　王路瞧出了这一点，眼珠一转，计上心来。

　　要说这小子的为人，正经的一点儿没有，一肚子脏心烂肺，他要算计谁，那真是防不胜防。

　　等到比赛那天，老棋手果然端着他那大茶缸来了。

　　他这个大茶缸，从来不刷，里面的茶垢黑乎乎的，足有半寸厚。

　　人家要是嫌他脏，他还挺不高兴，说："你懂什么？我这个茶缸已经成了宝，老汤，懂吗？为什么炖肉要用老汤？我这茶缸连茶叶都不用放，倒进白开水，就自然成了茶水，你那杯子行吗？"

　　话是这么说，但每次比赛时，他都要往大茶缸里加一大把茶叶。也不是什么好茶叶，只是5毛钱一两的"高沫"，取其色黑味苦而已。他讲话了："我这是宝杯，用得着加好茶叶吗？就是5毛钱的'高沫'，到我这茶缸里也变成好茶了。什么龙井、毛峰、白毫，就是碧螺春、君山银针也泡不出我这个味儿来。"

　　王路一见老棋手又泡茶，忙凑趣说："吴老，您这茶水是不是分我一点儿，也让我领略一下您这宝杯的神奇奥妙。"

吴大师一听这话，心想居然还有知音，浑身的毛孔犹如熨过一样舒坦，不由得满脸是笑，端起大茶缸，往王路的小茶杯里倒了半杯，叫他兑点开水，又告诉他："我这茶不仅提神醒脑，还包治百病。你看我这么大岁数，还能和你们这些小青年一起拼搏，靠的是什么？靠的就是我这个大茶缸！"

王路说："早知道您的缸子这么神奇，我就天天来跟您要一杯茶，兴许那几盘棋就不会输，'大师'也早到手了。"

吴大师说："我看你的成绩还不错嘛，刚又赢了三盘棋，离'大师'还有几盘？"

王路说："就差您这一盘了。"

吴大师说："我岁数大了，精神头不济，后半盘净出昏着，所以你的机会还是有的。"

王路说："我要想赢您，恐怕还得 10 年以后！"

正说着，裁判长宣布比赛开始，两人止住口谈，又进行"手谈"。

吴大师虽然年纪大了一点儿，但宝刀未老，在布局方面有独到的研究，因此前半盘占尽春色，王路只是苦苦挣扎而已。

但王路也非等闲之辈，尽管处于下风，他左遮右挡，拼死抵御，要想把他一棍子打死也不容易。

毕竟岁数不饶人，随着时间的推移，吴大师精力不济的弱点逐渐显露。中盘时，吴大师接连走了几步不易觉察的缓手，王路抓住了机会，双方几次"邀兑"，形成吴大师"车"、"马"、"炮"，对王路"车"、"双马"的局面。形势朝着和棋的方向发展。

这是双方均不愿接受的结果，因为双方都需要赢下这盘棋。

纹枰上只有你死我活，没有和平共处，妥协、忍让无异于自杀。

吴大师一面苦苦思索，一面不停地抽烟、喝茶。他烟瘾也大，茶瘾也大，明知是慢性自杀，但无可奈何。缺了这两样东西，他就形同废人，什么也做不成了。

王路跑去拎来一壶开水，不时为吴大师的大茶缸续水，还一副毕恭毕敬的样子，似乎对吴大师和他的茶缸敬若神明。

吴大师只当他是好意，还不时用手指点点桌面，以示谢意。

茶喝多了，又添毛病，一小时竟去了三次厕所。这大约是紧张所致，吴大师虽然久经沙场，此时也不免"尿频"了。

王路等的就是这个"时机"。

吴大师第一次去厕所，旁边坐着一个裁判，王路不好有所行动。

吴大师第二次去厕所，周围有人走动，王路也没敢轻举妄动。

吴大师第三次去厕所，千载难逢的机会终于来了。

当时，稍远处有一对棋手发生了争执，裁判过去调解，周围走动的闲人也都被吸引过去。

真是皇天不负苦心人，王路迅速从兜里掏出一个小纸包，里面是些白色粉末，一股脑儿都倒进吴大师的大茶缸里，再用手指搅和几下，把包装纸又塞回口袋。

干净、利索，全过程不超过5秒。

王路四下溜溜，发现并没人注意他，放下心，点着一支烟，美美抽一口，又跷起二郎腿，嘴里哼起了小调《爱你爱不够》。

吴大师回来后，肚子放空了，又端起大茶缸咕嘟咕嘟牛饮一气，问王路："你怎么还不认呢？"

王路"哼"了一声，"我倒想认呢！"

吴大师说："那咱们协议和棋好不好？"

王路说："忙什么，兴许过一会儿，我还能捡您的'勺子'呢。"

吴大师说："只要我这大茶缸在，休想！"

王路说："骑驴看唱本——走着瞧！"

过了一会儿，药劲上来了，吴大师只觉两眼发涩，眼皮沉重，头脑像灌了铅，就想躺下眯一会儿。

他拼命地喝茶，谁知越喝越困。处在这种状态下，棋还怎么下？走着、走着，不知怎的竟把自己的一只"炮"送到王路的"马"口上，他还浑然不觉，等王路把他的"炮"提走，他才大惊失色，大叫一声：

"你怎么把我的'炮'吃了？"

王路笑嘻嘻地看着他，不说话。旁边的裁判也目瞪口呆，堂堂国家大师，居然犯这样低级的错误，不可思议。

吴大师这一惊非同小可，惊出一身冷汗，脑门上的汗珠也越聚越多，终于汇成几条小河，顺着脸颊流了下来。

冷汗一出，药劲儿就过去了，头脑也清醒了，情绪也平静下来，吴大师凄然一笑说："认了！"

就这样，王路连过四关，终于赢得了"国家大师"的名衔。

后来，王路的这一段"经历"，曾在本市的媒体上广为传播。

在记者的生花妙笔下，王路被说成英雄人物，他的某些事迹，也成了教育青少年矢志进取的良好教材。

比如关于他获得"大师"的经过，某些文章是这样描述的："在形势极为不利的紧要关头，王路发扬一不怕苦，二不怕死的革命精神，向他的对手发起了最后的冲击。结果连连奏捷，以锐不可当之势，战胜了三位国家大师和一位实力不俗的对手。不仅自己获得了国家大师称号，也为本市棋坛争得了荣誉……"

国际象棋大师周文庸一开始追的不是罗珊，而是蒋碧凌。

当时在国家集训队里有一个秘密，蒋碧凌的棋上午臭不可闻，顶风都能臭出 40 多里地。可到了下午，她的棋突然厉害起来，判若两人，弄得对手往往不知所措，稀里糊涂就败下阵来。

这是怎么一回事？

后来有人发现，原来是周文庸从中起了作用。每天中午吃完饭，周文庸就钻到蒋碧凌的屋里，帮她复盘，出谋划策，设计一条取胜之道。周文庸是国内数一数二的高手，有这样的高人指点，蒋碧凌能不赢棋吗？

输棋的人自然不服气，这算哪一出呢？是跟姓蒋的下，还是跟姓周的下呢？那时的比赛讲究的是"男女授受不亲"，女子比赛里忽然掺和进一个大老爷们儿，而且是顶尖高手，一帮弱女子如何抵挡得住？

虽然明知不公平，但大家也都隐忍不说。为什么不说？原来大家已经看出周文庸在追蒋碧凌，你如果站出来说话，就有破坏好事之嫌，万一人家谈成了，两口子会一块儿恨你，而且会恨一辈子。什么时候想起来，两口子都会说当年谈恋爱的时候，还有个小丑拨乱其间，不是别人，就是你了！

你本是主持正义，追求真理，结果却落得"小丑"这样的评价，这又何苦呢？

大家嘴上不说，心里却有看法，认为周文庸不过是"癞蛤蟆想吃天鹅肉"，用这种方式追女人，还不是"瞎子点灯白费蜡"？

当时国家集训队里，像周文庸这样的大龄光棍还有好几个，有人就说："我就是这辈子不娶，也不会采取这种笨法子，太土了，土得都掉渣！"

有人就问他："那你有什么好法子？"

他老兄说："中国这女的都不是很开通，所以你也不用客气，瞅准机会，该下手时就下手，给她来个霸王硬上弓，等生米煮成熟饭，她想不嫁你也不行了！"

那位说："你这不成了……"

他老兄说："话不要说得这么难听，没成怎么说都可以，成了就不能说是'什么什么'了，只能说是热恋中偶尔失足。按现在时髦的说法叫作'试婚'，'试婚'你懂吗？试完了不合适，还可以一拍两散，跟别人从头再来！"

说这话的人是集训队大龄光棍中年龄最大的一个，瘦骨嶙峋，皮肤黝黑，扒了衣服整个就是一副骨头架子，三十五六岁的年纪，看上去像一个50多岁的老大爷。就这么一个人，居然大言不惭地谈什么"这个那个"，不是叫人笑掉大牙吗？大家知道他是想老婆想疯了，又没处掏弄一个，只好吹吹牛，嘴上过过干瘾而已。也没人把他的话当回事，听完付之一笑也就是了。

不料众人都看走了眼，这位"老大爷"才是集训队里唯一"念真经"的人。有一天，他突然当众宣布，他和某某女棋手决定共结连理，白头偕老，并定于某日在马凯餐厅举行婚礼，敬请光临云云。当时在场的三十几位棋手，无不目瞪口呆，如陷漫天大雾中，不知此身为何物了。

那位女棋手是他的徒弟,年纪也差着10余岁。最要命的是这位女棋手是集训队里最漂亮的姑娘,也不知有多少人垂涎三尺,心甲早把她视为自己的梦中情人。这么些癞蛤蟆都想吃天鹅肉,结果让一只又老又不起眼的癞蛤蟆把天鹅肉叼走了,你说气人不气人?

有人嫉妒得要死要活,恨不能咬"老大爷"一块肉,但要真下嘴就太失风度了,只好皮笑肉不笑地揶揄"老大爷":"您老这回可是实践了您自己的理论?"

"老大爷"说:"什么理论?"

"就是那个'什么什么'呀!"

"老大爷"一听急了,顿时给他来了个翻脸不认人:"你爹跟你妈才'什么什么'呢,我可告诉你,你还少满世界胡吣,你要把我这事炒黄了,咱们白刀子进去,红刀子出来,到时候可别怪我不讲这十几年的交情!"

那位一听,明白"老大爷"把这事看得跟命根子一般,还真有点怕他玩命,也不敢胡乱说话了。

这桩婚事实在是得罪了不少人,原来"老大爷"和那位女棋手口碑还不错,但不知怎的,两人成了夫妻以后,大家就都侧目而视了。

国家集训队具有临时性质,每过一段时间,就要重新调整人选。于是就有人给那位女棋手"下夹子",说她脸蛋是长得不错,就是太木,整个一个榆木疙瘩,没多大的戏。领导考虑众人的意见,也认为不好虚靡人民的小米,培养一个没有前途的棋手,决定将其遣回原籍。

事已如此,"老大爷"也没有办法,只好主动打辞职报告,收拾行李,和女棋手一块儿回她老家去了。

说起这件事,周文庸大师曾为"老大爷"打抱不平。人家虽说岁数悬殊,长相也悬殊,但人家一个愿娶,一个愿嫁,又碍着谁了?怎么就茅房里扔石头——激起众愤?周文庸原想私下里跟"老大爷"取取经,怎么把徒弟钓上手的?但这话不好启齿,又怕"老大爷"笑话他孤陋寡闻,这种事都不懂。后来"老大爷"负气而去,想取经也没法取了，只好自己瞎琢磨。

只是他这个人除了会下棋以外，一无所长。从没谈过恋爱，又笨嘴拙舌，从不会甜言蜜语地哄骗人。干什么事都是直眉楞眼，行不行？行，那就去领结婚证，你要说不行，他就不知如何是好了。

他想"老大爷"这事有什么稀罕的？不就是教徒弟吗？教着教着就教到床上去了。"老大爷"不过是个国家大师，国家大师能把徒弟教到床上，他这个国际大师无论如何总不至于比国家大师还差劲吧？

于是他天天往蒋碧凌的屋里跑，把自己当作师傅，把人家当作徒弟，也从不说"我爱你"、"嫁给我行不行"之类的废话，只是帮蒋碧凌复复盘，出出主意，让她赢几盘棋。

周文庸的意思是想用这种方法让蒋碧凌体会他的良苦用心，最好蒋碧凌主动提出来，"我嫁给你好不好？"那就省却许多麻烦，万事大吉了。

他的良苦用心，大家都瞧出来了，难道蒋碧凌瞧不出来？

说来蒋碧凌也不是一般的人，她的父亲是中央某部的副部长，出生在这样的家庭，眼光自然要高一些。说句老实话，她心里就没瞧上周文庸，倒也没有门户之见，只是认为这个人不行，不适宜做她的老公。第一，周文庸的长相不济，个头不高，只能算"二等残废"。"二等残废"也罢，您倒长得清秀一点儿呀，可他又长得像一只猫。过去周文庸没发迹的时候，有一个绰号就叫"老猫"，集训队里的人成天"老猫"、"老猫"地叫。后来他成了全国冠军，人们又改口叫他"老周"了。这以后他外战的成绩不错，成了国内数一数二的高手，人们又开始称他为"周老师"。随着他社会地位的逐渐提高，人们又把那"师"字省略，干脆称他"周老"。"老周"和"周老"，虽然只是两个字颠倒一下，其中的含义却有天壤之别了。第二，周文庸初中还没毕业，文化不高，而且贪吃贪喝，近乎酒囊饭袋之类。蒋碧凌最看不惯他的吃相，跟一头大肥猪似的，一边吃一边吧唧着嘴，呼哧呼哧，吃得盆朝天、碗朝地还不肯歇嘴。蒋碧凌一想到他的吃相，就浑身发麻，鸡皮疙瘩掉了一地。

蒋碧凌是个有主意的人，你要帮她赢棋，她也不反对，敞开大门，笑脸相迎。只要你不提什么要求，就这么混着，她就充分利用你的非分之想。但是一旦你露出交朋友、谈恋爱之类的意思，她会顿时变得冷若冰霜，显出她那不一般的血统，当即叫你下不来台。

周文庸瞎忙活半天，扮了几回小丑，挨了不少人的骂，最终竹篮打水一场空。

后来，蒋碧凌嫁给一个留美的博士研究生，不久又移居美国去了。

这一下周文庸可真急了，原因是集训队里女棋手本就不多，可供选择的余地不大。最漂亮的让"老大爷"捷足先登了，不一般的又跑到大洋彼岸去了。剩下的几个都有歪瓜裂枣、烧煳了的卷子之嫌。周文庸拨拉来拨拉去，都不甚满意。他也老大不小了，又是全国冠军，好歹也算个名人了，就怕人家说他找不着对象，那多没面子呀！捏着鼻子先弄她一个再说吧。

周文庸选中的是罗珊。

罗珊是女子全国冠军，棋风泼辣，有须眉之风。她去俄罗斯比赛，横扫俄罗斯女子棋坛如卷席。俄罗斯的女棋手都要装淑女，扭扭捏捏，哪见过这样的"母夜叉"，张着大嘴就要吃人，一个个吓得花容失色，粉面无光。一见罗珊的旗号，无不望风披靡，开城纳降，后来又纷纷高挂"免战牌"，不跟罗珊下棋了。罗珊无奈，只好"耗子扛枪——窝里横"了。

中国体育一向是阴盛阳衰，常使一帮"头脑简单，四肢发达"的大老爷们儿脸上无光。但在棋界情况恰恰相反，女子再怎么努力，也赶不上男子，这恐怕是男女智力上的差异所致，非"兴奋剂"、"残酷训练"所能弥补的。体育界的大老爷们儿终于可以松一口气了，因为毕竟还有棋类这么一个项目可以说事，证明他们在某些方面，确实比女子强一点，至于其他方面如足球，就只能用"稀里哗啦"四个字形容了。

罗珊棋虽然厉害，但长相一般，也不能说难看，就是肤色黑了一点，素有"黑娃"之称。

黑娃当年只有 20 岁出头，论棋艺、论人品都是百里挑一的人选。周文庸之所以犹豫再三，主要也是因为"黑娃"两个字。但现实已不容他患得患失，他若再不出手，恐怕黑娃也被人抢走了。他已听说有两个光棍向黑娃发起了进攻，但都被黑娃拒绝了。这可不是什么好现象，周文庸急得如热锅上的蚂蚁，心说："周大国手瞧中的人，你们也敢戗行市，这不是太没'王法'了吗？"

心里虽然着急，但是让他主动去找罗珊，他又不愿意。罗珊一直管他叫老师，他也一向以长辈自居，如今当老师的要不耻下问，向晚辈请教婚姻大事，怎么好意思呢？

周文庸思虑再三，最后还是决定请他的一位知心朋友去当月老。朋友说："这回你可得接受教训了，见了黑娃就开门见山，挑破那层窗户纸就完了！"

周文庸说："怎么开门见山？"

朋友说："你就问她行不行，行，马上去领结婚证，不行，拍拍屁股就走，不用废话！"

周文庸说："人家还是一个黄花大闺女，这样不妥吧？"

朋友说："咱们是什么人，又是什么身份，瞧上她那是她的福分，她要是不识抬举，就去她的，黑不溜秋煤球一样，你跟她客气什么？"

周文庸说："你先去探探口风，如果她有点那个意思，就约个时间见一面，其他的事以后再说吧。"

周文庸的这个朋友是他的死党，对他也佩服得五体投地。这个人在棋上没什么天分，所以只好傍大腕儿以自保，属于周文庸的吹鼓手之类。此时领了周文庸的旨意，不敢怠慢，连忙去找罗珊。找到罗珊以后，坐到对面，笑嘻嘻地仔细打量，心说："别的倒没挑，就是黑了一点。"

罗珊被他瞅得不好意思，问他："你笑什么？"

他说："周老师叫我传话，他找你有点事。"

"什么事？"

"好事！"

究竟什么事？他也不说，只是嘻嘻地笑。罗珊那两天正犯桃花运，接连有两个求婚者，都被她拒绝了。虽说如此，也惹动了春心，是不是到了找个对象的时候了？此时见"朋友"吞吞吐吐的样子，心中也猜到几分，不由得脸色飞红，虽是黑里透红，倒也有几分动人之处。她心里疑惑：莫不是周老师也要给我介绍个对象？周老师是自己尊敬的长辈，周老师介绍的人，怎么好一口回绝呢？

想到这里，罗珊颇为踌躇，便问："周老师在哪儿呢？"

朋友说："在宿舍呢，你若现在去，他正好一个人。"

罗珊上楼去找周文庸，见了面就问："周老师，您找我有事？"

周文庸没料到朋友的工作效率如此之高，不禁有点手忙脚乱，一时竟不知从何说起，想了半天，方想起个话头："小罗呀，近来的训练怎么样，强度够不够呀？"

罗珊想周老师是集训队的总教头，关心自己的训练也是应该的，忙把自己的训练计划，以及目前集训队存在的问题，一一摆出，并且谈了一些不成熟的看法，供总教头参考。

总教头对训练的看法并没兴趣，他有兴趣的是罗珊对自己的看法。罗珊说些什么，他也没听进去，只是想着开门见山、开门见山……他下了决心：这回就是泰山崩于前也要"开门见山"了，但话到嘴边又变了一种说法："听说你最近递交了入党申请书，有这回事吧？"

罗珊一听，以为周老师是受组织委托，来做自己思想工作的，忙又汇报近一个礼拜的思想波动，什么患得患失、个人英雄主义等，凑了几条，作了一番自我批评。正谈着呢，忽然想起周老师还不是党员，就停住不说了。

周文庸说："嗯、嗯，好、好，小罗呀，不是我夸你，你可以算是年轻棋手中又红又专的典型了！"

罗珊笑道："我做得还很不够，居然遭到您的表扬！"

周文庸说："我虽然表扬你，但也要批评你，不能光埋头于事务性的工作，还要关心一下其他的问题。"

罗珊说："我也想过这个问题，不是棋下得好就行了，所以现在我也注意时事政治的学习，什么《人民日报》、《北京日报》，每天都看。"

周文庸说："不是这方面的问题，我是指你自己的问题。"

罗珊说："我自己有什么问题？"

周文庸说："不是说你有什么问题，是说你应该关心一下自己，比如说，是不是该考虑一下自己的终身大事了？"

就这么一会儿，周文庸扮演了几种不同的角色：总教头、党代表、老前辈，转了七八道弯，费了九牛二虎之力，才把问题的实质点出来。心想：跟国外超一流棋手下棋，都没这么费劲儿过，好家伙，憋了一头的汗！

见罗珊红着脸低头不语，周文庸心想：布局已经结束，现在到了中盘阶段，只是形势仍不明朗，只得闭着眼睛胡杀一气，乱中取胜了，便说："现在有一个人，也是咱们集训队的棋手，各方面的条件都很不错，就是岁数稍微大了一点儿，这样的人你愿意不愿意考虑？"

罗珊说："岁数大一点儿不是主要问题，岁数大一点儿反倒会疼人。"

周文庸说："这么说你同意交朋友了？"

罗珊说："那也不是，得看这个人是谁！"

周文庸不说话了，心里进行着激烈的斗争，告诉不告诉她这个人是谁呢？按说这个人熟悉得很，名字随口就来，可是他努了半天劲儿，就是说不出口。

罗珊笑吟吟地瞅着他问："这个人究竟是谁，周老师，您为何不愿意说呢？"

周文庸脸也红了，脖子上的筋也绷出来了，两只金鱼眼也瞪得跟牛眼一样大，心说："跳河一闭眼的事，谁怕谁呀？"于是说："要说这个人也不是外人，远在天边，近在眼前。"

话一出口，他又后悔了，心想：怎么这么没出息！说着说着就说秃噜嘴了，恨不能扇自己两个耳光。

罗珊一听"远在天边，近在眼前"，那不就是他自己吗？也不禁目瞪口呆，但看周老师的样子，不像是开玩笑，那么这是真的了？

原来周老师瞧上自己了，她也不知是喜是忧，眼泪忽然就掉下来了，而且越掉越多，大有收也收不住的样子。

周文庸一看罗珊哭了，这可大大出乎他的意料之外，一时也手足无措，心想："周某人难道就这么难看，一说是周某人，就把人家孩子吓哭了？"忙说："别哭、别哭，有话好好说。你不同意也没关系，又何必这么哭天抹泪的！"

他这么一说不要紧，罗珊索性号啕大哭起来，鼻涕一把眼泪一把地没完没了。周文庸心说："坏了、坏了，这可如何是好？不明就里的人听见她这么哭，还不定怎么想呢，闹不好还以为我强奸她呢，还是把门开开吧！"

他这么想着就走过去开门，谁知罗珊说："你开门做什么？还怕别人不知道我哭了！"

周文庸只好又把门关上了，走回来小声说："我究竟说什么了，你就这样？"

罗珊白了他一眼："你说什么了，你自己还不知道吗？"

周文庸说："就算我说了什么，也没这么严重吧？"

罗珊说："这还不严重，那什么才严重呢！"说着掏出一块小花手绢，又抽抽搭搭地哭起来，一边哭，一边说："你今天既然说出了你的心里话，我也不能不说说我的心里话了。长期以来，我心里早就有了一个人……"

周文庸听到这里，心里凉了半截，早知如此，何必跟这个小妮子说心里话呢。这可好，倒落下话把儿了，回头她四处一说，大名鼎鼎的周大国手还追求过我呢，叫我一口拒绝了，自己的面子可往哪儿搁呢？周大国手追求她，黑不溜秋煤球似的，这话有人信吗？

罗珊继续说了下去："这个人也是咱们集训队的一名棋手，他是我的长辈，但我把他当兄长看待。这个人各方面都很优秀，我也一直把他当作我学习的榜样，后来我就下了决心，如果这辈子我必须嫁一个人，那就非他不嫁！不过这只是我自己的想法，人家怎么想就不知道了！"

周文庸越听越是心惊，他还真没发现，集训队里居然有这么一个优秀的人物，不由得酸溜溜地问："你说的这个人是谁呀？"

罗珊说："这怎么好意思说呢？"

周文庸说："这有什么不好意思的，既然人家这么优秀，咱们也别埋没了人家。你说出他是谁，我给他上报请功，号召大家向他学习！"

罗珊说："你真是个死人，人家已经说得很清楚了，你还不明白？"

周文庸想：到底是谁呢？又是长辈，又是榜样，难道是棋院院长？院长刚刚领了离婚证，倒是个好机会。俗话说"家雀专捡高枝飞"，嫁给院长，转眼就成了院长夫人。看来肯定是院长无疑了！便说："你不知道我这个人比较笨吗？你就发发慈悲，把这个人的名字说出来吧！"

罗珊说："死人，死人，我说的就是你嘛，非让人家亲口说出来，坏死了！"

周文庸一听这话，差点没晕过去，忙定定神说："噢，闹了半天，原来你暗恋的是我呀？"

罗珊说："谁暗恋你，别臭美了！"

周文庸笑得嘴也合不上了，说："今天晚上我请客！"

罗珊说："请客做什么？"

周文庸说："找个清静的地方好好谈一谈。"

罗珊说："要谈哪儿不能谈，就在这儿谈吧。回头煮几袋方便面，再卧两个鸡蛋就行了。"

周文庸说："方便面怎么吃呀，再说里面还有防腐剂，还是下馆子，而且得找一家好一点儿的馆子！"

罗珊说："你要跟我交朋友，就得听我的，我说吃方便面就吃方便面！"

周文庸忙举起双手，学着日本人的样子说："哈依，方便面，方便面！"

王路是个"外场人","见面熟",不管认识不认识,他都能跟你主动搭讪。

他要不认识你还没什么,他要认识你,你就得提防点儿了。

有一次记者赵牧去棋院下棋,王路不知从哪儿冒了出来,说:"赵爷,您是行家,您看看我这个玩意儿值多少钱?"

说着,递过一个绿色的扳指儿。赵牧一听称他是行家,也不能太过露怯,于是接过扳指儿,装模作样地看了一会儿,说:"还不值个三百、五百的?"

"什么!"王路瞪大了眼睛,"您到底懂不懂?"

赵牧说:"怎么不懂,不就是个扳指儿吗,过去射箭用的。"

王路说:"我这是翡翠的,您看看这成色,放到荣宝斋,起码标价14000块钱!"

"真值这么些钱?"

"那还有假,要不要看看鉴定证书?"

"有吗?"

"这话说得,怎么能没有呢!"

王路开始翻兜，上下左右乱翻一气，说明明放在兜里了，怎么找不着了？可能忘在家里了，我这就去取！

"算啦，算啦，"赵牧忙止住他，"你也不用瞎忙，你真也好，假也好，都与我不相干。"

王路一见话不投机，就讪讪地走开了。但他并不死心，过了一会儿，又折了回来，说："赵爷，跟您商量点事儿。"

"你说。"

"我这两天手紧，急需一笔钱还账，我把这翡翠扳指儿让给您好不好？"

"多少钱？"

"8000，怎么样？"

"按说倒是不贵。"

"唉，没办法，要不是后面有人拿着刀子逼债，我哪儿舍得呢。"

"东西是好东西，价钱也不贵，转眼就能赚6000块钱，天底下还上哪儿找这样的好事去？"

王路越发地唉声叹气，似乎已铸下大错，吃了大亏，简直有点痛不欲生了。

等他表演得差不多了，赵牧才说："可惜呀，我没钱！"

"赵爷，您是大款，还在乎这点钱！"

"谁封的？我要是大款，那中国就没有穷人了。"

后来，王路说赵牧有点"土"，对新生事物不敏感，"一看就不是挣大钱的人"。

这是背后说的，当着面依旧"赵爷、赵爷"叫得亲热。

对赵牧居然没有上当，王路是有点不高兴，但也无所谓。他的性格是能骗就骗，骗不了就算，也不想一骗就成功。

他讲话："买卖不成仁义在。"中国有十几亿人口，一天骗一个，他这辈子也骗不完呢。

他心里盘算，赵爷既然不上当，那咱们再去找高爷，看看高家庄的地道能盛多少水。

他要找的这位高爷，名叫"高世平"，是北京一家报社文体部主任，因为经常报道棋类新闻，和棋界的人士都很熟。

王路的最大本事就是"宰熟"。

这天上午，王路先给报社文体部打了一个电话，问高世平："我这里有一件古董，要不要看一看？"

高世平说："你来吧，我等你。"

王路撂下电话，随即动身，打一辆"面的"，直奔报社。

一路上他盘算着怎么从记者口袋里往外掏钱，都说记者是"无冕之王"，他有点气不过，想让他们破破财，要不怎么叫大师呢？

据说气功大师的最高境界，就是把别人口袋里的钱变到自己口袋里来。

那么象棋大师呢？

王路觉得恐怕任何一类大师都是如此，岂有他哉？

到了报社，见到高世平，王路先把翡翠扳指儿递了过去，并且说："主任，您认识的人多，给找个买主，最好是个外国人。"

高世平问："干吗找外国人？"

"外国人好蒙不是？"

高世平一听这话，就有点疑心，便问："真的，假的？"

王路说："是真是假咱们也不好说，不过前两天赵牧赵爷，见了我这扳指儿，喜欢得不得了，当场拍出 1 万块钱，拿起就走。我心说了，就算我穷得叮当响，急等钱用，你存心宰我可也不是这种宰法，是不是？"

高世平问："赵牧真想要吗？"

王路说："您这话说的，赵爷和您还不跟一个人一样？我就是编瞎话，也编不到赵爷头上。不信您立马给赵爷打个电话，一问便知。"

高世平说："我这儿就有古玩专家。"

说着，高世平打了一个电话："小刘，我这儿有一个翡翠扳指儿，你过来看看。"

这个小刘也是报社记者，喜欢收藏古玩，经常在潘家园旧货市场出没，时不时还在报上发表一些"如何收藏古玩"一类的指导性文章，在圈子里也算小有名气。

不一会儿，小刘就过来了，拿起扳指儿，对着阳光端详了半天，又闭上眼睛摸索了半天，点点头，又摇摇头。

高世平问："你看是真的，还是假的？"

小刘说："从手感上说，是翡翠无疑；从成色上看，也还算纯正。只是年代久了，有的地方被汗渍弄得有点毛糙了。"

高世平说："你看能值多少钱？"

小刘说："这么大块翡翠，怕得值两万块钱左右吧。"

王路"哎哟"一声，拍手说："今天可算遇见行家了！"

高世平一听"专家"说这扳指儿是真的，就有点爱不释手了，问王路："你要卖多少钱？"

王路说："这是我们祖上留下的传家之宝，我怎么舍得卖呢？您要是能借我点钱，我就把扳指儿押在您这儿。等过些日子我再把它赎回去，给您点利钱好不好？"

高世平说："那也行，咱们就按典当行的规矩，定一个期限。期限之内允许你赎，期限之外就'死当'了。"

王路说："哎哟，您这不是要我的命吗?!"

高世平说："你还别哎哟，你愿意当就当，不愿意当就拿走，没人强迫你。"

王路说："行、行，就按您定的办吧。"

"那你想借多少钱？"

"5000吧，少借点，借多了怕还不上！"

高世平是个精明人，想想这事还不尽妥当，便问："你懂不懂贷款的规矩？"

王路说："这倒要请教了。"

"如今银行贷款有三条规矩，三者缺一不可。这一要财产抵押，就是这扳指儿了；这二要付利息，按现在的标准，年利 13%；这三还要有人作保，你有保人吗？"

王路至此方知道，要想骗记者点钱还真不太容易。他心里虽然骂记者不是东西，但表面上还得露出一副笑脸，回答说："我一个大师，要想找个保人，还不跟吃白菜一样容易？"

"那你找谁呢？"

"您看董燕行不行？"

"董燕会给你作保吗？"

"不瞒您说，董燕是咱的情儿，她是死乞白赖非要嫁给我，我还瞧不上她那猪头猪脑的样子，但要让她办点事，一句话！"

这董燕是一位国际象棋大师，高世平曾两次随她出国比赛，知道她存有几万美元，所以她当保人完全够格。而且高世平也风闻董燕和王路有一腿，在这上面王路倒还不是吹牛皮。

高世平说："董燕行！"

于是王路当即给董燕打了个电话："董燕，我在报社高主任这儿呢，我要跟高主任挪点银子，高主任说叫你当个保人！"

董燕说："噢，有事才找我，没事就把我撇在一边，你当我是什么人？好歹也是一位大师呢！叫我当保人，休想！"

"董燕，过去都是我不对，今天晚上我给你赔罪，凯莱大酒店如何？"

"不稀罕！"

"董燕，杀人不过头点地，就算我有一千个不是，看在咱们多年交情的份上……"

"你少当着外人胡呲，我警告你，你要敢损害我的名誉，我跟你没完！"

"高主任也不是外人，他刚还说要当咱们俩的证婚人呢。"

董燕一听"证婚"两个字，腿都软了，说："你也不用甜言蜜语，我都知道。行了，你叫高世平接电话！"

高世平接过电话，"怎么着，董燕？"

董燕说："你让我当保人没什么，但这是你借他钱，不是我借他钱，所以你最好考虑清楚，将来万一有什么闪失，我可不负责任！"

高世平想：这能有什么闪失？两万块钱的翡翠扳指儿攥在我手里，还怕他不还钱吗？不还才好呢，求之不得。

高世平自以为得计，就从文体部的小金库里先挪用了5000块钱，给了王路。又起草了一份抵押借款合同，一式两份，叫王路签字。

王路是只要有钱，什么合同他不敢签？当下拿起笔签了字，把钱揣到兜里，满脸是笑，说要请高主任吃饭。主任说"没空"，他说"那就改日吧"，说完告辞，溜之乎也。

这5000块钱也如肉包子打狗，一去不回。

俗话说：人生苦短，日月如梭。合同的期限很快就过去了。

一开始高世平还暗自欢喜，以为占了便宜。后来见王路那边一点动静也没有，便不由得起了疑心。

于是打电话过去，催王路还钱。王路说："兄弟这两天前紧后松，还求主任宽限几日。"

高世平说："你不还也没关系，那我就把扳指儿处理了，按合同我也有这个权利！"

王路说："求求您，千万别这样。兄弟把扳指儿抵押出去，已是王家的不肖子孙了。再把扳指儿弄没了，不就成了王家的罪人？死后还有何颜面去见王家的祖宗？"

高世平见他说得可怜，只好答应宽限几日。

又过了几天，高世平忍不住，瞒着众人去了琉璃厂，找一家国营的珠宝店，拿出翡翠扳指儿，问人家收不收？

柜台小姐从后面找来一位老师傅，他拿起扳指儿看了一眼，问："想卖多少钱？"

高世平说："你看能值多少钱？"

老师傅说："这是玉石的，值不了多少钱，还不如留着当个念想。"

高世平说："这可是我们祖上传下来的翡翠扳指儿，您是不是再给好好瞧瞧？"

老师傅说："我干这一行已经50年了，难道连玉石、翡翠都分不清楚？"

为慎重起见，高世平又去了几家珠宝店，人家也都说扳指儿是玉石的。他希望能得到一份正式的鉴定，但那几家珠宝店说"没有这方面的业务"。

高世平终于明白了一个事实，他被骗了。

他感觉自己像一条鱼，从名气、地位上说，他应该算一条大鱼了。王路的骗术并不高明，破绽百出，只不过抛出一点并不怎么像样的鱼饵，他这条大鱼就高高兴兴地咬钩了。

说也奇怪，高世平并没有气愤的感觉，只是觉得有点好笑。

他当记者已有20余年，从来都是他骗人家，倒还没人敢来骗他。

这个王路是怎么回事，有没有搞错呀？

高世平对这小子还真有点佩服了，不愧是一位大师，果然与众不同。竟敢在太岁头上动土，是不是活得不耐烦了？就算你要找死，也总得挑个时辰嘛！

实际上，高世平对王路缺乏了解。

王路是那种"小痞子"式的人物，他才不管你是谁，能骗就骗。只要能把钱骗到手，还不还账不在他的考虑之内。能赖就赖，实在赖不掉才还，而且还是东挪西补，叫另外一些人上当受骗。

在他的辞典里，"信誉"二字是没有的。

时下社会上流行一种说法，叫作"欠债的是爷爷，要债的是孙子"。说的是国内的某些企业，有国营的，也有私营的，但以国营的居多，借银行的钱不还，买其他企业的东西不给钱。你若去要账，还得孙子似的求爷爷、告奶奶，请客、送礼、给回扣。如此这般以后，如能要回点钱，那得算老天爷开恩，大多数情况仍要不回一分钱。逼急了他还耍浑：要钱没有，要命一条！大不了最后宣布破产，所有债务一概全免。

王路的行径与这些欠债企业如出一辙。

也不知是王路受这些企业的影响，还是这些企业受王路这一类痞子的启发？

笔者以为，后者的可能性居多。

为什么这么说？因为王路这样的痞子自古就有，而企业的赖账行为则是近年才出现的。因此就历史渊源而论，谁是师傅、谁是徒弟，不辨自明。

王路在赖账这方面也可算大师级的人物了。

高世平既知翡翠扳指儿是假的，没了指望，便一个劲儿催王路还钱。

王路先是采取拖延战术，后来干脆避而不见。

高世平打电话过去，那边总说王路不在。接电话的多是女孩子，因为她们对电话有兴趣，电话铃一响，总是她们抢着去接。而这些女孩子一般都听王路调遣，王路指示："凡报社姓高的来电话，就说我不在！"那些女孩子无不遵命照办。

高世平万般无奈，只得"御驾亲征"，但十回有九回扑空。好不容易逮着一次，王路打躬作揖，好话说尽，只求宽限两日，"过了两日，您把我的'王'字倒着写"！

正是两日复两日，两日何其多？直过了两个多月，钱仍旧未还。

高世平这才明白，原来"国家大师"说话竟如放屁一般，压根儿就想赖账。

他给董燕打了一个电话："董燕，当初王路跟我借钱，是你做的保人，现在他不还钱，你说怎么办？"

董燕说："你这话问得奇怪，谁借钱你找谁，找我有什么用？"

高世平说："当初我是看你的面子，才借钱给他的，现在你怎好一推六二五呢？"

董燕说："你这话就更可笑了，他与我有什么相干，你为何瞧我的面子？"

高世平说："听人说你们俩正谈婚论嫁，怎么说不相干呢？"

董燕说："这是谁这么缺德，居然造出这种谣言？你也不想想我是什么人，他是什么人，就是天下男人都死绝了，我也找不到他脑袋上！"

董燕似乎对王路怀有一腔怒火，索性将王路的老底都泄露给高世平。

据董燕说，王路目前已欠了一屁股债，总数有十好几万。她还特意举出五位象棋大师的名字，说他们都是王路的债主，每人多少钱，言之凿凿。至于其他不够大师级别的债主，还不知有多少呢？俗话说：虱子多了不咬，债多了不愁。王路一个月才挣六七百块钱，这十几万他怎么还？所以他压根儿就没打算还！

高世平听后，气个半死。但遇见这样的"滚刀肉"，又有什么办法？只能自认倒霉。

想想只有一条路，那就是打官司。但打官司也有难处，大家都是熟人，为5000块钱撕破脸，对簿公堂，似乎也没多大意思；况且打官司要请律师，就算官司打赢了，这5000块钱够不够律师的费用，也很难说。

有一个美国的笑话：约翰和玛丽为离婚打官司，经过长时期拉锯战，官司终于了结。有人问约翰结果如何？约翰说："孩子归了玛丽，债务归了我，财产都归了律师。"

虽然是笑话，但也未必不是现实的反映。

高世平决定先自力更生，非迫不得已，还是不惊动法院为妙。

有一次他把王路堵在被窝里了。王路比泥鳅还滑，想逮着他不容易。所以高世平特意起了个大早，7点不到就赶到王路家。王路一般是十点左右才起床，想溜也溜不了。

敲了半天门，王路才睡眼惺忪地来开门，见是高世平，吃了一惊，忙往里让。

高世平进屋，第一眼就看见床上还有一个人，用被子蒙着头，但有一根辫子却忘在外面，估计是个熟人。

是谁呢？高世平想着，便大模大样坐到椅子上，跷起二郎腿。

王路连忙敬上一支烟，说："高主任，您又何必亲自跑一趟，过两天……"

高世平说："你再休要提'过两天'这三个字，再提我都脸红！"

王路说："不瞒您说，我这兜里就剩下一块七毛八了……"

说到这里，就见被子动了两下，里面的人似要揭被而起，但又忍住了。

"您要再能找出一分钱，我是您的孙子！"

高世平说："我可没这个福气，也要不起你这么个孙子！"

就听被窝里的人"咯咯"笑个不住，忽然一掀被子坐了起来。高世平定睛一看，原来是董燕，光着两只膀子，只戴一副乳罩，仍旧笑个不停，一身的肥肉乱颤。

王路说："你这是做什么，这不是全露馅了吗？"

董燕"啐"他说："呸，我忍得住吗？没见过你这种下流东西，什么下作恶心的话都说得出口！"

高世平说："董燕也在就更好了……"

董燕忙打断他说："这事与我没关系，高主任，您先把脸转过去好不好？"

高世平说："有什么见不得人的？"

董燕说："等我穿上衣服走了，你们俩再慢慢谈。"

高世平说："那也不必，有你在这儿，好歹是个见证。"

董燕见高世平不愿背过脸去，心想："已经让他看见了上半身，再让他看大腿，是不是太便宜他了？"一时拿不定主意，只好坐着不动。

一位"无冕之王"与两位大师较上了劲儿，气氛颇显尴尬。

王路说："高主任，您瞧这事可怎么办，要钱还真没有，要不您看这屋里还有什么值钱的东西，拿去顶账也行！"

高世平四下瞅瞅，一张破床、一张破桌子，还有两把旧椅子，还真没什么值钱的东西。

王路忽然一拍大腿说："对了，我这床底下还有一箱袜子倒值俩钱，要不您把袜子拿走！"

说着从床下拽出一只大包装箱，打开让高世平看，里面一色的女式高弹丝袜。

高世平问："你想顶多少钱？"

王路说："10块钱4双，这是500双，1250块钱。您看，顶1000块钱如何？"

高世平想：收回一点是一点，总比一点收不回强，点头说："行，就依你顶1000！"

说完也不多留，抱起箱子就走。王路又追出去，赔了不少好话，高世平也不理他。

500双袜子不是个小数目，怎么处理也叫人犯难。高世平想：难不成自己一个主任记者，上街摆摊卖袜子？只好先把袜子搬到办公室，扔到桌子底下。

不料第二天早晨有人打电话来，说有事找他。高世平问："什么事？"那一位说："电话里说不清，最好当面说。"问他姓甚名谁？他说叫"吴卫华"，高世平似乎听过这个名字，就说"你来吧"。

这个吴卫华是个象棋业余高手，从小和王路一起在少年宫学棋。后来王路成了大师，他却没下出来，所以一天到晚跟在王路屁股后面，属于吃喝不分的铁哥们儿一类。

吴卫华来报社见到高世平，说："高主任，您是不是从王路那儿拿来一箱袜子？"

高世平说："有这么回事，你怎么知道？"

吴卫华说："那箱袜子是我的……"

原来前几天王路在吴卫华家打麻将，瞧见了这箱袜子，就自告奋勇要帮他卖袜子。吴卫华虽然心里信不过他，但人家一个大师主动要帮他，他怎好驳这个面子？一时大意，就让王路把袜子抱走了，谁知转眼之间，王路又把袜子给了高世平。

吴卫华说："这袜子也是人家托我卖的，现在可怎么向人家交代呢？"

高世平说："你不就想要回袜子吗？这事好办，你去找王路，叫他来跟我要。我总不能只凭你一说，就把袜子给你吧？"

吴卫华想想，也是这么个理。又见高世平埋头改稿，爱搭不理的样子，有点坐不住，只好讪讪地告辞了。

后来，高世平拉了一笔赞助，搞了一次比赛，就把这箱袜子当作纪念品，发给了参赛选手。然后从赞助费里扣除 2000 块钱，算作购买纪念品的花销，揣进了自己的腰包。

至于王路仍欠的 4000 块钱，一直拖着未还。过了 3 年多的时间，王路终因诈骗罪折进了大狱，被法院判处有期徒刑 12 年。

高世平这才彻底死心，知道这 4000 块钱今生今世是难以要回来了。

无奈之下，他说"交学费了"，但花 4000 块钱认识一个骗子，价格是不是昂贵了一点儿？

聊以自慰的是，不仅他一个人当了冤大头，至少还有五位大师及其他一些人，同他一样也交了"学费"。

那一天晚上，周文庸和罗珊温馨地吃了几袋方便面，还吃了几个鸡蛋，算是庆祝他们确立恋爱关系。

若干年后，罗珊回忆起当年吃方便面时的情景，说了一句市面上流行的话："初恋时我们不懂爱情！"

这句话是罗珊对一位记者说的，当时她已和周文庸离婚，一个人带着儿子在美国生活，远离故乡，远离亲人。为了儿子，她没有再嫁，甘心忍受生活的熬煎，瘦得只剩下一把骨头。

当年她选择周文庸，或许有一些现实的考虑。罗珊是一个外省的女孩，按照规定，只有嫁给一个北京人，才有可能把户口落在北京。对于集训队那些来自外省的男女棋手来说，"北京户口"是他们一个承受不起的心结。许多棋手不得不剑走偏锋，找一个工人，甚至找一个离了婚、"拖油瓶"的女人，胡乱凑合一个家庭，目的就是把户口落在北京。相对这些人，罗珊算是幸运的，她找的不仅是一位志同道合的棋手，而且是一个前景十分看好的顶尖高手。虽说岁数大了一点，相貌丑了一点，但像她这样各方面都很一般的女孩，还想怎么样呢？

后来那位记者就把《罗珊采访记》在报上登了出来，周文庸看到以后，给报社的老熟人高世平打电话，说："你们登罗珊那篇文章是什么意思？"

高世平说："莫非罗珊跟你离婚，我们连她的采访都不能登了？"

周文庸说："你们不能老登一面之词，我也有话要说！"

高世平说："好啊，你有什么话说？"

周文庸想了半天，然后说："初恋时我们不懂爱情……"

高世平说："这话罗珊已经说过了！"

周文庸勃然大怒，冲着话筒嚷道："她说过我就不能说啦？她说的也是'我们'，'我们'你懂吗？'我们'就是我和她都在内，她不懂爱情，我也不懂。"

"初恋时我们不懂爱情"，这句话对罗珊来说，确是真实的写照，是她经过一次婚姻波折以后，发自内心的痛苦呻吟。但对周文庸来说，这句话就不够全面了。事实上他不仅初恋时不懂爱情，后来也不懂爱情，这辈子恐怕也不知道爱情为何物了。

周文庸当年选择罗珊，只是退而求其次，不得已而为之。所谓"男大当婚，女大当嫁"，如此而已。因此他始终犹犹豫豫，三心二意，这也为他和罗珊的婚姻埋下了一颗悲剧的种子。

他讲话："你嫌我丑，我还嫌你黑呢，咱俩半斤八两就算扯平了！"

自从那天晚上吃了方便面以后，几个月过去了。有一天罗珊慌慌张张来找周文庸，又神神秘秘地把他拉到一个僻静处，告诉他："我这个月没来！"

周文庸说："什么没来？"

罗珊说："就是没倒霉呀！"

周文庸说："没倒霉还不好，难道非要倒霉才舒服？"

罗珊说："你是真傻还是假傻？"

周文庸说："像我这么聪明的人，天底下有几个？"

罗珊只好实话实说："我可能有了！"

"有了？"周文庸这才醒过闷儿来，下意识地瞟瞟罗珊的肚子，问道：“谁的？”

罗珊说：“反正不是你的！”

周文庸说：“不是我的，你找我做什么？”

罗珊说：“死鬼，都什么时候了，还开玩笑？！”

周文庸说：“你准备怎么办？”

罗珊说：“我可告诉你，反正我不做流产！我父母都是老派人，我没法跟他们开口，丢不起这个脸。”

周文庸叹了一口气，“那怎么办呢，要不就领结婚证吧？”

罗珊眼珠子一亮，“说话算数？”

周文庸说：“后悔也来不及了。”

罗珊说：“你也别太勉强了。”

周文庸说：“那你怎么办？”

罗珊眼圈一红，“我酿的苦酒我自己喝，大不了这辈子不嫁人了，把孩子拉扯大，我们母子相依为命就是了！”

周文庸说：“瞧、瞧，不禁逗不是。我问你，你肚子里的孩子是谁的？”

罗珊说：“除了你这么缺德还有谁呢？”

周文庸说：“那不结啦，我的孩子我自然要负责，男子汉嘛，不能学那没屁眼儿的人，拉了屎又噘回去！”

罗珊说：“你这说的是什么，有点文化好不好？”

周文庸说：“有文化没文化，都挡不住结婚生孩子！走，开介绍信去！”

两个人去人事部门开出介绍信，又去街道办事处领了结婚证。然后以此为由，向体委有关部门申请住房。体委手里倒是有几套房，但那是留给领导们锦上添花用的，又怎会分到他们头上？房管处处长讲话：“体委系统每年都有好几百口人结婚，都来跟我要房，我就是拿纸糊也糊不出来呀！您只要到了岁数，符合《婚姻法》的规定，想结婚尽管结，但想跟我要房，对不起，没有！”

周文庸无奈，只好从他父母的住房里挤出一间，粉刷一下，买了几件家具，布置一新，小两口暂时安顿下来。

依周文庸的意思，就不要办婚礼了，劳民伤财，不如去杭州玩一圈，回来买几包糖，给大家一发，不是挺好吗？但罗珊的父母不同意，传话过来："我们这么一个大闺女，全须全尾地给了你，你也不能一切都从简吧？"

小两口为了堵老人的嘴，打算补办婚礼，家里要不开，就借棋院的小会议室，请人热闹一回，来的主要是双方的亲戚、朋友，还有一些棋手。

婚礼开始以后，首先请棋院院长讲话，这位院长也是棋手出身，他的特点是每次讲话都要胡乱感谢一通，不感谢10次、20次，绝不肯罢休。果然，他一开口又是老一套："各位领导、各位来宾，同志们、朋友们：首先请允许我代表棋院的全体员工，感谢各位领导在百忙之中光临我们这次大会……对不起，对不起，说秃噜嘴了，光临我们这次婚礼。感谢新闻界的朋友……感谢各位来宾……感谢双方的父母、亲属及朋友们……我们也要感谢各位棋手……我们还要感谢……"他就这样一直感谢下去，直到实在没什么可感谢的了，方才转入正题："今天举行婚礼的两位主角，一位是男子冠军，一位是女子冠军，两位冠军结合在一起，真可谓珠联璧合，相得益彰。中国有句老话：'洞房花烛夜，金榜题名时。'今天就是洞房花烛夜的时候了，那么明天也希望他们能'金榜题名'，为赶超俄罗斯，实现老一辈革命家的遗愿而贡献力量！我的话说完了，谢谢！再次感谢在场的所有人……"

接下来是亲友代表讲话，棋手代表讲话，多是"举案齐眉"、"白头偕老"一类的祝福。这时有人提议请新娘子谈谈恋爱的经过，在场的人像是注入了一针吗啡，顿时活跃起来。

罗珊傻笑着，低头不语，众人一个劲儿地催促，她抵挡不住，红着脸说："这有什么可谈的，没有什么特别的地方嘛！"

有人提示她："谁主动？谁被动？是周文庸先找的你，还是你先找的周文庸？"

罗珊说："反正不是我主动的，不信可以问他！"

众人又把矛头转向周文庸，周文庸说："既然大家都有兴趣，我就介绍点不成熟的经验。"

罗珊一听急了，说："这都是个人隐私，怎么能当众介绍呢？"

周文庸说："又没干什么见不得人的事，怕什么？"

一帮光棍大声叫好："还是周大哥爽快！周大哥，您就快说吧，弟兄们都有点等不及了。"

周文庸站起来，清理一下喉咙，足足想了3分钟，大家都竖起耳朵，眼巴巴地瞧着他，他忽然"嘿嘿"一笑，"这可怎么说呢？"

一帮光棍乱喊："实话实说！"

周文庸说："好，实话实说！我是一个棋手，就从下棋讲起吧，从我的棋风，也可以看出我是一个比较实际的人。我和小罗的恋爱经过，就像一盘棋，开局的时候，走得不太好，我觉得有点亏。中盘阶段，经过一番苦斗，我觉得形势又扳回一点，处于平衡状态。到了残局阶段，咱们的残局功夫在国内可谓天下一品，这里便宜一点，那里便宜一点，结果就大大地赚了。一盘棋就这么赢下来了！"

周文庸讲完以后，一帮光棍又岂能轻饶了他？纷纷大叫："听不懂，听不懂！你们究竟是谈恋爱呢，还是下棋呢？您别的免谈，谈谈第一次就行了，第一次谈话、第一次接吻、第一次……"

年轻人口无遮拦，越问越下道，周文庸忙举手示意大家安静，然后说："我再谈点恋爱的不传之秘好不好？"

有人说："是不是不传之秘呀？这年头不传之秘也太多了！"

周文庸说："绝对是不传之秘，我原是准备烂在肚子里的，要不是被你们逼急了，我是绝不会说的！"

大家见他郑重其事的样子，也都安静下来，要听不传之秘。周文庸说："上中学的时候，每到夏收，我们都要去农村，帮老乡收麦子，我们这些学生也干不了什么，瞎起哄而已。老农就一人发一个篮子，叫我们捡麦穗。其实谈恋爱与捡麦穗颇有相通之处，有的人到了地头，也不管大小好赖，见麦穗就捡，很快就捡了一筐。有的人总以为大的好的在后头，所以他就一直往前走，这也相不中，那也相不中，结果什么也没捡着，两手空空。我呢，既不贪大，也不爱小，顺着田垄慢慢悠悠走去，中途见到合适的就捡了起来……"

众人听了都哈哈大笑，又都拿眼睛去瞟罗珊，只见这棵不大不小的"麦穗"一副娇羞的样子，似乎听了夫君的赞美有点不好意思，也跟着"嘿嘿"傻笑不已。

一帮光棍都说："周老师的这一番麦穗理论，真乃我辈恋爱的金针了！"

又乱了一会儿，周文庸看看时候也差不多了，就宣布请大家吃饭。甭管认识不认识，有一个算一个，一齐拉到附近的"大富豪"夜总会，摆了十几桌，龙虾、三文鱼可着劲儿地招呼，众人也吃得满嘴流油，尽欢而散。

婚礼过后，小两口总算踏实下来，又过起训练、比赛的单调日子。两个人仍旧在集训队住集体宿舍，只是到周末才回到他们的小窝聚一聚。一来他们过惯了吃大锅饭的集体生活，不耐烦天天买菜、做饭这样的家务事；二来也是为了向体委要房，结了婚还两处分居，你总不能不考虑属下的这种"悲惨"的境况吧？

又过了几个月，罗珊生下一个男孩，只得搬回家去住，而周文庸仍住集体宿舍。这倒不是屋子太小挤不下，主要是周文庸不适应孩子又哭又闹。拉扯一个不满月的孩子并不容易，整天屎呀、尿呀，尤其到晚上，要起来四五回喂奶、换尿布，一夜也别想安生。

一开始周文庸也回家住过两天，但被这个一尺大小的孩子弄得心烦意乱，抓耳挠腮。罗珊也看出这样下去不行，主要是周文庸的生活能力太差，笨手笨脚，越帮越忙。这是她婚前没有想到的事情，如今发现了也为时已晚。于是她劝周文庸回集训队去住，家里有她一个人就行了。

罗姗说："不要为了一个孩子，把咱们两人都耽误了！"

周文庸说："只是苦了你了。"

罗珊说："那也是没办法的事，总得牺牲一个人。还是牺牲我吧，再怎么说我也只能在女人堆里称王称霸，到了男人堆里就不行了。"

后来，随着孩子一天一天长大，罗珊就逐渐淡出棋坛，在家相夫教子，一心一意扮演起贤妻良母的角色。

说来那还是王路尚未折进大狱的时候。

有一天高世平给赵牧打电话："兄弟，你说对王路这种人应该怎么办？好歹也是一位大师，做起事来怎么形同地痞无赖一般？"

赵牧说："那能有什么办法，只能任其自生自灭。"

"那对社会太不负责了吧？"

"你总不能杀了他吧？"

"我正考虑为民除害，不能允许这个无赖留在世上，破坏安定团结的大好局面。"

"值得脏一回手吗？"

俩人约好地点，高世平开车来接赵牧，一起去了棋院。

走进棋手训练室，就见王路坐在那里正指手画脚，高谈阔论，周围坐着几位女棋手，如众星拱月一般。

王路正旁若无人，忽见两位大记者冒了出来，吓了一跳，忙起身招呼说："呦，高爷、赵爷，今天是什么日子，怎么一起来了？"

高世平没好气地说："找你来了！"

王路说："不就为钱的事吗？我原打算一半天给您送过去呢！"

高世平说："你也不用送，我也不敢劳动你，我既然来了，你在这儿给我就是了！"

王路说："二位爷来一趟也不容易，今天中午我请客，有什么话，咱们边吃边谈。"

高世平说："你到底有钱没钱？没钱就说没钱，不用来这些假招子！"

要说王路还真有涵养，甭管你说什么，他只当没听见，依旧嬉皮笑脸。忽然，他给女棋手们使了个眼色，大家顿时围上来，"高爷"、"赵爷"叫得亲热。这个说："高爷，我正说给您送稿子去呢，可巧您就来了。"那个说："赵爷，好久也不来，今天学一盘吧。"不仅莺声燕语，而且拉拉扯扯，弄得两位爷也没了脾气。

王路说："我有一个主意，既然高爷、赵爷都在这儿，咱们不如打两圈麻将。"

一位女棋手说："要是让头儿知道还得了！"

王路说："谁去看看头儿在不在？"

立刻有一位女棋手仿佛得了圣旨，一路小跑地去了，不大工夫又一路小跑地回来，报告说："头儿一个也不在，都去体委开会去了。"

女棋手们顿时如猴儿开了锁，欢呼雀跃。王路叫人锁上门，拿出麻将牌，催促高爷、赵爷入座。

高世平说："你要打，我们就不打了。"

王路问："那为什么？"

"你是大师嘛，谁打得过你呀！"

"好好，我不打，让小姐们陪二位爷玩玩。"

"可有一样，你不许走！"

"不走不走，我说请客就一定请客，哪能走呢?!"

王路起身把位子让给一位女棋手，又在她身边坐下，说要帮她看牌。没想到对面的女棋手不乐意了，说："你干吗就帮她看牌，也帮我看看！"她身后一位女棋手说："我帮你看！"她说："用不着！"那位说：“那我就帮高爷看吧。”说着紧挨高爷身边坐下。又有一位女棋手说：“赵爷，我帮你看好不好？”赵爷说：“你帮我看就能赢吗？”那位说：“我在谁身边一坐肯定赢，不过赢了分一半。”说着就挨着赵爷身边坐下了。

据说凡是外边来棋院打牌的人，从没有赢钱的先例，原因就是这些女棋手。大家商量好了，使眼色、打暗号，花样百出，目的只有一个，不让外人赢钱。为什么这样？其实也没有什么理由，大约她们自以为属于同一个圈子，对外有一种本能的排斥。

这无疑也是一种没文化的表现。

俗话说：“秀才遇见兵，有理说不清。”高爷、赵爷肚子里虽然有点墨水，但遇见这帮女棋手，墨水就显得太苍白无力了，所以只能举起双手，缴械投降。不大工夫，高爷输了250块钱，赵爷输了200块钱，二位爷哈哈一笑了事。

中午的时候，王路仍坚持要请客，但他兜里没钱，就把赢钱的两位女棋手拉到一边，嘀嘀咕咕，两位女棋手心里不愿意，但又经不住他的甜言蜜语，只好乖乖地把赢的钱吐了出来。

王路一般请小姐吃饭总是去五星级大酒店，偶尔去一次四星级，他还要挑毛病，到底差着等级，东西的质量不行，厨师的手艺不行，服务的态度也不行，还不收小费，下回说什么也不来了。

今天是他诚心诚意要请高爷、赵爷吃饭，他讲话：“这二位都是咱们市的名人，轻易还请不到呢！”何况他还欠高爷的钱，而且准备长期拖欠下去，于情于理他都应该请请人家。

于是他毫不犹豫把二位爷请到附近的一家个体小餐馆，要了二斤羊肉片、半斤毛肚、两瓶啤酒。心里算了一下账，还不到100块钱，就把二位爷打发了。

一杯啤酒下肚，王路的小白脸变成了小红脸，一张嘴也没边没沿儿地开始漏风。他这个人心里存不住“东西”，有什么秘密都愿与大众分享，你若不让他说，那还不如要他的命呢。

高世平说："我看棋院这帮女棋手似乎都对你服服帖帖，唯命是从，这是怎么回事？"

王路说："嘻，说出来一钱不值，那都是些没见过世面的丫头片子，你只要把她们哄顺溜了，自然是百依百顺，恨不能舔你的后脚跟。"

高世平说："你悠着点儿，这屋子可不大结实！我说一个人，要是你也……那我就服了你！"

王路说："谁呀？"

高世平说："刘海英！"

王路哈哈大笑，一拍桌子说："高爷，我真服了您，到底是当记者的，眼睛比刀子还毒！一说就说到了揩节儿上了，您怎么瞧出来的？"

高世平说："我瞧出什么了？"

王路只是笑，不说话，高世平催促他："你倒是说呀……"

王路说："海英是我的师傅，我怎么能说她的坏话……"

高世平和赵牧一听，心里都有些疑惑。

原来这刘海英也是一位象棋大师，素有"亚洲女棋王"之称，在中国香港、台湾地区及东南亚一带也很有名。人也长得精神，模样俊俏，体态风骚，一双丹凤眼似笑非笑，似嗔非嗔，常叫人不知如何是好。

但有一样，此人一向是贞洁烈女形象，做派端重，不苟言笑，对世上的臭男人不屑一顾，颇有点"艳若桃李，冷若冰霜"的意思。所以她在棋界混了十多年，从无一丝绯闻上身，口碑甚佳。不仅如此，此人如今已三十多岁，仍旧不谈恋爱，不结婚，采取独身主义。虽整日混迹于灯红酒绿之中，却洁身自好，出淤泥而不染，令多少为她倾倒的男士伤心欲绝，恨不能找一块豆腐，一头撞死。

正是"革命尚未成功，同志仍需努力"！

高世平对刘海英也垂涎已久，为她花过不少钱，也下过不少功夫，但一事无成。久而久之，他由爱生恨，暗地里骂她是"性冷淡"，"性变态"，整个一个"同性恋"！

不过骂归骂，他心里对刘海英还是存有很大的敬意，觉得她不是一般女性，可以划入"杰出"一类了。

谁知今天听王路吞吞吐吐，欲说不说，其中似乎别有含义，高世平顿有受骗上当之感，心中的那尊女神雕像也被一锤子砸个粉碎。

王路嘻嘻笑着，一口烟，一口酒，细述他的"英雄"史略，得意之色溢于言表，已不知天下还有"羞耻"二字了。

原来这王路从小就聪明伶俐，在象棋方面很有天赋。上小学时，参加了少年宫的象棋培训班，技艺突飞猛进，连续在全国及省市一级的比赛中获得过好的名次。有关方面看他是可造之材，就把他调入棋院，做了一名专业棋手。

王路当时只有 13 岁，就已挣上工资，一些当家长的都羡慕得不得了，认为这孩子有出息。但是在他这种年纪，本应按部就班地学习，全面发展，突然搞起专业，弊大于利，对他的身心发育极为不利。棋院领导为了让王路尽快出成绩，叫他与刘海英结成师徒关系。当时刘海英虽然也只 24 岁，但已是赫赫有名的大师，由她带一个毛孩子，自然是绰绰有余。但只一点，她也是初中没毕业就进了棋队，棋上她可以教王路，生活上也可以照顾他，但在文化、思想方面就无能为力了。老实说，有些是非问题她自己还分辨不清呢，你让她教什么？只怕是不教还好，一教倒教出毛病来了。

棋队施行的是封闭式训练，一个星期只准回家一天。小王路远离父母，突然来到一个陌生的环境，没有伙伴，不能玩耍，接触的多是成年人，整天和棋盘、棋子这些抽象的东西打交道，内心的孤寂可想而知。幸好还有一位"漂亮"的师傅陪着他，心里多少能得一些慰藉。

那个时候，王路整天跟在刘海英屁股后面，像一只小哈巴狗。

有人故意指着王路问刘海英："这是你什么人？"

海英笑说："我儿子！"

王路听了，心里美滋滋的。

时间一长，王路对刘海英产生了依赖性，那是一种儿子对母亲的依恋，但多少有点变态。

有时候棋院安排棋手到外地参加活动，王路往往去问刘海英："你去不去？"

刘海英说："不去！"

王路说："那我也不去！"

结果刘海英就把他臭骂了一顿。

随着时间的推移，王路也在一点一点长大。

对于这一点，刘海英的感受最深。因为她经常和王路接触，以她女性的细腻，不难发现王路身上发生的变化：个子长高了，嘴唇上长出了细茸毛，脖子上显出了喉结，声音也变得沙哑了。更为可怕的是，随着他生理上的变化，他的眼睛也开始不安分起来，滴溜儿乱转，不时偷偷朝刘海英身体的某些部位溜去。

刘海英分明感受到了，为维护师道尊严，不由得假装生气，狠狠瞪他一眼，王路连忙低下头，脸也微微发红。

这种大孩子犹如树上结的青苹果，欲红未红，酸里带甜，透着一股新鲜劲儿，最能勾引人尝鲜的欲望。管它酸还是甜，先摘一个尝尝！熟透的苹果反倒没什么意思了。

刘海英一向自视甚高，而且思想也比较新潮。如果你要问她怎么新潮？那就是她崇尚独身主义。

她认为，用一纸"结婚证"将一男一女两个人拴在一起，是一个十分可笑的事情。"结婚证"就像是卖身契，男女双方等于把自己卖给了对方。

卖给对方是什么意思？可以举几个例子，比如你和异性说话，就会引起怀疑；你若和异性交往，就会引起口角，甚至暴力行为；再如你为对方做任何事情，包括洗衣、做饭这些日常琐碎事，都将是无偿的；甚至对方在你身上发泄性欲，也可以随随便便，不用付酬……

一张纸居然能起这么大的作用，你说奇怪不奇怪？

与其套上这个枷锁，何如一个人自由自在？

刘海英不明白，为什么天底下会有那么多的人喜欢被套枷锁呢？

实际上她的思想已走在了时代的前面，只不过我们这些俗人不能理解罢了。

那些年，追她的人很多，后面排成了一长串，组成一个加强连也绰绰有余，但我们的刘大师眼高于顶，对那些人根本不屑一顾。

虽然她已 24 岁，仍待字闺中，看着一帮大老爷们儿为她争风吃醋，有时几乎酿成命案，她却优哉游哉，有自得之乐！

但也有一个问题，我们的刘大师不仅秀色可餐，而且平日锻炼有素，面色红润，身材健美，因此她也有正常的生理需求，甚至比一般女性还要强烈一些。

怎么办？

她的条件优越，只需勾勾手，自有许多男士飞蛾扑火般地英勇献身，"虽九死其犹未悔"。

但她择友的标准十分苛刻，并不是什么人都行。她一般不喜欢奶油小生或文弱书生一类的人，她觉得这种人是银样镴枪头，中看不中用。她喜欢五大三粗、孔武有力的人，这种人四肢发达，头脑简单，见了猎物，如饿虎扑食，不撕成碎片，咬成碎渣，绝不善罢甘休。

找到合适人选，刘海英先要做一番思想工作，这只是一桩现买现卖的商业交易，不应该掺杂丝毫的感情因素，千万不要说什么"I love you"一类恶心、肉麻的话。咱们只是逢场作戏，各尽所能，各取所需，以后再见面，只当谁也不认识谁就行了。

事实证明，她的这一类预防针还是必要的，省却了不少麻烦。

但也有几位不识相的，过后又去纠缠，刘大师也不留客气，当场给人家一个下不来台，几句话就把人噎得一溜跟头，落荒而逃。这几位骂她是"冷血动物"，但骂归骂，心里却愈加放不下。半夜睡不着觉，想起刘大师俊俏的脸蛋儿，风流的体态，以及在床上的种种疯狂，恨不能一头撞死。万般无奈，只好"手指头儿告了点儿消乏"，弄得人不人，鬼不鬼的，整日如行尸走肉一般，连大好的前途都葬送了。

其中有一位体操运动员，一身的腱子肉，自称睡过十几个大姑娘、小媳妇。但比较之下，只有刘大师不同凡响，大有"曾经沧海难为水，除却巫山不是云"之叹。有一天练鞍马，他老兄都跳到半空中了，不知怎的脑子里还想着刘大师，这一分神不要紧，结果把脊椎摔断了，造成下肢瘫痪。

刘大师听说后，吓了一跳，忙买些水果、蛋糕之类，去医院探望。那一位见她来了，就把脸扭到一边。刘大师在他身边坐下，他又把两眼紧紧闭住。刘大师见他弄成这副样子，也很心酸，说了不少安慰的话，他却只是不理。刘大师又拿起他的一只手，轻轻抚摸，说："你这又是何苦？"

只见那一位紧闭的双眼中有热泪挤出，忽然睁开了双眼，像是冒着火，又像是两把利剑直直刺向刘大师，说："我不好便罢，万一好了，你就别想好过！"

刘大师说："你这话什么意思？"

那一位说："要死一块儿死！"

刘大师不禁莞尔一笑，说："只要你病好了，我立马嫁给你，行不？"

刘大师以身相许，话说得够爽快，但下肢瘫痪这种病岂是说好就好的？所以她的话也是白说。那一位直到今天仍坐在轮椅里，由他的老妈推着，在大街上转转，溜溜风。了解内情的人每见到这一对母子，都不由得发出一声叹息。倒不是叹息那做儿子的，年纪轻轻就交待了，而是叹息那做母亲的，生了这么一个儿子也算作孽，不仅指望不上他，还得为他服务。

有人说，这个世上唯有母爱才是唯一真的东西。什么都可以掺假，但母爱却无法掺假。也正因为还有母爱存在，这个世界才得以绵延下去。

一开始刘大师也不是没有动心，但让她一辈子伺候一个瘫痪，她自恃还达不到这样的境界。她这个人拿得起，放得下，遇事还有个斩断罚决、举重若轻的利索劲儿。既然做不到，就不再想它，所以没几天，那位曾经和她有过一夜风流的体操运动员就从她的记忆里一笔勾销了。

那一年夏天，南方某油田派人来北京，找到棋院，说要邀请刘海英刘大师去油田作客。据他说，油田职工中有不少象棋爱好者，但苦于没有高手指点，进步较慢。至于为什么点名挑刘海英，他没讲原因，其实是油田老总在电视上见过刘大师的光辉形象，印象极为深刻，这次就是他老人家拍板决定，不管花多少钱也要把刘大师请去见一面。

油田老总虽然有这样的指示，但"将在外，君令有所不受"，来人是老总的亲信，他的意思是要为老总省钱，国家也不富裕，能省点就省点吧。所以他绝口不提钱的事，只说些"提高企业文化品位，为精神文明做贡献"之类的话。

棋院领导却不高兴听这样的话，都什么时候了，还光想拿话甜和人，谁比谁傻呀？一般遇到这类情况，他总要趁机拉点赞助，弄两个钱花。这棋院虽小，也有好几十号人呢，一个个都张着大嘴要吃饭，你不给钱，他积极性就不高了。但他这个人老奸巨猾，不想得罪人，就去找刘海英，让她出面，找个借口推掉也就算了。

不料来客一见刘海英，吃了一惊，没想到刘大师居然这么年轻，这么漂亮，犹如见了一道美食，嘴里不知哪儿来的口水，直要往外流，忙使劲咽下肚，喉结滚动，"咕噜"一声，发出很大的响声。

刘海英对去油田做普及工作也不感兴趣，遂遵照领导的指示，提出了许多条件，什么食宿、旅差费报销，个人报酬，最主要的是给棋院一笔赞助费等，意思要来人知难而退。谁知那位老兄突然变得大方起来，笑眯眯地一一答应了。

棋院领导大感脸上无光，刚才他提的也是这些条件，这小子左右为难，吐了半天苦水，怎么换了刘海英，就一切都答应了呢？

难道脸蛋漂亮就起这么大作用？什么世道！

后来刘海英又提了一个条件，说她有一个学生，正奋战全国少年锦标赛，她要天天给他上课，只好带他一起去油田，方能两不误事。

那人也答应了，无非是多花点钱，只要刘海英能去，估计老总一高兴，也不会提出异议。

于是刘海英带上王路，先坐飞机到某城市，住了一夜，又乘汽车辗转到了油田，住进招待所。

说是招待所，其实不亚于大城市的三星级宾馆，但只供内部使用，不对外开放，也无所谓入住率，一年赔个几百万，老总签个字，就全由财务报销了。

刘海英和王路住下以后，发现他们这一层楼只有他们两人住，很是奇怪，便问服务员。

服务员说："要是有会，就全住满了。现在正好没会，所以没什么人住。"

刘海英又问："那不影响收入吗？"

服务员说："本来就没打算赚钱，赔钱也没什么，反正油田有的是钱，还在乎这点钱！但有一点，有会的时候，我们可以多拿些加班费、劳务费什么的。眼下没会，就只能拿工资和奖金了，所以大家都没精打采，上着班就都溜出去干别的去了。"

刘海英说："哪儿都一样，这年头不给钱谁好好干！"

晚上，油田老总请客，为刘海英接风。

老总姓郭，郭总一见刘海英，就要认作干女儿，两眼色眯眯的，拉住她的手舍不得放开。

刘海英见过点世面，知道天下男人都一样，见了漂亮一点的女人，就连道儿都走不动了，不妨给他点甜头，兴许会有意外的收获。所以她大大方方，若无其事，任郭总拉着她的手，摩挲她的手，一脸迷人的微笑，但又若即若离，不失身份，弄得郭总欲近不能，欲远不舍，竟有点神魂颠倒的样子了。

席面上净是些好东西，喝的是茅台、五粮液，上的有 5 斤一只的龙虾，8 斤一只的螃蟹。那么大的螃蟹，王路还是头一回见，吃了一惊，打开蟹壳，里面黄黄白白肥得流油。

郭总经常吃这些东西，有点腻了，一筷子没动。他只喝茅台，一杯复一杯，随便找个借口就跟人干一杯。后来席上的人都轮了一遍，该祝的都祝了，该贺的也都贺了，实在找不出理由该为什么干一杯了。郭总提议，再为刘海英刘大师的健康干一杯。不过不能一起干，要一个人一个人地和刘大师碰杯，祝刘大师身体健康，然后一仰脖将酒灌下去。

刘海英一听吓得脸都白了，两桌席 20 多人，一人陪一杯就是 20 多杯，这哪是祝她身体健康，简直是要她小命呢！

郭总说："没关系，有我呢！"便充当起了护花使者。说只要刘海英每杯酒抿一抿，剩下的就全由他承包了。不容分说倒了两杯酒，刘海英也给他面子，接过酒一口喝干。

余下的人按官职大小，一个接一个上来敬酒，刘海英只是象征性地碰碰嘴唇，然后递给郭总，郭总如酒桶一般，一口一杯，连干了 20 多杯，大约酒杯上有大师的唇红，滋味大不一样，郭总连呼"痛快"。

要说他的酒量，也堪称一绝，灌下那么些酒精，居然脸不变色心不跳，没事人一样，没有二三十年的修为，绝难达到如此境界。

坐下以后，郭总说："最近看到一篇文章，说什么围棋、象棋都是中国的国粹。对此我有不同看法，象棋是国粹没的说，上面好歹还有个字。围棋有什么呀？一个个黑白馒头，上面连个字都没有，没文化嘛，完全是没文化的表现。刘大师，我说的对不对？"

刘海英还是第一次听到这样的说法，一时竟不知如何回答才好。

郭总继续发挥："所以在我这里，我有一条基本的政策，凡是下围棋的，一概视为不务正业；凡是下象棋的，一律视作跨世纪的人才。人才难得呀，不仅要加紧培养，还要委以重任。比如像刘大师这样的人才，到我这里工作，先给个处长干干，过一年再升为局长，四室一厅的房子，一辆皇冠轿车，人才嘛……"

刘海英忙说："郭总，您说话可得算数呀！"

郭总还未搭话，周围的人早就七嘴八舌嚷成一片了："郭总说的能不算数吗？郭总从来一言九鼎，我们这里谁说了也不算，就郭总说了算……"

还有几位插不上话，急得不得了，干脆端着酒杯跑过来，向刘海英敬酒，嘴里"刘局"、"刘局"叫个不住，非要跟刘局长干了这杯，感情深一口闷，"您就是我们的顶头上司了，有您这样的领导，我们就更有奔头了……"

"刘局"没办法，只好求郭总解围，郭总义不容辞，一一代劳。

宾主尽欢而散。

这一天夜里，刘海英和王路都不小心受凉患了感冒。这"热伤风"非同小可，内热外寒，头重脚轻，尤其是刘海英，平时很少得病，一旦得病，更显厉害。第二天原定要给油田的职工讲课，刘海英想，头一回就撂挑子，似乎有点不合适，遂勉强支撑着赶到会场。

郭总一见，吓了一跳，但见刘海英两个眼圈乌黑，面容憔悴，别有一番弱不胜衣之态，不由得关切地问道："刘大师，昨天晚上没睡好吗？"

刘海英脸一红，掩饰说："昨天晚上备课，备得晚了一点，就有点睡不着了。又开着窗户，结果着了点凉。"

郭总说："您是国宝级的人物，可要为国善自珍重啊！"

讲课前，郭总致辞，借题发挥说："刘海英刘大师虽然患了感冒，仍旧拖着病弱之躯，来为我们讲课。这是什么精神？这是'一不怕苦，二不怕死'的革命精神，在改革开放的今天，我们更需要这种精神。油田党委号召全体职工向刘海英同志学习，为把我们油田创造成一流企业而奋斗！"

在场的象棋爱好者都振臂高呼："向刘海英同志学习！向刘海英同志致敬！"

在一片欢呼声中，刘海英笑容满面地走上台，说："同志们，今天我们讲第一课，题目是'中国象棋的布局类型之一——仙人指路'……"

就这样，刘海英和王路在油田展开了象棋普及活动。白天两人坐车到油田各处授课，下棋导棋，有时也做"蒙目多面打"表演，即刘海英背对棋盘，同时与10人下棋，完全凭记忆进行对局，其难度可想而知。与刘海英对阵的都是挑选出来的业余高手，但10盘棋中能和一盘就不错了，其他9盘都是溃不成军，一败涂地。这个表演大受欢迎，许多不会下棋的人也来观战，人们无不惊叹刘大师的记忆力，又见刘大师风度翩翩，光彩照人，许多人都患了相思病。也有不少年轻女性，心里暗暗埋怨上帝，怎么天地灵秀都给了一个人，太不公平了！

7天的时间一晃就过去了，梁园虽好，不是久恋之家。刘海英关心的问题是油田付她多少报酬，以及油田答应给棋院的赞助。尤其是赞助，关系到棋院职工的福利和领导同志的奖金。棋院的领导不懂经营，没干过，也不想干，从来是坐等行政拨款。但拨款就那么一点点，到嘴不到肚的，够买米还是够买面呢？所以平时都是靠拉赞助骗点钱过日子，虽然有点像乞丐似的，但偏有那些冤大头，愿意大把大把往外掏钱，你不骗他骗谁呢？况且这里面也有一些"猫腻儿"，掏钱的人也不白掏，总能得到一笔回扣，掏得越多，回扣也就越多，何乐而不为呢？反正都是国家的钱，最后也都入了私人的腰包。

棋院上上下下都眼盯着这笔赞助，岂容有半点闪失?!

这天下午，刘海英得空去找周处长落实赞助的事。这位周处长是郭总的亲信，这几天陪着刘海英四处转悠，负责接待事宜，彼此已混得很熟。

周处长一见刘海英就笑，有点不怀好意，刘海英问他："笑什么?"

周处长说："笑难道也犯法吗?"

刘海英说："懒得跟你废话，我只问你，赞助款什么时候能给我?"

周处长说："就这事有点麻烦，恐怕不容易解决。"

刘海英一听就火了："你们这么大个油田，怎么能言而无信呢?!"

周处长说："大有大的难处，近来油田也不是很景气，欧佩克的油价一个劲儿下跌，国内走私十分猖獗，油田的货卖不动，有什么办法？再说给你赞助也没有广告宣传效应，明摆着是打水漂，下面肯定一大堆意见，若有个心怀不满的捅上去，上面派个调查组下来，你说这不是没事找事吗?"

刘海英说："虽然没有广告效应，但你们这是振兴文体事业，对精神文明也做出了很大贡献嘛。"

周处长说："不说这话还好，一说这话我就脸红，谁知道这笔钱拿回去就都发了奖金，入了私人腰包，莫非给你们棋院的人发奖金，就算对精神文明做贡献?"

刘海英一听这话，明摆着想赖账，一时竟不知如何是好。翻脸吧，只会把事情越弄越糟，不翻脸又忍不下这口气。当下只得耐着性子，强作笑脸说："周处，这事可有商量的余地？究竟怎样，请你给句痛快话!"

周处长说："说来说去，其实我说了也不算，关键还在郭总，只要他说给，别人再有意见，也只当是放屁。"

刘海英说："那么，郭总到底说给还是不给?"

周处长又是暧昧一笑，"那就要看你了。"

刘海英说："什么意思？"

周处长说："什么意思呢，不妨打开天窗说亮话，我们郭总对你十分仰慕，他想今晚请你吃饭，单独约会。这可是个绝好机会，你若表现得好，郭总一高兴，那点赞助算什么？小事一桩。郭总说了，还要额外送给你 5000 元作为补偿。"

刘海英说："放他妈的狗臭大驴屁，把我当什么人了？竟敢这等脏心烂肺，小心我告他！"

周处长说："按说他提出这样的要求是有点过分，但他既然敢提出来，就不怕你告，明白我的意思吗？"

刘海英说："不明白。"

周处长说："有些话还是不说为好。"

刘海英说："但说无妨！"

周处长说："真让我说？"

刘海英说："请！"

……

周处长微微冷笑，就如一只猫玩弄一只老鼠，看着这只漂亮的老鼠快要精神崩溃的样子，心里不由得产生一种快感。

刘海英忽然嫣然一笑，说："周处，这么些天了，我还不知道你是什么处的处长？"

周处长说："不过是小小的人事处处长而已。"

刘海英媚眼如丝，"我倒不知道，你这个人事处处长原来还干这种'马泊六'的勾当。"

周处长叹了一口气："没办法，体制的问题，你再有本事也没用，不搞好上下级的关系，终将一事无成。"

刘海英说："只让你当处长，真是有点委屈你了。"

周处长说："看来刘大师已经想通了？"

刘海英说："郭总请吃饭，我能不去吗？再说郭总一向对我很照顾，我也要交一交他这个朋友！"

周处长说："刘大师果然不愧是刘大师，似你这般灵活变通，前途实未可限量！"

这天晚上，刘海英单刀赴会，勇闯"鸿门宴"，事关棋院全体职工的福利，她心中有一种使命感，决心不惜一切代价，也要把赞助弄到手。

郭总在海滨有一栋小别墅，四周拦着电网，不仅配有保安警戒，还养着两只德国纯种狼狗，外人休想靠近。里面的设施一应俱全，配有特级厨师和侍应小姐，服务水准绝不亚于五星级酒店。

晚餐吃的是淮扬菜，取其清淡而已。郭总是美食家，但他害怕吃得太油腻，肠胃不舒服，影响了后面的主要"节目"。为了这场"节目"，他做了精心准备，吃了不少"金枪不倒"之类的补药。他的这些药是从广州街面的小摊上买来的，出处和功效都很可疑。当时"伟哥"还没有问世，一些所谓的特效药，其实都是骗人的玩意儿。况且这类药即便确有功效，也是扶强不扶弱，似他这般年纪，就是吃一吨下去，也如灌到衰草枯杨之中，作用也就很有限了。

吃罢饭，稍事休息，郭总迫不及待地领刘海英去卧室。两人逢场作戏，也无须酝酿情绪，烘托气氛，像两只山猫，脱衣上床，直奔主题。郭总本想好好表现一下他的大男子气概，叱咤风云，笑傲江湖。可惜他本事不济，一交手便原形毕露，这种事，地位、权势都帮不上忙，只不过出乖露丑而已。

刘海英心里恨他为老不尊，存心使坏，略微施展手段，三下两下，郭总就高举双手，缴械投降了。郭总也筋疲力尽，他想让刘海英留宿，搂着睡一会儿，但心存顾忌，害怕事情万一败露，有损他的名誉，所以趁天还未亮，叫司机开车把她送回了招待所。

第二天上午9点，郭总又准时出现在办公大楼，衣冠楚楚，道貌岸然。从他进门的那一刻开始，凡是见到他的人，无不毕恭毕敬尊称一声"郭总"。郭总脸上浮着慈祥的微笑，不时点头，有时还停下来寒暄两句，或开一句无伤大雅的玩笑，幽默亲切，平易近人，没有一点架子。

周处长早已恭候多时，见郭总驾到，忙站起来，皮笑肉不笑，正想说什么，郭总正眼也不瞧他，径直走进办公室，关上了门。

周处长请秘书去问，郭总说："叫他等一会儿。"周处长只好耐心等待，和秘书小姐磨磨牙，吃吃"豆腐"，招她一通白眼，骂他"一脑袋垃圾，比茅厕还臭"。周处长听了，嘻嘻一笑，浑身都觉得舒服。

过了约半个小时，周处长又求秘书去问，郭总才答应接见他。

周处长哈着腰走进郭总办公室，诚惶诚恐地说："关于北京来的刘海英同志的报酬及奖金问题，要请您批示一下。"说着将财务报表呈递上去。

郭总戴起老花镜，仔细审阅一遍，皱眉说："既然已经给了赞助，再给5000元奖金是否太多了一点？"

周处长说："按说刘海英同志在油田辅导期间，任劳任怨，表现突出，给她发点奖金也是应该的。但我们既然已经给棋院赞助，即使不给她奖金也说得过去。究竟如何，还请您裁夺！"

郭总说："老周，你坐下嘛。"

周处长说："站惯了，站着说话方便。"

郭总说："坐下、坐下，到我这里不要拘束。"

周处长这才遵命坐下，但也只坐了一个边，身子微微前倾，好像随时准备站起来。

郭总说："刘海英是大师一级的人物，我们不好亏待她，5000元就5000元吧，要使一部分人先富起来，不能只算经济账，不算政治账！"

说着，郭总拿笔在报表上批示："同意！"并签下了自己的大名。

周处长拿着报表和批示到财务处，有郭总的签名，自然一路畅通无阻，顺利地取出现金。等刘海英来找他时，他就把钱和返程机票一齐给了她。刘海英清点无误，周处长又拿出一张回执，请她签字。刘海英扫了一眼数目，发现钱数不符，多出3000块钱，便问是怎么回事？

周处长说："这几天也有一些工作人员为你们服务，总要给他们发一点奖金。但这笔钱不好下账，所以就算在你的头上了。"

刘海英想想，这也是惯例，反正大家一起吃国家，倒也不必太过认真，遂签了字。

周处长说："晚上还有一个宴会，为你和你徒弟践行，但郭总临时有事，怕是不能出席了。"

刘海英说："恐怕还有一桩事……"

周处长说："什么事？"

刘海英说："我有一盘录音带，要不要听一听？"

周处长想了一下，不知该如何办理，刘海英所说若是真的，显然对郭总大大不利，但自己是坚决捍卫郭总的利益，还是落井下石，一时难以取舍。

后来周处长说："不听也罢，不过我希望你把它藏好，将来或许能派上用场！"

刘海英说："我有一句肺腑之言，也希望你带给郭总！"

周处长说："一定，一定。"

刘海英说："有一句老话：'别看你今天蹦得欢，留神你明天拉清单！'希望他善自珍重！"

周文庸是怎样一个人？了解他底细的人说："他是事业上的弄潮儿，生活中的低能儿。"

周文庸称自己是一个天生的赌徒，他在棋上有一定的天赋，"天赋"加"敢赌"是他成功的关键。在一个特殊的时间和一个特殊的地点，成就了一个不大不小的神话。

但是在生活中呢？生活中的周文庸只能算是一个"低能儿"，洗衣服洗得皱巴巴，白衬衫能洗成蓝衬衫；做饭不是做得一塌糊涂，就是把饭烧焦；走路时脑子里不知想些什么，一不小心就撞到电线杆子上……

周文庸喜欢大吃大喝，没有节制，是名副其实的饕餮之徒。成了名人之后，到处有人请吃请喝，他老兄来者不拒，如鱼得水。

有一次高世平和赵牧做东，请他在"东来顺"吃涮羊肉。当在座的所有人都酒足饭饱之后，周文庸站起来，声言他要"站好最后一班岗"，又要来8盘羊肉片，一鼓作气干了下去，肚量实在有点惊人。

但他最爱吃的还是生鱼片，一顿饭吃下去一两千块钱是常事。

当然，大多数时候也不用他自己掏腰包。

有一次他在新侨饭店和几个朋友吃生鱼片，邻座有一位日本人认识他，叫过服务员说："周先生要什么，你只管上，他的饭钱由我来付！"

服务员将日本朋友的好意转告给周文庸，他隔着桌子向对面张望一下，发现并不认识那个日本人，心中有些迷惑，只好举手致意，日本人也满脸堆笑地连连点头。

周文庸心想：既然有人自愿付钱，咱们也别辜负了人家的好意，于是又要了几份生鱼片，一瓶 1919 年产的法国马多利葡萄酒。这一顿饭足足干了 4500 块"现大洋"，直把他老兄撑得道儿都走不动了，解开裤腰带，坐在那里一个劲儿地喘粗气。后来他才想起该去向人家日本人表示一下谢意，抬头一望，谁知那位日本朋友已经悄然退席，不见了踪影。

周文庸连说："坏啦、坏啦，也不知道这个日本鬼子付钱没付钱，要是没付可就糟了！"

朋友问："怎么呢？"

周文庸说："不瞒你们说，我今天没带钱！"

朋友说："今天可是你要请客的。"

周文庸说："是我请客，但我走得太过匆忙，结果就把钱给忘了！"

朋友说："那怎么办呢？要是日本鬼子没付，只好我们几个凑一凑，还不知道够不够呢？不行就把裤子留在这儿，光着屁股回家吧！"

周文庸叫过服务员，硬着头皮说："算账！"

服务员说："您就不必费心了，已经有人付了。"

周文庸和一帮狐朋狗友立马又活过来了，一个个人五人六地又开始吹牛。

周文庸说："瞧把你们吓的，还光着屁股回家！咱们是什么人，咱们出来吃饭，还用带钱吗？"

周文庸的行径大抵如是，不善家务，走路撞电线杆子，胡吃海塞又不愿付钱，丢三落四，但又喜欢吹牛。还有一个毛病，见了小姐就走不动道儿，关于这一点，我们以后再说。

总之，像他这样一个人，生活中若没有一个人在左右扶持，会处处碰壁，一塌糊涂。幸亏有个罗珊这样的贤内助，时时刻刻像照顾孩子一样地照顾他，免去了他的后顾之忧，使他得以专心一致地在棋上发展。

罗珊是一位福将，给周文庸带来了好运。

为什么这样说呢？原因是周文庸取得的辉煌成绩，从而勾勒出一个"周文庸时代"，都是在他与罗珊结婚后的那几年，约10年不到的光景。等他与罗珊离婚以后，好运也随之而去，成绩立刻一落千丈，惨不忍睹，以致有人总结出一条"定律"：周离不开罗，罗离不开周，周若离开罗，狗屁也不是！

这似乎不是迷信，冥冥之中仿佛有一种力量在左右着因果关系，有叫人说不清的地方。

俗话说"人走时气马走膘"，机遇对于一个人来说，往往比才能与勤奋更起作用。论天赋，周文庸只能算中等资质；论勤奋，他老兄更不值一提。但是他赶上了好时候，一夜成名天下知。在他之后，有人比他更有天赋，也比他更勤奋，但时过境迁，他们再也达不到周文庸那样的辉煌了。

周文庸的成名依赖于一个特殊的历史时期。一方面，当时正处于改革开放的初期，百废俱兴，棋类也开始恢复，走上振兴之路。另一方面，当时中国的国际象棋大大落后于俄罗斯等强国，有一件事让中国棋界甚感难堪，多年来一直耿耿于怀。那就是20世纪60年代初，俄罗斯的一个大师级的女棋手来中国访问，横扫千军如卷席，杀得当时的诸多国手面红耳赤，无地自容。您想一个普通大师级的女棋手尚且如此，就不用说那些国际特级大师了。

当时中国棋界对俄罗斯那些特级大师简直奉若神明，佩服得五体投地。如果有人能赢那些特级大师一盘棋，可谓天大的奇迹了。

创造这个奇迹的任务幸运地落到周文庸身上。

周文庸没念过几天书，初中没毕业就赶上"文化大革命"，后来"大拨轰"上山下乡去了。回来以后整天忙着下棋，哪有时间读书呢？像他这类人，俗称"没文化"，若是处在受剥削、受压迫的地位，他有揭竿而起的心劲儿，王侯将相，宁有种乎？燕雀安知鸿鹄之志？为了改变自己的"悲惨"处境，他勇于拼搏，也能充分发挥自己的聪明才智，关键时刻也敢于赌一把，一不留神兴许就成就了一番事业。当然，如果他运气再好一点儿的话。

　　但是这类人有一个毛病，就是经得起贫穷，受不起富贵。"富贵"对他们来说，就像是脱衣服洗澡，身上的丑陋之处，逐一暴露在众人眼前。

　　如今周文庸名誉、地位、金钱都有了，骨子里的劣根性也开始显露出来。最初不过是吃吃喝喝，因为是名人了，经常有人请吃饭。周文庸也没有架子，来者不拒，有吃无类，结交了一帮狐朋狗友，三教九流都有。这帮人无非是傍名人，借以抬高自己的身价，倒也没有什么害人之心。而且他们是真心佩服周文庸，所以投其所好，变着法儿地满足他。你不是喜欢吃吗？好办，咱们三天一小宴，五天一大宴，北京有名的大酒店变换着吃，绝不叫它重样。你不是"色迷瞪"吗？也好办，咱们每回都找小姐作陪，一个个千娇百媚，都有为钱献身的精神，怕只怕你应付不了。你不是喜欢听好话吗？更好办了，咱们专拣好听的说，闭着眼睛胡乱吹捧，若不让你当场心肌梗死，那不算功夫。

　　成天跟这些人混在一起，称兄道弟，周文庸想不"蜕化变质"都很难。

　　平日去酒店吃饭，酒酣耳热之后，照例要去歌厅消遣一下。周文庸五音不全，不愿意献丑，趁此机会与小姐聊聊天，摸摸捏捏，亲热一番，过过干瘾。但也仅此而已，他从不带小姐出去过夜。当时他还自顾身份，不敢过于放浪形骸。何况家中有一只"母老虎"，常作河东狮子吼；又怕小狐狸精们不干净，万一沾染上梅毒、艾滋病，找谁说理去？

　　当时有一位记者采访周文庸，问他下棋之外还有什么爱好？

　　周文庸心无城府，推心置腹地说："我这辈子有三大爱好，一爱喝酒，二爱打麻将，三爱跟小姐聊天。"

　　据周文庸解释，喝酒可以表现男子汉的阳刚之气；打麻将是一种很好的智力活动，下棋下累了，打打麻将，换换脑筋，也是一种积极的休息；至于第三大爱好，他也没多做解释。但那原本也用不着解释，难道你不喜欢跟小姐聊天，倒喜欢跟老太太聊天？

　　后来，记者将他的三大爱好公之于世，立刻引起一片舆论哗然。

　　有人说周文庸这个人太傻，一看就知道没文化。这种事只能闷在肚子里，怎好跟外人说呢？依照咱们这儿的规矩，就算你天天逛窑子，表面上也得做出道貌岸然的样子，把那"扫黄"的话儿挂在嘴边上，一天唠叨它三遍、五遍。难道真说自己逛窑子去了？你什么意思？活腻烦了，想找死吗？

　　不过当时周文庸正红得发紫，谁敢指责他的不是呢？大家都遵照"为尊者讳"的传统，或装聋作哑，或曲为解说。有人在报刊上发表文章，通过周文庸的爱好，论述成功者的成功之道，说周文庸的例子说明了一个道理：一个人要想在事业上取得成功，既要有为国争光的雄心壮志，又要讲求科学的方式、方法，二者缺一不可。

　　这位老兄笔法高深，不知所云。按咱们私下揣摩，"雄心壮志"云云，大约指的是喝酒；而"讲求科学"，则显然是指打麻将了？至于"和小姐聊天"，他却没提。大概这个问题比较敏感，所以暂时回避，大家心照不宣也就是了。

　　为什么说暂时回避？因为眼下周文庸不过是个政协委员，但若他一直升上去，官越做越大，就不好说了。

　　幸好后来周文庸不升反降，所以直到今天，我们也未能领略"成功之最大秘诀"是什么。

　　对于周文庸的三大爱好，当时只有一个人斥之为"狗屎"，这个人就是罗珊。

大概是经常在一个床上睡觉，太熟悉而变得麻木，对大家都津津乐道的"成功秘诀"，她反倒充耳不闻，视而不见了。

这也说明了一个道理：你最亲近的人可能是最不了解你，也最不愿认可你的人。

对喝酒，罗珊还勉强可以接受，但她也经常在周文庸耳边唠叨，说"酒能乱性，酒能伤人"，劝他少喝一点，往往弄得周文庸很不高兴。

他想表现男子汉的气概，可有人偏不让他表现，你说烦不烦？

对于打麻将，罗珊可谓深恶痛绝，有时竟会到不可理喻的地步，这可能是性格使然。她认为打麻将没有丝毫意义，纯粹是玩物丧志，荒废大好光阴。有人告诉她，周文庸说打麻将是一种积极的休息。罗珊不屑地说："鬼话，他哪儿是积极的休息，他是想跟那些小狐狸精们鬼混！"

至于和小姐聊天，那是罗珊最不能容忍的事情，这也是她的职责所在，即为人妻，卧榻之旁岂容他人酣睡？

按罗珊的观念，爱情就是两人的世界，具有排他性，不能容许第三者拨乱其间。

但周文庸不同意这个观点，他认为两人的世界固然精彩，但也容易变得乏味。何不来一个第三者从中搅和搅和，反而倒能体现生活之美。

俗话说："有比较才有鉴别。"你不多试几个女性，又怎知不同女性之间的差异？人生不过几十年，如白驹过隙，转瞬即逝。你有什么理由非要人家在你这课树上吊死？容忍你的种种缺点、毛病，还要俯首帖耳，忠贞不贰。凭什么呢？难道就凭一张结婚证吗？也太过残忍了吧！

一开始，周文庸酒足饭饱，余兴未尽，就带几个朋友到家打麻将。

罗珊从不给人家好脸看，而且她脾气火爆，不管不顾。有时天晚了，哥儿几个商量要挑灯夜战。罗珊二话不说，上前把牌桌一掀，弄得大家都很尴尬。谁能不识趣呢？赶忙起身溜之乎也。

牌友走后，周文庸和罗珊也免不了一场口舌。周文庸指责罗珊不给他面子，人家好歹是客，咱们大面儿上得晾得过去，不要太失风度了！

罗珊说："我没风度，你去找有风度的呀！你要打麻将别处去打，我这里不行。下回再来，我照样轰！"

罗珊划出了道儿，周文庸只好照方抓药。当时只为息事宁人，不愿伤了夫妻感情。

这之后周文庸想打麻将，就到外面去打，或是棋院的宿舍，或是朋友的家里。有时实在找不到地方，就去酒店开一间房。没有罗珊在一旁啰唣，周文庸的感觉好多了。每次都带两位小姐，花容月貌，风度翩翩。打牌的赌注也越来越大，充满了刺激。周文庸自诩是个天生的赌徒，不过他的这些狐朋狗友绝非庸手，倒没把周文庸那点牌技看在眼里。但他们不敢赢周文庸的钱，怕他不高兴，所以就像串通好了做局一样，不时输给他一点钱。这些家伙醉翁之意不在酒，况且都是些大款，生性犯贱，赢点小钱他觉得没意思，浑身不自在；输点反倒心里痛快，连大便都会通畅许多。

周文庸出身"贫贱"，从小过惯了苦日子，如今鸟枪换炮，今非昔比了，但也很难抵御金钱与美色的诱惑。那段时间，他对打麻将上了瘾，一个礼拜总要打两三回。有时还连轴转，从晚上打到第二天天亮，睡一觉起来接着打。他的那些牌友也都招之即来，来之能战，战之能败。把个周文庸糊弄得家也不回，有点乐不思蜀了。

周文庸不常回家，罗珊独守空房，寂寞难耐，脑子里不免产生点非分之想，以为周文庸在外面有了艳遇，心里猫抓一样地难受，不由得四处打电话，寻找夫君的下落。谁知周文庸早算计到她有这一手，预先做了防范，所以十回有八回她是"生不见人，死不见尸"，差一点就打 110 报警了。

后来罗珊也学乖了，她不找周文庸，而是找他的牌友，终于探知周文庸的确切位置。她便悄悄寻上门去，把周文庸和一帮狗男女堵在了屋里。

罗珊一看，居然还有千娇百媚的小姐在座，顿时打翻了醋缸。但你骂周文庸得啦，她又不骂周文庸，反把矛头对准在座的小姐，什么"婊子"、"狐狸精"、"不要脸"，专拣"好听"的说。

那些小姐也不是善茬儿，心平气和，洗耳恭听。等罗珊骂累了，准备歇息一下，她们才不紧不慢地开了腔。

有一位小姐问周文庸："这是谁呀，莫非是尊夫人？"

周文庸闭口不答。

另一位小姐说："这还不离婚等什么呢？"

一位牌友说："你什么意思？离了婚，你嫁给他呀？"

那位小姐说："嫁就嫁，有什么大不了的！"

几个人一唱一和，把罗珊气个半死，怔怔地半天说不出话来。

周文庸始终一言不发，他是个内向的人，有事宁可憋在心里，不愿当众出丑，让别人看笑话。但他心里的愤怒已经达到了极限，随时有可能像气球一样爆炸。

罗珊了解他的这一性格，心里也有点害怕。

周文庸什么都能容忍，就是不能容忍在漂亮小姐面前不给他留面子。

罗珊虽然是他老婆，但老婆也不行！

回到家以后，周文庸向罗珊提出离婚的问题，他说："老像你这样无理取闹，这日子没法过了！"

罗珊说："离就离，孩子归你！"

周文庸说："孩子归我没问题，你写个离婚申请书吧。"

罗珊说："凭什么我写离婚申请书？"

周文庸说："这种事法院一般首先考虑妇女的权益，你写法院判得快！"

罗珊说："我不会写，还是你写吧。再说也是你先提出来的！"

周文庸原想承担这个光荣的任务，但仔细一想，发现自己也难以胜任，原因是自己的笔头子不行。平时有记者约稿，他吭哧半天，写个二三百字，里面却有二三十个错别字。后来他也想通了，再有记者约稿，他就请人捉刀代笔，然后署上自己的大名，稿费一人一半，倒也省事。

只是写离婚申请书，你总不好也雇枪手吧？这要传出去还不让人笑掉大牙？

周文庸心想：原来离婚也这么麻烦，既然如此，不离也罢！

两人都有点怕麻烦，决定先凑合着过，等《婚姻法》修改了以后再说。但心存芥蒂，难以释怀，结果一个多月谁也没理谁。而且暗中较劲儿，看谁没出息，忍不住先跟对方搭话。

这期间有一个宴会，邀请二人参加。罗珊原想赌气不去，但领导发话说："这次宴请的是重要外宾，事关国家荣誉，必须准时出席！"罗珊还算识大体，尽管满心不愿意，还是打扮得漂漂亮亮，挽着周文庸的手臂，一起出席了宴会。

席间，主持人开始介绍来宾。周文庸也算有头有脸的人物，需要隆重地推介出去，以壮声威。"这位是政协委员，中国棋院总教练，周文庸先生！"

周文庸起身，微笑着点头示意，掌声四起。

主持人又介绍罗珊："这位是周文庸的夫人……"

罗珊站了起来，但不知为何，主持人没继续往下介绍。罗珊不高兴了，突然高声说："我不是什么周文庸的夫人，我有名有姓，姓罗名珊，罗珊！"

主持人一愣，整个宴会厅静得像太平间，一根针掉下去也听得见。幸亏主持人有应变之才，忙说："罗珊女士是我国棋坛的一员宿将，战功赫赫，享誉中外……"

经她这么一说，宴会厅里的人才算活了过来，稀稀拉拉拍了几下巴掌。

罗珊此举不过是心有怨气，不发泄一下不痛快，其实并无深意。但在不明真相的人眼里，却有点捍卫"女权"的味道。这要在西方，就可能成为大大的英雄了。但我们国家一向崇尚男女平等，你再弄出这个问题，就显得有点别有用心了。

有评论家说："罗珊的这番话如果发表于1780年美国独立战争期间，那历史就将记上一笔了。可惜她选择了一个不恰当的时间，又选择了一个不恰当的地点，所以她的这番话不仅不能载入历史，还要挑挑她的语病：你不是周文庸的夫人，那你是谁的夫人呢？"

周文庸认为这个问题提得很好，可谓一针见血。

你明明是周文庸的夫人，却在大庭广众之下予以否认，睁着两只大眼说瞎话，这是什么问题？这就是品质的问题了！

既然你这么讨厌做周文庸的夫人，好，我周文庸也愿意成全你，还你自由，让你去做别人的夫人。

男子汉大丈夫嘛，宁可天下人负我，我不负天下人，一定要做到仁至义尽。

离婚！

周文庸再次向罗珊提出离婚。这回他可是认真的，特地找了两个做律师的棋迷朋友，咨询离婚的有关事项，但结果令他十分沮丧。据律师的说法，离婚双方还需有一段分居期，才可向法院递交诉状。法院照例先做必要的调解，才能进入审判程序。此外，财产的分割、孩子的赡养也会翻来覆去地扯皮。即便法院宣判了，如有一方不服，还可向上一级法院申诉，于是一切又要从头来过。这是一场旷日持久的官司，没有三五年恐怕下不来！

周文庸心说："我的妈呀，三五年？咱们是否还活在这个世上都说不定呢，没准哪天大街上一不留神就让车撞死了，谁有那个耐性呢？"

算了吧，为了孩子，先凑合着过吧！

俗话说："家和万事兴。"夫妻二人居家过日子，少不了磕磕碰碰的事。只要彼此都持平和的态度，遇事先为对方着想，各退一步，有什么解决不了的矛盾呢？

只是周文庸和罗珊都是个性极强的人，犹如针尖对麦芒，谁也不肯相让，把在棋盘上争强斗胜的精神错用在夫妻关系上，那后果就可想而知了。

那几年，周文庸和罗珊的感情时好时坏，好好坏坏，不好不坏。离婚的话头也时常提起，但终于也没离成。两个人似乎也习以为常了，把个离婚当作了大白菜。大鱼大肉吃腻了，偶尔炒一盘醋熘白菜，败败火也好。看样子若不发生意外，两人就会一直"醋熘"下去，直到去见上帝为止。那样的话，两个人的墓碑上怕得刻上八个大字：白头偕老，海枯石烂。

刘海英回到北京以后，越想越气，她觉得油田郭总把她一个大师级的人物竟当妓女一样看待，是可忍，孰不可忍！她想告郭总一状，可苦于没有证据。后来她给中纪委写了一封信，把她在油田的所见所闻如实反映了一番，中纪委也派人来和她谈话，调查核实了一些情况。可来人走后就没了下文，刘海英心里明白，自己人微言轻，要想扳倒郭总恐怕不那么容易。

过了半年多时间，有消息传来，油田的郭总被停职审查。后来中纪委为此发了通报，列举郭总罪状若干：决策失误，造成国家重大损失；贪污受贿，情节严重；生活糜烂，影响极坏……开除党籍，撤销党内外一切职务。目前案件已移交检察机关审理，不日将向人民法院提起公诉。

刘海英是从报纸上看到这则通报的，心里暗暗吃惊，知道这回上面是动真格的了。从报上披露的贪污受贿数额看，起码要判 20 年以上的徒刑，看来郭总是要老死在狱中了。

刘海英最关心的问题是郭总会不会牵扯到自己，因为自己和郭总也有过一段不寻常的关系，既非光彩，也不露脸，说出来只会让世人耻笑。过去好歹还是一位威风八面的老总，如今只是一个人人唾骂的贪污犯，狗屎一堆。何况从这件事还可能拔出萝卜带出泥，把她的丑事一起抖搂出来，她能不担心吗？

刘海英连忙将通报中"生活糜烂"的段落仔细看了一遍，上面列举了几件事情，无非是金屋藏娇、公款嫖妓、乱搞男女关系之类，也举出了几位女士的大名，其中并无"刘海英"三个字，这才放了心。

后来，当地检察院派人来北京调查，顺便到棋院问"赞助"的事，先找棋院领导，后又找刘海英谈话。他们主要是想了解油田方面有无吃回扣的情况。刘海英觉得郭总再坏，世人皆曰可杀，但并无亏负自己的地方，不愿落井下石，一口咬定没有此事。来人见问不出什么，也就算了。

但通过这次谈话，刘海英却了解到一个意外的情况，原来这次郭总贪污受贿一案，周处长还立了大功。不仅举报在先，而且还在破案过程中提供了重要的线索和证据，使案件得以顺利侦破。

如今周处长官运亨通，已被提拔为油田党委委员，经销部总裁。再见面就不能称呼"周处长"，而要叫"周局长"了。

刘海英心里老大不解，这位周处长和郭总明明是一根线上拴的蚂蚱，怎么倒成了漏网之鱼？那渔网是不是窟窿太大了一点？就算是漏网之鱼也不要紧，怎么又狗戴纱帽，沐猴而冠了呢？过去咱们一向是"残酷斗争，无情打击"，八竿子打不着的也要整出屎来，如今怎么了，这般心慈手软？

刘海英想不明白，她原本文化不高，只认识"车"、"马"、"炮"，这么复杂的问题，对她那单纯的小脑瓜是过于困难了。这种时候，她也会像大多数人一样，既然想不明白，干脆抛在一边，去想比较简单一点的问题了。

王路哄骗女孩子，大抵靠的是花钱。

他虽然也是个小白脸，但还达不到黎明、刘德华那样的程度，让女孩子一见就走不动道儿。

他的特点就是大把大把地花钱，从不吝惜。有些没见过世面的女孩子，不知他的底细，以为遇见了富家子弟，家里不定多有钱呢。禁不住怦然心动，不由自主就把身子贴了上去。

其实王路7岁时就死了爹，他的老妈只是街道小厂的工人，一个月几十块钱的工资，也只够买米买面，家里穷得叮当响。他老妈含辛茹苦拉扯他，也没指望他光宗耀祖，只求将来孝顺一点，养老送终也就是了。

也不知哪炷香烧错了，王路竟成了老王家坟头上的一棵蒿子。小小年纪就进了棋院，挣上了工资，而且"王路"两个字还不时见诸报端，也算小有名气了。街坊四邻都说王路的老母有福气，羡慕得眼都红了。老太太自己也有点迷惑不解，有时一个人坐在那里，想起这些事，脸上浮现出些许奇怪的微笑。她想：男女之间也不过就是瞎鼓捣，哪里做得了准儿？难道当官的就一定鼓捣个当官的，当工人的就非鼓捣个当工人的不可？她不由回忆起怀上王路那时的事，有一天，她那位"老不死的"喝醉了，回到家里一见她就扑了上来，把她摁倒在床上，像是要杀猪一般。她吓坏了，拼命挣扎，死活不从，"老不死的"发火了，一拳打在她的眼睛上，眼睛顿时肿得馒头似的，什么也看不见了。"老不死的"把她的裤子扯得粉碎，那情形就像是强奸一般，结果就怀上了王路。

老太太想："难道是酒精起了作用？再不就是那一拳起了作用？反正酒精加拳头就鼓捣出一个象棋大师，特别的地方就这么两样，你要说是'偏方'，我也没意见；你要说不是'偏方'，我也不跟你争，瞎鼓捣呗。"

王路在待人接物上倒颇有乃父乃母的遗风，遇事总要瞎鼓捣一番，只图痛快一时，不计后果如何。他常讲："管他五七三十六呢，先弄他一下再说！"

比如对李婷婷，他就想先弄她一下再说，至于弄完了会怎样，他就不考虑了。他请婷婷吃饭也是如此，月初刚发的工资，1000 多块钱，一顿饭就吃得精光，往后的日子怎么过？他连想都没想。有道是"车到山前必有路，船到桥头自然直"。这年头不许偷，也不许抢，还能有什么好办法？只好把别人的钱借来花花，大不了"要钱没有，要命一条"，不还他就是了，有什么了不起的？至于跟谁借钱，也没有准主儿，大街上转一遭，逮着谁算谁，就看谁倒霉了。

这天傍晚，王路下班回家，骑辆破自行车在胡同里转悠。他并不急于回家，也不想吃他妈做的小饭菜，想起就心烦。路过小饭馆，随便吃一口吧，可兜里没钱。说没钱也是瞎话，归里包堆还剩一块两毛八分，就是要二两米饭，一盘炒豆腐，也吃不起。王路心想：这日子没法过了，有人燕窝、鱼翅撒开了吃，有人吃一盘炒豆腐都吃不起，天底下还有没有公理？

王路真想大叫一声，骑着他那辆破车，一头朝公共汽车撞去，忽然心里一动，想起刚刚过去的一个四合院里住着他的一位熟人。

这位熟人姓胡，过去是一位短途送货的"板爷"，跟他老爸也算是同一条战壕里的战友。两人都是喝酒不要命，醉了就躺在街上，让自行车往肚皮上轧。后来两人拜了把子，人称"王老大"、"胡老二"。王路小时候管他叫"二叔"，说来也算是一位长辈呢！

王路最近听老妈说，胡二叔这二年比那二年可不一样了，自打退休以后，倒腾起虎皮鹦鹉，着实发了一笔小财，穿起了西服，架子烘烘，不大爱理人了。

王路已经有好几年没见胡二叔了，老妈说起胡二叔，他也是左耳朵进，右耳朵出，根本没往心里去。今天也是碰巧路过，忽然想起老妈说的话，心想：已然到了家门口，何不进去探望一下虚实？要是老家伙真发了财，就顺手牵羊弄他俩钱花花，谁让他是"二叔"呢。"二叔"、"二叔"，这"二叔"是那么好叫的吗？

这么一想，王路自以为得计，把他那辆破车往墙边一靠，走进了四合院。只见院里盖了不少违章建筑，凌乱不堪。王路正想找个人打听一下，忽听叽叽喳喳鸟叫的声音，循声望去，只见东厢房的檐下挂着一溜儿的鸟笼子，知道那必是胡二叔的家了。走过去，往门内探头探脑，见有个老头坐在躺椅上，旁边小茶几上放着一只鸟笼，那老头手里拿着小勺，一边喂鸟，一边跟鸟说话，其状甚是亲密。

王路心中暗笑，一步跨进门去，说："胡二叔，您老好哇！"

胡二叔抬头一看，眼生，便问："你是来买鸟的吧？"

王路说："您老不认识我啦？我是王路！"

胡二叔说："王路？噢，你是小王胖子的弟弟吧？"

王路一看，不搬出他老爹的牌位是不行了，遂说："我是王伟仁的儿子！"

胡二叔一听"伟仁"的儿子，才明白过来："原来是大侄子，坐、坐！"

王路坐下后，四处打量一番，发现这屋子装修得有点特别，材料倒是好材料，就是有点大材小用，让人感觉别别扭扭，有点穷人乍富，有钱没处花的意思。王路心说："不会花没关系，我帮你花花。"

胡二叔说："听说你小子出息了，都混成什么大师了，有这回事吧？"

王路说："毛毛雨，不值一提。"

胡二叔说："外面下雨了吗？"

王路说："雨倒没下，就是有点风。"

胡二叔说："你妈还好吗？"

王路一听，顿时来了灵感，眼圈一红，眼泪"扑簌扑簌"掉了下来。

胡二叔吓了一跳，忙问："你妈怎么啦？"

王路抽抽咽咽说："我妈……她老人家……过去了……"

胡二叔又吓了一跳，问道："大前天我在街上还碰见她了，怎么说过去就过去了？"

王路说："心脏病发作，拉到医院已经晚了。"

胡二叔叹口气说："人老了就是这样，瞧着好好的，说闭眼就闭眼。这么着也好，总比得了绝症，想死又死不了，成天拖累人的好。"

王路说："您老说的也是，不过我这做儿子的，倒希望他老人家得的是绝症，娘儿俩好歹天天还能见面，就是端屎端尿我也心甘情愿。"

胡二叔说："你妈也是命苦，你爹死得又早，她寡妇失业地拉扯你，竟是一天好日子没过。你小子要再不争气，可就对不起她了。"

王路说："可不是，她老人家生前我也没能好好孝顺，所以我想把她老人家的后事办得隆重一些，也让她老人家风光风光。"

胡二叔说："唉，做子女的都一样，生前不孝顺，死后又想孝顺。不过这也是应该的，有需要我的地方，只管吱声。"

王路说："我想在西山买块地，给她老人家安个坟，以后到了清明去烧钱，好歹也有个准地方不是？"

胡二叔一听，狠狠地一拍大腿："大侄子，还是你想的周到！千万别学眼下的年轻人，爹娘死了，拉到火葬场烧成灰，舀一勺放在盒子里，还不知道是谁的灰呢，又不愿意交保管费，过不了一年，就撒到田里当肥料了。这哪是人干的事呀！"

王路说："只是我的能力有限，想是这么想，不一定办得成。只好像您说的，拉到火葬场烧成灰，就算您骂我不孝，也没办法。"

胡二叔说："不就是缺钱吗？好办！我跟你说，我跟你爹是一个人，跟你娘关系也不一般。想当初你娘怀你的时候，有一回喝醉酒，你爹非说你是我的，明明不是我的，非说是我的，我干吗背这个黑锅？为这事我跟你爹动了拳头，人脑子差点没打出狗脑子，这你就知道我跟你爹的关系有多深了吧？"

王路一听，心中老大吃惊，没想到他妈那样一个人，狮子头一般，居然也会有这等绯闻，你说上哪儿看人去？心想：不如给他们俩撮合撮合，要是能把他们弄到一块儿去，这老家伙的钱不就全归我啦？

正做梦呢，忽听胡二叔问："买一块坟地得多少钱？"

王路一激灵，迟疑地说："起码……也得五六千块钱吧。"

胡二叔说："得那么多钱哪？"

土路一听这语气，似乎是嫌多，心里后悔得不得了，要是因此黄了，不就前功尽弃了吗？

只见胡二叔从裤子口袋里摸出一沓钱，又从上衣口袋里摸出一沓钱，想了想，从屁股口袋里又摸出一沓钱，多是 100 元的票子，点了点，说："我这里有 3275 块钱，零钱我留着，手头总得备点零花钱吧，这 3200 块钱，你先拿去，再凑一点，给你娘把后事办了。"

王路一边说："这怎么好意思呢？"一边把钱接了过来。

胡二叔说："这钱只是借给你的，但我也没有急用，你什么时候有钱，还我就是了。"

王路千恩万谢，有了钱，他就不想久留了。

胡二叔说："你吃了饭再走。"

王路说："我还是先办正事，等有了空再来看望您老人家。"

说着一溜烟跑了，来到大街上，先找了一个电话亭，急呼李婷婷。

不一会儿婷婷回电话了，王路说："姐们儿，干吗呢？"

婷婷说："没事，正闲得无聊。"

王路说："有饭辙吗？"

婷婷说："你想请我呀？"

王路说："没问题，凯莱大酒店，7 点半，不见不散！"

婷婷说："刚抢了珠宝行是怎么的？"

王路说："咱们还用干那种力气活，咱们是什么人，高智商，动动脑筋钱就来了。"

婷婷说："老让你掏钱，我怪不落忍的。"

王路说："只要你乖点，咱们趁今天把事办了就完了。"

婷婷说："去你妈的，做什么梦呢？！"

旁边有一个小子等着打电话，见他眉飞色舞，旁若无人，心里有气，便说："哥们儿，有话见了面再聊好不好？"

王路瞟了他一眼，见那位膀大腰圆，怕不好惹，忙说："没问题，没问题。婷婷，这里有人等着打电话，你现在就动身，咱们酒店大堂见。"

看看表，差10分钟7点，他也不回家，直奔凯莱大酒店去了。

第二天，胡二叔特地去王路家探望。他与王路的爹是一个人，与王路的娘也有点不清不楚。虽说只是枉担了虚名，但毕竟还有这么档子事。如今人都死了，只剩下大侄子一人孤苦伶仃，他这个当二叔的，怎么好意思不关心一下？

说来王路的爹死后，有十几年没到这儿来过了，模样还依稀认得，陋室陈巷，愈加凌乱不堪。胡二叔找到王路的屋前，高声叫道："王路，王路在家吗？"等了一会儿，没人答应，见门开着，就一脚跨进屋去。

只听里屋有人问："谁呀？"随声走出一位老太太。胡二叔一见，吓了一跳，以为撞见了鬼，心说："怎么这么像啊？"忙点头问道："您是……"

老太太也用奇怪的眼神上下打量他一番，问道："你不是老胡吗？"

胡二叔心里愈加发毛，问道："原来您认识我？"

老太太说："你不就是过去拉板车，喝点酒就装醉，现在倒腾虎皮鹦鹉，赚点昧心钱的老胡吗？你就是烧成灰，我也认识你呀！"

胡二叔一听，以为遇见了克格勃的特务，忙赔着笑脸说："您是王路的姨妈吧？"

老太太说："我倒不是王路的姨妈，我是你的姨妈！上礼拜二我在大街上还见过你，这才几天工夫，你就不认识我啦？"

胡二叔一听，什么都明白了，气得浑身乱哆嗦，他想说话，努了半天劲儿，愣是说不出来。突然转身出去了，老太太在后面怎么叫也叫不住他。

老太太怀疑他患了神经病，不就有俩钱吗？烧的！

胡二叔骑上车，没走几步就撞在一位姑娘身上，那姑娘以为他要非礼，吓得大喊大叫。胡二叔也来不及分辨，骑上车就走，刚拐出胡同口又差点跟一辆公共汽车撞个满怀，司机急忙刹车，伸出脑袋问："找死啊？老东西！"胡二叔也只当没听见，仍旧不管不顾地往前冲，一直冲到棋院才停了下来。

一进大门，逢人便问："王路在哪儿？"

有人告诉他："王路在二楼呢。"

胡二叔上了二楼，一个屋子一个屋子挨着找，最后终于在训练室里找到了王路。胡二叔眼都红了，大喝一声："王路！"朝他扑了过去，王路还没明白怎么回事，就被胡二叔薅住脖领子，小鸡崽子似地提了起来。胡二叔问："知道我找你干吗？"

王路说："不知道。"

胡二叔说："今天我要替你爹管教管教你！"

王路说："有话好好说，您先松手！"

胡二叔说："松手？我还要大耳刮子抽你呢！"旁边的人一看两人打起来了，忙上来劝架。有几个姑娘怕王路吃亏，就用身体挤在中间，胡二叔只好把手松开了。

不大一会儿，办公室主任也闻讯赶来了，说："老大爷，您先消消气，有什么话只管跟我说！"

胡二叔说："跟你说管用吗？"

主任说："管用！"

王路怕胡二叔当众揭穿他的丑事，忙把主任拉到一边，嘀咕了几句。

主任就对胡二叔说："请您到我的办公室，咱们慢慢谈好不好？"

胡二叔见主任客客气气，也不好驳人家的面子，就随主任去了办公室，把事情的来龙去脉一五一十叙述一遍。

主任说："怨不得您老生气，王路这孩子也太不像话了，怎么能拿自己母亲的生死开玩笑？"

胡二叔说："听说他还是什么大师，大师怎么会这么下三烂呢？"

主任想了想，感觉这个问题不好回答，忙问："您老看这件事怎么解决才好？"

胡二叔说："他又不是我的儿子，我管他什么德行呢！只要把借我的钱还给我就完了！"

主任打电话找来王路，对他说："给你两天时间，把人家的钱还上！"

王路说："求您多宽限几日。"

主任说："就两天！两天还不上，看我怎么收拾你！"

王路见主任动了怒，也不敢再说什么，只得硬着头皮答应下来。但让他还钱，真比要他的命还难受。昨天傍晚6点多借的钱，24小时还不到，他已造出去800多块钱了！按理说补上这个窟窿并不难，但把钱还了，他又一无所有，这日子还是没法过。

俗话说："节流不如开源。"王路也深明此理，为今之计只有另寻生财之道，才能渡过难关。但谁是他的"观世音"呢？王路把身边的人挨个数了一遍，发现竟没有一个大慈大悲、普度众生的人。有钱的了解他的底细，不会上当；没钱的上当也没用，老鼠尾巴上的疖子——没有多大的脓血。眼光应该放远一些，世界如此之大，还会少了受骗上当之人？

想到这里，王路去找刘海英，一见面就问："'摇头'来北京没有？"

刘海英说："来了。"

"他住在哪儿呢？"

"不知道。"

"手机是多少？"

"不知道。"

"一问'摇头'三不知？"

"知道也不告诉你！"

"那又为什么？"

"怕你坑人。"

"唉，我怎么在你心中变成这个样子了？"

"你以为是什么样子？"

　　王路打听的这位"摇头"，名叫杨品华，也是一位特级象棋大师，人称"西北王"。他下棋时有一个习惯，不管局势好不好，他都一个劲儿地摇头叹息，久而久之，人们就给他起了一个外号"摇头"。这一次"摇头"要去新加坡讲棋，来北京办手续，也活该他倒霉，被王路瞄上了。

　　王路知道"摇头"和刘海英是师兄妹，有一段时间，"摇头"还猛追刘海英，下过不少功夫。虽然最终也没成，但两人的关系却比一般人近一点儿，介乎感情与友谊之间，说不清也道不明。"摇头"是西北汉子，买卖不成仁义在，依旧把刘海英当师妹看待，这也是刘海英佩服他的地方。

　　王路心里明白，自己虽然和刘海英有师徒之分，但在刘海英心里，自己没"摇头"有分量。要想求刘海英帮忙，跟"摇头"借点钱，那是门儿也没有，他只好自力更生，丰衣足食了。

　　他打电话到处询问"摇头"的下落，打了七八个电话，终于问明了"摇头"的确切住址。一个电话打过去，说："哥哥，这就是你的不对了，既然来到北京，怎么不知会兄弟一声？"

　　杨大师说："不敢沾你！"

　　王路说："这是怎么个话儿？"

　　杨大师说："谁沾你谁倒霉！"

　　王路说："咱哥俩也好久没见了，今天晚上我请你，聊一聊。"

　　杨大师说："准又有事求我？"

　　王路说："没有，对天发誓！"

　　杨大师说："既然如此，你就过来吧。"

　　当天晚上，王路把杨大师带到大街上，找了一个稍微像样的饭馆，随便点了几个菜，要了一瓶二锅头。王路知道杨大师能喝白酒，想把他灌晕了再说。

杨大师见王路也有目的，他想了解一下刘海英的近况。自从和刘海英吹了以后，他就老躲着她，但心里又放不下，倩影总是挥之不去。这次他原打算和刘海英谈谈，但到北京以后又放不下架子，不愿主动联系，所以也想找个"线人"探探消息。

王路是个鬼精灵，对杨大师的单相思心知肚明，所以他就把话题老往刘海英身上引。但他明白，刘海英在杨大师眼里，那就如圣女贞德一般，所以他也不敢胡说八道，尤其是他听说的有关刘海英的那些风流韵事，更不敢露半点口风，害怕杨大师一时火起，当场把他掐死在饭馆里。

杨大师忽然问："海英现在有男朋友了吗？"

王路说："没有，她老人家崇尚独身主义，怎么会交男朋友呢?！"

杨大师说："怎么我听人说她正跟一个体操运动员谈着呢？"

王路说："那不过是单相思，剃头挑子一头热，不三不四的就想吃天鹅肉。"

杨大师说："听说这小伙子不仅相貌英俊，而且体魄健壮，倒是百里挑一的人选。"

王路说："头脑简单，四肢发达，骗骗一般小姑娘还可以，我师傅是何等人，能瞧得上他？"

杨大师禁不住一个劲儿地摇头，说："她还想怎么样？莫非真的一辈子不嫁？"

话里话外，一股又恨又爱的情意溢于言表，只要眼睛不瞎，谁看不出来？只有杨大师自己不自觉而已。

王路知道杨大师已经有点走火入魔，就故作神秘地说："有一个秘密，我如果告诉你，你可不能对外人说！"

杨大师说："你的秘密，我没兴趣。"

王路说："不是我的，是我师傅的，你听不听？"

杨大师说："你师傅就另当别论了。"

王路说："到底听不听？听就发个誓！"

杨大师说："有话就说，有屁就放，发什么誓？"

王路说："你别看我师傅表面上冷若冰霜，好像对世上的臭男人都瞧不起，其实她心里暗恋着一个人，只是她跟这个人没有缘分，走不到一起去，所以心里痛苦万分，备受熬煎。"

杨大师说："她暗恋的是谁？"

王路说："反正是圈里的人，我也能猜出个八九不离十，但她老人家又没亲口告诉我，我也只是猜猜而已。"

杨大师说："这算什么秘密？"

王路说："这还不算秘密？这是天字第一号的秘密了，你还想要什么秘密？"

杨大师不说话了，端起满满一杯酒，"咕嘟咕嘟"一口气灌了下去，不大一会儿，脸也红了，眼也红了，一副情场失意、痛不欲生的样子。他把圈内的这几头蒜挨个数了一遍，发现只有自己是合适的人选。但要说刘海英一直苦恋着他，他却无法相信。

"此情可待成追忆，只是当时已惘然。"

往事不堪回首，杨大师欲哭无泪，他长长叹了一口气，想换个话题，遂问王路："你最近忙些什么？"

王路说："做点小买卖。"

杨大师问："什么买卖？"

王路说："从这边进，转手倒给那边，赚点差价而已，没多大意思。"

杨大师问："有多大的利？"

王路说："也就对半的利，小打小闹。"

杨大师一听，差点没跳起来，"对半的利你还嫌少，你想要多大的利？"

王路说："这么点的利，要想成为百万富翁，还不知猴年马月呢！"

杨大师什么都好，就是有一点不好——爱财如命。如今政策宽松了，机会也多了，杨大师大概是上辈子穷怕了，这辈子说什么也要找补回来。平日里凡是带钱的事，他都有兴趣试一试，比如教棋、讲棋、蒙目表演，凡是与他的专业有关的，他都冲在前面，挣些小钱。他也玩股票、期货，希望天上掉一张大馅饼，结果天上没掉馅饼，倒掉下一块大砖头，把他砸得头破血流。此外他也搞些投机倒把，什么衣帽、鞋袜、书籍、电器……这么说吧，凡是他能弄到手的，都要倒腾一回，乐此不疲。此时听王路说有对半的利，不由得心痒难熬，一个劲儿追问王路："到底是什么买卖？"

王路说："马尾穿豆腐——不值一提。"

杨大师瞪着两只血红的大眼，一拍桌子说："你可有点不够意思！"

王路反问道："我怎么不够意思？"

杨大师说："有好吃的东西就一个人独闷儿，一点儿哥们儿义气不讲！"

王路说："不是不讲，是怕讲出来惹你见笑。"

杨大师说："来钱的路子，我见什么笑？"

王路只好瞎编说："北师大一个熟人买了一台速录机，录些港台的片子。我从他手里买下来，再倒给外地的批发商。这里面有一定的风险，你说我能随便说吗？"

杨大师感叹道："这可是大买卖呀！"

王路说："有资金是大买卖，像我就四五万块钱，倒来倒去，想做大也做不大。"

杨大师问："你哪儿来的四五万块钱？"

王路说："小瞧人不是？这年头钱毛得像纸一样，四五万算个屁呀！不瞒你说，我自己还存了点钱，又从我师傅那儿挪了点。"

杨大师一听，原来刘海英也在其中，不由得放了大半个心，便说："我也跟你们掺和掺和好不好？"

王路说："你想怎么掺和？"

杨大师说："我给你们入一股，但就一样，我只管拿钱，别的就不管了。你不是 50% 的利吗？我只要 25%，那 25% 就归你了。"

王路问："你能拿多少钱？"

杨大师说："万把块钱吧。"

王路问："万把块钱能干什么呀？"

杨大师说："我这次带了点钱买外汇，但买不了那么多，所以剩了点钱，留着也没用，不如借给你赚点利息。"

一条大鱼眼看就要上钩了，王路心中暗喜，但表面上仍做出不感兴趣的样子。杨大师生怕事情黄了，一个劲儿说好话，倒像死乞白赖要借钱给王路。

两人吃完饭，回到宾馆，杨大师把人民币都找了出来，说："我这里还有 17000 块钱，我留 1000 块钱这两天用，剩下这 16000 块钱就都借给你吧！"

王路伸手去接，杨大师却把手缩了回来，并说："我这钱也是一滴汗掉地上摔八瓣挣来的，借是借给你了，但不容有半点闪失。"

王路说："哥哥，你放心！你既然信得过兄弟，兄弟也不能让你嗝瘪子。你去新加坡不是三个月吗？三个月回来，兄弟连本带利一齐奉上，如何？"

杨大师说："没的说，写个借据吧！"

王路掏出笔，随便找了一张破纸，"刷刷刷"，写了一张借据。

杨大师看看无误，就把 16000 块钱给了王路。

杨大师心里还挺高兴，三个月就白赚几千块钱，天上掉张馅饼，地下捡个皮夹子，也不过如此，还想怎么样？杨大师以为，这是他尝试各种生意以来，所做的最得意的一笔"买卖"了。

那年是 1991 年，还是 1992 年，记不太清了。

那年的 5 月，在杭州举行了一场重要赛事——世界棋王争霸战。由周文庸与国际象棋冠军、俄罗斯的卡尔罗夫角逐 7 局棋，胜者奖金 100 万美元，负者奖金 10 万美元。

大家都把宝押在周文庸身上，众星拱月一般，小心翼翼地侍候，生怕他赛前有个好歹。有关方面也发出指示，周文庸有什么要求，尽量满足他！中国 960 万平方公里的土地，12 亿多的人口，说什么也要弄个国际象棋世界冠军出来！

周文庸一看这架势，心里明白：缺了自己这个臭鸡子，恐怕是做不成槽子糕了。他不失时机地递上一份申请，要求调房。

棋院领导也不敢怠慢，商量了一下，答复周文庸："不是刚给你分了一套两居室吗？怎么又要求调房？"

周文庸说："这要在国外，像我这样的人，起码要分一套八居室，两居室够住吗？"

棋院领导也不敢辩驳，只得向有关方面打报告，有关方面又向上级请示，然后回复周文庸："只要你能赢卡尔罗夫，一切都好办！"

对于这样的答复，周文庸自然不满意。正巧报社的高世平来采访他，他就对高世平发了一通牢骚，希望高世平能在报纸上为他呼吁一下。

高世平义形于色地答应了，又问他备战的情况，周文庸说："我现在已经戒酒、戒牌，整天在棋院研究对付卡尔罗夫的方略，已经一个月没回家了。其间三次路过家门，都没进去看一下！"

高世平说："那你觉得你与卡尔罗夫谁的胜面大一些？"

周文庸："5.5 对 4.5 吧，我有信心！"

高世平说："这是怎么算出来的？"

周文庸说："卡尔罗夫已经多次获得世界冠军，而我还一次也没获得过，根据五行八卦学说，祸福相因，否极泰来，轮也该轮到我了！"

高世平说："这不是有点迷信撞大运吗？"

周文庸解释说："最近一位练气功的朋友给我算了一卦，他发功的时候，已经看到了我庆功的盛大场面。"

高世平看着周文庸煞有介事的样子，心中有一种不祥的预感，依周文庸目前这样的心态，能赢卡尔罗夫吗？

回去以后，高世平根据采访记录，添枝加叶地敷衍了一篇报道，但自己感觉不大满意，主要是太一般化。

周文庸关于五行八卦和气功的说法还有一定的"卖点"，但这个问题比较敏感，你就是写了，到总编那儿肯定也通不过。

高世平思虑再三，最后决定还是谈一谈周文庸要求调房的事，尽量轻描淡写，也没敢点名批评，主要是讲应该落实知识分子政策。

加上这么一段文字以后，高世平感觉文章充实多了，起码从初二提到高一的水平了。记者嘛，总要讲点记者的良心，岂能靠吹吹拍拍、表扬与自我表扬混日子！

文章排好以后，送总编审查，总编很不满意，把高世平叫到办公室，问他："你谈周文庸与棋王争霸战，怎么又扯到调房上去了？"

高世平说："我这也是有感而发，落实知识分子政策……"

总编显得有点不耐烦："落实知识分子政策是不错，但分房是人家单位的事，你这么一捅，人家就可能有意见，你这不是没事找事吗？把这一节删了，换一张照片吧！"

高世平虽然心里不服，但也只能遵旨照办。

平庸，到处充斥着平庸！他平庸没关系，还要求你也平庸。有什么办法呢？一块儿平庸吧！

高世平给周文庸打了个电话，告诉他："关于房子的事，我原想为你呼吁一下，但让总编给删了。"

周文庸问："他为什么删了？"

高世平说："现在这些当官的，你还不知道吗？多一事不如少一事，只要能保住官位就行了。"

周文庸说："希望你将来不要重蹈覆辙。"

高世平说："这你放心，如果我升上去了，肯定要一心为老百姓说话，绝不能尸位素餐，白白浪费人民的小米！"

周文庸说："但不知你何年何月才能升上去？"

高世平说："前一段时间，上面确实准备提拔我为副总编，找我谈话，但被我婉言谢绝了。为什么谢绝呢？一来我觉得即便升上去了，也不见得能改变目前这种局面；二来我这个人你还不了解吗？就想干点实事，不图那个虚名！"

周文庸听他说得天花乱坠，也不知是真是假，心说："现在有这样的人吗？给你升官你还拒绝，吃多了撑的吗？"沉默了一会儿，他又问道："杭州你去不去？"

高世平说："去，你什么时候走，咱们一块儿走吧。"

周文庸说："我恐怕得早去几天，熟悉熟悉环境，酝酿酝酿情绪。"

高世平说："我只能临到比赛才能去，那咱们就杭州见吧！见了王小姐，代我问声好！"

周文庸问："哪个王小姐？"

高世平说："跟我装傻是不是？就是杭州棋队的那个王小姐呀！"

周文庸说："你说的是王若男吧？我们有很长时间没联系了，也不知道她目前在不在杭州。"

周文庸瞪着眼睛说瞎话，实际上今天上午王若男还给他来了一个电话，问他何时来杭州，能不能早来几天？

周文庸问："有事吗？"

王若男说："也没什么事，不过大家很长时间没见面了，你要是能早来几天，咱们不是可以聚一聚，打打牌吗？"

这位王小姐号称棋坛"第一美女"，棋坛虽然历来有"四大金花"之说，但那不过是开玩笑，唯独这位王小姐才是大家公认的美女。

对于美女，周文庸一向是无比尊敬。不过到目前为止，周文庸与王小姐还属于正常的同志关系，只限于聊聊天、打打牌而已。但也有知情人说，周文庸三大爱好中的两大爱好是由王若男培养出来的，所以这位王小姐实在是对他影响极大的人物。

如今美人发话，他岂敢不遵，比圣旨还管用，即刻打电话找"棋王争霸战"组委会主任，说要去杭州，今天晚上就走。

组委会主任也不敢拂他的意，怕他不高兴，影响了比赛成绩，便说："今天走恐怕来不及，还是明天走吧！"

周文庸勉强同意。

组委会主任又打电话向上一级领导请示，领导回复说："离比赛还有一个星期，他去那么早做什么？"

主任说："我也这样问过他，他一时心血来潮不要紧，关键是工作计划全打乱了，弄得我们很被动！"

领导说："既然他要去，那就去吧。叫几个好手跟他一块儿去，趁着还有几天，帮他备备战！"

主任连忙答应下来。随后又给周文庸打电话："我考虑安排两三个好手跟你一块儿去，陪你练练棋，商议一下取胜的战略战术……"

周文庸说："用不着，如今国内还有谁比我更厉害呢？他们去了，不仅帮不了我，反而会给我添乱！"

主任无奈，只好又给领导打电话请示："周文庸只想一个人去杭州，不愿有人打扰他！"

领导说："也好，那就叫罗珊陪他去吧，总得有人照顾他的生活起居嘛。"

主任说："您想的可真周到，我怎么就没想到呢？"

主任再次给周文庸打电话："那就叫罗珊陪你去吧……"

话没说完，周文庸就火了："谁都能去，就是罗珊不能去！"

主任问："那又是为什么？"

周文庸说："罗珊的脾气你也知道，又爱唠叨，有她在身边，我还能清静吗？"

主任还想请示领导，但又想到已经三番五次打扰领导了，怕领导不耐烦，嫌自己能力低。但叫罗珊去杭州是领导提议的，自己又怎敢随意更改呢？唉，想办点事儿还真不容易。权衡一下利弊，明白周文庸若是不想让自己的老婆去杭州，怕是领导也没办法。

主任心说："这种官做不做真不吃劲儿，他妈的两头受夹板气。今天我就算违抗圣旨，先斩后奏又怎样？总没有杀头的罪过吧？"于是他对周文庸说："好，依你，你不愿罗珊去就不去。不过总得给你派个人，跑跑腿，你有事也得有个人支使。你现在是国之重宝，我们怎么能放心你一个人外出，万一出点问题，谁负这个责任？"

周文庸说："行，那你就派一个人吧。不过你告诉他，没事叫他躲我远点儿，少来打扰我！"

主任姓胡，是某杂志社的总编辑，这次的"棋王争霸战"是他首倡，并拉来不菲的赞助，所以有关方面就任命他为组委会主任了。

胡总编打了半天电话，累出一头汗，但事情并没有完，好不容易把周文庸这边搞定了，忙派人去订飞机票；又与杭州方面联系，安排周文庸的接待问题。最后方考虑到周文庸的陪同人选，胡总编的意思是要派一个政治上可靠的人，政治上若不可靠，比如把周文庸拐带坏了，甚或教唆周文庸叛逃，问题就严重了。胡总编把他手底下的几块料翻来覆去地掂量着，发现除一人外，其他人皆油头滑脑，办事能力太强。唯有此人笨笨的，老实听话，三巴掌也打不出一个屁来。胡总编早就把他当作接班人的恰当人选，格外加以培养。胡总编以为此人若做了接班人，虽然干不成什么大事，但也不会把革命事业断送了。年轻人嘛，主要是经验的问题，不要着急。这回正好让他去杭州历练历练，遂把这个叫朱齐的年轻人找来，说要派他一趟美差。谁知这个笨小子死活不肯去，他讲话："周文庸牛哄哄的，咱侍候不了！"

胡总编晓之以理，动之以情，连哄带吓做了半天思想工作。最终朱齐也不敢太驳总编的面子，勉强同意去杭州，只是愁眉苦脸，唉声叹气，如丧考妣一般。

胡总编心说："我还想把千秋大业交到你手里呢，谁知竟是这么一副烂泥扶不上墙的模样。看来后事已不堪问，一定是'血雨腥风'了。"

胡总编忧心忡忡："这个世上若没有了我，可怎么得了？"可是遍观身边这几块料，除了朱齐以外，竟没有可靠的人了。有什么办法呢，只能把千秋大业交给他了！

第二天一早，朱齐跟随周文庸上了飞机。周文庸并不知道朱齐是胡总编选定的接班人，只把他当作跟班，也懒得搭理他。

飞机冲上蓝天，一切都听天由命了。周文庸百无聊赖，看着朱齐木讷的样子，心中埋怨胡总编不会办事："你派谁来不行呢，怎么派了一块木头？胡总编如果懂得阴阳调和、异性相吸的道理，就应派一个小姐，大家聊聊天、逗逗贫嘴，不知不觉就到杭州了。知道爱因斯坦的'相对论'吗？什么时间变长，距离变短，似乎很神奇。其实哪如小姐神奇呢？不仅可以使距离变短，还可以使时间也变短，看来小姐比'相对论'高明多了。"

周文庸自以为发现了"宇宙第一定律"，心中甚为得意，不由得左顾右盼，四下寻找小姐。他周围倒是有几位小姐，不过一个个团头团脸，不大起眼，即使对时间和距离有一点儿影响，也是微乎其微，几乎可以忽略不计。

周文庸不由得十分失望，心里慨叹道："你虽然发明了'宇宙第一定律'，但却无法实践，也就无法验证。那么谁承认你呢？没准还把你当成疯子，要送精神病院呢！"

既然如此，还劳那个神、费那个劲做什么呢？有工夫歇一会儿好不好？管它什么"相对论"还是"第一定律"，何如舒舒服服睡一觉，打个盹儿就到天堂了。

周文庸正想闭上眼睛闷一觉，忽然又把眼睁得贼大，差点没把眼眶撑破了。原来在他前面不远处，此时正站起一位小姐，转过身，朝他这边走来，步履优雅，神情冷漠，如入无人之境。

一时间，周文庸只觉血压剧增，大脑坏死，整个人眼看就不行了，要崩溃，要化为灰烬。他想大声呼救，可张着嘴，却说不出一个字来。

若论相貌，这位小姐大约还达不到赵飞燕、杨贵妃的程度，周文庸的感觉是大致与杭州王小姐不相上下，但她的气质却非王小姐可比。周文庸也说不清那是一种什么气质，只是这位小姐在众目睽睽之下，依旧能够坦然自若，无动于衷，似乎把周围的一切都视为狗屎一般。就这份自信的态度，也无人能比。

周文庸自诩是个名人了，走到哪里都有人欢呼、捧臭脚。但是当这位小姐从他身边轻轻飘过的时候，周文庸却有一种自惭形秽的感觉。

这位小姐大概是去洗手间，一想到如此超凡脱俗的小姐也上洗手间，周文庸的心境平和了许多。所以当这位小姐又从他身边飘过的时候，他作为名人的无知与狂妄已恢复了七八成，而且雄性荷尔蒙也在他的体内大量分泌，他又开始想入非非了。

此后，周文庸睡意全消，两只眼睛不时瞟着前面小姐的背影，希望她能再次起身，转过脸，让自己瞧个仔细。但那位小姐始终一动不动，沉浸在自己的世界里，令周文庸好不失望。

上午 10 点多钟，飞机稳稳降落在杭州机场，机舱里的人纷纷抄起行李，朝前涌去，忙乱中周文庸也丢失了那位小姐的踪迹。他也向前挤去，四下寻摸，一直找到外面，也未见伊人的倩影。周文庸不禁骂自己糊涂，连个姓名、地址都不知道，这可上哪儿找去呢？自己原该主动一点儿，谁料机会转瞬即逝，怕是要留下终身的遗憾了……

正迷乱之中，忽见一位小姐举着一个大牌子，上写"周文庸"三个大字。周文庸吃了一惊，忙上前询问，才知是省体委秘书长一干人前来接站，忙和大家一一握手问好。

秘书长毕恭毕敬，将周文庸引到一辆奔驰车旁，打开车门，请他上车。周文庸坐进去后，发现里面已坐着一位小姐，仔细一看，吓了一跳，原来正是飞机上让他差点去见阎王爷的那位小姐。正所谓"踏破铁鞋无觅处，得来全不费工夫"，这一喜非同小可，差一点儿又背过气去。

秘书长从前座回过头来说："我给你们介绍一下，这位是国际象棋周文庸周大师，这位是歌舞团的青年舞蹈家杨玉华小姐。"

杨小姐不知有汉，无论魏晋，略微点一下头，就转过脸不理人了。周文庸本想畅所欲言一番，可一见杨小姐拒人于千里之外的模样，话到嘴边又生生咽了回去。

秘书长先送周文庸到西湖边的香格里拉饭店，然后吩咐司机去送杨小姐。他和一干人陪周文庸进入饭店，把周文庸安置妥当以后，方告辞而去。

周文庸的心里仍惦念着杨小姐，舍不得，放不下，但一时又不能到手，想也没用。于是他给棋院的王小姐打电话，王小姐听说他到了，喜出望外，说正在开会，等会一结束，立马就过来。

周文庸洗了一个澡，虽说跟王小姐只是同志关系，但他也不愿意给王小姐留下不好的印象。洗完澡，换上雪白的衬衫，系一条红格领带，套一件驼色羊毛衫。只觉浑身燥热，他又脱下羊毛衫，往头发上抹了不少"摩丝"，梳得锃光瓦亮。

只是不管怎么洗，怎么捯饬，爹妈生成什么样，还是什么样，一点儿不见起色，这是令人遗憾的地方。

刚刚收拾停当，忽听有人摁门铃，周文庸心说："来得还真快！"又照照镜子，依然猪头猪脑，不觉叹了一口气，心说："若哪位小姐单单以貌取人，那才是瞎了眼，让她后悔去吧，后悔一辈子！"他挺起胸膛，前去开门。

门外并非王小姐，而是秘书长和另外两个人。

秘书长说："这是我们省体委副主任徐志安同志，徐副主任特来拜访您！"

徐副主任极道仰慕，周文庸忙往里让。双方入内坐定后，徐副主任先是嘘寒问暖，然后转入正题，说要向北京来的同志汇报接待工作。

周文庸对此不感兴趣，但是地方上的同志很热情，非要拿着鸡毛当令箭，有什么办法呢？总不能说："你就不用汇报了，咱们随便聊聊，聊聊西湖的美景，楼外楼的名菜，再聊聊杭州的小姐……杭州的小姐为什么都这么漂亮呢？"

徐副主任从皮包里拿出一摞稿纸，戴起老花镜，郑重其事地开始汇报。周文庸耐着性子仔细倾听，还真有一点儿京官的样子。但是很快他就撑不住了，原形毕露，不时地张开血盆大嘴打哈欠，似乎是要睡觉的意思。徐副主任说："周大师一定是旅途劳顿，那我就简短截说吧！"

但是汇报工作岂能草草了事？结果他说了一个多钟头。

幸好这时王小姐来了，徐副主任才打住了话头，并说："今天晚上特备小酌，为周大师接风，到时我派车来接吧。"

周文庸一听要吃饭，顿时来了精神，忙说："我在饭店随便吃点算了，就不要麻烦了！"

徐副主任说："周大师既然来了，我们岂能不略尽地主之谊？"

说着起身告辞。周文庸送了出去。

回来以后，王小姐说："晚上有饭局，带我去吧。"

周文庸说："带你去，我无所谓，只怕对你有点影响。"

王小姐问："有什么影响？"

周文庸说："你又不是我的老婆，我去哪儿都带着你，人家还能没看法吗？"

王小姐嘻嘻一笑，说："你怎么还没跟你老婆离婚呢？"

周文庸说："离婚还不简单吗？可是我离了，你嫁给我？"

王小姐说："嫁就嫁！"

周文庸说："一言为定，回去我就跟罗珊离婚！"

王小姐说："要离就干脆点，像罗珊那样的母夜叉，有什么可留恋的？"

周文庸紧紧挨着王小姐坐下，脑袋凑到她的耳边，一边闻着她身上的香水味，一边说："其实离不离婚只是形式，只要两个人真好，还在乎那一纸结婚证吗？"

王小姐说："那可不行！你什么意思？想让我当你的小老婆？等你玩够了，随手一扔，又去找别人了！"

周文庸说："我是那样的人吗？不是我说大话，天底下像我这样专一、痴情的好男人，恐怕找不出第二个了！"

王小姐嗤笑说："你是好人不假，就是坏了半拉肛门，要不要我把你的丑事抖一抖？"

周文庸一想，自己也确实有把柄攥在王小姐手里，就不敢嘴硬了。

王小姐不仅人长得水灵，而且生性活泼，两只大眼珠子也会说话，竟是一个天生的尤物。周文庸在旁边看着她，色眯眯地两眼往外喷火，恨不能一把搂过来，一口吞进肚去。但他不敢造次，因为王小姐可不是一盏省油的灯。

据一些被王小姐"修理"过的男子反映，这个小婊子是个天生的"变态狂"，闲着没事专以破坏他人婚姻为己任，平日里美目盼兮，巧笑嫣然，引得一帮登徒子如蝇逐臭，单等浪上你的火来，这个小妖精又像泥鳅一样，"刺溜"一下就跑了，弄得你没着没落，鼻涕眼泪一起流，真想一死了之。

王小姐是围棋六段棋手，但人家不管她叫职业棋手，都管她叫"职业第三者"，王小姐听了这个绰号，委屈得什么似的，她讲话："都是那些臭男人自作多情，你冲他笑笑，他就认为你对他有意；你跟他开句玩笑，他就认为你要跟他上床。难道非要我整天不说不笑，冷冷冰冰？可这样，他又该说你'性冷淡'了。"

　　这些臭男人，呸！

　　王小姐曾有一段时间被调到国家队集训，常跟周文庸一块儿打麻将。有一回被罗珊撞上了，从此两人结下了梁子。罗珊并不认识王小姐，见她妖娆的样子，以为是柴火妞转业成的三陪女，嘴里"婊子"、"狐狸精"一通胡抢。王小姐长这么大何曾受过这等对待，气得发昏，恨不能咬罗珊一口。但她毕竟有点心虚，当时也没说什么，表现得颇像一位大家闺秀。

　　后来她说："谁要是能把周文庸和罗珊拆了，叫我怎样便怎样！"

　　她的周围也不乏一些裙下之臣，而且一个个也都忠贞不贰，愿效犬马之劳。何况这一回女皇发话了："叫我怎样便怎样！"据这些裙下之臣私下揣摩，女皇所谓"叫我怎样便怎样"，似乎可以引申为"要上床便上床"。这些人既然猜中了女皇的最新精神，无不欢呼雀跃，以为与女皇上床已经指日可待了。

　　冷静下来以后，大家才发现女皇的任务看似简单，做起来却有相当的难度，主要是没处下嘴。周文庸和罗珊虽然不够般配，但人家已经领了结婚证，又有了孩子，不是想拆就拆得了的。为今之计只能派一个第三者先去做做周、罗二人的思想工作，但效果如何还很难说。这些人中也不乏风流倜傥之辈，但他们还有自知之明，要去勾引罗珊那样的土包子，怕还得苦苦修行一千年。

　　一千年是什么概念？一条大蛇都修成人形了。《白蛇传》里的白娘子不就修行一千年吗？可还不能喝雄黄酒，一喝多点就会原形毕露，把许仙吓个半死。

　　后来这帮登徒子也咂摸过滋味来了，要想和女皇上床其实并不容易。

王小姐心里也明白，她的这些裙下之臣不过是些专门猜她心思、看她眼色行事的墙头草、窝囊废。看看留着也没用，也怕他们将来成了气候"祸国殃民"，就把他们一个个都推出去"斩首示众"。后来大家都怕了她，谁还敢上门招惹？大街上见了都躲着走，王小姐就真成孤家寡人了。

虽然如此，王小姐仍不改初衷。1989 年时，她给自己定了一个目标，要在 20 世纪 90 年代初拆散周文庸和罗珊。最迟不能超过 2000 年，因为新的世纪应该有新的思维和新的目标，不能总纠缠于历史旧账。

要是 1999 年还拆不散，那就祝他们白头偕老吧！

王小姐亲自出马，赤膊上阵，主动亲近周文庸。尤其是大庭广众之下，人越多越好，那就是一台戏，真够人看的。王小姐要让大家都知道她对周文庸有意思，正不避嫌疑，主动出击。谁要是看不过眼，就请劳驾通知罗珊一声，拜托，拜托！

像王小姐做得这么露骨，自然大家都看不过眼。但是大家都以为罗珊肯定也知道，瞎子都看出来了，难道她看不出来？结果竟没有一个人去打"小报告"。

人人都知道王小姐要当"第三者"，唯独当事人蒙在鼓里，世上的事有时就是这么怪。

后来国家集训队的领导也看不过眼了，决定采取组织行动。王小姐是红颜祸水，她在哪儿，哪儿就不得安宁，完全是破坏安定团结大好局面的"罪魁祸首"。这也就罢了，现在她居然把黑手伸到周文庸身上，这还得了？周文庸是国宝，国家一级"保护动物"，万一出点差错，可怎么向上面交代？

集训队的领导对大政方针倒没什么主见，但对自己的官位却看得很重。好不容易才升到这一步，万一有点风吹草动，危及自己的职位，自己倒没什么，可老婆孩子该多可怜哪！

一想到老婆、孩子，国家集训队的领导们都来了劲儿，决心把一切可能危及自己官位的隐患扼杀在摇篮里。于是随便找了一个借口，把王小姐打发回杭州去了。

王小姐再有魅力，隔着两千多里地，怕也鞭长莫及了。

她的阴谋也只能暂时告一段落，而她与周文庸也一直保持良好的同志关系。

在周文庸的心中，王小姐是一个妙人儿，你可以把她当作知心的朋友，言不及乱；也可以把她当作"小蜜"、"二奶"，充分体验神秘、犯罪的感觉；还可以把她当作未来的夫人，假如你终于离婚的话……总之，这是一个典型的大众情人，可塑性极强。你可以有诸种不同的选择，每一种选择都充满了刺激。

当天晚上，周文庸带着"大众情人"王小姐去赴宴。酒宴设在花港大酒店里，一共两席，来的都是各界的知名人士。

周文庸一走进包间，一眼就看见杨玉华小姐也在座，眼前不由得一亮。徐副主任和秘书长上前迎接，把他引到杨小姐的身边坐下。王小姐就坐在他另一边，有点左拥右抱、目迷五色的样子。

酒宴是从一瓶"五粮液"开始的，徐副主任原计划等大家都斟满酒以后，他要致辞，然后举杯提议为周文庸大师战胜卡尔罗夫干杯！谁知酒瓶盖还没打开，周文庸突然说："先把酒拿来，我看看是真是假！"

原来在座的有两位漂亮小姐，他也不知哪根筋出了毛病，想要卖弄一下。当下把酒瓶翻过来、掉过去，观察了半天，然后说："假的，假的！"

徐副主任说："原来周大师对酒也很有研究。"

周文庸说："也谈不上研究，只不过经常喝，多少有点经验罢了。"

餐厅的经理原在一旁帮着应酬，此时涨红了脸，分辩说："不能吧，我们是国营的酒店……"

徐副主任打断他的话，不容置疑地说："周大师经常出席国宴，周大师说是假的，那就是假的了！"

　　随即吩咐将桌上的"五粮液"撤下，换几瓶"茅台"。

　　餐厅经理不敢怠慢，忙亲自去后面盯着换酒。谁知找了一溜够，竟没有一瓶是从酒厂直接进的酒。这从二手、三手转来的酒就不好说了，进酒的时候只图便宜，能弄点回扣，但真遇到今天这种情况，就抓瞎了。来的都是见过世面、有头有脸的人物，那么好骗呢？万一出点问题，不仅酒店的名誉受损，自己这个经理也难逃干系，只怕要吃不了兜着走了。

　　餐厅经理一时惶急，竟不知如何是好。后来一想，急也没用，是福不是祸，是祸躲不过。大不了这个经理不干了，况且只不过吃了点回扣，总没有杀头的罪吧？于是吩咐小姐，随便拿几瓶酒送到桌上。

　　经理说："这是我亲自督着找的，每一瓶都核对了发票，验明了正身。周大师，您再看看，是不是假酒？"

　　周文庸已经查出一瓶假酒，不想再做恶人，也就网开一面了。

　　大家终于斟满酒杯，为周大师旗开得胜干了一杯。

　　徐副主任喋喋舌头，点着头说："这真酒的味道果然与假酒不同。"

　　周文庸说："还算醇正！"

　　餐厅经理见周大师也认可了，比得了圣旨还高兴，心中的一块大石头也落了地。

　　随即，服务小姐将热菜一一端上，杭州的名菜无非是西湖醋鱼、叫花鸡、龙井虾仁、宋嫂鱼羹、莼菜汤之类，俗称"老五样"。周文庸已经吃过好几十回了，也不甚放在心上，便问杨小姐："来杭州旅游吗？"

　　杨小姐说："不是，因朋友相约去温州演出，只在杭州转车休息一下。我父亲与徐伯伯是老朋友，故托徐伯伯照看我一下。"

　　徐副主任说："小杨，你还不知道，周大师此行是为棋王争霸战而来，我们格外重视。"

周文庸掏出一张名片，双手恭恭敬敬地呈给杨小姐。

杨小姐接过一看，忽然惊异地说："原来你还是政协委员？"

周文庸说："如假包换！"

杨小姐顿时像变了一个人，笑容满面，眉飞色舞，态度也亲热了不少。

王小姐看在眼里，不由得撇了撇嘴。

杨小姐说："周委员，我有一个问题，你能不能在政协会议上给我反映反映？"

周文庸问："什么问题？"

杨小姐正要说她的问题，这时服务员把阳澄湖顶级大闸蟹端上来了，周文庸顿时如见了亲爹一般，眼睛瞪得比铜铃还大，吧唧着嘴，手舞足蹈，一副勇士赴战场的模样。杨小姐见状，也就先顿住不说了。

大闸蟹一只足有8两重，一只30块钱，在座的一共20个人，一人一只就干下去600块钱。

秘书长先给周文庸挑了一只最大的，然后其他人一齐动手，风卷残云一般，瞬间就抢个精光。

周文庸是美食家，他吃大闸蟹很有讲究，先吃腿，再吃螯，等把腿和螯彻底消灭干净以后，手里还剩下一个囵囵的圆螃蟹。然后才揭开蟹壳，先把壳里的蟹黄一点一点吃净，再倒些姜醋，将剩下的膏脂冲刷干净，倒进嘴里。最后对付蟹肉。这时切须仔细，因为蟹肉中间有一些软甲，形同一个个小箱子，所以要用针状的工具将肉剔出，蘸着姜醋吃下肚去。

周文庸对待大闸蟹，关键就在"干净"两个字上，他吃过的大闸蟹，只剩一堆甲壳，干干净净，如水洗过一般，绝不留一点儿遗憾。

这只大闸蟹可谓"死得其所"了。

周文庸一边吃，一边说："大前年我去香港，一个报业大亨请我吃大闸蟹，我一气儿吃了15个，整整吃了一天！"

徐副主任和秘书长听了暗暗吃惊，明知一只大闸蟹怕是填不满周文庸的胃口，所以也不敢接他的话茬儿。

这时周文庸忽然想起杨小姐刚才说了半截的话，忙问："你刚才说有问题，究竟是什么问题？"

杨小姐说："我看你对大闸蟹的兴趣比对我的问题还大，所以我就不说了。"

周文庸说："我这是大闸蟹、问题两不误，说吧！"

杨小姐说："一个政协委员，难道是这样对待民意的吗？"

周文庸说："批评得好，虚心接受，立即改正！"

王小姐附在他耳边小声说："你不要见了姐姐，就忘了妹妹！"

周文庸说："哪儿能呢？我可不是这样的人！"

杨小姐说："现在有一种不合理的现象，流行歌手上台扭扭屁股，嚎两嗓子，就几万几万地拿……"

这时王小姐高声说："周老，吃完饭我们打几圈好吗？"

周文庸说："好啊！有人吗？"

王小姐说："三条腿的蛤蟆不好找，两条腿的人还不有的是！"

杨小姐说："可我们舞蹈演员只能给歌手伴舞，演一场不过几百块钱的劳务费。我们这些人都是从四五岁就开始学跳舞，经过层层严格选拔才进入舞蹈学院，又经过十几年专业训练才算出师。你想，国家培养一个舞蹈演员容易吗？国家投入了大量的人力和财力，我们自己也付出了血和汗的艰辛努力，现在却得不到社会的承认，收入跟歌手根本没法比，你说我们心里怎么能平衡呢？"

周文庸说："现在有的歌手不讲职业道德，假唱、偷税漏税，闹得很不像话，我看有关部门应该制定相应的政策，限制歌手的收入！"

王小姐不屑地说："你这还是计划经济那一套，老百姓喜欢听歌，不喜欢舞蹈，歌手能卖钱，舞蹈演员却卖不动。就现在那种舞蹈，裹得严严实实，温温吞吞，转几个圈，动动胳膊腿，谁看哪！也难怪给歌手的钱多，给舞蹈演员的钱少，主要是舞蹈演员自己不争气，演出总得遵循市场规律嘛！"

王小姐极力贬低舞蹈演员，杨小姐自然不爱听，但她也不辩驳，似乎与王小姐说话有损自己的身份。

此时周文庸的大闸蟹已经吃得一干二净，意犹未尽。看着桌上还有人在吃大闸蟹，心中多少有些遗憾，因此说："计划经济也好，市场规律也好，总改变不了我们国家社会主义的性质。老徐，大闸蟹没有了吧？"

徐副主任也不知这个问题该怎么回答，是说有呢，还是说没有呢？遂问："是不是再给您添一只、两只？"

周文庸说："索性再给我来5只，装在塑料袋里，我带回去吃吧！"

徐副主任忙问餐厅经理，经理说"没问题"，吩咐服务小姐去办。

周文庸又对杨小姐说："你的问题，我准备在政协会上提一提，你看从什么角度提为好？"

杨小姐说："从'尊重人才'的角度，替我们呼吁一下吧。"

周文庸说："我准备谈谈歌手和舞蹈演员的收入问题，舞蹈演员应该比歌手收入高才合理，至少也应该持平嘛！"

杨小姐说："还是不要涉及歌手，只谈我们舞蹈演员就行了，省得以为我们嫉妒人家，要断人家的财路呢。"

周文庸说："这样吧，回到北京以后，我们再一块儿好好议一议……"

王小姐又附到周文庸耳边，小声说道："小心别议到被窝里去！"

周文庸推她说："我们正谈正经事，你别裹乱好不好？"又对杨小姐说："我这个人忘性大，事也多，最好回去以后你主动给我打个电话，提醒我一下。另外，把你的电话号码留给我！"

杨小姐欣然同意，忙找笔找纸写电话号码。周文庸接过后，放在上衣兜里。

王小姐看在眼里，感觉有点大事不妙，这两个人假借谈论报酬的事，实际上是想往一块儿凑。这一来一往地不就成其好事了吗？她不禁醋意大发，又一想自己的初衷无非是叫周文庸和罗珊离婚，如今终于出现了一个合适的第三者，不是"正合孤意"吗？但自己退居"二线"，让这个小婊子登台演主角，毕竟不服气。

王小姐的心里酸酸的，但一时也不知如何应付为好，便说："周老，罗珊怎么没来？"

周文庸说："她有她的工作，来做什么？"

王小姐又对杨小姐说："你大概还不知道，周老的夫人罗珊也是棋坛的一员骁将，国内数一数二不说，国际上恐怕也难寻对手！"

杨小姐说："那可真是我们中国女性的骄傲了，周老好福气，能娶到这么一位志趣相投的生活伴侣！"

两位小姐轮番恭维，差点没把周文庸恭维哭了，他不禁苦笑说："你们不要'周老'、'周老'地叫个没完没了，难道我真那么老吗？"

杨小姐问："那该怎么称呼你呢？"

周文庸说："你就称呼我'文庸'得啦！"

王小姐笑道："称呼你'文庸'，不是显得太亲热了吗？"

酒宴结束后，周文庸请杨小姐去他的房间坐坐。杨小姐婉言谢绝："明天一早我就要赶往温州，还是北京再见吧！"然后和众人一一告辞而去。

周文庸送走杨小姐，仍没忘记他的大闸蟹，服务小姐拿来包好的大闸蟹，周文庸说："还得要一瓶酒，吃大闸蟹没有酒，那就如同吃鲥鱼去鳞，未免有点大煞风景了。"

徐副主任送佛送到西天，吩咐小姐再取一瓶茅台来。周文庸看见被他斥为假酒的五粮液还放在靠门口的小桌上，说"不用麻烦了"，顺手把那瓶五粮液拎走了。

周文庸和徐副主任、秘书长等人作别，与王小姐一起上车回香格里拉饭店。

路上，王小姐问他："是上你那儿打，还是上我那儿打？"

周文庸心里正惦记着大闸蟹，有了这些八脚的"朋友"，什么杨小姐、王小姐就都不放在心上了，便装傻说："打什么？"

王小姐说："打麻将呀！今天可以好好打一个通宵，谁说睡觉我跟谁急！"

周文庸说："你到底年轻，精神头可真大！"

王小姐说："你什么意思？"

周文庸说："我老了，不行了。劳累一天又喝了点酒，有点撑不住了，咱们还是明天再打吧！"

王小姐一听这话不高兴了，噘起小嘴生闷气。心说："刚才你还邀请姓杨的那个小婊子去你那儿坐坐，怎么我说打麻将你就推三阻四的？你既然这样对我，好，就别怪我不给你留情面了！"

慈禧老佛爷有一句名言："谁叫我一次不痛快，我就叫谁一辈子不痛快！"王小姐与慈禧老佛爷不沾亲，不带故，也不知怎的，竟沾染上老佛爷的遗风。

回到家以后，王小姐将酒宴上的情景仔细捋了一遍，她有一种第六感觉，这一回罗珊怕是在劫难逃了。

杨小姐不仅年轻漂亮，而且还是个舞蹈演员，罗珊拿什么跟人家比呀？目前这事虽然还八字没有一撇，但周文庸这个花心大萝卜肯定对杨小姐有意思。至于杨小姐是否也对周文庸有意思，就很难说了。论理一个跳舞的和一个下棋的没有什么共同语言，你就是把他们愣捏在一起，也不会幸福，到头来难免又是一场悲剧。

王小姐感觉自己多虑了，杞人忧天，"离骚者，忧离忧也"。她可不是思想家，没有大量浪费脑细胞的习惯。心说："管他幸福不幸福呢，反正闲着也没事，先搅成一锅粥再说吧！"

想到这里，王小姐按捺不住她那与生俱来的好奇心，给周文庸家打了一个长途，电话通了以后，她说："是罗珊吗？我有一个信息，想要提供给你，愿意听吗？"

罗珊说："什么信息？"

王小姐说："周文庸在杭州认识了一位舞蹈演员，是歌舞团的，姓杨名玉华……"

罗珊问："你是谁？"

王小姐说："你也甭管我是谁，我只是出于好心，为你提供点消息！"

说完就把电话挂上了，王小姐心中颇为得意，似这等没头没脑的电话，肯定会大大激发罗珊的想象力，今天晚上就飞杭州也未可知呢。

王小姐心想："其实也不用太忙，明天早上飞来就可以了。"

王小姐又给周文庸打了一个电话，问道："你干吗呢？"

周文庸正在对付大闸蟹，但此乃个人隐私，怎好对外人道哉？便说："有什么好干的，看看电视，准备睡觉。"

王小姐说："你若穷极无聊，不如我过去陪你聊聊天。"

周文庸说："太晚了，就不劳你的大驾了。"

王小姐问："你是不是看上杨小姐了？"

周文庸说："看上有什么用？我是结过婚的人，戴上了枷锁，这辈子就算交待了，没什么想头了！"

王小姐说："也别太悲观，你可以离婚嘛。"

周文庸说："离婚？谈何容易！又要分割财产，又要争夺孩子的抚养权，而且对孩子的成长影响不好。最近我看过一篇文章，说青少年犯罪有很大一部分原因是因为父母离异。"

王小姐说："那要看你是为孩子活呢，还是为自己活呢？若为了孩子就牺牲自己一辈子的幸福，那也有点太残忍了！"

周文庸有点不耐烦了："有什么话咱们明天再说好不好？"

王小姐仍不依不饶："我的话还没完呢！最后一句话，像杨小姐这样百里挑一的人才，打着灯笼也难找，你可别错过机会！"

周文庸撂下电话，又回去吃他的大闸蟹。一口酒，一口蟹，一边叹着气，一边细细品味。他吃得很慢，带点"吃文化"的味道，一只蟹要吃一个钟头左右。所以那 5 只大闸蟹，他竟然吃了 5 个钟头。从晚上 11 点，一直吃到第二天早晨 4 点，又磨蹭磨蹭，上床时已经 5 点了。

谁知他刚迷迷糊糊睡去，就听见有人敲门，周文庸勃然大怒，心说："谁这么大胆，竟敢打扰大爷的好梦，今天非把他脑袋拧下来当球踢不可！"

他气冲冲跳下床，光着脊梁，只穿一条小裤衩，跑去开门，一看是朱齐，更不在话下，大吼一声："不知道我刚睡下吗？敲什么敲！"

朱齐毕恭毕敬地说："我来叫您起床！"

周文庸说："起不起床我不知道？用你叫！"

朱齐说："我不是怕您睡过头，耽误了早饭吗？"

一听"早饭"二字，周文庸顿时怒气全消，问道："几点钟了？"

朱齐说："7点钟了。"

周文庸有点不相信，心说："刚眯瞪一下，怎么两个钟头就过去了？"吃不吃早饭他有点犹豫，按理他刚才吃下的5只大闸蟹还堵在胃里，没消化完呢，如何吃得下？但不吃吧，又怕坚持不到中午，最终下定决心："宁可错杀一千，不可放过一个，吃！"

周文庸脸也没洗，牙也不刷，便和朱齐急急赶往餐厅。一般餐厅的"大锅饭"是这样吃法：10人一桌，等人齐了，小姐才收票上饭。但有时人齐了，小姐仍在一旁聊天，所以你只好耐心等待。这类吃法不独较低级的酒店如此，一些四五星级的酒店也未能免俗。

周文庸来得早了一些，只好坐着等人，等了老半天也凑不齐10个人，他就把头伏在桌子上，原想休息一会儿，不知怎的就迷糊过去了。忽然惊醒，抬头一看，诧异地问："咦，怎么都吃完了？"

原来在他迷糊的这段时间里，人都到齐了，小姐也上了饭，大家一起动手，如风卷残云，一扫而空。

周文庸大为后悔，这可怎么办呢？仔细一瞧，发现对面还有一大盘蛋炒饭，油腻腻地没人吃，心说："还好，还好！"犹如卸去重负之感。他把那盘蛋炒饭端过来，一粒不剩地吃下肚去。

　　离"棋王争霸战"揭幕还有 3 天时间，组委会主任胡总编带领大队人马浩浩荡荡开进杭州，包下整个花港饭店，作为组委会的大本营；又包下香格里拉饭店的两个会议厅，作为比赛场所；还包了两个豪华套间，仅供周文庸和卡尔罗夫使用。

　　这次比赛由于在国际上也产生了很大影响，所以拉到了丰厚的赞助。本着"肥水不流外人田"的原则，事无巨细均由组委会一手包办。体委、棋协尽管是东道主，但削尖了脑袋，也未能染指一二。

　　当地棋院院长跑到组委会毛遂自荐，胡总编难却情面，就委派他本人一个保安职务，让他在比赛期间四处巡视一下，确保安全。明摆着挂个名，开点劳务费而已。院长磕头作揖，央求再三，主任才又答应他一个保安名额，并且告诉他："组委会要严格执行中央有关为政廉洁透明的原则，不徇私情。看在多年交情的份上照顾你两个名额，再不能多了！"

　　院长也知感激，就把另一个名额给了他的女儿。整个比赛期间，父女二人或站在门口迎客，或在场外巡逻，兢兢业业，恪尽职守。

　　有认识院长的人觉得很奇怪，便问他："你一个堂堂院长，怎么在此当起'门官'来了?"

院长实话实说:"这也是为生活所迫,不就是为了挣点外快吗?"

各地新闻媒体共派出了100多名记者,陆续来到杭州,住进花港饭店。

这些记者都是大爷,况且个个见多识广,住进去没有多久,立刻对食宿方面提出诸多意见,并且召开联席会议,推举5名代表,与组委会展开交涉。

胡总编不敢得罪这些大爷,拨冗亲自接见,虽然心里把这些记者的祖宗八代都骂了个底朝天,表面还得赔着笑脸,进门先作一个罗圈揖,点头哈腰说:"招待不周,请诸位看我的薄面。"说着就给大家分红包,代表每人500元,其他记者每人200元。然后请代表们多做做其他记者的思想工作,代表们一个个都义形于色,说:"我们做记者的,刀山火海都不在话下,难道还在乎这点困难吗?放心,这事包在我们5人身上,看谁还敢瞎滋扭!"

北京的高世平是五大代表之一,虽然拿了500块钱,但也没看在眼里,心说:"500块钱就想封住记者的嘴,那记者也太不值钱了!"

他这次来,组委会把他和东北一家小报的记者分在一个房间。那个人土里土气,话也不会说,这要一块儿住多别扭呀!

高世平去找组委会,要求调成单人间。

工作人员说:"按规定记者都是两人一间,没有单人间!"

高世平说:"这可怪了,我住房我掏钱,也不用你们掏钱。让你调一间房,你就调一间房,哪儿那么些说头,什么规定?又是谁的规定?"

工作人员解释说:"这是组委会的规定,我们也不好搞特殊化,要是所有的记者都要求一人住一间,我们怎么办?"

高世平说:"就算100多名记者都要求调房,你们也应该尽量满足。赞助商为什么给你们钱?还不是看在我们媒体的宣传效应上!你不把记者安排好了,下回看谁还给你们出钱!"

工作人员说:"我们一个记者也没请,都是你们自己来的,谁稀罕呢!"

　　高世平一看这小子是生葫芦头,狗屁不懂,大喝一声:"我没工夫跟你废话,找你们主任来!"

　　有人一看快打起来了,忙去找组委会主任。胡总编一听情况汇报,吓了一跳,忙赶了过来,见了高世平说:"这是怎么话说的,大水冲了龙王庙,一家人不认识一家人了!"又骂他的手下说:"你们是干什么吃的?!知不知道这是谁?这是北京的高主任,你们敢得罪高主任,还想不想在北京混了?"

　　高世平听了这话不舒服,好像咱们是黑社会似的,便说:"你也别这么说,我不过是来解决问题,你把问题给我解决了,我就是大大的良民,绝不会给你们添麻烦!"

　　胡总编说:"有什么问题到我那儿去说好不好?"

　　高世平也不反对"私了",就随胡总编去了他的房间。

　　胡总编住的是一个套间,外面一间是会客室,有沙发、冰箱、吧台之类。两人在沙发上坐定以后,胡总编说:"也不是外人,有事你来找我,跟他们生什么气呀?那都是些生瓜蛋子,回头我就把他们全发了,一个也不留!"

　　高世平说:"那也不必,教育教育就行了。别因为我让人家工作也丢了,我怪不落忍的。"

　　胡总编说:"说了半天,到底为的什么事?"

　　高世平就把要求调房的事说了一遍,胡总编一拍大腿说:"什么事都好办,就这事不好办!"

　　胡总编给他算了一笔账,组委会一共订了花港饭店150间客房,组委会这边,包括棋手、工作人员、赞助商代表及家属,还有一些上上下下的关系户,一共来了140余人。记者来了将近120人,除10余间套房供各方面头头脑脑住以外,大部分是两人一间,还有三人一间的,全都住满了。原打算留10间空房给卡尔罗夫的随行人员,现在只好住到"香格里拉"那边去了。

胡总编说:"实不相瞒,还有两间套房,准备留给体委领导的,领导来不来还不一定,但你也不能不留,万一来了,没房可就抓瞎了!"

高世平说:"像这样的比赛,国外有两三个人就办下来了。又不是打狼呢,来100多号人做什么?"

胡总编唉声叹气地说:"谁说不是呢?!但现实情况如此,有什么办法?都以为这是肥差,又旅游又拿钱,可不都削尖脑袋往里钻嘛!一开始我也想秉公办理,可一瞧你不让谁来呀?谁也得罪不起!后来我一想,反正也不花我一分钱,谁爱来谁来,犯不上叫那些小人忌恨,不定什么时候咬你一口,你说是不是?"

两人叹息了一会儿,结果什么问题也没解决。高世平回去以后就四下串联,撺掇各地记者"造反"。这些记者也都无可无不可,只要有人挑头,他们也愿意跟着起哄。他们的逻辑是闹一下总比不闹强,最不济也就是维持原样,两人一间房,难道他还敢把你赶到大街上睡马路不成?

结果就酿出了这么一次"揭竿而起"的事件,也是这次"棋王争霸战"的一个小小插曲。若论事由,高世平是这次事件的主谋,厥功甚伟。但他这个人不爱声张,宁愿背后煽风点火,当面却要充好人。所以到后来究竟谁是这次"起义"的领袖,也分不太清了,竟成了一桩历史疑案。只是这帮记者乃乌合之众,难成气候。人家每人打发三五百块小钱,一个个就学那缩头乌龟,不声不响当起顺民来了。

高世平的一番努力,被胡总编略施小计,便告冰消瓦解,使他大感脸上无光,遂采取"游击战"策略:"打得赢就打,打不赢就走。"当下收拾行李,也不通知组委会,打辆车去了"香格里拉",要了一间房,安顿下来。

中午,高世平出去吃了一碗面,顺便到西湖边走走。回来以后,想去采访周文庸。他找到周文庸的房间,不料却吃了闭门羹,估计周文庸必是出去吃饭未回,就下到大堂,要一杯咖啡,坐下等候。

正百无聊赖之际，忽然瞥见一个妙人儿从大门口走进来，打扮入时，气质不俗，颇引人注目。

高世平眼前一亮，忙招呼："小王，小王！"

王小姐扭头一看，见是高大记者，盈盈一笑转身走来。高世平起身让座，又吩咐服务员倒一杯咖啡给王小姐。

王小姐问："你一个人坐在这儿干吗呢？"

高世平说："等周文庸呢，你知道老周跑哪儿去了？"

王小姐说："我怎么会知道？"

高世平说："你要不知道，那还有谁知道呢？"

王小姐说："你这话就奇怪了，我为什么应该知道？"

高世平只笑不答，王小姐似恼不恼，忽然一笑说："我有一则独家新闻，肯定有轰动效应！"

高世平问："什么内容？"

王小姐说："我不能白提供给你，总得有点表示吧？"

高世平说："没问题，你是要吃饭呢，还是要钱？"

王小姐说："饭谁没吃过，还是现金交易吧。"

高世平说："你先说说是什么新闻，我看值不值钱。"

王小姐说："周文庸这次来杭州，认识了一个歌舞团的舞蹈演员，两人互相都有意思，打得火热！"

高世平听后吃了一惊，又问了一些细节，摇头说："八字还没有一撇，构不成什么绯闻，不值钱，不值钱！"

王小姐说："你别把我当三岁的孩子，许多港台明星的绯闻还达不到这种程度，就已经满城风雨了！"

高世平醉翁之意不在酒，他对王小姐提供的"绯闻"不感兴趣，但对王小姐本人却很有兴趣，便问："那你想要多少钱？"

王小姐说："我也不想要钱，你给我写一篇报道就行了！"

高世平说："什么报道？"

王小姐说："无非是胡乱吹捧一番，提高点知名度而已。"

高世平说:"你倒不傻,我要给你钱,不过三五十块。你知道现在发一篇报道多少钱?起码也得 3000 块钱,不要精明得太过头了!"

王小姐说:"3000 块钱太多了,算我欠你个人情,以后补报吧。"

高世平说:"话不是这么说的,论理我给你发一篇报道有什么呀?但人家不这么看,人家会以为我肯定是收了你的好处,再不跟你有什么特殊的关系。其实我一身正气,两袖清风,可在人家眼里,却成了贪污受贿,乱搞男女关系,你说我枉担个虚名,冤不冤!"

王小姐听了,不由得媚眼如丝,"咯咯"笑个不停,许愿说:"你要是给我吹捧好了,我一高兴,或许不让你担个虚名也未可知呢!"

高世平瞪大了眼睛问:"真的假的?"

王小姐无限娇羞地说:"自然是真的了。"

高世平又摇头说:"不妥,不妥!"

王小姐问:"怎么不妥?"

高世平说:"我听人说,你一向以玩弄男性为己任,上过你当的男士,没有一千,也有八百,我可不想重蹈覆辙。"

王小姐问:"那依你怎么办?"

高世平说:"不如你先兑现承诺,然后我再为你报道!"

王小姐说:"只是我对你的信用等级也有些疑问!"

高世平说:"这你放一百个心,我这个人不能说十全十美,但在感情方面从来都是忠贞不贰,只要你……别说写一篇报道,写 10 篇报道也没问题!"

两人正说得热闹,周文庸回来了,走进大堂,一眼就瞥见王小姐,忙叫:"小王,你来,我有事跟你商量!"

说完才瞧见高世平,点一下头,说:"来啦?"

高世平说:"周老,你有空吗?我想采访你一下。"

周文庸说:"没空,我要跟王小姐商量点要紧的事,晚上再说吧。"

说着朝王小姐勾勾手,转身就走,王小姐连忙起身跟了上去。

高世平说:"小王,咱们的事还没谈完呢!"

王小姐说："再说吧，再说吧！"头也不回地紧追周文庸而去。

高世平有一种被遗弃的感觉，心里骂道："早不来，晚不来，刚刚说到捎节儿上，他就来搅局，真他妈招人恨！"

高世平回到房间，往床上一躺，心里仍放不下王小姐。

王小姐和周文庸现在正干什么呢？肯定干不出什么好事。

高世平在某些方面的想象力还是极为丰富的，他仿佛看见了周文庸和王小姐脱光衣服，赤身裸体搂在一起，恣意享乐，心里就像有一万只蚂蚁上上下下爬个不停，难受得要死要活。

他往周文庸的房间里打了一个电话，没人接，这似乎更证实了他的想法，不由得怒火中烧。清平世界，朗朗乾坤，大天白日就公然干起有伤风化的事，是可忍，孰不可忍？

高世平按捺不住内心的冲动，起身出门，坐电梯到14层，找到周文庸的房间，发现门上挂着"请勿打扰"的牌子，轻轻拧一下门把，门是锁住的。高世平将耳朵贴在门上细听，也听不到丝毫动静。他摁了几下门铃，又敲了几下门，但里面的人像是死了，根本不搭理他。

高世平老大没趣，只好灰溜溜地回自己房间去了。

他原可以采取更为激烈的行动，比如找一个借口，骗服务小姐来开门。但他考虑如此破坏人家的好事，明摆着是要跟人家翻脸。只是周文庸目前正红得发紫，跟一个"社会名人"翻脸，恐怕不是明智之举。所以他只能眼睁睁看着人家尽情玩弄自己心中的"妙人儿"，却无能为力，百般忍受灵与肉的熬煎。

高世平心说："你现在不是红得发紫吗？咱一个小记者不敢惹你，不过你最好红一辈子，千万别有倒霉的那一天。咱们骑驴看唱本——走着瞧！"

　　离比赛还有两天时间，卡尔罗夫在他的夫人、经纪人的陪同下，飞抵杭州。随行的除工作人员外，还有不少俄罗斯的记者。

　　卡尔罗夫是个率性的人，甫一安顿下来，即偕夫人外出游山玩水去了。他的随行人员及记者们也纷纷四处购物，给人的印象是这些俄国人对旅游的兴趣更甚于比赛。

　　中国的记者们一听卡尔罗夫到了，顿时如打了"强心针"，100多人蜂拥而至"香格里拉"，但大堂内触目皆是黄皮肤、黑眼睛的"无冕之王"，他们根本找不到卡尔罗夫，甚至找不到一个俄国人。有时从门外走进几个黄头发、蓝眼睛的大鼻子，大部分记者都伸长了脖子，也有人围上去，一打听，原来是美国人、英国人、法国人……唯独没有俄国人。

　　卡尔罗夫的到来，使决战的气氛更趋浓烈。周文庸这一边则略显紧张，他的教练班子连续召开会议，商讨克敌方略。大家的信心不是很足，说话吞吞吐吐，犹犹豫豫。

　　表面上大家说的是豪言壮语，什么"打败卡尔罗夫，此其时矣"、"人生能有几回搏？此时不搏，更待何时"！但在内心深处，几乎所有人都认为要想打败卡尔罗夫，恐怕得50年后！

卡尔罗夫今年三十来岁，再过50年就八十来岁了。即便他长寿能活到那个岁数，也垂垂老矣。到那时要想打败他，还不易如反掌！

既然如此，现在还瞎费那个力气干吗呢？反正时间有的是，只要采取耗的政策，总有一天会把他耗趴下。

在会上，有人对周文庸提出批评，这也是周文庸的表现太不像话，大家出于责任心，不得不进行必要的规劝。有人说周文庸来杭州这几天，除了大吃大喝，就是约小姐打麻将，完全没有进入临战状态，照此下去，决战的前景令人担忧。

周文庸听后勃然大怒，反驳说："打这样重大的比赛，一半靠的是技术，一半靠的是身体，不吃不喝行吗？再说我打麻将也是积极地休息，不一定非看棋谱才是备战，打麻将也是备战。若论技术，在座的诸位有谁比我还高呢？你们能帮助我备战，岂非海外奇谈？依我说，像你们这样的教练组干脆解散算了，省得白白浪费人民的小米！"说完起身拂袖而去。

其实，归里包堆只有一个人，说了几句批评的话，他就受不了，无端发脾气，而且打击一大片，把教练组所有的人都骂了。但他现在一人系天下之安危，谁敢老虎头上拔须？大家只好忍气吞声，袖手旁观，看尔横行到几时？！再开会的时候，大家也都装聋作哑，泥塑一般，不说话了。

这也是不少中国人的老毛病，外患未靖，自己先起了内讧。

古人云："攘外必先安内！"胡总编把那位敢摸老虎屁股的人找了去，训驴似的训了一通。那位心里不服，竟然顶嘴说："批评与自我批评是我们党的优良传统，也是我们克敌制胜的三大法宝之一，不信你可以看看《毛选》！"

胡总编说："批评与自我批评是优良传统，也是三大法宝之一，没错！但你也得分时间、条件、地点。现在大战临头，表扬与自我表扬还来不及，你偏要批评与自我批评。把周文庸批评火了，影响了他的情绪，结果输给了卡尔罗夫，你负得起这个责任吗？"

那位说："表扬与自我表扬就能赢卡尔罗夫了？我看不见得！"

胡总编说："确实表扬与自我表扬也不见得就能赢卡尔罗夫，但也不会落下后遗症。你批评与自我批评不要紧，回头他输了，说是因为你批评与自我批评弄的，你这不是找事吗？"

那位说："该备战不备战，天天大吃大喝，找小姐打麻将，完了不仅不能批评，还得表扬，这活儿没法干了，我辞职行不行？"

胡总编顺水推舟地说："这是你自己要辞的，不是我逼你的，也好，明天你先回北京吧！"

那位回去一说，众人都批评他："这就是你的不对了，一个人辞多没意思，索性大家一起辞职吧！"

于是众人联名递了辞呈，胡总编也害怕事情闹大，牵连到自己，忙找众人进行安抚，他说："某某要辞职，我说'也好'，那只是一时的气话，如今大战在即，正该精诚团结、荣辱与共，你们怎么能辞职呢？我已请示体委领导，领导指示：一个也不能辞，一个也不能少！要加强组织观念与组织纪律，从现在起，谁要再提辞职，坚决给予纪律处分，直至开除公职！"

经过胡总编这样一番安抚之后，教练组的成员也都害怕了，灰溜溜地收回辞呈，不敢无事生非了。

胡总编犹如"消防队长"，决战还没有打响，他已经风尘仆仆，连续扑灭两次"火灾"，也可谓鞠躬尽瘁，死而后已了。

然而胡总编最大的担忧还是周文庸，"教练组风波"暴露出周文庸的心态不很正常，紧张、焦躁，容不得批评……当然这是可以理解的，任何人面对卡尔罗夫这样强大、可怕的对手，都不可能心如止水，无动于衷。但是如果你没有能力迅速调整自己的心态，以一种"平常心"去对待即将到来的"暴风雨"，就很难发挥自己的正常水平，以致关键时刻心旌摇动，技术变形，稀里哗啦就败下阵来。

究竟怎样帮助周文庸调整心态，胡总编也颇费思量。他想找周文庸谈一谈，即所谓做做思想工作，但估计效果不会太大。像周文庸这样的老棋手，大道理都懂，用不着婆婆妈妈。他现在最需要的是能战胜卡尔罗夫的"秘密武器"，就像《封神演义》里的捆仙绳、番天印、阴阳镜之类，只要祭在空中，就可以将卡尔罗夫摄去魂魄，打翻落马。再不像杨任杨大夫一样，得异人传授，两只眼睛里长出两只小手，每只手上又长一只眼睛，手持风火扇，轻轻一扇，管叫卡尔罗夫"樯橹灰飞烟灭"。

胡总编心说："我们只是肉眼凡胎，上哪儿找那样的宝贝去呢？"

还是干点力所能及的实事吧！胡总编感觉运动员在大赛前陷入紧张、焦躁的状态是一种普遍现象，这个问题始终未能得到妥善的解决，一般做法是加强组织纪律性，制定一些硬性规定，比如没收手机、9点半前必须归宿、10点整熄灯睡觉，并派教练员守住楼梯口，监视一切。

实际上这是拿军队的那一套来管理运动员，结果老的问题没解决，新的问题又来了。一些运动员表面上10点钟按时睡觉了，但半夜三更又从窗户跳出去，跑到酒吧泡小姐。还有的人干脆偷偷把小姐弄到宿舍里，从外面看一切正常，内里却干着见不得人的勾当。

这种事若没被外人发现，大家也就睁一只眼，闭一只眼，甚至个别教练员也忍不住要试一试，有一种好奇心——这违法乱纪究竟是什么滋味？

一旦被外人举报，即是一桩丑闻，顿时群情激奋，舆论大哗，弄得上上下下都十分尴尬。

总之，运动员也是人，他们也有一般人的生理需要。有一位著名人物曾经说过："他也长着那么个玩意儿，你有什么办法呢？"最为彻底的解决办法就是把他们那个玩意儿去掉，让他们一个个都变成太监，从此天下太平，省了多少麻烦。但是我们还是要讲讲"人道"，凡事不能太过极端。所以这种事实在叫人挠头，不大好办，"高堂明镜悲白发，朝如青丝暮成雪"！

胡总编鉴于这类历史教训，认为周文庸目前最需要的是一个女人，阴阳调和，降压去火，对于周文庸紧张、焦躁的心态是一剂灵丹妙药。

胡总编不无得意地想，捆仙绳、番天印、阴阳镜，我们或许弄不到，但要弄个女人还是不费吹灰之力的。

不过胡总编也不是要给周文庸找一位"三陪"小姐，那种违法乱纪的事他还不屑干，找女人他也走正途，光明正大，不希望让人抓住小辫子。因此他为周文庸找的女人也平淡无奇，让大家包括周文庸在内都很失望，那就是罗珊！

胡总编先给他的领导打了一个电话，说希望批准罗珊来杭州。一开始领导并不同意："周文庸去杭州之前，我就提议罗珊陪着去，你死活不同意，怎么现在又改变初衷了？"

胡总编说："来到杭州之后，我才真正体会到您的英明伟大之处！"

领导说："你也不用给我戴高帽子，还是先说说周文庸怎么啦？"

胡总编说："也没怎么，无非是有点紧张。我想罗珊要是能来，一来可以照顾他的生活起居，二来也可以帮他缓解一下紧张心理。"

领导先夸胡总编想得周到，然后说："既然如此，你就通知罗珊飞杭州吧！"

主任拿到"尚方宝剑"，立刻打电话通知罗珊，罗珊也喜出望外。

第二天一早，罗珊打车去机场，10点左右便安然飞抵杭州。

距离决战还有一天的时间。

各地的媒体记者犹如没头的苍蝇，四处碰壁。

记者们仍旧没能采访到卡尔罗夫，据说卡尔罗夫从一大早就把自己锁在屋里，和他的顾问们一起拆棋，中午饭也是叫服务员送到房间去吃的。

记者们也没能采访到周文庸，据说周文庸正和他的教练班子开会，商讨第一局棋的克敌制胜方略。俗话说："好的开始是成功的一半。"所以大家对第一局棋都极为重视。

卡尔罗夫和周文庸的不合作态度，使记者们深切感受到了决战前夕的紧张气氛和巨大压力，大战似乎一触即发。

记者本身也有压力，报社都在等着发稿，而自己手里却没有多少干货，巧媳妇也难为无米之炊。

高世平的压力似乎更大一些，虽然他在某些方面的想象力异常丰富，但在写文章方面，想象力却又极度贫乏。他一般只会"代人立言"，别人说什么，他照搬过去，没有观点，没有思想。或者写点新闻报道，时间地点，冠军亚军，姓甚名谁。所以他写的东西都干巴巴的，千人一面，像中学生的作文。

幸亏报社领导不求有功，但求无过，对属下的水平要求不高，一来二去，他也就升为主任了。这也使他产生一点错觉，以为自己就是那只飞到树枝上的大鸟，不飞则已，一飞冲天；不鸣则已，一鸣惊人。

此次来杭州，他决心以"棋王争霸战"为契机，弄出点能轰动一时的东西，总得给后人留下点什么吧？

不料事与愿违，来杭州以后，他原打算采访周文庸，来一篇独家报道，却被王小姐从中瞎搅和，使他失去了报道周文庸的兴趣。

似这般酒囊饭袋，好色之徒，又岂能昧着良心胡乱吹捧呢！

还是吹捧卡尔罗夫吧，卡尔罗夫是世界冠军，显然比周文庸更具新闻价值。但一连两天，他连卡尔罗夫的毛都没见着，更别说采访了。

晚上，高世平坐在房间里，构思他的惊世之作，文章的开头是这样写的：

"山外青山楼外楼，西湖歌舞几时休？暖风熏得游人醉，直把杭州作汴州。"

杭州西湖风景依旧，香格里拉剑拔弩张……

写到这里，他就写不下去了。

他引的那首诗是南宋诗人林升的作品，是他上午游西湖时在"西泠印社"买的一本《西湖揽胜》上抄来的。抄的时候很得意，抄完之后又有些犹豫，主要是第四句话"直把杭州作汴州"不大对景。他觉得林升简直不通之极，汴州有杭州那么美吗？那么有谁会把杭州当汴州呢？

后来，他又觉得"香格里拉剑拔弩张"似乎太过夸张，实际上"香格里拉"一片歌舞升平，丝毫没有大战将临的迹象，那么他这样写不是有点失实吗？

于是他就把林升的诗和"香格里拉剑拔弩张"全部删去，只剩下"杭州西湖风景依旧"八个字了。

其实这八个字也是废话，谁不知道"杭州西湖风景依旧"呢？

高世平叹了一口气，感觉要想一鸣惊人也并不容易。他想还是去采访一下卡尔罗夫，听听他是怎么说的，随便凑一篇报道算了。于是他去找卡尔罗夫的翻译，央求翻译带他去见卡尔罗夫。

翻译十分为难地说："卡尔罗夫已经说了，赛前不接受任何采访，我带你去恐怕也要碰钉子！"

高世平说："咱们就不说是采访，只说是礼节性拜访，只要让咱们进屋就算齐了。回头我请你吃一顿如何？"

翻译跟他根本不熟，不好意思一口回绝，看看手表，已经9点半了，忙说："要去就赶紧，晚了卡尔罗夫就睡了！"

高世平说："我给卡尔罗夫准备了一点小礼物，你等一下，我回去拿上再去吧。"

他说着兴冲冲跑回去拿礼物。一会儿拿来了，翻译一看，是两瓶茅台酒和一个压力暖壶，不解地说："送什么不好，送个暖壶不太累赘吗？"

高世平神秘地一笑，说："这你就不知道了，保管他喜欢！"

两个人来到卡尔罗夫的房门前，使劲儿敲门，卡尔罗夫以为外面着火了，赶紧过来开门。翻译冲他叽里呱啦说了一通俄语，高世平也听不懂，卡尔罗夫做了个手势，把二人让了进去。

卡尔罗夫是个不拘小节的人，只穿着背心、裤衩，虽然来了客人，但他也没有"沐浴更衣"的意思，露着一身长长的汗毛，和客人聊了起来。

高世平深谙公关之道，寒暄了一两句话，即献上礼物。卡尔罗夫果然对压力暖壶大感兴趣，里里外外端详了半天，一个劲儿地询问使用方法，并要翻译当场演示一番。

翻译也暗暗吃惊，心里对高世平大为佩服，心说："这些当记者的果然有点门道儿，真不可小觑了他们。"

其实高世平送暖壶并无创意，只是简单的模仿而已。原来他听过一个故事，据说北京外语学院有一位年轻的俄罗斯教师，外表英俊潇洒，颇受女同学的青睐。有一次他过生日，女同学们商量要送他一件礼物，问他想要什么？他说送一个压力暖壶就行了。女同学们就凑钱买了一个最贵的压力暖壶送给他，他高兴异常，当时就说："这回好了，有了这个暖壶，我的未婚妻就跑不了了！"从此以后，每回上课，他老兄都挟着暖壶来，把暖壶小心翼翼地放在讲台旁边，然后才开始讲课。女同学都不解，问他是什么毛病？他说："搁在宿舍里不放心，一怕小偷来偷走了，二怕有人不小心碰坏了，所以干脆带着来上课！"

高世平有点小聪明，心想："都是俄国人，难道还会生出两样心肠吗？"也就依葫芦画瓢，买一个压力暖壶送给卡尔罗夫。不想歪打正着，卡尔罗夫果然十分欣赏。

趁卡尔罗夫正被暖壶迷惑之际，高世平与他闲聊起来，问他对杭州的印象如何？

卡尔罗夫顿时来了兴致，说："美极了！没想到杭州这么美！我们那里还是冰天雪地，来到这里如同换了一个世界，到处是鲜花，到处是流水，而且大街上的东西丰富多彩，应有尽有！"

"真不想走了！"卡尔罗夫大声叹气，"高，你是记者，你帮我跟这里的棋协说说，我来杭州安家落户行不行？"

高世平说："行啊，没问题！你是世界冠军，你要是来，我们的国际象棋水平就能提高一大块，能不欢迎吗？！"

高世平随即话题一转，问卡尔罗夫对"棋王争霸战"的看法："我们这里有人认为，结局将是五五波，你以为如何？"

卡尔罗夫说："这是谁说的？五五波，不太可能吧。虽然这只是一场邀请赛，但我也不准备输，这事关我的声誉，何况奖金也很丰厚，有100万美元之多！"

高世平又问："那你对周文庸的棋艺有何评价？"

卡尔罗夫说："周文庸自然是很厉害了，但我对他研究不多。这次为了比赛，找了他的几局代表作看了一下，发现它一个致命弱点！"

高世平一听，也不由得有点紧张，忙问："什么弱点？"

卡尔罗夫微微一笑，"这我暂时还不能说！"

高世平说："为何不能说？"

卡尔罗夫说："军机不可泄露，关键时刻我可能还要利用他的弱点，告诉了你，你再一传出去，就不值钱了。"

高世平指天发誓说："我以一个记者的职业道德向你保证，只要你告诉我，我一个字也不外传！"

卡尔罗夫说："你若一定想知道，等比赛过后，我可以毫无保留地告诉你，现在则不行。"

两个人聊了一个多钟头，因为有翻译"拨乱"其中，翻译来翻译去的，所以格外地缺乏效率。高世平估计材料已够凑合一篇文章了，遂起身告辞。

出了房门，高世平就用不着翻译了。他这个人讲究的是过河拆桥，落井下石，遂和翻译拜拜，各奔东西。

高世平沿着走廊往回走，心里盘算着如何写他的惊世之作。他深感遗憾的是没能从卡尔罗夫嘴里套出周文庸的弱点，否则倒可以大大发挥一下。

既然弄不出流芳百世的东西，那就弄一篇遗臭万年的吧。但高世平又想到，弄一篇遗臭万年的也不容易。为今之计只好弄一篇谁也不看，擦屁股都长痔疮的东西再说吧。

高世平正自怨自艾之际，忽然看到前面不远处有一位女子向隅而泣。高世平顿起同病相怜之心，都道知音难求，原来知音就在这里！再仔细一瞧，谁知竟是罗珊，不由得大吃一惊，忙问："罗珊，你在这儿干什么呢？"

罗珊见是熟人，忙背过脸去想要掩饰，但正在伤心欲绝之时，又怎能掩饰得住，眼泪一个劲儿地往外流，抽泣得更为厉害了。

高世平见罗珊的模样绝非往日可比，暗想罗珊上午刚到，怎么晚上两口子就干起来了？联想到王小姐说杨小姐的事，心里也就猜了个八九不离十，遂劝说罗珊："我就住在下面一层，你在这儿站着也不是办法，不如先到我那儿坐一坐。"

罗珊是被周文庸赶出房间的，此时正没有落脚的地方，也就随高世平到他的房间去了。

原来罗珊今天突然现身，惹得周文庸心烦不已，但因是领过结婚证的原配夫人，也不好把她赶出门去，一整天都哭丧着脸，好像罗珊欠他 200 吊大钱。

晚上王小姐约他打麻将，这才有点笑模样，撇下罗珊，兴冲冲赶去赴约。谁知"流年不利"，手气太臭，一连 10 圈没开和，输了个精光。

王小姐嘲笑他："情场得意，赌场失意！"

周文庸说："我怎么'情场得意'了？"

王小姐说："罗珊来了，你们老夫老妻的，又好几天没见面了，还不抓空好好亲热亲热？"

周文庸正窝着一肚子火，一听这话立马大怒，说王小姐故意气他，"不打了"！一把推开麻将牌，起身扬长而去。王小姐在后面一个劲儿叫他，又说好话赔罪，他也不理。

回到"香格里拉"，周文庸仍鼓着肚子生闷气，罗珊这人也没有眼力见儿，嘴又碎，说："明天就要开战了，也该好好休息休息，养精蓄锐。吃完饭就去打牌，这么晚才回来，明天还怎么上场？你心脏又不好……"

周文庸说："我的事你少管！"

罗珊说："我说你也是为你好，难道我不对吗？"

周文庸说："求求你把嘴闭上，一句话也别说，让我静一静好不好？"

周文庸的忍耐似乎已到了极限，但罗珊却不是一个适可而止的人，她要一往无前地唠叨下去："我知道你是嫌我碍眼，从今天我一来，你就鼻子不是鼻子，眼睛不是眼睛。干吗呀？不就是想撵我走吗？我也不用你撵，我自己走，趁了你的心，遂了你的愿，我明天就走！"

周文庸说："你要走就走，要留就留，这是你的自由，与我无关！"

罗珊越发生气，心说："你一个大男人，难道就不能说点软话，非得这样无情无义不可吗？看来那个匿名电话说的竟是真的了。"便说："我知道你这次来杭州认识了一个跳舞的演员，又癞蛤蟆想吃天鹅肉了。我早就说了，你要离婚也可以，我给你让道儿。你写离婚协议书吧，我立马就签字。不过儿子得归我，你想要儿子，还是跟别人生去吧……"

这一下可击中了周文庸的要害，他"腾"地跳了起来，"什么跳舞的演员？你胡说八道什么呢！"

罗珊冷笑不已，"你敢说不认识吗？你那点臭事别以为我不知道，早有人向我汇报了！"

两个人唇枪舌剑，你来我往，吵得不亦乐乎。周文庸忍无可忍，上去踢了罗珊一脚。罗珊也不甘示弱，抓起桌上的茶壶朝周文庸头上掷去，仅差一点儿就砸着周文庸了。

周文庸一看，这显然是要谋杀亲夫呀！心说："你谋杀亲夫不要紧，我明天上不了场却有损国家荣誉，似这等汉奸、卖国贼还客气什么？"他扑上去一把揪住了罗珊的头发。你别看他对王小姐、杨小姐温文尔雅，但对自己的老婆却从不心慈手软，就这样把罗珊拖到门口，打开门，扔了出去，又把门撞上了。

罗珊是个爽快人，况且受了委屈，正想找人倾诉，遂把她和周文庸打架的经过，一股脑儿都倒给了高世平。高世平也不好随便臧否人家两口子的事，只得假意叹息了一会儿，说些和稀泥的话。

面对高世平，罗珊自信多了，一扫方才向隅而泣的弱女子形象，大马金刀地坐在床上，言语激越，脏话、俗语脱口而出，唾沫星子四溅，又有点孙二娘、顾大嫂的模样了。她不仅把周文庸骂了个狗血淋头，后来又开始指责记者，说记者一个个都是混蛋，就会捕风捉影，无事生非，无耻下流到了极点，她和周文庸闹到今天这步田地，全是记者从中瞎搅和造成的。

俗话说"当着矮人别说短话"，高世平感觉脸上有点下不来，便说："你这可是茅坑里扔石头——激起众愤了，你们两口子打架，跟记者有什么相干呢？"

罗珊说："还不是因为你们记者胡吹六哨，不过赢了两盘棋，又是天才，又是民族英雄，弄得他连自己姓什么都不知道了。你说，有打老婆的民族英雄吗？我看叫他民族败类还差不多！"

高世平知道她是气糊涂了，也不作辩驳，只好顺着她说："对对，民族败类，民族败类！"

罗珊瞪大了眼睛问："什么？"

高世平说："你不是说民族败类吗？又不是我说的。"

罗珊骂了半天，气也消得差不多了，想找地方睡觉了。有心回去吧，只怕还得给那个"民族败类"赔不是，说软话，而且人家也未必肯开门。罗珊心说："姑奶奶也是顶天立地，叫得响的人物，胳膊上跑得了马，肩膀上扛得住车，凭什么就要给他赔不是，说软话？这一回他要不先给姑奶奶赔不是，说软话，姑奶奶就一个月也不理他！"

下定决心以后，罗珊给胡总编打了一个电话，说："我跟周文庸打架了，你赶快来解决一下吧！"

胡总编说："清官难断家务事，我去有什么用？"

罗珊说："他随便动手打人，你们当领导的难道不管吗？"

胡总编说："他打谁啦？"

罗珊说："他除了打我，还敢打谁呀！"

胡总编说："真没想到，文庸怎么会这样，是不是喝多了？"

罗珊说："无论如何，你还是赶紧过来一趟，好歹给我安排个住处，我是不能跟这种人一个屋子睡觉了！"

过了半个来小时，胡总编心急火燎地赶来了，见了罗珊，就苦口婆心地劝她不要"两处分居"，还是同床而眠为好，和和美美，举案齐眉，方是兴旺的景象。他说："周文庸打你是不对，这我要严肃批评他。但是俗话说得好：'一日夫妻百日恩，夫妻没有隔夜的仇。'不要因为一点儿小事，就伤了感情。再说你们两处分居，传出去影响也不好。"

罗珊说："小事？我长这么大，我父母都没碰过我一指头，他算哪个庙的和尚，竟敢打我！两处分居那是轻的，这回他若不给我一个满意的交代，我还要跟他离婚呢！"

胡总编说："省省吧，我的小姑奶奶，算我求你了。现在都什么时候了，你还这么不依不饶地闹下去，万一他明天输了，这个责任由谁来负？"

罗珊说："你这话就奇怪了，他打了我，我还得负他明天输棋的责任，天底下有这样不讲理的事吗？"

胡总编说："你不闹他也不见得能赢，但你一闹不要紧，他输了棋不说他技术不行，说是你闹输的，你不是有理也说不清了吗？国事、家事有矛盾的时候，自然要以国事为重！所以我劝你回去，给他赔个不是，说几句软话，夫妻之间也不丢脸，反而会说你识大体、顾大局——我陪你一块儿去好不好？"

罗珊说："我爹妈养我的时候，就没给我生这么一副贱骨头，让我给他赔不是，说软话，门儿都没有！"

胡总编说："真的不去？"

罗珊说："不去！"

胡总编说："果然不去？"

罗珊说："不去！"

胡总编说："不去就算了，时候不早了，你也累了，我赶紧给你安排一个房间，你早点歇着吧。"

胡总编过来后，只与高世平打了一声招呼，就忙着对付罗珊，此时方抓空对高世平说："高主任，这就是您的不对了！"

高世平说："我又怎么不对了？"

胡总编说："您也不知会一声，就搬到这里来了，这不是明摆着对我们的接待有意见吗？"

高世平说："哪里，哪里，我怎么敢有意见呢？！"

胡总编说："我还说把我那个套间让给您呢，正要派人去找您，谁知您竟然走了。"

高世平知道胡总编是嘴上的人情，反正也不花钱，不说白不说。但这也不是什么高科技，你会说，咱也会说。因说："您这就太客气了，我怎么敢当呢？回头再影响了您的工作，我可就成了历史的罪人了！"

　　胡总编说："事已如此，只能以后再补报了。这一次还请高主任大力支持，在报上为我们好好吹嘘吹嘘。"

　　高世平说："一定，一定！"

　　胡总编这才带着罗珊告辞。

　　等把罗珊安顿好以后，胡总编又去周文庸的房间，轻轻敲两下门，里面没有回应。又仔细聆听片刻，估计周文庸已经睡下，才放心离去。

卡尔罗夫档案

1961年生于苏联。4岁学棋，7岁获全苏少儿比赛冠军，12岁获全苏青年比赛冠军。14岁获"国际象棋大师"称号。15岁获"国际象棋特级大师"称号，同年获全苏锦标赛冠军。17岁获世界锦标赛冠军。共获国内冠军64项，获世界冠军16项。等级分2972分，列世界第一位。

周文庸档案

1953年生于中国沈阳市。7岁学棋，12岁获全国少儿比赛第三名。18岁调国家集训队，21岁获全国冠军。23岁获"国际象棋大师"称号，25岁获"国际象棋特级大师"称号。共获国内冠军9项。等级分2656分，列世界第38位。

"棋王争霸战"揭幕。

香格里拉饭店，比赛对局室，世界棋王卡尔罗夫与中国棋王周文庸在棋盘两边落座。

100 多名中外记者纷纷用手中的相机对准这历史性的时刻。

裁判长宣布比赛开始。

卡尔罗夫闭起双目，如老僧入定。

周文庸点燃一支烟，记者们都注意到，他点烟的手在微微发抖。

卡尔罗夫猛然睁开双眼，精光四射，走一步 E4 兵。这是英国古杰夫开局的一个变例，十分罕见，看来卡尔罗夫决心避开他常用的开局套路，准备出奇制胜。

应记者们的要求，卡尔罗夫将他的第一步棋反复走了几遍，供记者拍照，镁光灯顿时闪个不停。

周文庸凝思片刻，应以王前兵。

这时裁判长宣布清场，记者们全部退出对局室。除两名对局者，只剩裁判长和两名裁判。

一架摄像机从门上的窗户伸进镜头，摄影师站在门外搭就的高台上进行操作。

为棋王的荣誉，不仅要保持肃静，也要杜绝任何作弊的可能。

观棋室里则是一派熙熙攘攘的热闹景象。

一排 6 台大彩电同步转播比赛实况，守在电视机前的几乎全是记者，一边听着解说，一边拟稿。胡总编和棋手们坐在桌旁拆棋，研讨得失。胡总编始终处于紧张状态，他大概是这个屋子里唯一真心实意盼望周文庸赢棋的人，因为是他已经把自己的仕宦前途与周文庸的输赢联系在一起了。能否升为体委副主任在此一举，这能不使他心焦如焚吗？

"小祖宗哎，你可得赢呦，千万别让我失望！"

观战室里最引人注目的女士是罗珊。

罗珊也是好样的，一觉醒来，便已摈弃前嫌，早早来到对局室，充任夫人的角色。她身穿淡蓝镶边闪光旗袍，挂一串珍珠项链，足登白色高跟鞋，手拿一把小折扇。她薄施粉黛，略点朱唇。见她的人都说罗珊这两年水灵多了，皮肤也不像原来那么黑了，身材也比以前苗条了，穿戴也比过去洋多了。整个一个土家雀插两根羽毛，充起凤凰来了。

罗珊来了以后先张罗三件事。一是周文庸在比赛的紧要关头有过敏性哮喘的毛病，所以罗珊备齐药剂并抱来一小罐氧气，这是她从北京带的，怕时间太紧，在杭州一时弄不来就麻烦了。二是比赛期间，周文庸中午从不吃饭，只吃哈密瓜，所以罗珊一早就托人去买哈密瓜，也抱到对局室里来了。三是周文庸中午必须洗一个热水澡，并找小姐进行全身按摩，要不下午就容易输棋。虽然香格里拉是五星级饭店，洗澡不成问题，但罗珊还是找客房经理询问、叮嘱了一番。至于按摩，罗珊可不愿麻烦小姐，只好自己辛苦代劳了。

按说周文庸的这三个习惯都属于毛病，除了罗珊不厌其烦，每次都为他打点周详，别人谁有那个细心，谁有那个耐心呢？

上午，周文庸的棋势还不错。

从一开始，他就采取进攻的策略，调集后翼的兵马，向对方展开轮番的轰炸，一步紧似一步，招招不离后脑勺。

他的"三板斧"还颇为奏效，卡尔罗夫显然估计不足，一时有点儿手忙脚乱，被迫采取防守策略，棋势显得比较被动。

观战室里，乐观情绪占了上风。当解说的棋手宣布专家的一致意见"周文庸占优"时，人们一片欢腾。

几乎所有人都认为，一个历史性时刻即将来临！

几家晚报的记者开始拟稿，在他们的笔下，西湖上空的阴云，以及窗外的绵绵细雨都无法阻碍周文庸夺取胜利的决心，"截止到记者发稿之时，周文庸占尽优势，胜利正如囊中取物，唾手可得……"然后他们就发疯似地冲出观战室，找电话往回发稿，想要抢发"独家新闻"。尽管他们心里也明白，自己的那个破玩意儿绝不可能成为"独家新闻"，但是当记者的应该有这种意识，至少表面上应该像那么回事儿。

你想，住五星级酒店，拿红包，三天一小宴，五天一大宴，在如此奢侈的条件下，您还能发什么独家新闻？没变成一头大肥猪就已经很不错了，完全有理由拿奖金了。

临到中午，卡尔罗夫提议封棋，周文庸表示同意。卡尔罗夫遂把他要走的第23步棋，秘密写在记录纸上，放进一个信封，粘好封口，并在上面签字。这样除卡尔罗夫以外，任何人也不知道信封里的内容了。

周文庸来到观战室，罗珊笑脸相迎，亲热地挽住他的胳膊。

周文庸问："你们感觉怎么样？"

棋手们说："优势吧？"

周文庸竖起大拇指，"优势！"

周围顿时响起一片热烈的掌声。随后周文庸在众人的簇拥之下回房休息，泡了个热水澡，吃了几块哈密瓜。然后罗珊为他按摩，十分卖力，出了一头的汗。周文庸心安理得，也不知感激。后来又趁罗珊没留神，给王小姐打了一个电话，问她："上午怎么没来？"

王小姐说："我懒得见你那个黄脸婆！"

周文庸说："下午来吧？"

王小姐说："那要看我高兴不高兴。"

周文庸说："来吧，你一来我就赢了！"

王小姐说："我有那么神吗？"

周文庸说："借你点灵气！"

王小姐说："既然如此，那我就去吧。别回头你输了，我又成历史罪人了。"

"呸、呸，他妈的老鸹嘴！"周文庸心里暗骂，他现在最忌讳听"输"这个字，幸好这是王小姐说的，要是换个别人，他老兄肯定火冒三丈，一跳老高，非把人家骂个狗血淋头不可。

下午，王小姐花枝招展地来了，徐副主任和秘书长也来了。

王小姐立刻成为全场注目的中心，尤其是那些记者，一个个都像三年没见过女人了，见了母牛也要飞飞眼。何况这一位要比母牛漂亮一万多倍，谁不垂涎欲滴呢？记者们继续观看比赛，爱国的心情已比上午淡了许多。有些记者虽然假装没有留意王小姐的到来，却又不时偷偷向王小姐瞄一眼，有点心猿意马。

徐副主任和秘书长只是两个糟老头子，没人认识，也没理会，任其自生自灭。

红颜祸水于此可见一斑。

王小姐有点怕罗珊，见罗珊在场，她也就尽量保持低调，不敢过于招摇。然而她的到来究竟是祸是福，一时也说不清。周文庸虽说要借她的灵气，但结果借了点晦气也未可知。因为上午他的棋势还一片大好，下午却突然急转直下。主要是他太想赢这盘棋了，一味地强攻，忽视了自身的弱点。卡尔罗夫老谋深算，假装示弱，实际上却诱敌深入，伺机反攻。周文庸久攻不下，不免有些急躁，终于走出了致命败招。卡尔罗夫抓住这一千载难逢的机会，以一系列令人眼花缭乱的漂亮手法，赚取周文庸一匹马。

周文庸目瞪口呆，心疼得要吐血。刚才还在云端飞翔，转眼间跌入了泥潭。

胜负世界就是这样残酷！如果你不能适应这样的沧桑巨变，那你就永远不能摘取国际象棋王冠上的宝石。

周文庸沉默无语，暗暗将眼泪咽到肚子里。忽然伸出一只手指，推倒了自己的"王"。

这是一种认输的表示，一切尽在不言中。

记者们又一拥而入，抢拍这一历史性的时刻。

周文庸主动提出复盘，卡尔罗夫借口有事，予以拒绝，起身扬长而去。

周文庸不由得面红耳赤，当众遭拒的滋味分外令人难受。

胜利者不受谴责，失败者只能逆来顺受。

当记者们逐渐散去，周文庸仍坐在椅子上发呆，他不是不想起身离去，只是失败的痛苦已经摧垮了他的灵魂与肉体，浑身如虚脱一般，想起也起不来了。

胡总编在一旁陪伴，惋惜不已："煮熟的鸭子居然也飞走了！"

"都是因为罗珊！"周文庸拉不出屎赖茅房，"要不是她昨天晚上跟我大吵大闹，这么优势的棋我会输吗？"

胡总编说："输一盘怕什么，后面还有 6 盘呢。输了就输了，不要再想它了，以免影响后面的比赛！"

周文庸说："有罗珊在，下 100 盘得输 100 盘！"

胡总编说："算啦，夫妻没有隔夜的仇。我看罗珊今天表现得还不错，又为你拎氧气罐，又为你买哈密瓜，中午还为你按摩。老实说，没她在你身边照顾，还真不行！"

周文庸问："是谁让罗珊来的？"

胡总编没有搭话。

回去以后，胡总编开始认真思考罗珊的问题。现在周文庸是"爷爷"，其他人都是"孙子"。他说煤球是白的，谁敢说是黑的呢？既然周文庸认定罗珊是他输棋的罪魁祸首，胡总编尽管心里不以为然，仍旧不得不尊重周文庸的意见。

胡总编以为，当务之急是命罗珊尽快离开杭州！悠悠万事，唯此为大！

但此事颇让胡总编犯难，因为罗珊是他死乞白赖请来的，现在又死乞白赖让人家离开，如此出尔反尔，胡总编感觉实在有点不好意思。

不过事关国家的荣辱，事业的兴衰，岂容掺杂个人感情因素？

胡总编心里有一杆秤，原则问题上绝不能心慈手软。

于是胡总编又给有关领导打了一个电话，简单扼要地汇报了第一天的比赛情况，以及周文庸与罗珊之间的矛盾。

领导说："事已如此，你想怎么办？"

胡总编说："为今之计只好让罗珊尽快离开杭州！"

领导说："开始我说让罗珊去，你非不让去；后来我说不让罗珊去了，你又非让她去；现在罗珊去了，你又非让她走，这不是太难了一点儿吗?"

胡总编说:"这是我考虑不周,没能认真领会您的指示,我应该承担全部责任。但事已如此,还请您予以支持,务必将罗珊调回去才好!"

领导说:"请神容易送神难,罗珊既然已经去了,总不好下逐客令吧?"

胡总编说:"最好由组织出面,找一个理由,召罗珊回去。这样既不伤罗珊的面子,也顺理成章。"

领导唉声叹气地说:"罗珊的脾气也大了一点儿,周文庸让你们惯得也太过矫情,你婆婆妈妈的事也太多。我也不知为什么许的,老得给你们擦屁股——行啦,就这样吧!"

说到这里,领导就挂断了电话。胡总编又等了一会儿,确认领导确实挂断了电话,才敢放下电话。但领导究竟什么意思,是否同意他的方案,也没作确切指示。胡总编有心再打电话明确一下,但又想到领导本就批评他"婆婆妈妈",他若再打电话"婆婆妈妈",不是招领导不待见吗?

到底是让罗珊走,还是不让罗珊走?胡总编一时也不知如何办理才好。如果他错误地领会领导的意图,好心办错事,他也要承担责任。小则批评,大则撤职处分,就算你侥幸逃过这一关,但你已经给领导留下了不好印象,还想不想往上升了?

胡总编愁得头发都白了一把,也没想出妥善的办法。怨愤之余,胡总编想:自己若有一天升至领导岗位,一定要励精图治,加大改革力度,绝不能当官做老爷,一点儿不体恤下情。下属也是人,做点事容易吗?你总得替他们考虑考虑,不能只顾自己当官,就不管别人的死活了。

大约过了一个多钟头,中国棋院打来电话:"根据上级领导指示,决定任命罗珊同志为访欧国际象棋少年代表团副团长。命她立即回京,商量组队事宜。"

俗话说"军令如山",况且被任命为副团长,罗珊也觉面上有光,二话没说,当晚飞回北京。

罗珊走后,周文庸去了一块心病,情绪好了许多。人逢喜事精神爽,棋也下得顺了,痛快地赢下第二局。接下去双方连和两局,比赛处于胶着状态。

对于这样的结果,周文庸和记者们都认为可以满意,只有胡总编忧心忡忡,他认为周文庸身边藏有隐患,那就是王小姐。

这不是有点奇谈怪论吗?原来自罗珊走后,王小姐就自动顶了罗珊的缺,帮助照顾周文庸,张罗氧气罐、买哈密瓜、按摩之类,倒也尽心尽责。至于晚上是否"练全活",一直帮助到床上,胡总编虽然心里也有疑虑,但他也没亲眼证实,所以也不敢胡说八道。

然而胡总编受"红颜祸水"的影响较深,认准周文庸输棋是因为女人。前脚赶走周夫人,后脚又来了王小姐,这等前仆后继,不"扫黄"可怎么得了!

若问"扫黄"与周夫人、王小姐有什么相干?胡总编也说不清,但他莫名其妙就发出这样的感慨,他就这种认识水平,你又能把他怎么样?

胡总编背着周文庸,约请王小姐,作一次认真严肃的谈话,希望她没事不要打扰周文庸,以免周文庸分心,影响了比赛成绩。

王小姐说:"我不过是拎拎氧气罐,买买哈密瓜,怎么就影响了比赛成绩呢?"

胡总编说:"这本是罗珊分内的事,你现在越俎代庖,别人自然会有看法。你一个姑娘家,也要注意影响!"

王小姐说:"怪不得人家说现在的事搞不好,都是您这种认识水平,能搞好吗?"

胡总编说:"我的认识水平怎么了?有问题吗?"

"没问题,没问题!"王小姐笑了笑。

"你与周文庸之间的事属于个人隐私,我本不想多嘴。"胡总编一直盯着王小姐身上看，发现这个姑娘虽然貌比天仙，但却浅薄得很，"只是现在已影响了周文庸的正常发挥，事关国家的荣誉，所以我不得不出面加以干涉！"

"我和周文庸之间有什么事？您倒说说看！"王小姐有恃无恐，自以为与周文庸之间也没什么见不得人的事。

"有什么事你自己还不知道吗？"胡总编质问道，心说："现在的年轻姑娘真不得了，干了不光彩的事不以为耻，反以为荣，脸都不红一下。"

王小姐冷笑说："您今天若不拿出确实的证据来，我只好跟您法庭上见了！"

胡总编哈哈大笑，说："小王，你还真有个性，我就喜欢你这种有个性的人！"

王小姐心里有点纳闷，按说有人要跟他打官司，他应该哭一鼻子才对，怎么反倒哈哈大笑起来了？难道法院是他们家开的吗？

王小姐也让胡总编搞糊涂了，心说："也没准法院真是他们家开的，还是少跟他打官司为妙。"

胡总编说："这种事就算你有理，到了法院你也得输，你知道为什么？"

王小姐问："为什么？"

胡总编说："我代表的是组织，你代表的是个人，胳膊总拧不过大腿，法院也不能为了胳膊而损坏大腿吧？"

王小姐想想，觉得主任说的也有道理。虽然自古以来一直说"王子犯法，与庶民同罪"，但那大抵是骗人的鬼话，庶民怎么能和王子相比呢？这连3岁的小孩都知道。

王小姐说："您不就嫌我影响了周文庸吗？从今以后我远离'香格里拉'，再也不上这儿来了，总行了吧？"

胡总编双手合十，点头作揖说："你若真的如此，那我就真要感谢你了，感谢你做出了巨大的牺牲！"

王小姐说："只是我不来了，周文庸若再输，您又赖谁呢？"

胡总编说："这你只管放心，甭管赖谁，反正赖不上你了。"

王小姐从此绝迹"香格里拉"。别人犹可，但那些记者比较敏感，都觉得生活中缺少点什么，但大家也都"小曲好唱口难开"。生活变得如此单调无味，呈灰暗颜色，没有丝毫激发想象力之处。

"这日子真他妈不是人过的！"有几位愤世嫉俗的记者发出感慨，"与其这样过一辈子，还不如立马找棵树吊死算了"！

生活就是这样，你可能对生活有所不满，但还是要照样生活下去，改变生活其实并不容易。

现在罗珊走了，王小姐也不来了，定时炸弹——排除，胡总编可以心满意足了吧？但有一点，周文庸的臭毛病改不了，仍旧要吸氧、吃哈密瓜、洗澡、按摩。胡总编一看，也没有合适的人选可供差遣，只好自己挑起了这副重担。他天天抱氧气罐、买哈密瓜，实在有点力不从心。尤其是中午的按摩，大概是同性相斥的缘故，双方均感不便。胡总编自以为是为国操劳，勉力而为，谁知周文庸不但不感激，反而怪胡总编狗拿耗子多管闲事。

不过说也奇怪，自王小姐绝迹以后，周文庸的运气又来了。在余下的比赛中，又赢了一盘棋，结果前5盘棋，周文庸2胜1负2和，还多赢了1局。

舆论一致认为，周文庸取得这样的成绩已经很不错了，卡尔罗夫毕竟是世界棋王，周文庸能赢1局，表明他实际上已与棋王站在同一条水平线上了，因此大家对后2盘比赛均表乐观，认为只要周文庸运气再好一点，创造奇迹也不是不可能的。

然而有一个重要情况，局外人根本无法了解，因此他们所说大抵是泛泛之谈。事实上，在周文庸不俗的成绩里面，也有胡总编的很大贡献，正如一支歌里所说："军功章上有我的一半，也有你的一半……"

胡总编的贡献主要有两点，一是在周文庸输掉首局的不利情况下，机敏地遣走了罗珊。凡是圈内的人大约都知道首局的重要性，首局的输赢能够极大地左右棋手的情绪，首局赢了可能一马平川，首局输了也可能一泻千里。正是由于胡总编巧妙遣走了罗珊，扭转了周文庸的情绪，阻止了他下滑的势头。二是在比赛中途，周文庸正处于危险境地，胡总编果断撵走了王小姐，使周文庸焕发斗志，全身心投入比赛，终于力挽狂澜。

可以说胡总编在生死存亡的紧要关头，以大智慧挽救了周文庸，厥功甚伟。胡总编很谦虚，从不提自己的功劳，所以没人知道，也没人承认。就连周文庸也不领情，嫌胡总编多事，杞人无事忧天倾。后来周文庸雇"枪手"写回忆录的时候，专门讲述了这一段历史，说他没能赢下卡尔罗夫，是他终生的遗憾！为什么没赢？他说主要是莫名其妙的干扰太多，并且举了胡总编的例子。据他讲，自罗珊回北京以后，有一位美丽善良、心地纯洁的小姐出于对他的无限崇拜，自动担负起照顾他生活的重任，周文庸没提这位小姐姓刘还是姓张，但据知情人分析，似乎指的是王小姐，有点像，又有点不像。他这本回忆录里有不少文过饰非的地方，"枪手"既然拿了钱，也就你说什么，我就写什么，完全不加考证和分析。

总之，周文庸回忆说，如果那位小姐一直留在他的身边，照顾他的生活，他可能在前5盘就以较大的比分打败卡尔罗夫，那样的话，也就为整个比赛的胜利奠定了坚实的基础。

"可惜，非常可惜！"周文庸说，"后2盘在泰国比赛，居然0比2输掉了。现在回想起来，那不仅是我个人的损失，也是国家的损失！"

这是周文庸对"枪手"说的话，"枪手"也不由得产生一点儿疑问，既然这位小姐一人系天下之安危，作用非凡，那后来究竟发生了什么事情，致使国家都受到损失呢？

周文庸回忆了当年胡总编赶走王小姐的事："完全的莫名其妙，也不知他是怎么想的！"周文庸说，"像胡总编这样的人，思想僵化保守，自以为是马克思主义者，实际上干的却是封建主义那一套。所以输给卡尔罗夫也有其历史必然性。自从王小姐走后，一切都乱了套。吸氧吧，吸了几口就没了；吃哈密瓜吧，切开一看是个生瓜蛋子；洗热水澡吧，水龙头里流出的却是冷水……在这样的情况下，又怎么能赢棋呢？"

"枪手"说："无论如何，前5局毕竟还赢了1局，但后2局却兵败如山倒，一塌糊涂；这又是为何，是否也是因为那位小姐？"

周文庸说："那倒不是……"

"枪手"问："究竟是什么原因？"

周文庸欲说又止，有点不好意思，后来还是决定坦诚相见："是因为……"

最后两盘棋在泰国举行，对周文庸来说可谓多灾多难。

泰国之行，周文庸是一个人去的，时令已到冬季，天气寒冷，他准备不足，带的衣服少，在机场就患了感冒。但"棋王争霸赛"事关国家的荣誉，必须前往，所以他毫不犹豫，带病去了泰国。

为什么一个人去泰国？这么重要的比赛，多带几个随从不好吗？有人差遣可以省不少的精力。即便感冒了，有人在一旁伺候，倒水拿药，嘘寒问暖，也是很大的安慰。

但这里有个"奖金分配"的问题。

"棋王争霸赛"的奖金是100万美元，按过去的规定，其中三成要给体委，另外三成要给教练、棋队，自己只能拿四成。

体委培养你那么多年，又给你出机票、食宿等一切费用，要你三成难道还不应该吗？

棋队和教练时时刻刻教导你、陪伴你，为你解决一切后顾之忧，而且在比赛中为你出谋划策，甚至具体到每一次战役、每一步棋，表面上是你一个人在战斗，实际上是这个集体帮助你战胜了对手。那么"集体"要你三成，难道还多吗？

但是"个人"和"集体"在奖金分配上产生了矛盾，周文庸认为分给集体的太多了，而自己得到的太少了。

这次去泰国，体委和棋队原本要派几个好手和他一起去，但被周文庸拒绝了，他要一个人去，心里盘算的是奖金——自己拿的越多越好，分给"集体"的越少越好。

当他一个人坐在机场大厅等飞机的时候，突患感冒，发烧、头疼、浑身骨头节疼，感到孤单无助时，也预示着他这次泰国之行不会很顺利，而是充满艰难险阻。

他吃了4片"感冒灵"，安慰自己说："这点困难还吓不倒咱……"

到了泰国，周文庸发现他和卡尔罗夫的境遇形成了鲜明对照。

他是一个人，做任何事都得他自己"动手动脚"，加之语言不通，颇感掣肘。

卡尔罗夫则有一个十多人的顾问班子，还有两个保镖、一个保姆，负责安排他的一切事宜，包括复盘、拆棋、解疑、制定战略战术及解决心理方面的问题。

这个顾问班子是他花钱雇来的，从大赛的奖金开销。

周文庸苦笑道："他要是能赢了比赛，100万美元还绰绰有余；万一输了比赛，只有10万美元，够开销的吗？"

赛前，他经过二楼时，听见小会议室里乐声悠扬，笑语喧哗。正准备走过去，只见卡尔罗夫带着一名翻译走了出来，说他准备了小型宴会，请周文庸赴宴。

周文庸婉言谢绝，说他刚吃完饭。方才他下楼，找到一家小饭馆，吃了一碗又辣又酸的面条，谁知吃完不久就感觉有点肚子疼，心说："坏啦，这要闹得个跑肚拉稀，影响比赛可怎么办？"他赶紧回到卧室，找出3片"黄连素"，倒了一杯水，几口喝下去，这才安了心。

他想拆拆棋，做点战前准备，但心神不定，不由得想起杭州那五盘棋的景象，想起罗珊、杨小姐、王小姐，也想起了胡总编，那次是众星拱月，万众欢腾，多么荣耀、多么风光呀！如今就剩自己一个人了，"茕茕孑立，形影相吊"。但为了祖国的荣誉，为了那100万美元，他必须拼一下。前五盘棋，他还赢了卡尔罗夫一盘，剩下的两盘棋，他只要再赢一盘，就是最后的胜利者，他将站在众山之巅，听万众山呼"万岁"。

那天晚上，周文庸就是怀着这种美好的幻想进入梦乡的。

第二天，"棋王争霸赛"进行第六局较量。这一局，卡尔罗夫执白，周文庸执黑。

周文庸棋风泼辣、尖锐，对任何强手都毫不畏惧，敢于挑起战火，发动攻势。卡尔罗夫棋风稳健，但本局一反常态，雄心勃勃，出手大胆，颇有咄咄逼人的气势。

开局黑方走的是自己拿手的"古印度防御"，白方走的是古典体系中的一个变着。开局仅十个回合，黑方即开始在"王"翼实施"兵"的突破，为此要付出牺牲一个兵的代价。黑方弃"兵"以后，获得了很好的补偿，双"象"拥有远射程的前景，"后"占据了非常有利的位置；而白方已经失去易位的权利，致使子力分散。

表面上看黑方占有一定优势，但这恰是白方的一个"阴谋"。接着白方突然变着，巧施"围魏救赵"之计，兑"象"使黑方的攻击力锐减，白方"王"翼的防御已不成问题。弃"车"诱使黑方犯错误，黑方如果不吃"车"，局面有可能向和棋的方向发展。但吃一个"车"的诱惑太大了，周文庸完全没有意识到问题的严重性。他经过慎重的思考，仔细审视局面，不觉有什么危险之处，毅然张开大嘴，一口将"车"吃了下去。

吃一个"车"让周文雍异常兴奋，以为赢棋已不在话下，谁知他恰恰中了卡尔罗夫的圈套。接下来白方以一连串的漂亮手法，逼迫黑方的"王"不得不向棋盘中心流浪，生死未卜。周文庸未料到这个变化，汗"刷"地一下就流了下来，脸都绿了。他也顾不上擦汗，而是进行紧张的计算，发现白方的几个棋子全部占据要津，已构成杀棋的要素，而自己竟无法解救，只好认输。

休息两天以后，双方进行最后一局的较量，这一局卡尔罗夫执黑，周文庸执白。

　　输了上一局以后，周文庸的信心大减。卡尔罗夫毕竟是 16 届的世界冠军，棋研究得比自己深。比如上一局他的弃"兵"，是他多时研究出来的"秘手"，卡尔罗夫吃"兵"以后弃"车"，则是一个"圈套"。他研究不深，贸然吃"车"，铸成大错。

　　鉴于卡尔罗夫的老谋深算，技艺精湛，周文雍在最后一局采取了一个"保守战略"，以防御为主，绝不主动进攻，目标是争取"和棋"。

　　和棋的好处显而易见，双方"三胜两负两和"打成平局，对卡尔罗夫来讲自然不太满意，但对周文庸来说则相当满意。他还没有获得过世界冠军，能和世界冠军卡尔罗夫打成平手，应该是一个不错的结果，对各方面都能交代过去。

　　这次比赛冠军的奖金是 100 万美元，亚军的奖金是 10 万美元，如果和棋，每人可得 55 万美元。

　　周文庸想："100 万美元得不着，得 55 万也不错。"

　　这一局，周文庸就是带着这种"不求有功，但求无过"的思想投入战斗的。

　　开局后，周文庸就积极防御，把自己的"王"围得铁桶一般，让对方无从下手。黑方几次发动攻击，均无功而返，不免产生焦躁。黑方又故意卖弄破绽，诱使对方上当受骗，白方不为所动，绝不冒进。

　　面对黑方不懈的进攻，白方采取的战术之一就是邀兑子力，即兑换进攻方最危险的子力。这是一种非常有效的方法，双方的子力兑换到一定程度，就只能朝和棋的方向发展了。在黑方的积极努力下，双方对换了一个"车"，又兑换了一个"马"。但白方识破了黑方的意图，关键的子力绝不兑换，而是回避占据要点，双方一来一往，局面处于胶着状态。

　　周文庸左遮右挡，应付裕如，但他的心理压力很大，上一盘输棋的阴影始终笼罩在他的头上，使他难以正常发挥，走着走着，他就走出了一步败着。

刚走完，他就意识到这是一步败着，冷汗"刷"地就下来了，脸色由白变红，又变白，而且越来越白，一颗心"怦怦"直跳，像揣着一只兔子。他尽量克制自己，生怕卡尔罗夫瞧出来，心里暗暗祈祷："千万别瞧出来，千万……"

卡尔罗夫怎么会瞧不出来，其实这一步棋刚一落定，他一眼就看出这是一步"败着"，一张大馅饼突然掉在他的眼前，他不敢相信这是真的。所以他也不动声色，只是紧张地进行计算，生怕周文庸藏有什么阴谋诡计。他几次拿起"后"，又几次放下，看看计时钟，时间还有，又深入地计算了一遍。对周文庸来说，卡尔罗夫的表现，每一秒钟都是煎熬，但他没有办法，只能听天由命。

此时，卡尔罗夫又拿起了"后"，犹豫半天，又放回原位。起身去了卫生间，痛痛快快撒了一泡尿，又抽了一根烟，他需要稳定自己激动的情绪。然后回到座位上，拿起"后"走了决定性的一步。

周文庸推倒王，表示认输。

卡尔罗夫最终以"三胜两和两负"获得胜利。

恋爱是什么？自古以来就有种种不同的说法。

有人把爱情说得很神圣，把恋爱说得很浪漫。其实恋爱大抵是人体某些分泌物的"蠢蠢欲动"，或是大脑神经某种"肤浅"的反应而已。

西方的某些心理学家经研究认为，恋爱具有两层含义：一是可能具有某种化学因素的性吸引；二是情绪的相容性，也就是说恋爱双方的情绪方式能够达到高度契合。当这二者结合在一起，便在大脑中产生强烈反应，使两人处于兴奋、愉悦、发狂乃至没有理智的状态，这便是恋爱。

李婷婷这丫头也不是省油的灯，出身城市贫民，父母没什么文化。她的经历与王路有些相仿，从小学棋，初中没毕业就进了棋院。其实她在棋艺上并没有什么天分，只不过下棋的女孩子少，矬子里面拔将军，稀里糊涂就混进下棋的圈子里来了，这是一个历史的误会。

李婷婷12岁入国家队培训班，14岁定为国际象棋三级棋士，17岁定为一级棋士，25岁定为候补国家大师，然后就此止步。虽然年年都打比赛，但打了十几年，也没能升入所谓国家大师的行列。如今已是 30 岁的人了，棋艺不进反退，她不禁心灰意冷，破罐破摔，不思进取了。

圈内的人评价她：根本不是下棋的料，瞎耽误工夫。

这里说的她跟王路之间的恩恩怨怨是她十六七岁时的事，当时她刚升入一级棋士，自以为了不起，正不知东南西北呢。

李婷婷最大的特点就是没文化，这一点处处都能表现出来。比如你没法跟她说话，为什么呢？她听不懂。有时你夸奖她，她却以为你骂她，顿时反目成仇；有时你骂她，她倒以为你夸奖她，沾沾自喜起来。又如在她面前你不能提钱，一提钱她就露出了本相，锱铢必较，见利忘义，贪婪成性，把她祖宗八辈的德行都带出来了。凡是跟她合作过的人，最后都会因为钱的问题撕破脸皮，不欢而散，后来再也没人敢沾她的边了。

有句俗话说："头发长，见识短。"用来形容女人未必正确，但用来形容她则再恰当不过了。

就这么一位没天分、没文化、没品位的"柴火妞"，居然在下棋的圈子里混得还不错。她凭什么？细究起来，只有一样，脸蛋还过得去。

说起脸蛋的好坏，大约只有相对意义。李婷婷矮矮的个子，短短的腿，就算脸蛋还过得去，比起刘海英，相差何止十万八千里！但也不知什么原因，刘婷婷这一拨下国际象棋的女孩子里，竟没有一个出色的人物，反倒把她比衬得"沉鱼落雁"一般了。当时国际象棋界有所谓"四大金花"之说，这种说法的来源，现在已无从考证，大概是某个无聊记者闭着眼睛胡乱吹捧，别人也跟着瞎起哄而已。这四位已是国际象棋界出类拔萃的女性了，可惜一个比一个矮，最高的还不到一米六，而李婷婷居然还荣膺"四大金花"之首，在棋界这个小圈子里，纵横驰骋，游刃有余，搅得个天翻地覆……

由此也表明，这个圈子里人才是何等匮乏，其中某些男性的眼光又是何等的浅陋。

王路的眼光不能说高明，但他自从跟刘海英结为师徒关系之后，已有"曾经沧海难为水，除却巫山不是云"之叹。像李婷婷这样平庸的女孩，自然难入他的法眼，但他把棋院的女孩子扒拉来，扒拉去，发现只有李婷婷的脸蛋还过得去。再好的没有了，你有什么办法？

王路是捏着鼻子不得已而为之，李婷婷却是给她个棒槌就认作针了，一心一意要先恋爱，后结婚，明媒正娶，白头偕老。

当时李婷婷还不能算坏女孩，思想也比较单纯。少女怀春，投之以桃，报之以李，实属正常。只不过李婷婷有点不幸，小小年纪就遇上了王路这个坏小子，想不变成坏女孩都难了。

从好女孩到坏女孩有一个进化链：先是王路遭遇刘海英那样的"大众情人"，然后是李婷婷遭遇王路这样的坏小子。所以过程是这样的：大众情人→坏小子→坏女孩。

社会上的家庭虽然千差万别，但若哪个家庭不幸出现了坏女孩，那情形大致是一样的。

李婷婷的父母对她的管教不可谓不严，尤其是她的母亲，文化程度虽然不高，但思想却极为保守，什么"从一而终"、"饿死事小，失节事大"都背得滚瓜烂熟。

按她的执着程度，当个小单位的书记，一点儿问题没有。可惜没人赏识，也没人提拔，一辈子怀才不遇，还不到50岁，就提早办了病退。这一下好了，天天在家待着，有时间了，可以把全部心思用在子女身上了。她对李婷婷采取了鲧治水的方法，处处防范，处处堵塞。不是有意效仿，只是不谋而合。

实际上她根本不知鲧为何人，鲧是一条虫吗？她没那么大学问。尽管如此，也足以说明中国文化积淀之厚。您想，一个没有什么文化的家庭妇女，居然跟古圣贤不谋而合，其自豪为何如？

只有一点儿不尽人意，她的一番苦心收效甚微。

对李婷婷来说，母亲的苦口婆心，谆谆教导，抵不上她体内荷尔蒙的蠢蠢欲动，也抵不上情人的一个眼神、一句俏皮话，更抵不上情人的那一双手。

怨不得母亲，母亲已经尽责；只怨女儿，女儿太没出息。

这几日，王路心里也挺烦，别人找他问事，他懒得搭话，就用手指指身上穿的 T 恤，人家一瞧，上面印着六个字："别理我，烦着呢！"

王路烦什么呢？其实只有一件事，他还没把李婷婷弄上手。

生活中的麻烦事很多，但是像他这种年龄段的人，也唯有这种事才能让他食不甘味，寝不遑安。像一只发昏的苍蝇，没头没脑，乱飞乱撞，不知怎么死才好。

话虽粗俗了一点儿，但也未必不是现实情况的形象反映。

更可气的是，最近李婷婷提出要跟他先交朋友，再谈其他的事。交朋友是什么意思？意思就是两人先要谈恋爱，谈到一定程度，再去领结婚证，领了证以后还要办一个隆重的婚礼，最后才能入洞房。

王路一听就晕了，心说："这么麻烦，你还不如当场拿根绳子勒死我算了。男女之间说一千道一万，最后无非就是那么回事。既然如此，何不免去一切过程和手续，直奔主题不就结了？"

李婷婷说："那可不行，我妈说了……"

王路一听，气得一把推开婷婷，"又是你妈说你妈说，你妈哪儿那么些说的？"

李婷婷说："我妈说了，一瞧你就不是个好人……"

王路说："我要不是好人，那天底下就没有好人了。"

"你专门哄骗女孩子！"

"苍蝇不叮没缝的蛋！"

"反正我妈说了，不能让你占了便宜，否则她就跟我断绝母女关系！"

"说也晚了，反正便宜已经占了，让她看着办吧。"

"所以今天是最后一次了，往后再像今天这样是不能够了！"

此时的李婷婷已经被王路弄得毫无办法，一心只要缴械投降，不由得问道："你到底想干什么？"

王路说："我想干什么，难道你不知道吗？"

婷婷说："那我跟你说的事，怎么样呢？"

王路说："什么事？"

"确立朋友关系呀！"

"没问题，确立就确立，这年头谁怕谁呀！"

"那我明天就当众宣布！"

"有这个必要吗？"

"省得董燕她们再打你的主意。"

"你以为我是香饽饽，人见人爱呢。"

"那也说不定。"

"我劝你也考虑考虑，跟了我也不是好玩的，不要将来吃后悔药。"

"那我不管，"婷婷把王路的手推开，坐直身子，瞧着王路的眼睛，"反正这辈子我跟定你了，非你不嫁……电影上这时候是怎么说的？"

"海枯石烂，地老天荒！"

"对对对，海枯石烂，地老天荒！"

正说着，王路去里屋拿东西，等他从里屋出来，却发现李婷婷不见了。忙叫："婷婷，婷婷！"撒腿追了出去，一直追到大街上，哪里有婷婷的踪影？

王路心里恨得要吐血，暗暗骂道："这个丫头片子，真他妈不是东西，非把人浪上火来，她又跑了。真把老子惹急了，一刀宰了，大卸八块，扔到河里喂王八！"

王路正自懊悔，一抬头，看见路边有一个网吧，就信步走了进去。花钱买了"两小时"，玩起了游戏。

彼时网络游戏刚刚兴起，玩的人不是太多。王路就想在象棋这个小天地里成就一番霸业，他想自己是大师，在电脑里玩象棋的人，还有谁是大师呢？电脑是个虚拟世界，你在现实世界无法实现的东西，又何妨在虚拟世界实现一把呢。比如现实世界里你无法当部长，但在虚拟世界，你完全可以称呼自己为"部长"。"王部长请坐！""王部长好吗？"……你甚至可以称呼自己更大的官，比如"副总理"、"王副总理"，怎么样？感觉如何？现实中你只是个让人呼来唤去的"杂碎"，虚拟世界里你却可以成为"副总理"，多么惬意，完全能够满足你的虚荣心。而且没人知道，也没人干涉，哥哥、妹妹只管大胆地往前走。

王路一开始给自己起了个假名"一丈青"，为什么不给自己起个"部长"或"副总理"？老实说他没那么大的野心，化名水泊梁山的好汉也就够吓人的了。

玩了几天游戏，赢了几亿游戏币，像个大腹便便百万富翁似的，王路也没觉怎样，虚拟货币赢多少也没用，也不能当钱花。后来看到一篇文章，王路才知道自己的认识大错特错。

据那篇文章说，在游戏里"扒分"有诸多好处，试举一二：

1. 可以当饭吃

比如你在游戏中赢了几千万，甚至几亿、几十亿，心里十分高兴，整天哈哈大笑，还吃饭做什么呢？

2. 可以卖钱

比如你在游戏中挣了几亿乃至几十亿，肯定有大款出高价买你的游戏币，那你不就意外地发了一笔横财吗？现在是用脑细胞变钱的时代，美其名为知本时代。各种网站如雨后春笋般涌现，其中99%为的是圈钱，他可以圈钱，咱为什么不能也圈点钱呢？圈！

3. 可以博得女性的青睐

比如你在游戏中挣了几亿甚或几十亿，肯定有许多漂亮的美女慕名而来，缠着要拜你为师，还要管你叫大哥，你不就交上了桃花运，"牡丹花下死，做鬼也风流"。

除此之外，这篇文章还透漏了一个重要信息：某西方大国正在修改移民政策，凡在某游戏中获5000亿者，可以免试"托福"。

王路不学无术，对考不考"托福"不感兴趣，他只对"扒分卖钱"和"博女性青睐"感兴趣。心说："这两条都需要一个'钱'字，可惜咱一个大师级的人物，缺的正是这个东西，没办法，只好跟那一干土鳖一样，先在虚拟世界圈点钱吧！"

谁知他的圈钱行动颇不顺利，他发现自己化名"一丈青"实为大大失策。原以为"一丈青"乃大名鼎鼎水泊梁山女匪，可以当作虎皮吓唬人，谁知却是一个扫帚星，只能给人带来霉运。

梁山女匪扈三娘大概长得又黑又高，所以绰号"一丈青"。后来被宋江强迫嫁给了矮脚虎王英，"一丈青"虽然满心不愿意，但碍于宋江的情面，只得委身于一个"二等残疾"，一生心情郁郁，最后惨死于乱军之中。这是一个悲剧性的人物，用她作化名，能好得了吗？

一开始王路还颇为顺利，几天下来已挣了几亿游戏币，他觉得这也太容易了，野心开始膨胀，又想当一方霸主，受万人敬仰。现实世界做不到的事情，又何妨在虚拟世界实现呢？

谁知正当他做美梦的时候，厄运开始降临。这天他遇到一个"瞎子"，对局之中，"瞎子"叫着王路的假名说："一丈青，别带着眼睛跟俺下棋！"王路也只好遵命，闭上眼睛跟他胡抡，结果吃了他一个马。"瞎子"一看这棋没法下了，就说："瞎子走了！"名字随即从荧幕上消失了。王路等了一会儿，以为这棋可以结束了，按键询问，屏幕显示："正等待服务器回答！"过了一会儿，又显示："回答超时，是否继续等待？"接连问了四五次，王路都按键回答"是"，后来不耐烦了，就按键回答"否"。岂料这是一个陷阱，因为你只要回答"否"以后，你再点鼠标，除"哇欧"一声，就什么也不显示了。这时"瞎子"又回来了，继续走棋，而王路要走的棋却无法在棋盘上出现，只能眼睁睁超时判负，白丢了几十分。

接着王路又遇到一位"潘金莲"，还没走两步棋，她老人家就发话说："一丈青，你也不撒泡尿照照，就敢到网上来抛头露面！"王路心说："这不是无理取闹吗？居然嫌俺又黑又丑。你虽然长得漂亮，还不是被武松一刀切去了脑袋。"当下横下一条心，非把这个荡妇杀个片甲不留。中盘时，王路以一个漂亮手法赚去"潘金莲"一个"车"，心想这个荡妇总没的说了吧？谁知"潘金莲"死活不认输，而王路的电脑却接二连三掉线，这是过去从未有的现象，王路不由得疑心生暗鬼，以为遇到了电脑高手。遇到这样的人不是倒霉吗？倒不在乎输棋，主要是害怕对方一通胡弄，把电脑弄得不能使了，网吧的老板再叫自己赔电脑，不是飞来横祸吗？于是赶紧讨饶说："亲爱的大姐，你不认输，我认输行不行？"潘金莲说："一丈青，1000多年了，你怎么还没多大长进，不好意思，俺先走一步了。"结果王路因主动认负，又丢失数十分。

遇到"瞎子"、"潘金莲"这样的无赖，你只能自认倒霉，但还有比这更糟心的事儿，那就是"断线"。一盘棋下得好好的，却因网络断线而判负，是最令人糟心的事儿。有一回王路上网三小时，竟断了九回线，共五盘棋被判超时负，那分丢得哗哗如流水一般，王路也从大师被降到一级。

经过这样一番经历以后，王路才发现原来"游戏世界"荆棘遍地，陷阱丛生，要想在这里成就一番事业，那可真是"蜀道之难，难于上青天了"。

这一天王路上网玩游戏，他嫌"一丈青"这个名字太晦气，遂换了一个名字："小傻鱼"。为什么从"一丈青"一下又换成"小傻鱼"呢？这是他的一种古怪心理，想要装扮女性，又显得柔弱一点儿，而且傻傻的，让人可怜。他讲话："兴许能遇见一个大款，骗他俩钱花。"正这么想，就有一个叫"大笨牛"的人过来和他搭讪："小傻鱼，交个朋友怎么样？"

王路说："好啊！"遂把对方加为好友，然后点开"大笨牛"的简单履历表，知道他是男性，北京人，今年22岁，大学学历……

由于这些活动只是发生在荧屏上，用鼠标打字，彼此均看不见对方，所传信息都可能是假的。比如王路本是个男的，可他偏要扮个女的。而"大笨牛""男性，北京人，今年22岁，大学学历……"这些也有可能全是假的，这就是所谓虚拟世界了。

两人互加为好友，有时聊聊天，但都藏藏掖掖，半吞半吐，不愿以真面目示人。王路很不耐烦，急于求成，他想尽快探明"大笨牛"的真相，如果"大笨牛"没钱没势，没有家庭背景，他就不想在他身上浪费时间了。

这一天两人闲聊天，王路突然问"大笨牛"："咱们俩是不是好朋友？"

"大笨牛"说："是啊！"

"好朋友是不是应该以诚相见？"

"不错！"

"那我问你，你是男的还是女的？"

"当然是男的！"

"不骗人？"

"骗你是小狗。"

过了一会儿，"大笨牛"对王路说："你问了我半天，我也得问问你，你是男的还是女的？"

"女的！"

"我看不像。"

"怎么不像？"

"我也说不出，只是我的直觉而已。"

两人聊来聊去，王路终于探听出"大笨牛"的父亲是某集团军司令，他们家住在一个有二层小楼的庭院里，家里有常住的军人，担任警卫、做饭、打扫卫生等事宜。

"大笨牛"又问"小傻鱼"家里是干什么的？

王路说："开矿的。"

"开什么矿？"

"煤矿。"

"最近煤矿可净出事。"

"前几天报纸上不是登了一条新闻，某矿山遭遇瓦斯爆炸，死了40多人，不好意思，那就说的是我们家开的矿！"

"那你爸爸准给抓起来了吧？"

"没有。"

"死了40多人还没抓？"

"我老爸有钱哪，扔他几百万，事情就摆平了。"

王路胡吹六哨的时候，脑子里常有一个参照物，那就是油田的郭总。说到他家庭的时候，就把郭总当作长辈的模子，描述一番，虽然没有一句真话，居然也没闹什么笑话。

两人越说越近乎，一个是"官二代"，一个是"富二代"，自然有一些共同语言。又过了几个月，两个人的关系又近了一层，已经到了谈婚论嫁的地步。

"小傻鱼"问"大笨牛"："你结婚没有？"

这一问把"大笨牛"问蒙了，半天也没回答，原因是她不知怎样回答才好，害怕落下后遗症。

"那你呢，结婚没有？"

"自然没有！"

"对不起，我可结婚了！"

"我有个提议……"

"什么提议？"

"咱们两干脆组成一个家庭。"

"我不是告诉过你我结婚了吗？"

"那又怎么样，我只问你，还爱我不爱？"

"爱呀，爱得死去活来。"

"这不结啦，既然爱，我们就是恋人，恋人就可以结婚，组织家庭。既然现实世界不允许我们组织，那我们又何妨在虚拟世界组织一个呢？"

"怎么组织？"

"我叫你'老公'，你叫我'老婆'……"

"还有呢？"

"我一时也想不起那么多，等想起再告诉你。"

这以后两人就真以'老公'、'老婆'相称，叫得还挺亲热，有什么心里话还互相倾诉，倒真像两口子似的。

但王路是个不安分的人，几天身边没事，他就心里难受，浑身乱痒，非要生出点事来才罢休。他瞧"大笨牛"是个"官二代"，以为他家里不定多有权有势呢。这年头有权有势就能变成钱、变成车、变成房、变成金银珠宝，而且看门、扫地、做饭……都有人干了，你一天什么也不用干，只管饭来张口，衣来伸手就齐了，那日子过得别提多美了。王路心说："也别光你一个人美，要美大家一块儿美美吧。"

他想跟"大笨牛"见见面，但又顾虑"大笨牛"不是男的，而是女的，网络上的事哪里说得准呢？又一想自己不就是个男的装成女的吗？"大笨牛"要是个女的不更好吗？凭自己一个小白脸，三下五下就叫她缴械投降了。

想到这里，王路对"大笨牛"提建议说："咱们见个面吧？"

"大笨牛"说："见面做什么？"

"咱们做夫妻也半年多了，连面都没见过，你不觉得遗憾吗？"

"那有什么可遗憾的，我觉得名分最重要，见不见面倒还在其次。"

"小傻鱼"几次要求见面，"大笨牛"就是不答应，"小傻鱼"说："你是不是怕了？"

"我怕什么？"

"怕我拆穿你呀！"

"拆穿我什么？"

"比如'官二代'的身份……"

"真的假不了，假的也真不了……"

"那你干吗怕见面？"

"见就见！"

两人约好第二天晚上 8 点，西单文化广场见面，不见不散。

第二天傍晚，王路早早来到西单文化广场，寻摸一个有利的地形藏了起来，单等"大笨牛"上钩。

王路左等右等，等了老半天，就是不见"大笨牛"的身影。其实他也没见过"大笨牛"，不知"大笨牛"长什么样。在他的想象里，"大笨牛"应该是胖胖的，肥肥的，满脑子流油，一副蠢相。可人来人往，人群中始终没出现长得像"大笨牛"一样的人。

忽然间王路瞧见人群中出现了一个熟人，不是别人，正是李婷婷。王路颇感意外，心说："这个小婊子怎么也来了？"见李婷婷东张西望像是在找人，又坐到街边的长椅上待了一会儿，又走到一个书摊，假装看书，实际上四处窥视……王路躲在暗处瞧得一清二楚。后来时间久了，不见人来，李婷婷等不及，就一生气走了。

第二天王路去网吧，上网联系到"大笨牛"，问他："牛牛，昨天怎么没去西单？"

"怎么没去?!""大笨牛"说。

"我也去了，可没见着你！"

"你有什么证据，证明你去了？"

"我昨天晚上穿一件大红毛衣外套，手里拿着一张报纸，像个接头的特务，好些人都看见了。"

"反正我没看着！"

两人又约定第二天晚上再见一面。"小傻鱼"说："这回你也拿个标志吧。"

"大笨牛"问："什么标志？"

"你给我送99朵玫瑰吧。"

"要那么多做什么？"

"送女士99朵玫瑰还多吗？"

"咱们老夫老妻的，还用那么些规矩。"

"看你平时还算孝顺，那我就格外开恩，允许你只送一朵玫瑰吧。"

第二天晚上，"小傻鱼"又早早来到约定地点，躲在暗处，单等

"大笨牛"送玫瑰了。

不大工夫，李婷婷又来了，手里还拿着一朵玫瑰。

"小傻鱼"心说："果然是你！"从暗处走出，悄悄走到李婷婷身后，突然叫了一声："大笨牛！"

李婷婷转过身，诧异地问道："怎么是你？"

"失望吗？"

"你算什么'富二代'？"

"你也不是什么'官二代'呀！"

两人都有些失望，又一想网络上的事本来就是你骗我，我骗你，当不得真。

"肚子饿了，咱们是不是先找个地方吃饭？""小傻鱼"说。

"好啊，""大笨牛"说，"你是男的，你掏钱！"

周文庸自杭州回到北京之后，一直在等杨小姐的电话，但左等不来，右等也不来，不知是怎么回事。

周文庸自以为是名人，又是政协委员，杨小姐理应主动跟他联络。若自己主动跟杨小姐联络，不是有点太跌份儿吗？一时拿不定主意，不知该不该先给杨小姐打个电话。

后来，他实在心痒难熬，等不及了，心说："名人加政协委员也不能高高在上，也应该谦虚谨慎，戒骄戒躁，永远是人民的勤务员。"想通了这一点，遂纡尊降贵，给杨小姐打了个电话。

电话通了以后，传来杨小姐略带磁性的声音："喂，哪位？"

周文庸故意装出粗哑的声调："杨玉华吗？"

"是！"

"知道我是谁吗？"

"不知道，您是谁？"

"我是西城分局的！"

杨小姐一听是公安局的，不禁有些慌乱，忙问："有事吗？"

"没事找你干吗？"

"什么事？"

"什么事得你自己说，让我说就不好了，知道我们的政策吗？"

"知道、知道，坦白从宽，抗拒从严！"

"那就坦白吧！"

"我也没做什么违法的事呀！"

电话那头传来杨小姐带哭的声调，周文庸忍不住哈哈大笑，然后说："玉华，是我，周文庸！"

"原来是周大师，周委员！"杨小姐的声音恢复正常，又略带娇嗔，"你是不是觉得挺有意思？"

"我倒不是觉得挺有意思，而是有点生气。"

"生什么气？"

"气你这么长时间也不给我打电话！"

"我倒是想给你打电话，可不知把你的名片弄到哪儿去了。"

"看来我在你的心目中一点儿地位也没有！"

"那倒不是……"

就这样两人又搭上了关系，周文庸约杨小姐见面，理由是请她吃饭。以后这也成为他们约会的经常性主题。您也许会说这年头吃饭有什么意思？何如请小姐听听音乐、逛逛公园、郊外远游、舍宾健身……增加点情调，烘托点气氛？可周文庸哪有那种雅兴，他是个俗人，就认吃饭和女人，其他一概不感冒，所以干脆约女人吃饭，直奔主题而去。

按说杨小姐是搞艺术的，不至于如此俗不可耐吧？但周文庸约请的都是"顺风"、"香港美食城"、"王府饭店"一类的地方，杨小姐实在找不出理由拒绝。而且她的胃口出奇的好，无论什么稀奇古怪的东西，她都敢吃，筷子一举，风卷残云一般。对她来说也没有减肥的忧虑，因为她每天练功，那可是重体力劳动，犹如农村脱坯、打墙，一趟功下来，大汗淋漓，水洗一般。所以不管吃多少好东西下去，一点儿响动没有，依旧身材苗条，娇艳如花。

周文庸每次见到杨小姐都不禁要咽口水，喉咙里"咕隆"一声，杨小姐听了，不禁皱皱眉头。幸亏他们见面以吃饭的时候居多，所以杨小姐还以为他是见了好吃的东西馋了，引起唾液的分泌，并没疑心到别的地方去。其实龙虾、鲍鱼、生鱼片，周文庸吃得多了，虽然仍旧能吃，但已提不起太大的兴趣。倒是杨小姐本人能够引起他的食欲，令他胃口大开，好一盘美味佳肴，恨不能一口吞下肚去。

　　按周文庸的意思，是想干净利巴脆把杨小姐按倒在地上，先把事办了再说。他有这种冲动，这是多年来少有的现象。老实说罗珊已引不起他的欲念，王小姐也不行，或许一开始还行，但自从他了解了王小姐的为人，就不行了。有时周文庸也怀疑自己有病，整天一门心思下棋，头昏脑涨，两眼昏花，连男女都分不清了。是杨小姐使他认清了自己，其实自己什么病也没有，生理方面还算正常。只不过口味提高了不少，一般的女人已经打动不了他的"铁石心肠"，只有杨小姐这样的美人才能勾起他的强烈欲望。

　　然而冲动归冲动，真要把冲动化为行动，周文庸还不敢撕破这张脸，人毕竟不是动物，总要表面上委婉、圆滑一点儿。况且杨小姐的档次不一样，好歹也是演艺界的人士，也不能如柴火妞一样对待。于是周文庸按捺下内心的冲动，先在表面上下功夫。隔三岔五请杨小姐吃饭是不消说了，恭维话说的几火车也装不下，这是不花钱的，由着性儿说吧。每次见面必送一朵玫瑰花，逢年过节必送一点儿小礼物、戒指、耳环之类，有时也送点衣料。就连"母亲节"、"父亲节"也没落过，主要是找个送礼的借口，什么节不节的也顾不上考究了。

　　不过周文庸毕竟是大师级的人物，即使在强烈的冲动之下，也能保持一份难得的冷静。他送杨小姐礼物，价格均控制在 100 元以内。他讲话："这礼物不送不行，送得太贵也不行。"为什么呢？不送如何钓得美人心？但送得太贵又怕到头来一事无成，弄得人财两空。这等蚀本的买卖，大师是不屑为的。

　　其实杨小姐在演艺圈混了这么多年，思想倒比一般人开通，贞操观比较淡薄，跟人上床这事也没看得那么严重。她讲话："无非是痛快痛快，既然上床是'痛快痛快'比较简捷的方法，那又何必藏着、掖着呢？弄那么些清规戒律，军事禁区似的，非到街道办事处领一张特别通行证才许入内？"

"痛快痛快"无非是生理要求，如果只停留在这种水平上，与动物何异？杨小姐对上床有更深一层的理解。漂亮脸蛋与性是上帝的赐予，如果你不能充分利用这两样东西，无疑是暴殄天物。杨小姐在这方面曾有切身的体会。

在歌舞团，无论长相和舞技，杨小姐堪称出类拔萃者。但在很长一段时间里，她只能演配角，眼睁睁看着别人演主角，长相不如她，舞技也不如她，一样红得发紫。其实说穿了也没有什么大不了的秘密，无非就是跟导演上床。

导演也曾厚颜无耻地提出过这方面的要求，但被杨小姐拒绝了。当时她还有一颗少女般纯真的心，但是栽过几回跟头以后，她的心变冷了，变黑了，开始流淌已婚妇人的血。

她想社会就是如此"黑暗"，人性就是如此不堪。你想做一个正直的人，好啊，值得表扬，结果你事事掣肘，处处碰壁，最后你也做不下去了。

不就是上床吗？这谁不会？猫狗都会，不用人教，也不用取得硕士、博士学位。等下一次导演又提出这方面的要求，杨小姐就半推半就地同意了。肚子里一边骂着"不是人"，一边又跟"不是人"上了床。这一上不要紧，果然大奏功效，没过几天就演了主角，以后评职称、涨工资、分房子也都有如神助。简直可以说一通百通，一顺百顺，无往而不利了。

杨小姐既尝到了甜头，就把上床当成了敲门砖。不过她也不乱来，不是跟谁都上床，而是遵循"有所为，有所不为"的古训。对一般人她还瞧不上眼，摆出一副玉洁冰清的样子，叫你欲远不舍，欲近又不敢。她只跟有用的人上床，何谓"有用的人"？大约就是那些能给她带来好处和利益的人。

周文庸也可以算一个有用的人，所以杨小姐在犹豫了很长一段时间以后，还是跟他上了床。

周文庸原以为一个女演员多难求呢，恐怕这辈子没希望了，谁知稀里糊涂就到手了。他觉得自己是个天才，起码是星宿下凡，有六丁六甲、五方揭谛在头上罩着他。连漂亮女演员都能弄上床，这世上还有什么事他办不成呢？

但杨小姐对他的评价不高，说他是一头猪，就知道吃。床上却是一个废物，根本不中用。只不过看他是个名人，兜里又有钱，耐着性子将就他也就是了。

然而月老也不谙事，也不知他老人家怎么想的，非要把这两人撮合在一起，看个热闹。杨小姐跟周文庸交往一段时间以后，忽然发现自己怀孕了，心说："坏啦，一向都很小心，这一回是怎么啦？"

杨小姐因是个姑娘家，不好意思去医院带环。她跟人上床的时候，要求对方使用避孕套，但那些男人都很自私，有的嫌麻烦，有的说影响性功能，还有的赖皮赖脸，说让杨小姐给他生个大胖小子好传宗接代。杨小姐没辙，只好自己吃避孕药。但吃避孕药也很麻烦，需定时定量，绝不许偷工减料。有时杨小姐一觉醒来，看见身边睡着一头猪，正好梦未醒，打着呼噜，心里一阵恶心。忽然想起昨天晚上忘吃避孕药了，心说："大事不好，这要怀上个猪崽，下一头小猪可怎么办？"连忙爬起来，找出避孕药瓶，倒出几粒小白片——今天的和昨天忘吃的——扔进嘴里，一口水吞下肚去。谁知那小白片副作用很大，到了胃里就开始折腾，杨小姐只觉一阵一阵犯恶心，忙跑到卫生间，搜肠刮肚地吐了个底朝天。吐完以后，一想这不是白吃了吗？没办法，为了人种的纯洁性，绝不能让猪八戒的子孙谬种流传，少不得自己要做出点牺牲，又倒出几粒小白片，咬着牙咽下肚去。

谁知老天爷不护佑穷人，饶是这么艰难困苦，结果还是怀了孕。

杨小姐不得不认真思考自己所面临的难题。

流产吧？这是她的第一反应。

流产自然是处理此类问题的最佳选择，但也可能造成许多后遗症，尤其对未婚先孕的姑娘来说更是如此。

杨小姐曾听她的一位同事讲流产经历，令人不寒而栗。这位同事实际上戴了环，但不知是环的质量不好，还是对方精子的穿透能力太强，总之她一年之内怀了三次孕，三次面对流产的尴尬局面。

后来连医院的护士都认识她了，"怎么又是你？"腻烦得不行。对她也不再客气了，下重手捅咕她的下体，疼得她嗷嗷直叫，嘴里还骂骂咧咧地说："叫什么叫，少干点不要脸的事比什么不强！连累老娘整天鼓捣这破烂玩意儿，真倒八辈子血霉了！"

杨小姐的同事又羞又愧，涨红了脸，虽有千言万语想要倾诉，可遇到这样的护士，哪儿敢吱声呢。

自打听了同事的悲惨遭遇，杨小姐就暗暗下定决心，除非刀架在脖子上，枪顶着后脊梁，否则绝不去医院做流产。

不做流产就只能把孩子生下来了，但那境况也好不到哪儿去。

这里有个时间的问题，做流产只是阵痛，生孩子却是长痛，一辈子的事。

杨小姐心想："人生本来就是件痛苦的事，躲也躲不开的。金簪掉在井里头——是你的终究是你的。自己也老大不小了，要不就趁此机会嫁个人算了，反正就那么回事儿！"

演员是吃青春饭的，年轻漂亮怎么都好说，一旦过了30岁，年老色衰，谁理你呀？

杨小姐今年已28岁，饱经沧桑，已有深切的危机感了。

不就是嫁人吗？嫁！

她开始思考如何嫁人的问题了。

在跟周文庸交往的这段时间里，她一共跟三个男人上过床，所以她也闹不清肚子里的孩子究竟是谁的，这是一个隐藏得极好的秘密。

也许有人会说："这算什么秘密？如今科学这么发达，做DNA鉴定不就行了吗？"

但做 DNA 鉴定多麻烦哪，再说这种事有必要弄那么清楚吗？

杨小姐一时拿不定主意，究竟赖谁好呢？

和她交往的这三个人，一个是导演，一个是流行歌手，再一个就是周文庸了。

导演正人到中年，成熟练达，才华横溢，而且能够左右她的前途。但此人是个花心大萝卜，见了小姑娘如饿虎扑食，非弄到手不可。和他结婚你得做好戴绿头巾的思想准备，能容忍，不吃醋，甘心做个睁眼瞎，否则早晚要演一出武松与潘金莲的故事。

流行歌手年轻俊朗，有形有派，在台上学黎明扮酷，也能引得一帮十六七岁的小丫头嗷嗷乱叫。这是个靠制造噪音骗钱的人，噪音能够骗钱，也是我们这个时代的特征之一。但杨小姐认为这小子是兔子尾巴——长不了，有道是"江山代有才人出，各领风骚三五天"。噪音谁不会制造，扯着嗓子嚎吧，等那些比他能制造更大噪音的人出来，他小子就玩完了。和他结婚开始还行，风风光光，令人艳羡，但过不了几天，就得卖盆卖碗靠典当过日子了。到时候夫妻反目成仇，人脑子打出狗脑子也是有可能的。

导演不行，流行歌手也不行，就只剩下周文庸了。

老实说，这三人当中，杨小姐最厌恶的就是周文庸了。要人没人，要功夫没功夫，跟一头肥猪似的，就知道吃。以杨小姐的条件，嫁给这样一个人，岂不是一朵鲜花插在牛粪上了？

但周文庸也有别人没有的好处，大师、政协委员、名人，有社会地位。

一个有才，一个有貌，一个有地位，你选谁呢？

杨小姐认为，如今这个社会，地位比什么都要重要。地位虽然变不来才，也变不来貌，但地位可以变来票子、房子、车子……总之可以带来诸多实际好处。

人还是实际一点儿好，什么子建的才，潘安的貌，能当饭吃吗？

杨小姐权衡再三，经过激烈的思想斗争，最终勉勉强强选择了周文庸。

　　她把周文庸约来，告诉他："我有了！"

　　周文庸问："什么有了？"

　　"装傻是不是，连'有了'都不懂？"

　　"谁的？"

　　杨小姐柳眉倒竖，杏眼圆睁，大喝一声："你什么意思？"

　　周文庸嬉皮笑脸地说："我听说你们演艺圈的人在这方面不是都很开明吗？"

　　"别人开明，我可不开明。你去单位打听打听，我可不是那样的人！"

　　"开句玩笑嘛，何必当真呢？"

　　"这种事好开玩笑？别人的孩子，我非说是你的，什么意思？想赖你呀？你也不撒泡尿照照，我赖谁也赖不到你头上去呀！"

　　周文庸一想也是，凭自己这副德行，确实也配不上杨小姐，看来杨小姐说肚子里的孩子是他周某人的，倒不一定是假话。既然如此，咱也得像个男子汉，挺起胸膛，勇于承担责任。不能学那缩头乌龟，明明是自己的孩子，却不敢承认，非说不是自己的。孩子还没有出生，就没了爹，多可怜哪。自己好歹是一位大师，大师能容忍这类事情发生吗？

　　周文庸说："是我的孩子，我也不想赖账，你说怎么办吧？"

　　杨小姐说："这要问你自己！"

　　周文庸说："这倒让我有点犯难了，我只问你一句话，你是否愿意嫁给我？"

　　杨小姐说："事到如今，我还能嫁给别人吗？"

　　周大师一听杨小姐居然愿意纡尊降贵嫁给他，真是喜出望外，忙说："我回去就跟罗珊离婚！"

　　杨小姐说："给你一个月的时间够不够？"

周文庸说："够了，够了，哪用得了那么长时间！"

回到家后，周文庸一点儿也没耽搁，立即向罗珊提出离婚。

这几年两人经常讨论这个话题，所以罗珊也没感到突然，例行公事地说："离吧。"

周文庸说："咱们也不必去法院，把财产分割一下，到街道办事处办个手续就行了。"

罗珊说："怎么分割？"

"房子、家具、彩电、冰箱、洗衣机……都归你，现金归我。当然了，如果你要现金，也分一半给你！"

"那你不是亏了吗？"

"男子汉嘛，总得有点男子汉的样子！"

"那孩子归谁？"

周文庸犹豫了半天，终于说："你要呢就归你，你不要呢归我也行。"

罗珊一看这回周某人可是玩真的了，因为以前只要一提到孩子，周某人宁可牺牲自己，也要维护孩子的利益。所以孩子就成了罗珊的挡箭牌，只要一提离婚，她就把孩子端出来，周文庸只好叹一口气，怕孩子受委屈，暂时不离也罢。但今天不同了，周某人连要孩子都勉勉强强，可不是动真格的要离婚吗？

这一下罗珊可有点抓瞎了，从她内心来讲，虽然和周文庸感情破裂，但为了孩子，她宁可维持这个没有爱情的婚姻。何况她是个老派人，从不认为离婚是件时髦的事，对于第三者、婚外情也深恶痛绝，恨不能绳之以法。

事已至此，究竟该如何办理，罗珊一时也没了主意，便说："你要离婚呢，我也同意，只是孩子还小，你要是给他找一个后妈，不定受多大的罪呢，所以我虽然愿意离婚，但暂时还不能离。"

周文庸说："那什么时候才能离呢？"

罗珊说："怎么也得等到孩子18岁能自立了，你要离就离，我绝没有二话!"

周文庸一听，脑袋都大了，孩子才7岁，到18岁还得等11年，就算周某人能等，杨小姐能等吗?

话不投机半句多，周文庸知道多说无益，也就不说话了。不管罗珊怎么唠叨，他只一语不发，过一会儿突然起身，头也不回地走了出去。

　　当时王路和李婷婷年岁小，精力无限，不知疲倦，只求一时痛快，竟也不顾死活。但有一点，两人虽然浓情似火，却没有一个安稳的去处可以容他们放心地去消解业火。像他们两人那种家庭，都居室狭窄，而且家里常有人在，又住在大杂院里，耳目众多，都拿眼睛盯着你，拿耳朵听着你，岂容你堂而皇之地办那种事？

　　不要说你这是非法关系，就算你明媒正娶也不行，明媒正娶你也得含蓄一点儿，太明目张胆了也会惹出是非，一来这是咱们中国人的传统，甭管你背地里干些什么，表面上总得像个正人君子；二来自己的脸面是要紧的，万一闺阁里的丑态让人瞧了去，听了去，这脸面往哪儿搁呢？这也是由于居住条件所限，没办法的事。

　　李婷婷和王路只好打游击，找准地点，找准时机，还得抓紧时间。犹如吃快餐，速战速决，还不时被不知哪儿来的响动吓得半死。经过一段时间以后，两人的心脏都出现了异常的症状，但对游击战的要领却掌握得十分娴熟，就是拉十几杆枪上山打游击，也不在话下了。

　　后来还是王路首先醒过闷儿来，如今是和平年代，想靠打游击混个一官半职，怕是不大现实。既然如此，要是真患上心脏病，这一辈子就算交待了。思前想后，不如去农村租间民房，一来价格便宜；二来人生地不熟，正好干点见不得人的事。

他把这个主意告诉了李婷婷，李婷婷不解地问："跑那么老远做什么？"

王路说："我倒想在近处找一间呢，哪有合适的呀！"

李婷婷说："实在不行，咱们去亚洲大酒店不就结啦？"

王路说："说得轻省，一晚上好几百块钱哪，你出这个钱？"

李婷婷说："我出这个钱？我没管你要钱就够便宜你的了！"

王路说："这年头谁跟谁要钱哪，为什么非得男的出钱，女的难道就不能出？"

李婷婷眨了半天大眼睛，不知如何反驳，只得说："依你，依你，你说怎么办就怎么办，还不行吗？"

王路说："这还差不多，原打算一脚把你踹出门去，从此一刀两断，念你还算听话的份上，这回就饶了你吧。"

又过了几天，王路利用星期天去郊区租了一处农舍，独门独院，一溜三间小北房。房子因年久失修，破旧不堪，屋里还是那种老式的土炕。但租金便宜，一个月只要 300 块钱。王路也懒得拾掇，只抱了几床破被褥过去。他想租这么一处地方，也就是为了跟情人临时聚聚，有个地方睡觉，要那么干净做什么？因陋就简，凑合凑合得了，反正也不打算在这儿安家过日子。

李婷婷过来看了一下，心里很不满意，小嘴一噘，一脸的不高兴。这么又脏又乱的环境，太影响情绪，谁还有心情干那种事呢？想想以前在大酒店里到处流光溢彩，如今却满目疮痍，真有沧海桑田，恍如隔世之叹。

李婷婷哪里知道，王路这小子根本就不是人，没把她弄到手之前，那是什么钱都肯花，反正也不是他的钱，不花白不花。等把她弄到手之后，吝啬的本性就显露出来了，心说："反正已经到手了，还花钱做什么，能省就省一点儿吧！"

这也是具体情况具体分析，倒也符合辩证法的灵魂。王路的所作所为大抵都是这一类短命见识，短期行为，所以他早晚要出事，谁沾上他，早晚也要吃瓜落儿。

李婷婷虽然满心的不愿意，但她原本也不是一个品味高雅的人，出身城市贫民那样的家庭，从小将就惯了。也甭管它是狗窝还是猪圈，李婷婷都有本事将就，用不了多大工夫就安之若素了。再说她来这里主要是为了和情人相会，这个目的达到了，其他的也就懒得计较了。

那段时间，李婷婷拜鼎鼎大名的周文庸为师，老周为了显示自己在圈子里说一不二，生拉硬扯地把李婷婷弄进国家集训队。圈内的人都认为不妥，说李婷婷不过是一只不小心放进来的"苍蝇"，你把她弄进国家队做什么？瞎子点灯白费蜡！但碍着老周的面子，只好捏着鼻子接受了她。

李婷婷虽然进了国家队，但她的心思并不在棋上，而是萦绕在郊区那间又脏又破的农舍小屋里。不过在国家队也有一个便利条件，那就是自由多了，没有老妈守在身边，她如一只开了锁的大马猴，想干什么就干什么，成天"跑秧子"。对老妈谎称在国家队集训，纪律严明，不准回家；对国家队就说老妈病了，需回家侍候，队里的领导念她是个孝女，就批准她晚上可以回家住宿。

这下好了，两边都授予她"便宜行事"的特权，她却不知好歹，一味地辜负老妈和领导对她的信任，天天跑去和王路幽会。

一般的情况是这样的：每天吃罢晚饭，李婷婷都要故意磨蹭一会儿，等到八九点钟，才说该回家了，和队友一一道别。然后推上自行车，出了棋院大门，看看没有人跟着，就骑上车，直奔长途汽车站。把车放进车站内部存车处锁好。坐上长途车，路上要走半个多小时，到了终点站，还要步行半个多小时。这一路都是荒郊野地，坑坑洼洼，伸手不见五指，李婷婷也顾不上害怕，深一脚，浅一脚，为了爱情，义无反顾。

途中还要经过一条小河，虽然有桥，但要绕三五里路，李婷婷为了早些飞到情郎身边，毅然脱鞋，挽裤腿，跳下河，"稀里哗啦"地蹚了过去。

好不容易到了农舍，王路已经等在那里。时候也不早了，两个人不及叙谈，立刻上炕脱衣睡觉。历尽千辛万苦，不就是为了这一刻吗？所以要免去一切繁文缛节，直奔主题。

这还是春、夏、秋的情景，这三个季节还好对付，因为天气尚暖，只要有一点儿热情，其余均不在话下。最难熬的是冬天，尤其到了腊月，天寒地冻，北风怒号，想办点事就不容易了。最可气的是王路这小子是一条大懒虫，因陋就简，得过且过。你要跟一个姑娘共赴"极乐"，总得创造点气氛吧？最起码生个煤球炉子，弄点热乎气，要不冻得哆哆嗦嗦，还有什么心情共效于飞之乐呢？但王路这小子满脑子短命见识，他想："无非就是临时睡一觉，鼓捣鼓捣，这还用生火吗？费那么大劲儿干吗呢？有劲儿不如省着点，好钢要用在刀刃上！"

这下可苦了李婷婷了。还是那条路，还得那么走，可是夏天和冬天滋味却大不一样。

坐车这段路还马马虎虎，但下了车，走在荒郊野地，那真是对意志的一种考验。冷风刀子一般，一个劲儿往脖领里灌。姑娘又爱俏，穿得单薄，风一打就透了，冻得跟小鸡子似的，缩成一团，仍旧义无反顾地往前走。黑暗中除了风吼以外，不时还有各式各样的响动，也不知是鬼，还是坏人，李婷婷的一颗心被吓得"怦怦"乱跳，只好装作没听见，闭上眼睛，等着恶鬼坏人扑上来，把她掐死，捅死，强暴之后再大卸八块，扔到河里喂王八。

这种时候一个弱女子又能怎么样呢？真是叫天天不应，呼地地不灵。李婷婷只好豁出去了，加快了脚步，终于来到小河边。

每次到了小河边，李婷婷都要做一番思想斗争，去还是不去？去吧，这条河就是一道难以逾越的屏障；不去吧，大老远地跑到河边来做什么呢？难道空着手折回去不成？

那几年北京正闹暖冬，数九寒天，这河水愣是不冻冰，照样"哗啦啦"地往前奔流。

老天爷呀，您怎么也不帮帮穷人？

婷婷虽然心怀怨恨，对老天爷十分不满，但一想到不远处的小屋，一想到王路，又一想到她和王路在小屋要办的事，顿时热血沸腾起来，体内似有一股邪劲儿往上涌，人也变得疯狂了，幻想立刻付诸行动，脱鞋，脱罩裤，脱毛裤，脱袜子。只剩一条秋裤，再高高卷起裤腿，抱起刚脱下的鞋、袜、裤子，伸一只脚试试水温，可脚尖刚一触水，只觉得钻心的疼痛，反射似地把脚缩回，浑身打了一个激灵。

此时的形势已不容她有丝毫犹豫，下水是死，不下水也是死，反正都是死，总得死得轰轰烈烈呀。

李婷婷一咬牙跳下水去，蹚着冰冷的河水向对岸走去，溅起阵阵水花。好不容易到了对岸，忙用罩裤擦去小腿和脚上的水，再穿起毛裤、罩裤、袜子和鞋。浑身一个劲儿地打冷战，手也不听使唤，两只脚也冻得没了知觉，要走好半天才能缓过劲儿来。

这是什么精神？若说是爱情的力量吧，又不太像。思来想去，最后只能说是动物的本能了。这样的归类似乎有点亵渎李婷婷那种坚韧不拔的精神，但有什么办法，总不能把她说得太过伟大吧？

不过您也别蔑视这种本能，没有这种本能，大概人类在蒙昧时期就已经灭绝了。

李婷婷终于来到了那间小屋，那间小屋简直就是她心目中的圣地，精神寄托的所在，前进道路上的指路灯。其实进去以后，就如掉入冰窖一样，完全一副凄凉破败的景象，惨不忍睹。

王路已经等得不耐烦了，见面就指责她来得太迟了。李婷婷眼圈一红，但顾不上分辩，也顾不上流眼泪了，忙脱去衣服，光溜溜地钻进被窝。那被子也又冷又潮，婷婷禁不住又打起冷战。只见她上牙碰下牙，浑身净是鸡皮疙瘩。

王路问："你怎么啦？"

李婷婷结结巴巴地说:"冷,你快搂住我,要不我就冻死了!"

王路又问:"你是不是感冒了?"

李婷婷说:"没有,不过也快了!"

王路说:"感冒了还来,是不是想传染我?"

李婷婷说:"怕传染你就走,没人拦着你!"

王路说:"哪儿有那么便宜的事,我能放过你吗?"说着就像一条大毛毛虫,要往李婷婷身上爬。李婷婷忙用手阻止他,说:"我还没缓过劲儿来呢!"

王路说:"你这不是耽误工夫吗?"

李婷婷说:"你先搂着我,咱们说会儿话。"

王路一只手伸到李婷婷的脖子下面,另一只手搂住李婷婷的腰。李婷婷也侧转身,两人嘴对嘴,手脚交叉纠缠,相互用体温取暖。

到底是年轻人,火力旺盛,不大一会儿工夫,李婷婷就暖和过来了,而且体温迅速升高,很快就烫得吓人了。

那段日子有艰辛,有痛苦,也有欢乐。多少年以后,每当李婷婷回想起当时的情景,都会从心底涌起一种既苦涩又甜蜜的滋味。

寒冷的冬夜,呼啸的北风,刺骨的河水,破败的小屋,潮湿的被褥,以及她和王路相互用体温取暖……

那是一段刻骨铭心的日子,一辈子也忘不了。

　　罗珊和周文庸的这段"名人婚姻"已无可挽回地走向"死亡"，罗珊无能为力，又心有不甘，无奈之下只好去找组织帮忙。她先找棋院的领队，又找了副院长、院长。后来她觉得这些人级别不够，恐怕帮不上什么忙，所以又去找了体委某司的司长，直至找到体委主任的座前，向领导诉说有第三者插足，周文庸要跟她离婚。

　　其实各级领导都心里有数，但无一例外地问她有何证据？现在是法治的时代，如果你提不出有力的证据，当领导的也就多一事不如少一事，有理由不受理你的申诉了。

　　罗珊也不含糊，当即举出了杨小姐、王小姐、李小姐、赵小姐……十三四个"第三者"。

　　这里面自然有不少水分，有的小姐不过是跟周文庸认识，吃过一顿饭，打过一次牌，开过一次玩笑……就都成了"第三者"。

　　各级领导都表示吃惊，瞧周文庸那猪头猪脑的样子，没想到居然有这么多女朋友，还真有两下子！

　　有关方面终于认识到问题的严重性，体委主任委托副主任召集有关人员开了一个会，商讨对策。体委副主任首先传达了体委主任的指示精神，说周文庸是棋界的一面旗帜，为国争光，做出了不小的贡献。这面旗帜不能倒，希望大家商量一个妥善的办法，不要让这面旗帜沾上污点。

体委主任的指示精神实际上给这次会议定了性，体委副主任传达完以后，请大家畅所欲言，但与会诸公一个个都像庙里泥塑的菩萨，装聋作哑，一声不吭。副主任接连催促了四五回，方有一位被逼无奈地张了嘴，他说："离婚不离婚那是人家两口子的事，我们怎么好干预呢？"

他这么一说，立即有四五个人同声附和说："清官难断家务事，清官难断家务事！"

副主任有点急了，说："大家恐怕还没有吃透领导的指示精神，我先谈一点儿我的体会，领导的意思是尽量挽救这桩婚姻，能不离就不离。因为离婚对谁也没有好处，不仅会两败俱伤，而且会在社会上造成不良的影响，我们树的周文庸这杆大旗也会失去典型意义……"

天要下雨，娘要嫁人，怎么挽救？

与会诸公又都恢复了庙里菩萨的模样，不再说话了。

后来还是棋协副主任、杂志社的胡总编说他有个主意，"也不知道行不行，说出来大家听听……"

有人催促说："有屁就赶紧放吧！这都屎堵屁股门了，还拿捏什么？"

胡总编说："我想搞一个活动，授予周文庸、罗珊'模范夫妻'称号，周文庸是好丈夫，罗珊是贤内助。找些记者在报刊上一吹，造出影响，这样一来周文庸恐怕就不好意思离婚了吧？"

大家都觉得这个主意不妥，但也实在想不出什么更好的主意，只好死马当活马医，好歹试一试吧。

体委副主任就把这个方案汇报了上去，上一级领导也认为这个方案符合正面教育，"表扬为主，批评为辅"的优良传统，当即拍板同意，并责成胡总编主抓其事。

胡总编认为这是上级对自己的赏识，多年来还是第一次，因此决心要把这件事办好，青史留名。百年以后，当人们回忆起这件事，还要竖起大拇哥为他喝彩呢。

　　他先叫手下收集、整理了一份有关周文庸、罗珊家庭生活的材料，并在此基础上撰写了几篇文章，记述周罗二人的婚姻、家庭和事业，其中不免有些捕风捉影、小题大做、以假乱真的东西，但为了青史留名，也顾不得那么多了。

　　随后胡总编举行了盛大的记者招待会，全国各大报刊的记者邀请了100多位。在长城饭店宴会厅摆了十几桌，招待记者饱撮一顿，照例每人200元的红包，并把手下写的文章作为通稿，每位记者发一份。酒酣耳热之后，胡总编抱拳作了一个罗圈揖，并说："拜托，拜托！"

　　但那些记者谁会把一顿饭、200块钱放在眼里？多是白吃白喝，吃完了拍拍屁股走人，通稿忘在桌上的不少，机灵点的把通稿带出去，随手扔到果皮箱里的也不少。

　　胡总编见怪不怪，原打着大网捞鱼，广种薄收的主意。果然有十几家报刊发了稿，在全国也造成了相当的影响。棋界的人这才恍然大悟，原来周文庸和罗珊是志同道合、天造地设的一对。这对名人婚姻可谓绝配，周文庸是模范丈夫，对妻子恩爱有加；罗珊是"贤内助"，相夫教子，甚至牺牲了自己的事业。这二人的美满婚姻必将天长地久，海枯石烂，永不变心，高山可以作证，大海可以作证……

　　就在胡总编实施他的方案，轰轰烈烈大造舆论的时候，男女当事人也在为离婚进行紧张的谈判。谈判进行得很艰苦，在罗珊的顽强抵御下，周文庸几次陷入绝境。但他决心未变，痴心不改，誓将离婚进行到底！

　　胡总编的一番苦心对周文庸没有丝毫影响，在名誉与美色之间，他毫不犹豫选择了后者，正所谓"王八吃秤砣——铁了心了"。

　　时间一天一天地流逝，杨小姐那边不断地催促，下了"哀的美敦书"：不离婚，毋宁死！

周文庸万般无奈，只好与罗珊摊牌，"扑通"一声跪倒在罗珊的脚前，将他与杨小姐的情事一五一十地坦白交代，求罗珊看在多年夫妻的情分上，放他一马。

据他说，杨小姐怀上他的孩子，已经6个月了。如果他不能在孩子出生之前与杨小姐结婚，杨小姐只有一死了之，那样的话就等于一下害死了两条生命。

"罗珊，你愿意承担谋杀两条生命的责任吗？"

罗珊原本还心存侥幸，以为周文庸与杨小姐只不过有点不清不楚，谁知两个人早已上床睡觉，连孩子都有了，顿时如五雷轰顶，目瞪口呆，半天说不出一个字来。

罗珊心乱如麻，头脑里似空空如也，也似灌了铅，凝成一个死疙瘩，完全无法运转了。

后来她说她需要考虑一下，但实际上已经没有什么可供她考虑的余地了。

罗珊终于明白了一个事实，周文庸已经不爱她了，而是爱上了另一个女人。她与周文庸生的孩子也不能维系他们之间的关系了，因为周文庸与另一个女人也有了孩子。既然如此，她坚持不离婚还有什么意思呢？

爱情是婚姻的基础，没有爱情的婚姻还不如一个坟墓。

罗珊是个烈性的女子，也有她作为一个女性的尊严，因此她毅然选择了离婚。

想通了这一点以后，她反而有点迫不及待了。她不想再见周文庸，不想再见父母，不想再见领导、同事及周围的一切人。除了孩子放心不下以外，她真想躲到深山老林里去出家当尼姑。一个人，孤孤单单，眼不见，心不烦，吃斋念佛，了此残生。

但她没有那么深的道行，正如世上所有的母亲一样，她心头仍有一个牵挂，那就是从她身上掉下的那块肉。比较可行的方案就是离开这些人，离开这个地方，去一个陌生的新环境。等条件允许，再把孩子接去，母子俩相依为命，从头开始。

拿定主意以后，罗珊打电话约周文庸。据说法院判决离婚的条件之一是夫妻双方分居一年以上，所以这段时间周文庸已不回家了，想见他一面并不容易。

你现在若说有茅台酒，而且蒸了一锅大闸蟹等着他，他肯定不来。但罗珊说要跟他商量离婚的事，他立马屁颠屁颠地跑来了。

罗珊只是简单地说："我同意离婚！"

两个人虽然做了七八年的夫妻，此时却形同路人，过去的恩爱已不复存在，心头唯有恨意。

罗珊的表态颇出周文庸的意外，他原以为要让罗珊离婚，只怕比上天摘月亮还难，没想到竟这样轻而易举地松口了，心头不禁泛起一丝歉意，但一想到杨小姐的花容月貌，又不由得狠下心，遂问："你要什么？"

罗珊说："我什么也不要，只要孩子！"

周文庸说："那不是太委屈你了？"

罗珊说："但有一个条件……"

周文庸开始紧张，迟疑地问："什么条件？"

"你帮我办到美国去就行了！"

周文庸听后松了一口气，还以为是什么苛刻条件，原来是办到美国去！

在一般人眼里，要想去美国恐怕不大容易，但周文庸是名人，在美国也有许多朋友，对他来说，把一个人办到美国去并不是什么难事，这就是做名人的好处了。

回去以后，周文庸连夜给他在美国的一个朋友打了电话。这位朋友是他的崇拜者，有相当的社会地位。周文庸求他帮忙，他一口答应下来。经过他一番游说，美国国际象棋协会同意邀请罗珊前来进修、讲学。罗珊也是世界知名的女棋手，美国方面对这样人才自然十分感兴趣。邀请函随即传了过来，罗珊去大使馆办签证也很顺利，在周围的人都蒙在鼓里的情况下，她已经收拾好行装，随时准备登机赴美了。

那段时间，围绕这对名人夫妻有种种传闻，大多捕风捉影，未经证实。表面上胡总编大张旗鼓地筹备颁奖晚会，宣传活动搞得有声有色，给人一个强烈印象，20世纪最为恩爱、最为成功的一对"模范夫妻"即将出炉，其表率作用将对新时期中国的婚姻、家庭及夫妻生活产生无可估量的影响。暗地里这对"模范夫妻"却在紧锣密鼓地策划一场"离婚阴谋"，似乎要和颁奖晚会对着干。双方已成骑虎之势，所谓箭在弦上，不得不发。

最后的较量终于来临，鹿死谁手即将见分晓。这天下午，罗珊怀揣着赴美机票，与周文庸一起来到街道办事处办理协议离婚手续，共用时1小时45分钟。离婚不是什么值得庆祝的事情，办事处的工作人员也打不起精神，没睡醒觉似的拖拖拉拉，似乎能拖一分钟是一分钟，希望两位当事人幡然醒悟，改弦易辙，不离婚了，岂不是一件功德？

可惜这两位铁了心，非离不可，所以工作人员磨蹭了半天，还是给他们办妥了离婚手续。

两个人领到盖着公章的离婚证，心情大不一样。一个犹如捡了皮夹子，还没看看里面的内容，就已经激动得要死要活，差一点儿犯了心脏病；一个犹如丢了皮夹子，虽然里面的钱不多，但毕竟自己也不富裕，心情多少有点惆怅。

出了办事处的大门，周文庸说："还是我叫辆车送你回去吧？"

罗珊说："不用！"

周文庸又嘱咐道："别忘了晚上的颁奖会！"

罗珊说："忘不了。"

说完两人各奔东西。

这也是两人商量好的，虽然办理了离婚手续，但还要一起出席颁奖晚会。

两个人都害怕离婚的消息过早地泄露出去，因为这是一个爆炸性的新闻，媒体肯定要进行轮番炒作，很可能招致批评、指责和谩骂。两个人均处在十分敏感的时刻，一个要结婚，一个要出国，实不愿惹是生非，把好事弄黄了。

谁知胡总编非要没事找事，颁什么"模范夫妻奖"，弄得两人十分尴尬。他们心里把胡总编恨得要死，但又拿他没有办法。后来还是周文庸有主意，他说："他不是要颁奖吗？咱们就去领，装作什么事都没有发生。反正领奖也不会死人，就算以后离婚消息泄露了，那也是他一手搞的，要骂也只骂他，与咱们没有关系！"

罗珊是个深明大义的人，并不因与周文庸离婚，就事事反对他，想想也没有什么好主意，遂爽快地同意了。

晚上6点钟，罗珊打扮停当，准时来到酒店，颁奖晚会定在这家酒店的宴会厅举行。

周文庸等候在酒店的门口，两个人一句话没有，心照不宣，并肩走了进去，然后默默地上楼，谁也不看谁一眼，终于走进了宴会厅。

宴会厅里已经人满为患，一见晚会的主角登场，顿时响起一片热烈的掌声，也有人迎上来握手，说些赞美、祝贺的话。

这对"模范夫妻"已经不能绷着脸，冷颜面对如此热情的大众了，周文庸笑容满面，脸上凸起一块块横肉，似乎已经忘了离婚的事。罗珊比他有记性，所以只露出矜持的微笑，表现十分得体，外人绝难猜度她此时此刻的心情。

这是两人最后一次联袂演出，在恩断义绝的情况下，仍要演一出"梁山伯与祝英台"，其难度之大可想而知。

多少年后，当人们回忆起这次颁奖晚会，都说这两人不愧是大师，愣把一二百号人都当猴耍了，装得还真像，比时下那些所谓的影视明星，有过之而无不及。

鲜花、美酒、佳肴，赞誉之声不绝于耳……

作为夫妻能受如此隆重礼遇，也可以说达到人生的顶峰了。

出席晚会的有各方面的领导同志、棋界的代表人物、亲朋好友，以及 100 多名各媒体的记者。不难想象第二天国内媒体又将有一番红火热闹的景象，这回炒作的题目是名人婚姻、家庭及生活。

颁奖晚会正式开始，先由体委一位已经离休的老领导讲话："周文庸和罗珊都是我看着长大的……"老领导一上来就陷入了回忆，这一回忆不要紧，足足回忆了半个多钟头。等他表示准备结束时，大家才松了一口气，然后他又嘱咐了 15 分钟，终于闭住了嘴。接着由胡总编做主旨发言，无非是"天造地设"、"白头偕老"那一套，但他老兄如做学术报告，作了许多考证、阐释和论述，看得出是下了很大的功夫，弄得大家都倒了胃口。

后来他也终于闭住了嘴，大家都松了一口气。

接下去进入晚会的正题，由在座的三位级别最高的领导同志为周文庸颁"好丈夫奖"，为罗珊颁"贤内助奖"，又为两人合颁"模范家庭奖"。

记者们举着照相机、摄像机拥到台前，要拍下这具有历史意义的时刻。

"靠紧一点儿……"

"笑一个、笑一个……"

罗珊怎么笑得出来呢？她想哭，但又难却盛情，只好勉强挤出一点儿笑容。

颁奖以后，晚会才真正进入了高潮——开吃。大多数人是为这顿饭来的，毕竟"好丈夫"、"贤内助"是人家的事，与自己没什么关系。一位老前辈曾经说："什么都是假的，只有吃到肚子里才是真的，而且别人还看不出来。"

周文庸一见席上有生鱼片和大闸蟹，顿时食指大动，张牙舞爪。现在不要说罗珊和离婚这些烦恼事，就连杨小姐和再婚这样的喜事也都抛在脑袋后头了。

目标是生鱼片和大闸蟹，冲啊！

胡总编走过来，问他要不要讲几句话？他哪有那份闲情逸致，嘴里塞满了东西，头摇得像个拨浪鼓，含混不清地说："不讲了，不讲了！"

胡总编又问罗珊讲不讲？罗珊说："也没准备，还是不讲了吧。"又说："我有点头晕，想先行告退了！"说完起身就走。

此时大家的注意力都集中在席面上，所以也没人在意。胡总编留也不是，不留也不是，见罗珊执意要走，只好送了出去。

罗珊来赴会的主要目的是告别，向这些相处多年的老领导、老同事、亲朋好友道别。但她赴美的事暂时还不能声张，所以只能在心里向大家告别。今天这么多的熟悉面孔，明天就一个也见不到了，此时此刻，情何以堪？她多想留下来，再多看大家一眼，但她已无法控制自己的情绪，所以加快脚步，向外走去。

走出酒店的大门，眼泪不禁夺眶而出，罗珊把那个"贤内助"的证书从烫金的封壳中扯下来，把上面的"罗珊"两个字抠掉，然后把证书和封壳一齐扔进路边的果皮箱里。

对于和王路的这段"畸形"关系，李婷婷是认真的，她不嫌贫爱富，也不管这个人是猫是狗，是何等的浑蛋，只要是这个人就行。

爱一个人只凭热情，而不计其他，这是什么？这就是爱情！

可惜她选错了对象，把终身托付给一个吃人不吐骨头的浑蛋。因为她年纪小，又没念过几天书，品位不高，瞎了眼也在所难免。这是她自己的选择，怨不得别人，自己酿就的苦酒，要用一生的时间去品尝了。

王路是个花花公子，喜新厌旧乃小菜一碟，他于李婷婷不过是玩玩而已，玩过了也就完了，还真天长地久，傻不傻？

他还有自己的理论："过去买肉凭肉票，一个月半斤，见了肥肉香得不得了。现在肉随便买，见了肥肉就恶心。再好的东西，您也不能多吃，龙虾、螃蟹怎么样？吃多了也腻，总得换换口味吧。"

在换口味方面，王路还真有点像淮阴侯之用兵，多多益善。

当时棋院围棋队有两个姑娘，中国象棋队有三个姑娘，国际象棋队也有三个姑娘，这些姑娘大多跟李婷婷的经历相仿，从小到棋院当运动员，没有按部就班地上学念书，而且都到了"怀春"的年纪，思想状况也比同龄学生复杂。种种因素加在一起，使她们似乎比一般同龄学生成熟得早，但思想认识又比一般同龄学生低得多。

这样一来就便宜王路这小子了。

王路采用的手段都是些小孩子的把戏，但是用在这些姑娘身上，往往行之有效。具体来说，无非就是以交朋友、谈恋爱为名，再施以小恩小惠。按说这些姑娘走南闯北，见过点世面，也不知吃错了什么药，几乎都在王路这儿栽了跟头。

然而有一位姑娘如鹤立鸡群、遗世而独立，任王路使出九牛二虎之力，用尽七十二般变化，她始终不为所动，坚决捍卫了女性的尊严。这位姑娘就是国际象棋队的棋手，名曰孙天然。

孙姑娘平日给人以很酷的感觉，不苟言笑，一副恬静超脱、高高在上的样子。

王路首先注意的就是她，原因是她这副样子叫人别扭。要个儿没个儿，要模样没模样，要不你下棋下得好也行，可她棋下得也不好。既然如此，这个小丫头片子狂的是什么？

王路心说："这还得了，这副德行也狂，不是没有王法了吗？先挫挫她的锐气，叫她人不人，鬼不鬼的，她才知道马王爷有三只眼呢！"

谁知他试探了几回，要跟孙姑娘交朋友，都遭到孙姑娘的严词拒绝。恶心的话说了一箩筐，孙姑娘居然无动于衷。王路觉得很没面子，只好暂时放下孙姑娘，先去祸害别的姑娘。

大约每隔一段时间，王路就要向孙姑娘发起新一轮的攻势，但每一回也都铩羽而归。这使他产生了一种"使命感"，如果还剩下一个，显然不能说功德圆满，于是他下定决心，务必拿下孙姑娘。

这年冬天，王路集中了精力、财力，专攻孙姑娘一人。一个冬天请孙姑娘吃了46顿涮羊肉，平均两天一顿。

为什么专吃涮羊肉呢？原来孙姑娘是个肉食主义者，而且偏嗜涮羊肉。你若请她吃基围虾、虹鳟鱼，她还不爱吃呢，说是一吃海鲜就过敏，浑身起鸡皮疙瘩。既然如此，只好吃涮羊肉了。

当时西四太平街新开了一家个体涮羊肉馆，名叫"能人居"，火得不得了，周围的饭馆看着眼红，也纷纷改成了涮羊肉馆。外面的人都说那条街的风水好，削尖了脑袋往里钻，结果凡是能利用的铺面房，全变成了涮羊肉馆，北京城著名的"涮羊肉一条街"就这样形成了。

按道理这么些涮肉馆挤在一起，肯定会竞争激烈，相互掣肘，然而在很长一段时间内，这里的涮肉馆家家都很红火。因为北京的人多，而且喜欢扎堆儿。有人说这里的涮羊肉好，就一窝蜂地全都来了。凡吃过的人也都说好，羊肉嫩还在其次，主要是这里的调料不一样，在别处吃不到这个味儿。

后来就有流言传出，说这里的调料加了罂粟壳！您哪儿是吃涮羊肉，分明是吃鸦片呢，能不好吃吗？于是工商、卫生方面的人不时前来抽查、罚款，也没查出一例罂粟壳。但不知怎的，这条街的生意却渐渐冷落下去了。

王路带孙姑娘来吃涮羊肉的那段时间，正是罂粟壳传得沸沸扬扬的时候。

王路不怕，他讲话："长这么大什么都试过，就是还没试过鸦片烟呢。不就是罂粟壳吗？又不是海洛因，怕什么？"

他不去"能人居"，"能人居"名气大，刀也磨得快。他只去路口一家不起眼的小店，外面的装潢简陋，里面只有四张小桌，大冬天也不生火，一开门冷风灌进来，凉飕飕的。

为什么挑中这个小店？原来这个小店的老板也爱下象棋，一听王路是象棋大师，顿时腰就弯了。这下王路可找着吹牛的对象了，见了老板就胡吹六哨一通，把在别人面前说不出口的话，一股脑儿都倒在老板头上了。那老板也吃这一套，洗耳恭听，点头哈腰，临了还八折优惠。王路是占便宜没够的人，他就认准了这一家，回回都带孙姑娘来这儿吃涮羊肉。

有一回王路吃着吃着忽然想起了罂粟壳，就问老板："我看你这调料也稀松平常，外面都传你们这条街的馆子往调料里搁罂粟壳，有这回事吗？"

老板说："说这话的人就是外行，罂粟壳多少钱一斤？这涮羊肉本来也没多大赚头儿，我要往里搁那玩意儿，还不赔死呀？"

王路说："咱们哥儿俩谁跟谁呀，你就是搁了也没关系，我也不会给你传出去。"

老板说："天地良心，搁了就是搁了，没搁就是没搁！"

孙姑娘说："你说没搁，我怎么倒有点上瘾了呢？这一个来月，少说也上你这儿吃了二十几回涮羊肉了！"

老板说："这就是王大师——你们两口子照顾小店了。嫂子，不是我说大话……"

孙姑娘忙说："打住，打住，哪儿跟哪儿呀，你怎么叫起嫂子来啦？"

老板笑嘻嘻地说："就算现在没……将来还不是……叫嫂子总没错嘛。"

孙姑娘说："根本不是那么一回事！"

王路见孙姑娘矢口否认，只好说："我们只是同志关系……"

老板一想，"同志关系"就一个月吃二十几顿涮羊肉，这"同志关系"也够铁的。看这样子不像是谈恋爱，倒像是"搞破鞋的"。

想到这里，老板的脸上就出现点怪物相。又一想，人家谈恋爱也好，"搞破鞋"也好，只要到你这儿吃涮羊肉，让你赚钱，你管他什么关系呢！

就这样，王路和孙姑娘隔三岔五来这儿吃涮羊肉，整整吃了一个冬天。

等到春暖花开的时候，王路也有点吃腻了，见着羊肉就恶心，连呼出的气都带着膻味，再吃下去，怕是自己也要变成羊肉了。

孙姑娘确实有不同凡响之处。你请她吃饭，她绝不扭捏，抬屁股就走；你要摸一下，她也让你摸；你要亲一下，她也让你亲。但你要带她上床，她绝对不干，杀猪似的豁着命地挣扎叫唤。

王路也没了脾气，心说："歇歇吧，闹出人命来就不值了。"他曾当面骂孙姑娘是乡下人，性冷淡，不男不女两性人。暗地里他却不得不表示钦佩，这年头居然还有这种人，真可谓女性的典范了。

后来他才知道，原来孙姑娘早就有了男朋友。

告诉他这个消息的是李婷婷，她知道王路正在对孙姑娘大献殷勤，心里气得要吐血，但她不是那种张牙舞爪、泼妇骂街的人，而是打折了牙往肚里咽，生怕王路一脚把她踹出门去。

有一次王路当着她的面大骂孙姑娘："瞧她那副德行，装得像个公主似的，有人要吗？除非瞎了眼，八辈子没娶过老婆！"

李婷婷明白王路一定是在孙姑娘那里挨了窝心脚，心里有一种解气的感觉，便说："你不要，有人要，人家早有男朋友了！"

王路说："我怎么不知道？"

李婷婷说："等你知道了，人家孩子怕是都养下来了。"

王路说："谁这么没'起子'，这等货色也要？"

李婷婷说："听说是市队的一个拳击运动员，所以你最好小心一点儿！"

王路说："我小心什么？"

李婷婷说："像你这样的，八个也不是人家的对手，一套组合拳就把你打成肉饼了。"

王路说："我还以为就我瞎眼呢，原来还有比我更瞎眼的！"

李婷婷说："你这话什么意思？"

王路说："什么意思，你自己想去吧！"

听说孙姑娘有男朋友以后，王路心里愈加不能平衡，猫抓一样地难受。他以为像他这样的小白脸，只要勾勾手指，世上的女子还不蜂拥而至？然而这个世上还有一个姑娘，竟然拒绝他的追求。你拒绝也就罢了，谁想她却瞧上一个"头脑简单，四肢发达"的拳击手，你说气人不气人？

王路的心里大失平衡，社会上有人说"如今是搞导弹的比不上卖鸡蛋的",一开始他还不信,但现在事实教育了他,搞象棋的明摆着斗不过搞拳击的,这不是脑体倒挂吗?

王路决定从搞拳击的手里把孙姑娘夺过来,至少把她变成破鞋,再扔在路边,搞拳击的愿意捡就捡,好歹让他戴一顶绿帽子。

若论智慧,搞象棋的显然比搞拳击的高得多。谈情说爱,博取姑娘欢心,您总得来点甜言蜜语,耍点小聪明,玩点小手腕……这是动脑筋的活儿,不是胳膊粗、力气大就能解决问题,王路对他的小脑瓜还是颇有信心的。

有一次王路去体委训练基地办事,终于见到了他的情敌。

当时有两位拳手在训练台上打来打去,四周围了不少人,王路也凑了过去。看台上的两个人如两头牦牛一般,恶狠狠地出拳,虎虎生风,还挺像那么回事儿。王路看得津津有味,但他旁边有几个内行,头摇得像拨浪鼓,评论说这两个人完全是小孩子的把式,国内的成绩也就排在 20 名之后。要是遇到泰森、霍利菲尔德,一拳就趴下了,半天也起不来。

这几个人说着说着就说出了两个拳手的名字,王路听了,吃了一惊,原来那位矮个的拳击手竟是孙姑娘的男朋友!不由得下死眼把人家瞧了个底朝上,只见他一米六五的个头,板寸,一脸横肉,两眼血红,长等于宽的身架,两条短腿,一身疙疙瘩瘩的腱子肉,活脱脱一只大猩猩。

王路心里有点纳闷儿,不明白孙姑娘是怎么回事,放着小白脸不要,却要一只"大猩猩",这不是有病吗?

但他心里却对这只"大猩猩"产生了一丝怯意,觉得若半路遇见"大猩猩",为稳妥起见,还是绕道儿走为妙。

后来经知情人披露,他才知道孙姑娘拒绝他实有不得已的苦衷。

原来那只"大猩猩"对孙姑娘控制得很严,对她的行为举止,尤其在异性交往方面,做了诸多规范性的限制。据说还在孙姑娘身上做了记号,每次见到孙姑娘,必先检查一番,如若记号有误,少不得要用拳头做一番说教。他的拳头又硬，人又不讲理，孙姑娘能不怕吗？

有一次孙姑娘不小心把记号弄模糊了，"大猩猩"也懒得多费口舌，一把拎过孙姑娘，放在大腿上，照她的屁股轻轻拍了两下。按说他心里也是爱孙姑娘的，从不下狠手，即使是这样，孙姑娘的屁股还是肿了起来，一个多月愣没敢挨椅子。

俗话说"哪里有压迫，哪里就有反抗"，面对"大猩猩"的专制无理，孙姑娘又何尝不想争民主，争人权，揭竿而起呢？想是想过，但是不敢付诸行动。

为什么不敢？一来自然是害怕"大猩猩"的拳头硬，二来也是受传统观念的束缚。中国有句老话，叫作"嫁鸡随鸡，嫁狗随狗"。你既然已经失身于"大猩猩"，还想怎么样？得过且过，下辈子再说吧！虽说爱情是婚姻的基础，这个不行，换一个也未尝不可。但你总得顾及社会、家庭、子女的看法吧？如果人人都挑来挑去，换来换去，这个世界还成什么样子？

为了世界的安宁，孙姑娘只好牺牲个人的幸福，跟"大猩猩"过一辈子了。

但孙姑娘心里自然不服，想想自己这100多斤，也是父母一把屎、一把尿拉扯大的，又不比别人多一个鼻子，少一只眼睛，凭什么就要跟一只"大猩猩"过一辈子？

这能怨谁呢？只能怨老天爷。孙姑娘因老天爷不能一碗水端平，不由得产生一点儿逆反心理，心说："别把我惹急了，把我惹急了，我什么事干不出来！"

话虽如此，孙姑娘却是一个思想的巨人，行动的矮子。最多不过是跟王路出去吃几顿饭，反正又不用自己掏钱，不吃白不吃。那个冬天，"大猩猩"频繁外出比赛，有一段时间还到南方进行集训。这下好了，没了暴君的盘查，也没了专制的禁锢，孙姑娘犹如一只开了锁的大马猴，充分享受了自由的美妙。尽管只是一段短暂的时间，但也因短暂，更充满了甜蜜的回味。

孙姑娘的内心未尝不喜欢小白脸，但又惧怕"大猩猩"的淫威，不得不忍痛割爱。这是一个很大的矛盾，但孙姑娘应付得还算得体，没有做出亲者痛，仇者快的事情。

她始终坚持一个原则，吃饭可以，摸一下可以，亲一下也可以，但是上床却万万不可以。

正是由于她拼死守住了最后一道关口，不仅维护了自己的尊严，也下意识地维护了"世界"的稳定。孙姑娘可谓一不留神就成了现代女性的楷模。

过去要成为妇女的楷模很不容易，非贞节烈女难以获此殊荣。何谓贞节烈女？一要从一而终，就是这辈子只能嫁一个人，不能嫁第二个人；二要夫死殉节，就是丈夫死了，自己也跟着自杀。

能做到这两条，就可以由政府部门出面，为你立一个贞节牌坊，让世人瞻仰。

但立牌坊的速度却大有区别，做到第一条的太慢，做到第二条的又太快。比如一个女人20岁守寡，一辈子不嫁人，等80岁死了，才有资格立牌坊。要想立牌坊，得足足等60年，这真是一种意志的考验。一个女人，甭管她多少岁，只要丈夫死了，她随即自杀成仁，也就立马获得了立牌坊的资格。

可见若要立牌坊，是以死为标准的。人死如灯灭，可以盖棺论定，也不会再发生意外的情况，给她个节烈的荣誉总不会有什么差错了。

从这一点也可以看出过去的行政部门在这方面还是小心谨慎的，令人敬服。

然而时代毕竟不同了，眼下若再搞"贞节牌坊"这一套，怕是有点老掉牙了。

不过，面对社会上不断泛滥的婚外恋、逐年上升的离婚率及如洪水猛兽般袭来的性病、艾滋病，还有酒店、歌厅、发廊、按摩室里成群结队的"三陪女"……总得拿出点办法来吧？

除采取法律行动之外，还可以树立一些经典形象，俗话说"榜样的力量是无穷的"，让大家有模仿学习的对象，对于挽救人心、匡扶世风不无好处。

那么以什么样的人为典型呢？可以借用孔圣人的一句话作为标准，叫作"随心所欲不逾矩"。当然，这里的"随心所欲"四个字只是幌子，增加点时代感，"不逾矩"三个字才是核心。

这样一来也就不难发现，其实典型就在我们身边，比如孙姑娘不就是一个"随心所欲不逾矩"的典型吗？

在这个小小的棋院里，几乎所有的姑娘都很"开明"，不同程度地受到西方某种风气的影响。唯有孙姑娘遗世而独立，有点"唯我独清"的意思。但她并不是那种高不可攀的贞节烈女，有时她也犯点小错误，但是关键时刻，她却能坚持原则，绝不犯大错误。除了"大猩猩"以外，可谓一女当关，万夫莫开。

小而言之，棋院里的女性若都跟孙姑娘一样，不知要少生多少事端；大而说之，普天下的女性若都跟孙姑娘一样，那简直就要天下太平了。

可惜这样一位人才，长久地被埋没，至今未被发现。

所以孙姑娘也会像一切有才能的人一样，注定要命运坎坷地度过一生了，这或许就是人们常说的"宿命"吧？

后来连王路也对孙姑娘失去了兴趣。他觉得孙姑娘为人正派，办事坚持原则，是一个贤妻良母式的女性。若找对象，还是找这样一个人保险。但他眼下还不准备找对象，这样的人就派不上什么用场了。譬如鸡肋，食之无味，弃之可惜。

说孙姑娘是"鸡肋"，自然有点像寓言里的那只狐狸，吃不着葡萄，就说葡萄是酸的。王路到处诋毁孙姑娘，说孙姑娘土得掉渣，没法跟她生气。挺简单的事儿，既不磕边儿，又不碰沿儿，对双方都有好处，她哭爹喊娘的就是不干。

这始终是王路的一块心病，但也无可奈何。有时他想起孙姑娘，不由得发出感慨："人与人之间还是要讲究点缘分的。"一个女人肯为一个男人脱裤子，这是不知要修几辈子才能修来的缘分。比如自己跟孙姑娘就没有缘分，怎么说也弄不到一块儿，整天待在一起，混得也算亲密，饭也一块儿吃了，摸也摸了，亲也亲了，可就是差那么一点儿，捅不破那张纸。

王路心想："大约上辈子有点儿过节，不是欠她的钱，就是欠她一条人命，所以这辈子来报仇，死活不肯跟我上床。"

有一阵子王路成了棋院的大忙人，他的忙也有特点，上班不忙下班忙。一下班，五六个姑娘排着队地找他，大有应接不暇之势。

但年轻人做事不免有失检点，棋院里的人，从领导到一般干部，甚至那些扫地、看门的临时工，只要眼睛不瞎，都知道他那点臭事。尤其是几个男光棍，恨得牙痒痒。你想棋院归里包堆就那么几个姑娘，都让他一人霸占了，能不招人恨吗？杀他的心都有！不过大家也都隐忍不发，冷眼旁观，看尔横行到几时？

过去发现这种事可不得了，一经发现，定要严肃处理。有些领导穷极无聊，还会调兵遣将，指挥下属捉奸，非闹个天翻地覆不可。现在的观念转变多了，有些领导也"从我做起"，为自己找一个"小蜜"，见年轻姑娘揩揩油，时不时地还要去歌厅、舞厅，找几个"三陪"小姐腻一会儿……俗话说"己不正焉能正人"？对下属的"小节"问题只好睁一只眼，闭一只眼了。

简而言之，棋院的上上下下未必不想修理王路，只不过时机未到而已。

有一回下班以后，董燕火急火燎地到处找王路。当时她刚刚成为王路的"入幕之宾"，正在兴头上，也就忘了中国人谦虚谨慎的美德。找王路找不着，迎面碰上方七段，忙问："方老，你知道不知道王路上哪儿去了？"

方七段已三十来岁年纪，还未曾娶妻，对王路这类小白脸可说有深仇大恨，未经选举就做了"反王党"的首领。一见董燕那副火烧屁股的样子，心里就有气，问她："找王路做什么？"

董燕说："有点小事……"

方七段说："天底下又不是就王路一个男人！"

董燕说："我托他买一本书……"

方七段说："何必非在一棵树上吊死呢？"

董燕着急地问："你到底知道不知道？"

方七段说："知道是知道，但我不准备告诉你！"

董燕问："这又是为什么？"

方七段说："告诉你也没用。刚才下班的时候，我看见王路和李婷婷一起走了。"

董燕问："是吗？"

方七段说："骗你做什么。"

董燕不禁大失所望，她原想今天晚上要好好聚聚，这下全泡汤了。只觉一股燥热萦绕五内，难以排遣，一时竟不知如何是好了。

董燕忽然问方七段："方老，今天晚上有饭辙没有？"

方七段"哼"了一声，说："我正想找饭辙呢！"

董燕说："要不你请请我？"

方七段仔细打量她一番，问："有戏吗？"

董燕说："有戏。"

方七段问："真有戏？"

董燕说："我说有戏就有戏！"

方七段说："行，你想吃什么？"

董燕说："简单点儿，就涮羊肉吧。"

方七段没想到董姑娘的口味这么低，觉得这事有点悬。又一想，董姑娘显然是生王路的气，把自己当成了"排泄桶"，所以什么事都可能发生，说不定一顿涮羊肉就……这不是"天掉包子狗造化"吗？

三十多岁的人，一遇到这种事，又变成了十七八岁的小青年，做起春梦来了。

方七段带董姑娘去了"羊肉一条街"，彼时那条街已经萧条了，蔫不出溜地没了精神，两人去了最有名气的"能人居"，里面也冷冷清清没几个人。

两人捡了一个偏僻的角落，坐下以后，服务员过来招呼，方七段点了些肉、肚、肝、脑之类，又问董姑娘喝不喝酒？董燕说："怎么不喝，先来一小瓶'二锅头'吧。"

不大一会儿，锅子端上来了，羊肉片、牛肚之类也一一上齐。等锅里的水"哗哗"滚起以后，两人即举筷开涮。只是两人都各怀鬼胎，不知道今天谁把谁"涮"进去。

董燕心里惦记着王路，又惦记着李婷婷，一想到此时此刻两人正干着什么，那蘸了佐料的羊肉片就在嗓子眼里打转，说什么也不愿往下去。她端起酒盅一饮而尽，仍压不下羊肉片，索性举起二两的小酒瓶，"咕嘟咕嘟"全灌了下去。谁知酒一落肚，随即就上了头，脸也红了，眼也红了，一副要杀人的样子。还觉不过瘾，她招手叫来服务员，再来一小瓶"二锅头"。

方七段瞧在眼里，喜在心头，说不定今天还真有点戏！他也不动声色，专等董姑娘醉成一条烂泥鳅。谁知董姑娘外表虽然醉了，内心却还清醒。涮着涮着她就开始盘算，怎么才能甩了对面这个半大老头。但人家好心请你吃饭，你总不好太过绝情，忽然有了主意，招手问服务员："有电话没有？"

方七段说："你不是有手机吗？"

董燕脸一红，笑着说："我打个电话……"说着从坤包里拿出手机，起身走到一边去了。她给家里挂了一个电话，压低声音告诉她妈妈："您过 10 分钟给我手机打个电话。"

她妈妈问："给你打电话做什么？"

董燕说："您都甭管，给我打就是了！"

董燕回到座位上继续涮羊肉，过了一会儿，手机响了，董燕拿出手机，装模作样地看了一下。

方七段问："是不是王路？"

董燕说："是我妈！"起身走到一边去了。

董燕打完电话，回来说："方老，实在对不起，我妈犯了心脏病，叫我回去陪她上医院！"

方七段说："那就赶紧回吧，要不要我帮点忙？"

董燕说："不用，我还应付得了，就别劳您的大驾了。"一边说，一边猪头猪脑地飞了个媚眼，手一抬说："拜拜！"一溜烟地去了。

董燕回家以后，酒劲儿真上来了，头晕目眩，四肢乏力，加之好事难成，心里不爽，不由得瘫倒在床上，要死一般。但一想到王路，心里恨也不是，爱也不是，如在烈火中熬煎，她一咬牙又坐了起来，拿手机给王路打电话。

王路正和李婷婷在郊区农舍鬼混，忽听手机响。

李婷婷说："谁这么讨厌，这么晚还找你？"

王路打开灯，找着外衣，摸出手机一瞧，说："是董燕那个丫头片子！"

李婷婷说："她一准又难受了！"

王路说："与我有什么相干？"

李婷婷冷笑着说："行啦，别装了，你和那小婊子干的事，好像谁不知道似的！"

王路问："你知道什么？"

正说着，手机又响了，王路一看，又是董燕。

李婷婷说："要不你就关了，要不你就回电话，省得一会儿响一会儿响的，吵得人觉也没法睡！"

王路说："她打两回，没人理她，她也就不打了。"

李婷婷说："你关了不就结了？"

王路说："我是怕我妈有事找我，万一有点什么事，我不知道，不是耽误事吗？"

李婷婷生气了，转过身，给他一个光光的后脊梁，不理他了。两人正半推半就之际，忽然手机又响了，不禁吓了一跳，李婷婷发狠说："明天非宰了这个小王八蛋不可！"

王路拿起手机一看，发现并没有人打给他，李婷婷这才知道，原来是自己的手机响，从小提包里拿出手机一看，原来还是董燕。

要说李婷婷也不算太傻，前后一想，心里就明白了：董燕先是打给王路，但王路不理她，所以她又给姑奶奶打，想探探姑奶奶是不是跟王路在一起。浪也不是这样的浪法，神经病！

李婷婷和王路都认为董燕一准是得了"失心疯"，对于疯子，你又能怎么样呢？只好任她去疯，等她疯够了，也就完了。

"睡觉、睡觉！"于是两人关起讨人厌的手机，重新开始睡觉，这回总可以睡安稳了吧。

可怜董燕折腾了一夜，打给王路十四回，打给李婷婷两回，当太阳要升起的时候，她终于弄清了一个简单的事实：王路和李婷婷确实在一起！

这个结果其实方七段从一开始就告诉她了，她嘴上不说，心里却不愿意相信，但经自己多方证实，最后总算勉勉强强承认那一对狗男女确实在一起呢！

董姑娘伤心欲绝，嫉妒得要发狂，这一夜她注定难以入睡了。

罗珊赴美后过了一个月，周文庸与杨玉华登记结婚。

不过这次周文庸尽量低调处理，没敢像第一次结婚那样大肆铺张，只摆两桌席，请双方的家长和个别亲友意思意思也就算了，一来是"二婚"，怕招物议；二来杨玉华挺着一个大肚子，也过于招眼。

婚后四个月，杨玉华顺利产下一对双胞胎，一个是男的，另一个也是男的。

这下周文庸可算是意外的收获，有了三个儿子。

这里有一件趣事。

在周文庸与罗珊生下第一个儿子的时候，有一次他去广东佛山比赛，晚上与队友逛街，遇见一个算命的盲人，一时高兴，就请盲人给他算命。盲人说问什么？他说问子女吧。

盲人给他摸了半天手相，掐指一算，说他命中注定要有三个儿子。

周文庸哈哈大笑，说："你这就是胡说八道了，现在施行的是独生子女的政策，就算我想生三个儿子，国家也不允许呀！"

盲人说："您说的也是，我也无从辩驳，但我只算命，不算政策，或许您贵人贵相，日后有什么特殊的际遇也未可知。"

周文庸自诩是个无神论者，以为算命的不过是说几句好话，骗点卦金而已，当下付了卦金，一笑了之。

等杨玉华生了双胞胎后，周文庸忽然想起盲人算的卦，"无神论"的信仰竟然有点动摇，心说："那个盲人真有点邪乎，看来不信命不行。"后又一想："若自己再结两次婚，只要新娘子足够年轻，再生几个儿子也不是难事。其实既不是盲人邪乎，也不是国家政策不允许，只要你善于钻空子，什么事都可能发生。"这么一想，他的"无神论"信仰竟又恢复如常了。

当时的媒体对周文庸与罗珊的离婚也采取了沉默态度，一开始根本未予报道。一来我们这里历来有"为尊者讳"的传统，周文庸曾一度被吹捧为"民族英雄"，民族英雄大概是不应该离婚的，但现在居然离婚了，为了维护民族英雄的形象，所以媒体均施行鸵鸟政策，装作不知道有这么一桩事发生。二来媒体也有难言的苦衷，昨天还在吹捧木石前盟、金玉良缘，今天就感情破裂，婚姻触礁，你说怎么转这个弯？这不是自己打自己嘴巴吗？

媒体虽然未予报道，但周文庸、罗珊离婚的消息却不胫而走，想瞒也瞒不住，举世皆惊，一时都蒙了头。不是说罗密欧与朱丽叶吗？怎么忽然又变成陈世美与秦香莲了？

震惊之余，大家也对周文庸表示理解，做出点成绩，地位变了，也有钱了，可不就想换换老婆了。人非圣贤，孰能无过？也有人说不能再以过去那种老观念看待此类事情了，新时期要有新思想、新意识，离婚算什么？

这件事对胡总编来说无疑是一场灾难，弄得他措手不及，使他搞的颁奖晚会成了一个笑柄，在国内造成极为恶劣的影响。胡总编委屈得不得了，逢人便分辩说："我们也是想把事情办好，但事物非要沿着固有规律向前发展，非人力所及，有什么办法？"

上面原也怪胡总编多事，想要追究他的责任，但又念他是一位老同志，属于好心办错事，况且当初领导也曾拍板同意，这事反倒不好深究了，后来也就不了了之。

随着时间的推移，这桩名人离婚案在社会上所引起的震动渐渐平息了下去，最终受伤害的只是当事人自己，以及他们唯一的儿子。

三人之中，罗珊似乎所受的伤害最大，给人的印象是一个彻底的失败者，一个现代的秦香莲，一个人灰溜溜地跑到国外，过起了"独在异乡为异客"的侨居生活。

从表面上看，周文庸无疑是胜利者，全线告捷，不但如愿以偿地离了婚，而且转眼之间又结婚组成了新的家庭，新夫人的面孔要比旧夫人漂亮一百多倍，还给他生了两个儿子，真可谓"春风得意马蹄疾，一日看遍长安花"。

实际上对周文庸的致命打击正从另一方面偷偷袭来。俗话说"情场得意，赌场失意"，周文庸自命为天字第一号的赌徒，过去他在比赛中常因技术不足而处在下风，但他抱着赌一把的决心，凭着顽强的斗志，往往能力挽狂澜。那时他福星高照，运气好得一塌糊涂，关键时刻，对手总会犯错误，把到手的胜利又拱手让了出来。

棋是两个人下出来的，光自己想赢棋不行，需要对手主动配合才行。那时，无论是国内还是国外的对手，都配合得不错，一步一步把他送上了棋王、政协委员的高位。

说也奇怪，自从离婚以后，命运之神就不再眷顾他了，似乎老天爷对他离婚也有看法，这位老天爷大概从未改选，从混沌初开，历经原始社会、奴隶社会、封建社会、资本主义社会、社会主义社会，一直是他老人家主事，彻头彻尾的终身制。即便改革开放，对他老人家也没什么触动，仍旧坚持过去的老一套，不愿有所变化。

难道不能换一个人去做老天爷吗？

周文庸大概因为离婚得罪了他老人家，开始失宠，具体表现就是接二连三地输棋。孩子刚生下来的时候，有一次周文庸参加比赛竟迟到了，这是过去从未有过的事。只见他头发凌乱，衣衫不整，胳肢窝下还夹着一叠"尿不湿"。棋也下得很糟，稀里糊涂就认输了。大家表示理解，孩子太小，杨玉华也不如罗珊手脚麻利，周文庸少不得要担负大半喂奶、换洗尿布的责任，输棋自在情理之中。

但是后来大家发现情况有点不对了，孩子渐渐大了，生活也完全走入正轨，可周文庸的输棋却比"换尿布"时期更甚，如家常便饭。他的输棋有两大特点，一是什么棋都敢输，多优势的棋，最后总要出一两个"昏着"，不弄得前功尽弃，绝不肯罢休；二是什么人都敢输，遇见顶尖高手输，遇见初入道的"学徒"也输，简直是见谁输谁，一输到底，输得没了脾气。

这是怎么一回事儿？周老可是咱棋坛的霸主，常胜将军，怎么现在变得像豆腐渣一样了？

一开始大家还以为他吃多了撑的，闹着玩呢，后来看他不像是闹着玩，倒像是真的不行了。过去棋手见了他浑身打哆嗦，现在都不把他当一回事了。尤其是年轻棋手，表面尊一声"周老"，内心里却把他当一盘菜，随随便便就着酒吃下去了，而且还吃一半，扔一半，撇撇嘴说"不好吃"。

有一位年轻棋手是他的徒弟，名叫罗清明，在一次比赛中和周文庸碰上了。9 点开始比赛，迟到半小时算弃权，罗清明迟到 29 分钟，到场下了一着棋，起身扬长而去，回宿舍刷牙、洗脸、吃早点，然后打开录音机听音乐。按规定每人限时 3 小时，然后"读秒"，罗清明看看自己的 3 小时快用完了，这才回到赛场，和周文庸"读秒"。

周文庸对着空棋盘干坐了 3 个小时，肺都要气炸了，但人家没犯规，你也说不出什么。有心杀他个片甲不留吧，可今非昔比，走着走着就走出"勺子"，结果那盘棋又输了。

时间一长，别人自然会有看法，说什么的都有。最主要的一种说法是："周某人原本就不行，过去赢棋靠的是运气；现在运气没了，可不就输了呗！"

也有人问："什么叫运气？过去周某人运气那么旺，怎么说没就没了呢？"

对此也有解释，有人说过去周某人的运气是罗珊带来的，现在两人离婚了，所以罗珊又把运气带走了。

既然提到罗珊，自然不能不提杨小姐，两人的较量仍在继续。有人说杨小姐实际上是一颗"扫帚星"，自从她嫁给老周以后，老周就走下坡路了。

从表面上看，周文庸的输棋无从解释，年龄还不到 40 岁，正处于精力弥满，更上层楼的时候。况且棋类与别的体育竞技不一样，比的是大脑而不是体力。若说周文庸不到 40 岁就已大脑衰退，恐怕是谁也不相信。

周文庸也听说过"罗珊带走了运气"、"杨小姐是扫帚星"之类的说法，一开始认为是无稽之谈，一笑置之。但是棋输多了，他心里也开始犯嘀咕。事情就是这么怪，罗珊在时，他有如神助，什么棋都能赢，想输一盘都不容易；自从罗珊走了以后，他立马就像变了一个人，什么棋都能输，想赢一盘棋都很困难，费尽九牛二虎之力，吃奶的劲儿都使出来了，真要赢了就跟过年一样。

难道真像人们说的——罗珊把运气带走了？

正当周文庸如日中天的时候，一场"灾难"开始向他袭来，这里所谓的"灾难"，单指下棋的灵感。对一个顶尖棋手来说，灵感突然离你而去，是一件非常可怕的事情，它往往预示着你的棋艺生涯面临终结。过去在比赛中无论遇到什么艰难困苦的情况，你都可以应付裕如，甚至可以想出一些妙策，将计就计，诱敌深入，反败为胜。现在不行了，左想右想，江郎才尽，空空如也。

一开始周文庸还不以为意，以为是社会活动太多，影响了自己的发挥，但几次比赛下来，他逐渐认识到并不是社会活动多影响了自己，而是有什么东西离开了自己，或者说抛弃了自己。什么东西呢？后来他管这种东西就叫"灵感"。

灵感在的时候，你可以无往不胜；灵感一旦弃你而去，你将沦为一般棋手，再想无往不胜已不可能，你虽然也可以吃吃老本，在圈子里混，但也只是"行尸走肉"而已。

一想到自己再也不能驰骋疆场、杀敌建功、无往不胜时，周文庸不由得从头凉到了脚。

实际上，凡棋手都有这样的经历，尤其是顶尖高手。你原来好好的，突然有一天不行了，一点儿征兆也没有，一点儿理由也没有。总之，突然就不行了，从原来百战百胜、无师自通，突然成为一般棋手，没有了灵气，更别提创造力了。到这个时候，你的棋手生涯也就快结束了。

对于这样一种时刻，我们不妨把它叫作棋手生涯中的"节点"，凡是棋手都要经历这样一个"节点"，没有例外。

围棋大师吴清源也曾经历过这样一个"节点"。

1961 年，吴清源 49 岁的时候。这年 8 月的一天，吴清源过马路时，被一辆疾驰而来的摩托车撞飞，昏迷了 20 多分钟才醒过来。

自遭车祸后，吴清源每天早上都犯头疼病，第二期名人战开始时，头疼得越发厉害，住进了医院，昏昏沉沉度过了一个月左右。一天，突然如大梦初醒，他一下子恢复了神智。据吴清源在回忆录里记述："我一切恢复正常以后，立即让家人把棋盘拿到医院来，在病床上开始研究。但不知怎的，我对棋盘和棋子突然产生一种陌生的感觉，这是我从未有过的。'这可不行，难道我的棋就这样完了不成！'念头一闪，我像受到电击一样，仿佛被胜负之神抛弃了似的。我还深深觉察到一个可怕的迹象，我的全盛时代已经过去，像以前那样保持常胜是不可能的了。可以说，我的棋艺以那个时刻为界，往日在比赛中表现出来的坚韧魄力逐渐淡薄了。其后的对局，不过是强弩之末，是棋士生涯的一点余韵而已。"

吴大师的遭遇说明：他的"节点"是车祸，被摩托车撞飞以后，他下棋的灵感就不复存在了。其他棋手也有"节点"出现，大多不是车祸这样的偶然事件。像周文庸这样，不知不觉，突然有一天"节点"

就出现了。

吴清源说："其后的对局，不过是强弩之末。"让一个大师承认这一点是十分痛苦的。

大师也有谢幕的一天，一个大师的棋艺生涯中的黄金时期究竟有多长时间？从吴清源的经历可以看出，大约从十八九岁到 50 岁，有 30 多年。作为一个大师中的大师，吴清源棋艺生涯中的黄金时期可能长一些。

周文庸与吴清源一样，也有从赢棋到输棋的"节点"。

有一次输了棋，当人们都走光以后，周文庸仍旧一个人坐在棋盘前发呆，身心疲惫，显得格外苍老。他突然意识到，幸运女神已经弃他而去了，再要像以前那样赢棋已是不可能了，这使他陷入了深深的恐惧之中。

一个棋手安身立命的唯一手段就是赢棋，过去他靠赢棋赢来了名誉、地位、金钱、娇妻，还有三个大胖小子……如若今后不能赢棋了，会是什么样的结果？名誉、地位、金钱是不消说了，就连老婆也可能弃他而去，只有两个大胖小子无处可去，这辈子算是吃定他了。但若不能像过去那样挣钱，拉扯两个儿子恐怕也不容易。

想到这里，周文庸觉得自己很可怜，不由得流下两滴眼泪。

英雄末路，美人迟暮，一代枭雄行将陨落，该高兴还是该悲哀呢？

薄情郎遭遇
霸王花

　　与王路有一腿的姑娘大多跟董燕一样，有过被"抛弃"的经历。王路本就是个花花公子，喜新厌旧，薄情寡义，这山望着那山高，狗揽八泡屎。可谓全套的本事，无师自通。

　　直到后来王路折进大狱，还有被他遗弃多年的女棋手，商量着要凑钱把他赎出来。也不知王路给她们吃了什么药，就这样的恋恋不舍。

　　在哄骗无知少女方面，这小子还确实有两下子，你不佩服不行。

　　要说棋院的这些姑娘，和王路处得最长的还要属李婷婷。

　　王路也曾几次要甩李婷婷，但一直也没甩成。据王路对高世平说，李婷婷的皮肤像绸缎一般，手感极佳，真有点舍不得。

　　这是一个理由，还有一个理由王路没说，或者他还没总结出来。其实李婷婷的最大长处是能够逆来顺受，当王路忙于狗熊掰棒子的时候，李婷婷虽然心知肚明，却从没因这类事跟王路红过脸。有时她实在忍无可忍，也劝王路要爱惜身体，但王路一瞪眼，她立刻吓得像只胆小的兔子，又是认错，又是赔不是，上赶着甜和王路，动不动就自甘下贱，卖身求宠，非把他哄得回心转意不可。

　　当时李婷婷一门心思要嫁给王路，你说王路坏，她却愿作坏人的太太，非要扮演一出"痴心女子负心汉"里的女主角，不把你恶心得吐一回，她是绝不善罢甘休了。

遇到这样的傻姑娘，你又能怎么样呢？

只是好心没有好报，傻姑娘的故事注定要以悲剧收场。

王路压根儿也没想娶李婷婷为妻，只不过玩着顺手，先凑合玩玩而已。后来发生了一个意外事件，形势迫使他不得不和李婷婷分手。

原来王路命犯桃花，千不该万不该，一时不慎结识了一个女警察，从此他就交了霉运，接二连三地出事，直到进了大狱为止。

有一次王路和几个狐朋狗友打麻将，其中一位输红了眼，假称上厕所，出去以后给他派出所的朋友打电话，求老哥拉兄弟一把。

不大工夫来了几个警察，以聚众赌博为由，把王路一干人带到了派出所。审问王路的是一位女警察，名曰刘爽，后来才知道还是一位二级警司。照例问姓名、出生年月、职业……王路就说自己是中国象棋大师。那位女警察见王路是个小白脸，心里已存好感，大约姐儿爱俏，到处都是一样的，警察也未能例外。此时又听王路是象棋大师，开始还不信，后经查证属实，不由得肃然起敬，心里生出点爱惜人才的念头，草草问了几句，当场无罪释放。

王路也知感激，因为像他们这种情况，一般是要罚款的，如今既没罚款，也没通知单位，显然有点"徇私枉法"。过了几天，王路打电话要请刘爽吃饭，刘爽婉言谢绝。王路不死心，又死乞白赖地再三邀请，刘爽经不住小白脸软磨硬泡，有点动心了，心说："不就是吃一顿饭嘛，离贪污受贿还远着呢！"百般说服自己，按时去赴王路的约。

刘爽没料到王路拉人下水的功夫颇深，第一次约会就把她带进一家五星级大酒店。刘爽是位农村兵出身，一向艰苦朴素惯了，初次掉进流光溢彩的大染缸，顿时就晕了。喝着美酒，品着佳肴，轻音乐悠然飘起，仿佛置身于天堂一般。

王路一通胡吹六哨，说自己的智商起码250以上，牛顿、爱因斯坦算什么？我也就是懒得跟他们治气，我要是跟他们治气，那还有他们的出头之日吗？

刘爽也不知道牛顿、爱因斯坦是谁，只是觉得眼前这小伙子英俊、聪明，花钱如流水，有点大款的派头。

王路跟她接触了几回以后，发现刘爽也并非特殊材料制成的人，不要说把她放到硫酸里，就是把她放到糖水里，也一样能把她化得骨软筋酥。心说："什么样的女人没玩过，就是没玩过警察，警察是什么滋味，倒要试一试了。"于是放出手段，百般地巴结，把他对棋院那帮傻丫头玩的把戏，依葫芦画瓢，在刘爽身上演练了一回。

按说他这套小把戏刘爽应该了如指掌，怎么说呢？平日里她接触的流氓、妓女也不少，听他们讲述男女之间的那点丑事，耳朵都快起茧子了。但听人说是一回事，自己做是另一回事。刘爽发现，事到临头，面对王路那些卑鄙下流的进攻手段，她也不知如何抵挡是好了。过去也打过不少预防针，大约也都是"假冒伪劣"产品，一点儿作用没有。后来一想，还不就那么回事，一咬牙，一闭眼，就跟王路上了床。

当时王路正欣欣得意，并没意识到他是在玩火，也没想警察是什么人？别人躲还躲不及呢，他老兄活得不耐烦了，把个脑袋愣往虎口里送呢！

幸亏这位刘爽是个实诚人，没什么坏心眼，而且办事也极认真，跟王路相交不过一个多月，就把肚子弄大了。

这一下刘爽傻眼了，这种事要是传出去，无疑是一桩丑闻，一辈子也别想抬头。尤其她干的这个职业，要比其他行当更为严格。甭管你背后做什么，表面上总要维持一下正面形象。为今之计只能嫁鸡随鸡，嫁狗随狗，或许还能遮掩过去，大事化小，小事化了。

一想到嫁人，刘爽才发现其实她对王路并不十分了解，他的家庭情况、经济收入、住房大小、有无海外关系，以及他的学识、品德……都模模糊糊。她比较了解的是，这个人流里流气，吊儿郎当，花钱大手大脚，见了女人毛手毛脚，在男女关系上也不够严肃，还没结婚，就把别人的肚子弄大了……不过刘爽也承认，这小子对女人还真有一套，得下手时就下手，像她这样一个警察都招架不住，别的女人就不用说了。

要在平时，遇到这样道德败坏的人，她可不会客气，先叫到派出所，训驴似的训他个狗血淋头。若态度不好，就拘留他几天，让他好好反省反省。

可这小子是你未出生孩子的父亲，你说该怎么办？

刘爽去找王路，开门见山地说："我已经有了，你看怎么办吧！"

刘爽的意思是想让王路主动开口求婚，最好浪漫一点儿，像电影上演的，跪在地上，再献上一束玫瑰花。

王路说："流了算了！"

刘爽说："反正你不疼是吧？"

王路说："当警察的还怕疼，遇见歹徒你敢往上冲吗？"

刘爽说："我看你就像歹徒，今天你若不把话说清楚，看我敢往上冲还是不敢往上冲！"

王路问："你要我说什么？"

刘爽说："这还用我教你吗？"

王路说："你还是教教我吧，除了做人流，难道还有什么好法子？"

刘爽瞅他一脸嬉皮笑脸的样子，也闹不清他是真不懂，还是装疯卖傻。刘爽是个急性子，从来都是直来直去，见王路如此不爽快，心说："还男子汉呢，敢做不敢当，叫我哪只眼睛瞧得上？"依她平日的脾气，早就大耳刮子扇过去了，但还没过门，怎么好就要态度呢？只得耐着性子说："其实这是你的一个机会！"

王路问："什么机会？"

刘爽说："你正好可以向我求婚哪！"

王路说："求婚？"

刘爽说："要在以前，我自然不会答应你。但事已如此，兴许我看你心还诚，一高兴就答应你也说不定呢。"

王路心说："这只土拨鼠，都什么年月了，还给个棒槌就认作针呢。要是一大了肚子就得结婚，老子早结了十回八回，还轮得到你吗？"便说："求婚还不容易吗？我倒无所谓，你可考虑清楚，这可是一辈子的事，想改也改不了了！"

刘爽说："你究竟什么意思？"

王路说："我的意思是说咱们都还年轻，正处在建功立业的大好时候，如若早早结婚生孩子，整天为孩子、尿布所拖累，就什么也干不成了！"

刘爽说："那你是不想结婚了？"

王路说："不是不想结婚，婚早晚是要结的，不过既然可以做流产，干吗非得结婚不可呢？"

"放你妈的屁！"刘爽终于勃然大怒，"你把人家肚子弄大了，又不想结婚，门都没有！"

王路赔笑说："看看，这不是商量嘛，何苦出口伤人？"

"出口伤人那是轻的！"刘爽冷笑着说，"你也不想想姑奶奶是什么人，你若老老实实听话便罢，你若敢滋扭，看我怎么收拾你！"

王路一看，这不是公然逼婚吗？心说："宪法里规定婚姻自由，就算你是个警察，难道敢知法犯法？"遂摆出一副死猪不怕开水烫的架势说："老子就不结婚，你能把老子怎么样？"

刘爽问："当真不结？"

王路说："不结！"

刘爽"腾"地站了起来，忽然伸手去腰间翻衣服，王路以为她要掏家伙，吓得拔腿就跑。跑了几步，回头一瞧，见刘爽只是在腰部又抓又挠，并没掏什么家伙，就停住了脚步。

原来刘爽有一个毛病，一着急上火就皮肤过敏，此时让王路气得急火攻心，腰间起了一圈湿疹，奇痒难熬，也顾不上影响，拉开裤带挠痒，谁知却把王路吓个半死。

两人不欢而散。

过了几日，刘爽见王路也没有音讯，憋不住，主动上门找王路谈判。王路心存耍赖的念头，推三阻四，顾左右而言他，就是不答应结婚。后来他也烦了，觉得认识女警察是一个错误。虽说她在某些方面的表现比棋院那些小丫头要强一些，但脑袋大有问题，动不动就想结婚，这么老土谁受得了？再说她这样的人也太危险，腰里别着家伙，有事没事就要拿出来炫耀一番，吓也让她吓成神经病了。这且不说，万一不慎走了火，伤胳膊断腿还好，要是连命都搭上了，那就太冤了。

　　王路心想："当断不断，反受其乱。这时候才是考验男子汉大丈夫的时候，岂能为儿女私情耽误了大好前程！"

　　甩！把这一段露水姻缘甩鼻涕似的甩到墙上，喂了苍蝇也就结了。于是他吩咐棋院的姑娘："刘爽若来电话，就说我不在！若来棋院找我，也说我不在！"给她来个"生不见人，死不见尸"，这等无头公案看她如何了结。等日子久了，她也没了耐性，就该知难而退了。

　　王路的这一招还真灵，刘爽几次三番找不到王路，急得如热锅上的蚂蚁，团团乱转。眼下还好办，肚子不显，还可以充没事人。但再过两个月，就说什么也充不过去了。

　　刘爽肚子里那"新生事物"虽然暂时还十分弱小，但却具有强大的生命力。不管你怎么看他，也不管有多大的阻力，他依然故我，只管自顾自地一分一秒长大，想想就叫人害怕。刘爽有一种无奈而又绝望的感觉，不由得发狠说："想甩我，姑奶奶是你甩得了的吗？"

　　这可是火烧眉毛的事情，刘爽绞尽脑汁，也想不出对付一个无赖的妥善方法，只得剑出偏锋，去找她的一个相知——区刑警队长讨教。

　　这位刑警队长和她同在警察学院培训过一段时间，一向以师兄妹相称。师兄对师妹青眼有加，师妹对师兄也视为知己。不过师兄已经有了妻儿老小，师妹只好自叹没福消受，两人都把希望放在下一辈子了。

　　师妹见了师兄，也顾不得脸面上的事了，把她"一失足成千古恨"的来龙去脉，一五一十向师兄坦白交代，一边诉说，一边还哭哭啼啼，师兄说："别哭，别哭，你一哭，我心都乱了！"

师妹说："小妹无端受人欺侮，师兄，你千万要为小妹做主！"

师兄说："这也不是什么大不了的事，但你究竟什么主意，说出来，我也好见机行事。"

师妹说："小妹方寸已乱，但凭师兄做主，小妹无不依从。"

师兄说："话不是这么说，你是要跟他，还是要踹他，总得有个准谱儿，否则我怎好替你做主呢？"

师妹说："事已如此，师兄，你说我还能怎么样呢？"

师兄一听，明白了师妹的心意，说："好办，交给我就是了！"

师妹又叮嘱说："师兄，你只吓吓他就行了，千万可别伤着他！"

师兄说："放心，这小子将来就是我的妹夫，打狗还得看主人，我怎么敢伤着他呢？"

师兄是个爽快人，颇有点雷厉风行的作风。他想："师妹这事不能拖，夜长梦多。"说干就干，他立马点了两个弟兄，驾一辆军用吉普，风驰电掣般地直扑棋院。正是兵贵神速，迅雷不及掩耳，还真把王路堵在了二楼训练室里。

俗话说"仇人见面分外眼红"，师兄上下左右、翻来覆去打量王路，心说："师妹的眼光也太差了，怎么找这么一个男不男、女不女的小鸡崽子？"鼻子"哼"了一声，然后问道："你就是王路？"

王路早已吓得哆里哆嗦，忙据实回答："我就是！"

师兄说："跟我们走一趟！"

王路忙起身就走，长这么大还没这么乖过呢。

李婷婷见势头不对，挺身而出，质问道："有逮捕证吗？凭什么胡乱抓人！"

王路来了劲儿，一瞪眼睛说："你这是什么态度……"

李婷婷也豁出去了，大声说："现在是法治社会，还以为像从前哪，想抓谁就抓谁！"

王路真恨不得要扇她一记耳光，正犹豫着打还是不打，师兄发话了："这位小姐，你叫什么名字？"

李婷婷说："管我叫什么名字呢！"

师兄问："那你说我们胡乱抓人是怎么回事？"

李婷婷说："这不是胡乱抓人，那什么是胡乱抓人？"

师兄说："我们只是找他了解点情况，谁说要抓他了？你如果愿意，也可以一块儿去听听。"

李婷婷说："没工夫！"

师兄说："那请你让路！"

李婷婷知道胳膊拧不过大腿，只好让到一边，眼睁睁看着情郎被三个凶神恶煞的人带了出去。

出了棋院的大门，师兄请王路上车，其他两人一边一个，把他夹在中央。师兄亲自开车，疾驰而去。

一开始王路还以为是要带他去公安局，但那车一直往北开，过了三环，又过了四环，外面行人渐渐稀少，已有旷野荒凉的景象，王路这才发现情况有点不对，忙问："你们这是要把我带到哪儿去？"

那三个人都虎着脸，不说话。王路心里有点发慌，怀疑这三个人是要把他弄到荒山野岭，一枪毙了，一刀杀了，再不给他留个全尸，从悬崖上扔下去……又一想："警察还不至于这么黑吧？"他又开始怀疑这三个人根本不是警察，是人雇来的杀手。想想自己也确实做过不少坏事，诱奸少女若干、借钱赖账若干、招摇撞骗若干，加在一起有几十件之多。这里面任何一个苦主都可能买凶杀人，究竟是谁，一时也判断不清。王路以为最有可能的嫌犯是杨品华那个老混蛋，因为他跟杨品华借过一万多块钱，好几年了，一直也没还。为一万多块钱就杀人，也太没起子了。不过眼下人命也不值钱，一些不开眼的亡命之徒，为二三百块钱也杀人，结果白吃了枪子。若按这个价码，一万多块钱可以杀三四十人了。

王路又想："杨品华杨大师一向是个豪爽汉子，讲义气，可为朋友两肋插刀，看来买凶杀人的倒不一定是他。不是他又是谁呢？要问天底下保守秘密的最佳方法是什么，其实很简单，那就是把知情人杀死，死人是再也不能开口说话了。

王路的小脑瓜转得飞快，他是象棋大师，一眼就能看出几十步棋，头脑犹如电子计算机一般，这么简单的谋杀案，小孩子的把戏一样，他还侦不破吗？

此时的王路虽然身陷绝境，随时有可能身首异处，弃尸荒野，但他还是对自己的聪明佩服得五体投地。心说："我要是当警察，还有福尔摩斯、波洛什么事？都回家卖白薯去了。"

想到当警察，他不禁又联想到刘爽，心中泛起老大的悲哀。王路觉得若说今生还有什么遗憾，那就是他拒绝了刘爽的求婚。若是当时答应了这门亲事，抱住刘爽的粗腿，他还会沦入今天这步田地吗？

王路暗暗下定决心，今天若是侥幸保住这条小命，回去后要做的第一件事就是和刘爽去领结婚证！他不由得从心底呼唤刘爽："亲娘祖奶奶哟，快来救救我！"

此时师兄的心思与王路可谓"英雄所见略同"。王路呼唤亲娘的时候，他也正叫小姑奶奶呢。小姑奶奶算是把他害苦了，几滴眼泪就把他置于不尴不尬的境地，一时竟不知如何脱身才好。

师兄原打算把王路带到荒郊野外，教训一通，然后扔下他，扬长而去，也算小示惩戒，让他明白一个道理，警察可不是好惹的。按说这也没什么，像王路这样弄大人家肚子，又想要赖的人，把他骗了都不过分，只是吓唬吓唬，不是已经很客气了吗？

然而师兄忽然醒过闷儿来，发现这种玩笑开不得，自己的身份在那儿摆着，不能胡来乱来。如果把这个坏小子扔在荒郊野地，万一事情传出去，人家会说你知法犯法，公报私仇。轻则给个处分，重则把你的队长职务给抹了，弄得你灰头土脸，一辈子别想翻身。自己倒没什么，说好听的是为了小师妹，说不好听的是犯混，连累老婆、孩子一块儿吃瓜落儿，那就太不值了。

问题是你为小师妹这么卖命，图什么呢？人家会感激你吗？到时候人家小两口恩恩爱爱过日子，认识你是谁呀？你这不是冒傻气吗？

一边是师妹，另一边是妹夫，你夹在中间算那棵葱呢？

师兄一想，既然不能把这小子扔在荒郊野外，那就干脆请他吃一顿饭，把事情糊弄过去也就是了。师兄不由得唉声叹气，心说："这是怎么搞的？不仅搭钱、搭时间，还要搭上公家的汽油！"一打方向盘，那车来了一个"大窝脖"，调转方向，又朝城里驶去。

进城以后，师兄寻了一个比较像样的国营餐馆，停了车，三个人夹着王路走了进去，选了一个靠墙的桌子，让王路坐在里面。服务员过来招呼，师兄随便点了几个菜，又要了几瓶啤酒。

等啤酒上桌，师兄亲自为王路斟了一杯，又掏出烟，请王路抽。王路也弄不清他们闹什么玄虚，心说："难道是吃饱了再动手？管他呢，做个饱死鬼也不错！"端起酒杯"咕嘟咕嘟"灌了下去。

师兄又给他斟了一杯，问道："知道我们为什么找你吗？"

王路说："不知道。"

师兄说："自己做的事，自己还不知道？"

王路说："刚才在路上，我一直想，咱们从小受教育，一向也奉公守法，只会老老实实，不敢乱说乱动，怎么会招惹警察上门呢？所以我也很困惑，不知是怎么回事。"

师兄说："认识刘爽吗？"

王路一听这两个字，顿时对"抓捕"他的起因明白了大半。心说："怪不得呢，原来是这个破鞋烂袜子搞的鬼。俗话说：'天下最毒妇人心'，求婚不成，就想谋害未婚夫了。"连忙说："认识、认识，要说那也不是外人……"顿了一会儿，有点不好意思地说，"我们正谈朋友，准备结婚呢！"

正说着，点的菜端上来了，四个人忙活半天，也饿了，动手开吃。

师兄告诉王路："刘爽是我的师妹，刘爽的双亲都在外地，她一个人在北京，无依无靠不容易，所以刑警队的弟兄们都把她视作小妹妹。小妹妹若受外人欺侮，我们这些做兄长的自然不能坐视不管，是一定要出头为她做主的……"

王路听了这番话，心凉了半截，刘爽既然有这么硬的靠山，怕是得罪不起，赖婚是甭想了，婚后也没好日子过了，心说："我一个堂堂的象棋大师，怎么就这般命苦？真正'一失足成千古恨，再回首已百年身'！"

他正自怨自艾，冷不防师兄又问他："你准备什么时候办喜事？"

王路说："还没和刘爽商量呢。"

师兄提高音量说："男子汉、大丈夫，敢作敢当，再说事已如此，岂容你老这么拖延下去！"

王路说："那是、那是，回去我就催促刘爽，先把结婚证领了，再选一个好日子，赶紧把事办了，到时还请三位大哥赏脸，喝一杯喜酒。"

师兄至此方露出点笑模样，应允说："这杯喜酒是一定要喝的！"

王路此时也有捡回一条命的感觉，不由得大大地松了一口气。但这一松气不要紧，他忽然感觉到两条大腿之间有点不对劲儿了，湿漉漉，黏糊糊，脏兮兮，分外难受。

原来他尿了裤子，可又不知是什么时候尿的，自己都觉得有点丢人。

王路回到棋院的时候，竟如"英雄"凯旋一般。

自打王路被三个警察带走以后，小小的棋院就沸腾了。在棋院的历史上，还从未出现过这么壮观的场面，上上下下无不兴奋异常。大家比较一致的看法是，王路这回怕是在劫难逃，一时半会儿回不来了。

俗话说：善有善报，恶有恶报；不是不报，时候未到。老天爷是最公正的，今天终于到了秋后算账的时候了。

有懂得《刑法》条文的说："按王路的罪状，起码要判三年劳教。我把这话先搁在这儿，等判决下来，你们才知道我的先见之明呢！"

对于他这一番末日预测，以方七段为首的"反王党"无不深以为然，犹如夏天吃了冻柿子一般，连叫"解气"。但是以李婷婷为首的

"保王党"一个个垂头丧气，如丧考妣。只有孙姑娘一个人持中立态度，既不反王，也不保王，似乎十分超脱。其实孙姑娘另有苦衷，原来她今天突然"倒霉"，竟比平时提前不少，一时手忙脚乱，一不小心把"大猩猩"在她身上做的记号弄没了，心里忐忑不安，虽说事出意外，但还不知能否交差。孙姑娘遑遑然，自己的死活尚属未知，哪还顾得上王路的死活呢？

就在人们议论纷纷之际，王路忽然出现了，一脸微笑，依然显得潇洒自如，只不过步履有点僵硬，原因是他需要换一条内裤。

小小的棋院顿时又沸腾了，以李婷婷为首的"保王党"惊呼一声，冲上去把王路团团围住，纷纷询问虎口脱险的经过。王路故作神秘，轻描淡写地说："不过吃一顿饭而已！"

哇！"保王党"的姑娘们几乎要晕了，这是何等的英雄、何等的气魄，一个个佩服得要死要活，恨不能跪在地上吻王路的脚印。王路也懒得理她们，眼睛望着天，疾步奔二楼而上。姑娘们哪里肯舍，也蜂拥着追了上去。

看着这帮没知识、没文化的追星族，以方七段为首的"反王党"又气又恨，这一回轮到他们哥儿几个如丧考妣了。那位末日预言家曾发下毒誓，若他的预言不灵，他甘愿自裁，以谢天下。此时他又不想死了，争辩说："不是咱的预言不灵，而是咱们的体制有问题。自古道'王子犯法，与庶民同罪'，王路远没达到王子的地步，只不过是个小小的庶民，你却拿他没有办法，这不是体制有点问题吗？既然如此，咱们好死不如赖活着，也不一定非自裁不可。"

当天晚上，除孙姑娘一人外，棋院的其他姑娘都坐在电话机旁。连刘海英刘大师也纡尊降贵，连给王路打了两次手机，王路都没接。刘大师心里明白，她这个徒弟如今翅膀硬了，已不把她这个师傅放在眼里。刘大师虽心里有气，但也无可奈何。想到自己的年纪一天比一天大，仍旧孑然一身，也没个可交心的人，不觉有些伤感："可怜我如花美眷，似水流年……"这一夜竟不知如何打发才好了。

刘大师不知道，当晚王路正焦头烂额，忙于应付刘爽，至于其他女性，就暂时照顾不了了。

当时王路正走在灯红酒绿的大街上，去赴女警司的约。兜里的手机一个劲儿地狂响，王路懒得瞧，也记不清是第几个人找他了，反正就那几块料，不是这个，就是那个。绝不会是莱温斯特，也不会是大嘴罗伯茨。罗伯茨虽说岁数大些，但据说她喜欢比她岁数小的人，所以自己也并非没有希望，只是仙凡阻隔，无缘相遇罢了。至于中国那些大名鼎鼎的蹩脚影星，王路还真没瞧上，一个个假模假式，连眼睛都不会动，这种只靠跟导演睡觉而成名的三流角色，没劲儿，没劲儿！

这位自命不凡的大情圣对着紫蒙蒙的夜空长叹了一口气，"老天、老天，可怜我一身侠骨，万斗愁肠，怎么就非得娶一个母夜叉？"

王路心说："别把我惹急了！把我惹急了，我什么事干不出来？""舍得一身剐，敢把皇帝拉下马！""砍头不过碗大的疤，二十年后又是一条好汉！"

他计划得挺好：先拿一根麻绳把母夜叉勒死，然后把她大卸八块，扔到护城河喂王八。当然也不能太对不起她，自己也得割腕自杀，陪她黄泉路上走一遭。不愿同年同月同日生，但愿同年同月同日死！

路过百货商场，王路进去买了一盒吉列刀片，准备割腕自杀时用，心说："对不住了，这是你把我逼上了绝路，就休怪我狠毒无情了！"

"再见吧，妈妈！"

等见到母夜叉，王路哪里还有大气？殷殷勤勤嘘寒问暖，柔声细气地说："亲爱的，咱们还等什么？一万年太久，明天就领结婚证吧！"

刘爽说："忙什么，似你这等脏心烂肺，我还得慎重考虑考虑。"

王路说："心肝宝贝，你就别拿糖了，你若再拿糖，你那位大师兄还不把我生吃了呀！"

刘爽说："关他什么事！我爹妈都不管，他算哪个庙的，管得着吗？"

王路赔着笑脸，左央求，右央求，把男人的脸都丢尽了，刘爽死活不答应领结婚证。王路也恼了，心说："天堂有路你不走，地狱无门你偏来，这就怨不得我了！"突然扑上去，把刘爽按倒在床上。刘爽原想给他使一套少林神拳，但王路何等厉害，一把就捏住了她的"命门"，刘爽只觉骨软筋酥，浑身乏力，只好任王路把她的衣服剥得精光。

王路恶狠狠地说："你答应不答应？"

刘爽笑得喘不过气，连说："不答应、不答应，就是不答应！"

王路说："好，看我不整死你！"

说着七手八脚地脱衣裳，刘爽一见他要动真格的，忙说："如今不比以前，你可要注意一点儿！"

王路说："注意什么？"

刘爽说："我肚子里已经怀着你的孩子，正瞪着两个大眼珠子看着你呢！你要是敢欺侮我，他可都瞧在眼里了。"

王路说："他才多大一点儿，长眼珠子没长眼珠子还不一定呢！"

刘爽说："孩子还没有出世，你最好给他留点好印象，要不将来你怎么有脸做爸爸呢?！"

王路说："眼下也顾不了那么许多，以后的事以后再说吧！"

刘爽忙用手推他，讨饶说："我答应你行不？"

王路说："你答应也晚了！"伸出双手掐住了刘爽的脖子……

月到中秋分外明，几家欢笑几家愁？

这天高世平给赵牧打了一个电话："兄弟，你赶紧过来一趟，有要事相商！"

赵牧说："过不去，老婆要包饺子，命令我回家打下手呢。"

高世平说："你别老土了，这年头谁还吃那玩意儿，叫你过来你就过来，别惹我老人家不高兴！"

赵牧和高世平合作写文章已有10年的历史，所以两人的关系非同一般。但高世平这个人一向说大话使小钱，对己宽，对人严，赵牧了解他这个毛病，常跟他保持一定的距离。但其人正占据要津，又不能得罪他。因此两人表面上嘻嘻哈哈，不冷不热，别人都以为他们两人是好朋友，其实两人谁也不跟谁交心，各有所图，各取所需，也因为如此，两人的关系反而比其他人更长久一些。

赵牧来到编辑部，见到了高世平。

高世平说："这两天我正在考虑一个问题，你说周文庸怎么了，近来老是输棋，输得他自己都心灰意冷，没了脾气？"

赵牧说："老啦，不行啦！好事儿，旧的不去，新的不来！"

"按理说还没到岁数呢！"

"有一种说法：周不离罗，罗把运气带走了，周也就完蛋了。"

"那不是瞎胡扯吗？咱们是唯物主义者，难道还信这一套？"

"其实道理很简单，赢了几盘棋，名誉来了，地位变了，钱也多了，到处有人请吃请喝，又忙着换老婆生儿子，哪还有心思在棋上？所以输棋很正常，不输棋反倒有点奇怪了。"

"我也是这么想，可谓英雄所见略同！"

"中国的足球为什么屡战屡败，屡败屡战，一直冲不出亚洲呢？其实从一开始认识上就陷入了误区，以为只要往里面扔钱，就能迅速改变落后的面貌。结果怎么样？只是造就了几十个百万富翁，仍旧冲不出亚洲！"

"行啊，兄弟！"高世平做出吃惊的样子，"几天不见，水平见长啊！"

"我给你讲讲蒙古人赛马的故事吧？"

赵牧下乡插队的时候，在内蒙古草原住过七八年，对那里的风土人情还了解一些。蒙古族人每年夏天都要举行"那达慕"大会，内容主要是射箭、摔跤、赛马。蒙古人是从马上得天下的民族，所以对马有特殊的感情。每年离"那达慕"召开还有好几个月的时间，准备参加赛马比赛的人就开始悉心经营他的"赛马"。这种马是不能骑的，要撒到马群里吃草养膘。但主人每天都要去马群照看，一是怕它跑了，二是怕它受到意外伤害。等离"那达慕"开赛还有 10 天左右的时间，主人才把赛马带回来，这时马已养得肉满膘肥，滚瓜溜圆，主人就把它拴在马桩上，不让它吃草，每天只让它喝水，名曰"吊马"。大约需要 7 天时间，马已经明显瘦下去，这才每天让它吃些草，以恢复精力。等"那达慕"开幕的头一天，还要把马牵到河里为它刷毛洗澡，然后还要给它剪鬃，梳小辫。第二天一早，为马配上漂亮的鞍子、嚼子，有的人还给马头上戴一朵绢花或铃铛作为饰物。然后把马牵到"那达慕"大会上，让人瞧着那马就透着爽利，昂着头，不停地喷着鼻息，躁动不安，渴望着腾起四蹄，踏空而去。

参加比赛的何止几百几千匹马，每匹马比赛前都要经历一个"吊马"的过程。尽管如此，能夺冠军的只有一匹马而已。

"吊马"是蒙古人几千年形成的习俗，这里面蕴含着一个简单而朴实的道理：马太胖就跑不动了。

"老农都懂的事情，"赵牧摇着他那大脑袋，"那些搞足球的却不懂，你说能好得了吗？"

"这就先甭管他了。"高世平搂着赵牧的肩膀，"兄弟，我是这么考虑的，过去咱们对周文庸吹捧得有点过了，使他忘乎所以，也不知自己吃几碗干饭了。我准备敲打敲打他，无论对他或对年轻棋手都有好处！"

"破鼓万人捶。也就是他现在走背字了，要搁过去他红的时候，你敢吗？"

"兄弟，你这么说可谓不知我了。咱们当记者的怕什么？为了维护公理和正义，坐牢杀头都不怕，还怕一个小小的周文庸吗？"

赵牧微微冷笑，心说："别人不了解你，难道我也不了解吗？一向是见风使舵，见钱眼开！关系不错，不说就得啦。"

高世平说："你先起个草稿，回头我再润润色，咱们不发则已，发就要一鸣惊人，有轰动效应。这一回非给它捅个底朝天不可！"

赵牧对这种事也无可无不可，别看周文庸这么红，他一向也没把他当人看待，敲打敲打就敲打敲打。他倒想敲打敲打比周文庸更大的角儿，可有人敢登吗？

回去以后，赵牧连夜写了一篇千把字的文章，一挥而就，名曰《吴清源婉拒棋圣》。吴清源与周文庸有什么相干？不是要敲打周文庸吗？怎么又写起吴清源来了？主要是想给周文庸留点面子，故采取旁敲侧击的方法。

吴清源乃福建闽侯人，1914年生于北京，10岁时即有神童之誉，12岁已坐上国内棋界第一把交椅。日本棋界元老濑越宪作等人认为他是个罕见的天才，如能精心培养，必能成就非凡业绩，遂千方百计帮助他去日本留学。吴清源到日本后，拜在濑越宪作门下，不过两三年时间，便在"大手合"及各种棋战中脱颖而出，战绩辉煌。19岁时，在与名人本因坊秀哉的"世纪之战"中，起手即采用"星、天元、三三"罕见的新颖布局，从而轰动朝野。接着吴清源又与木谷实一起开创"新布局"，在日本棋坛掀起一场革命，并由此奠定了现代围棋的基础。吴清源不仅在围棋理论方面做出了重大贡献，而且在实践方面也是不败的王者。在争夺日本棋坛第一人的"擂争十番棋"决斗中，他先后将日本棋坛的最强者，如木谷实、雁金准一、岩本薰、藤泽库之助、桥本宇太郎、坂田荣男、高川格等一一打下擂台，把他们的交手棋份都降为"先相先"和"定先"的地步。这一成绩无与伦比，原因是当时还没有"贴目"的规定，因此当时的棋与现在的棋相比，内容上显得更为深刻。吴清源雄霸日本棋坛近30年之久，有"擂争十番棋之王"、"昭和之棋圣"之美誉，也是世所公认的20世纪唯一的围棋大师。

1953年，吴清源应邀去台湾，有关方面鉴于他的巨大声望，准备授予他"棋圣"称号，并征询他的意见。吴清源回答说："棋圣应敬赠给善始善终地保全了棋士生命之后，享有超群技艺与人格的人。我的棋手生涯任重道远，还须再接再厉。接受如此崇高绝顶的称号，既当之有愧，且为时过早。倘若在今后的棋手生涯中成绩一蹶不振，玷污了棋圣的名称，实在是担罪不起。由于领受"棋圣"称号委实令我诚惶诚恐，故而只得谢绝！"

拿我们这里的某位大师与吴清源比，人品方面就不必说了，艺术境界方面也差得很远，就说成就吧，也差得大鼻子他爹——老鼻子了。怎么就敢觍着脸接受"棋王"的称号呢？胆子还真不小！就算人家非送不可，您也得掂量掂量，这顶大帽子合适不合适，自己担得起担不起？

结果怎么样？一个屡战屡败的棋王，连授予"棋王"这桩事也成了笑话。

第二天，赵牧将文章送到报社，高世平草草一看，不大满意，拿着稿子说："连名都不点，没分量！再说咱们的本意是敲打周文庸，不点名怎么行？"

赵牧说："都是熟人，抬头不见低头见，留点面子嘛！"

高世平义形于色地说："咱们当记者的只在真理上做文章，什么叫秉笔直书？刀架在脖子上也不改初衷，都讲人情，还当什么记者？"说完把稿子往桌上一摔，"这个样子不能发！"

赵牧说："这个稿子我本就不想写，是你非要写的，发不发也随你，你是主任，你说了算！"

高世平说："兄弟，我知道你写得也不容易。这样吧，剩下的事你就不用管了，还是我重写吧。我还是那句老话，咱们不发则已，发就要一炮打响！"

赵牧走后，高世平拿起稿子又看了两遍，然后在上面大删大改，结果改得像一篇中学生的作文，结结巴巴，别别扭扭，自己看着都不满意，心想："今天是怎么啦？灵感都跑到哪儿去了？"

一怒之下，又把自己改的文字全部一一画掉，叫来一个实习编辑，吩咐她："你把这稿子重抄一遍，红墨水画的都保留，蓝墨水画的都不要！"

实习编辑诚惶诚恐，接过稿子走了。只是那稿子已改得如天书一般，可怜她还得一一辨认，又不敢去麻烦主任，只得麻烦自己的眼睛，昏头昏脑抄了一个上午才弄停当，视力起码下降了 0.2 度。

高世平接过稿子后，一脸的不高兴，嫌她效率太低，但念她是个姑娘家，脸皮薄，也没说什么。稿子也不看了，签单发稿，署上"高世平"、"赵牧"五个字。转念一想，这篇稿子发出去，是福是祸尚属未知，自己虽然不怕坐牢杀头，但如今地位毕竟不一样，凡事还需考虑周详，就把"高世平"三个字画去了。又一想，稿子发后若惹来是非，倒也不怕，万一一炮走红，好评如潮，不是白白便宜赵牧那小子了吗？又把"赵牧"两个字也画去了，只署个假名"小草"。然后叫过实习编辑，让她送到车间去排版，明天见报。

赵牧的文章发表后，果然在棋界引起不小的反响。许多人打来电话询问文章的背景，编辑部大有应接不暇之势。周文庸一向红得发紫，媒体历来也是不问青红皂白，一味地胡吹乱捧，如今居然有人敢对其旁敲侧击，这是怎么回事？难道要变天了吗？

高世平自来报社工作，还很少遇到这样的情况，也不知是福是祸，心里有点忐忑不安。恰在此时，棋院搞了一个大型活动，晚上照例有酒宴招待，特意给高世平发来请帖。高世平本不想去，怕是鸿门宴，"项庄舞剑，意在沛公"。但酒宴地点很诱人，王府饭店，据说那里一杯咖啡就要80元钱，不去见识一下岂不可惜？

高世平犹豫再三，后来一想："兵来将挡，水来土掩，怕什么！况且这件事也只得罪周文庸一个人，别人还不是扯淡。就算遇到了周文庸，给他来一个嬉皮笑脸，装作没那么回事，大不了往赵牧身上一推就完了。"

打定主意以后，高世平欣然赴宴，要去尝尝那80元一杯的咖啡。谁知他刚一走进宴会厅，顿时成为全场注目的焦点，所有人的眼光都有点异样，大家开始指指点点，交头接耳。高世平心说："坏啦，这回怕是撞到枪口上了！"也不敢上前招呼熟人，只找了一个角落的位置悄悄坐下。刚抽出一支烟，想要定定神，只见十几个人，其中有棋手，还有几个报刊记者，向他这边走来，该不是问罪之师吧？高世平手一哆嗦，烟就掉在了地上。

那十几个人笑容满面，有的还点头哈腰，毕恭毕敬，"高主任来啦？"将高世平团团围住。

打头的是胡总编，说："老高啊，你们那篇文章是敲打老周吧？'小草'是哪位？怕不是你的笔名吧？"

高世平说："是赵牧。我要起笔名，怎么也要冠冕堂皇一点儿。"

胡总编说："我就知道是赵牧，这种影射式的文章，除了他，别人还真写不出来！"

高世平说："前两天我不在，出差了，不知怎的他们就把稿子给发了。回来以后，我把他们好一通批评，这种稿子怎么能随便就发了呢？"

这十几个人均属"保周派"，纷纷劝道："老周虽然文化水平不高，但对中国国际象棋事业还是做出了很大贡献。高主任，您大人有大量，不看僧面看佛面，怎么也得给老周留点面子嘛！"

高世平说："我心里有数，我准备最近发一组颂扬式的稿子，也好消除一下那篇东西的影响！"

这里七嘴八舌说个不停，那边走来一位棋界老前辈，朗声说道："高主任，借一步说话！"

高世平正欲找机会脱身，忙起身随老前辈走到一边去了。见旁边没人，老前辈握住高世平的手说："你们那篇《吴清源婉拒棋圣》我看了，写得不错，大手笔。我代表全国的棋迷向你表示坚决的支持！"

高世平说："您老一言九鼎，有您老的支持，我心里就踏实了！"

老前辈说："这两年棋界发生了许多不正常现象，大家心里有话，只是不说，冷眼旁观。这次你们说出了我们的心里话，正义的声音终未泯灭，也使我们看到了希望！"

高世平说："路见不平，拔刀相助，这也是我们做记者的职责所在。只是我们做得还很不够，请您老多批评指正。"

老前辈说："我还真有话要说，哪天你到我家来，我还有两瓶'茅台'，咱们爷儿俩边喝边聊。"

高世平说："没的说，改日我一定登门请教。"

两人正说着，棋院院长带着秘书小姐走过来，请高世平到主宾席就座。这是过去从未有过的待遇，高世平心想大约是沾了赵牧那篇文章的光了。

果然刚到主宾席坐下没多久，院长就低声对高世平说："那篇文章我看了，是不是有什么背景？选在此时出台，肯定有一些背景！"

　　高世平说："背景自然是有一点儿，你也知道，我们那位总编一向胆小怕事，如果没有一点儿背景，就算我同意发，恐怕也过不了他那一关！"

　　院长瞪大了眼睛问："什么背景？能不能向我透露一二？"

　　高世平说："有些话现在我不便说，日后自然就知道了。"

　　院长不免若有所失，又说："其实我也了解一点儿内情……"

　　高世平说："什么内情？"

　　院长说："当年给周文庸颁奖授'棋王'称号不久，某领导人就曾批评过……"

　　听院长这么一说，高世平不由得大吃一惊，但他也不好表示出来，那样的话不就显出他并不了解内情吗？所以他不置可否，一副高深莫测的样子，静待院长道出下文。

　　原来当年周文庸接受"棋王"称号不久，在一次活动中遇到某领导，该领导对他说："小周啊，听说你成了什么'棋王'了？这可不是那么好当的，还是不当为妙！"

　　周文庸当即表示要在适当的时候辞去"棋王"的称号，但事后已经几年过去了，他也没有辞，大概是难以割爱吧。

　　这件事没有公开报道过，所以除了一些知情人以外，就连高世平这样的大记者也不知道。听了院长的述说以后，高世平吃惊之余，又暗自欣喜不已。原来他心里没底，现在既然有了某领导的指示精神，就如吃了定心丸一般。他不由得扬扬得意起来，没想到自己这一番作为，居然歪打正着，暗合上意。这可非同小可，说不定上面看他这么善解领导意图，把他提拔上去，当个宣传部长也未可知呢。

　　事后高世平把他从院长那里听来的背景材料，又添油加醋地卖给了赵牧，赵牧感叹道："世上又有几人是看得开的？"

自从赵牧的文章《吴清源婉拒棋圣》发表以后，报刊上批评周文庸的文字逐渐多了起来。周文庸原是一只"大老虎"，老虎的屁股摸不得。但现在有人站出来故意摸它一把，也未见有什么不良反应，大家的胆子也就大了起来，你过来摸一把，他也过来摸一把，一个个都成了英雄好汉，专以摸老虎屁股为乐。

　　周文庸是名人，名人始终处于公众舆论的关注之下，没有隐私可言。但这是问题的一个方面，另一方面也怪周文庸自己太不争气，成绩越来越差已是不争的事实，成绩差不要紧，您就找个没人的地方猫着点，少惹是生非，吃吃老本不就结了吗？我们这里对"吃老本"还是有诸多关照的，您什么也不干，屁事没有；您老想干点事，干好干坏都可能落不是。

　　周大棋王的问题是自身毛病太多而又难耐寂寞，随时随地都能弄出点"新闻"为人所诟病，给自己带来许多不必要的麻烦。

　　有这样一个事例，有一次周文庸坐飞机去上海，买的是经济舱的票。飞机起飞不久，空姐来到他的身边，说："奉领导之命，请周文庸周大棋王去商务舱就座。"

　　周文庸扬扬得意，顾盼自雄，欣然前往。

　　这件事本身就够令人侧目的，买经济舱的票，坐商务舱，谁不想捡这个便宜？所以在场的几百号人顿时心情复杂起来，羡慕、嫉妒、心酸、气愤……不一而足。

　　有人说："人家西方的总统、国务卿有时也坐经济舱，一个棋手不过会下下棋，就牛到这步田地，这就不是人家的问题，而是我们自己的问题了！"

　　也有人说："你以为坐商务舱有什么好，真要飞机出了事，商务舱大抵无一幸免，经济舱倒有 50% 生还的希望。"

　　周文庸来到商务舱，既然捡了个便宜，您就老老实实坐一会儿，装得谦虚一点儿吧。但他坐不住，屁股上像长了钉子，拿眼睛四下里寻摸，忽然看见一位漂亮小姐，如鹤立鸡群，不由得心痒难熬，忙走过去，坐到小姐对面，两只小眼睛色眯眯地盯住人家："这位小姐还真漂亮，我们交个朋友好吗？"

小姐一听有人称赞她漂亮，心里自然高兴，脸上虽然依旧冰冷，眼睛里却透出些许春意，"我不认识你呀？"

周文庸深表诧异地说："连我都不认识？我是周文庸，知道吗？"

可惜小姐是个棋盲，确实不知周文庸何许人也。幸亏周围还有几个人知道周文庸，他们一一起身与周文庸握手，其中一人说："原来是周大棋王，我说怎么这么面熟呢，电视里见过！"

有人质问漂亮小姐说："这是周大棋王，当年与俄罗斯人下棋，曾创下十连胜的奇迹，你竟不知道，也太孤陋寡闻啦！"

小姐脸一红，说："经你这么一说，我也想起来了，周大棋王嘛，谁人不知，谁人不晓。"

周文庸说："我的名气也够大了，不要说国内，即使在国外，也有大量的崇拜者。国外的一些华人家庭里都供着我的牌位，上写……"

周文庸才疏学浅，一时编不上来，使劲瞪大眼睛卡了壳。恰巧小姐身边坐着一位小报记者，读过《儒林外史》，没事就喜欢讽刺人，一听这话，忙说："想必写着'先儒周子之灵位'？"

周文庸大摇其头说："不对，不对，不是'先儒周子之灵位'，而是'棋王周子之灵位'！"又对小姐说："'周子'，懂吗？就是周先生的意思，跟孔子、老子、庄子是一样的！"

小姐说："我也是本科毕业，难道连这个都不懂，也太小瞧人了。"

"那交朋友吗？"

"交就交，谁怕谁！"

周文庸和小姐聊了起来，天南地北，越聊越热。按理说聊聊天也不犯法，谁知惹得旁边的小报记者无端吃醋，一脸的不高兴。

原来小报记者登上飞机后，刚一见到那位小姐，即惊为天人。忽然想到飞机上这么多人，只有自己有幸与这位小姐坐在一起，岂非老天爷特意安排？小报记者想象力还是有的，立刻联想到聊天交朋友、约会、下馆子、逛商场、亲吻、上床……最后有情人终成眷属。又想到既然上了床，就要对自己的行为负责到底，绝不能始乱终弃，做个薄情寡义之人。想的是不错，但付诸行动时又有点胆怯。几次想跟小姐搭话，但一见小姐冷若冰霜的样子，话到嘴边又生生咽了回去。后来他暗暗发誓，一定要与小姐搭话，正憋足了劲儿，准备履行誓言的时候，不想周文庸就杀了过来，把他的好事生生给冲了。周大棋王的脸皮可比城墙还厚，再漂亮的小姐也不在话下。

小报记者这一气非同小可，立刻又想到约会、下馆子、逛商店、亲吻、上床……只不过这一回剧情的男主角已不是自己，而是他人了，不由得妒忌得要死要活，杀周文庸的心都有，不共戴天，必欲置之死地而后快。

回去以后，小报记者便以周文庸为对象，写了一篇杂文在小报上发表，起因虽然因为一位小姐，但文中却没提小姐一个字，而是义正词严，鞭挞棋界"特权者"的不良表现。文中也没提周文庸的名字，只是说："看到一个胖胖的下棋的人，近年来已没什么本事，只是靠吃老本混日子。看到空姐热情地把这个下棋的人从经济舱免费调到商务舱，我觉得有点恶心……"

这篇文章起初只发表在一家地方小报上，但有些"名人效应"，全国有十几家报纸先后转载。文章中虽然没有提当事人的姓名，但大家都知道指的是周文庸。

后来媒体的一些人提到周文庸时，也不指名道姓了，只是不屑地说："那个下棋的胖子……"

您瞧，周文庸没招谁也没惹谁，只不过与小姐聊聊天，就惹来这么大的麻烦。

虽然报刊上的批评越来越多，但对周文庸也没什么影响，因为他基本上不读书，也不看报，你就是在报刊上骂他祖宗八辈，他也不知道。这回只是因为有人挑唆，告诉他某某又在报上骂你了，他不得已才有所反应。

一开始因记者的文章触到他的痛处，他有点反应过激，扬言要跟记者打官司，索赔精神损失费 1000 万人民币。

　　有记者采访，问他索赔 1000 万是不是多了一点儿？

　　周文庸说："1000 万人民币还多吗？没跟他要美元算便宜他了。我就是要告得他倾家荡产，看他以后还敢瞎写不瞎写了！"

　　周文庸放出风，他已经委托某著名律师事务所的律师收集证据，不日将向法院提起诉讼。

　　过了些日子，周文庸接受采访时又改了口，说只要该记者主动道歉，也不一定非打官司不可。据说这是他聘请的律师向他提出的忠告，这场官司胜算不大，还是以不打为好。律师认为记者的文章应属正当舆论监督范围之内，文章中也无造谣污蔑等事，你告他什么呢？难不成你是名人，人家就不能批评，或者你是名人，法院就判他输吧？

　　周文庸对这种事本不甚了了，而且他为人也比较大度，1000 万人民币既没了指望，也就退而求其次，只要求记者道个歉算了。谁知那位小报记者又臭又硬，死活不认错，结果形成了僵持的局面，久而久之，事情就不了了之了。

又过了几天，王路偷偷地开出介绍信，与刘爽去街道办事处领了结婚证。

领证的事他暂时不敢声张，原因是他还有些不尴不尬的事需要擦擦屁股。一来他与李婷婷的关系必须了断，以免节外生枝，但又不知如何了断；二来他手头缺钱，没钱怎么办喜事呢？总得上哪儿弄几个钱，这也需要时间，因此他求刘爽宽限几日。

刘爽一想，反正结婚证也领了，还怕他跑了不成？遂格外开恩，宽限他 15 天，再多一天也不行。为何如此苛刻？原来刘爽还想在婚礼上穿一袭婚纱风光风光，但她肚子里的孩子可不管这些，真怕时间拖得一久，她这婚纱就穿不成了。

刘爽拿出一个存折，递给王路说："这是我这几年辛辛苦苦攒的一点儿钱，你先拿去用吧！"

王路打开一看，上面只有 5000 块钱，心说："这点钱够买米还是够买面呢？"领了结婚证，他也开始知道体贴人了，犹豫了一会儿，还是把存折退了回去，说："这个钱你先留着，万一有点事，你手头没钱怎么行呢？"

刘爽说："那你的钱够吗？"

王路说："够不够的你都甭管，我就是去偷去抢，也得把婚礼办得风风光光，让你大大露一回脸。我是谁？象棋大师！象棋大师的面子总要维持一下的。"

刘爽说："露脸没关系，但违法的事咱可不能干！"

王路说："放心、放心，你也不看看我老婆是谁，我敢做违法的事吗？"

刘爽一笑，把存折又揣了回去。

王路在老婆面前吹了牛皮，但牛皮不能当饭吃，"袁大头"也不会从天上掉下来。

王路算了一笔账，连装修、买家具，带摆酒席，按北京眼下的行情，再节省也得四五万块钱。可上哪儿弄这笔钱去呢？刘爽那边是没指望了，他老妈这边更甭想，一个月几百块钱的工资，还得供他吃喝拉撒睡，定了"包产到户"的合同，50年不变，早就累得驼了背，弯了腰，你就是再榨她那把老骨头，也榨不出二两油来了。

钱到用时方恨少，此时此刻，王路深刻体会到没能托生在富贵之家的痛苦。没赶上一个好爸爸也罢，谁知又没找到一个好岳父。原想借结婚改变一下自己的处境，谁知又碰上一个穷鬼的女儿，你说倒霉不倒霉？

王路算计了半天，发现只有借债一条路可走了。这是他的长项，别人的钱，你拿去花，可以不付利息，也可以不还。有人认为这样做很不好，一直想改变这样的观念，但收效甚微。王路有不同的看法，他从理论的高度对这个问题重新加以阐释：艺术的最高境界是什么？尽管有种种不同的说法，其实说到底只有一条，那就是把别人兜里的钱弄到自己兜里来，古今中外，概莫如是！你若不同意，那也没有办法，允许你保留意见。所以艺术家又分三、六、九等，二十来岁就弄通这个道理的人，成就会大一些。若80岁还没通，那简直无可救药，这辈子也算白活了。对于这样的人，你也不必多费口舌，就让他糊涂着，一直到进棺材为止。

您瞧，这小子借债还借出道理来了，有理论，有实践，据教科书上讲，理论来源于实践，又反过来作用于实践。我们这位理论家心说："那就实践一把，也让那些国企的老总们学习学习，给他们提供一个借债的经典范例。"

他老兄又把天下的人仔细算计了一回，发现坏啦，原来理论也有行不通的时候。俗话说"兔子不吃窝边草"，他老兄一直忙于实践，竟忘了这个事儿，不仅把窝边的草都啃了个精光，连草根也没剩，竟弄成了一个寸草不生的模样。凡是他认识的人，包括亲戚、朋友、熟人、同事，他都跟人家借过钱，有的人还不止借过一回、两回，欠了一屁股债，也没打算要还。你现在还想借钱，谁敢借给你呀？

最后王路总算弄明白了一件事：这个世上已经没有人愿意可怜他、帮助他了，除非他去抢银行，再不就去撬保险柜，否则他绝无可能在短时间内筹集几万块钱。

这可是脸面上的事，屋里装修是否够派、家具是否新潮、喜宴是否隆重、老婆穿戴是否漂亮……宁可丢了这条老命，也不能丢了面子。王路心中万分悲痛，他讲话："我不是坏人，也不想做坏人，但形势逼迫我不得不做坏人，你说我该怎么办？"

当然，他还可以自杀，一死了之，所以他一直在抢银行和吃安眠药两种选择中犹犹豫豫。抢银行是要挨枪子的，吃安眠药也醒不过来了，但他骨子里却是个怕死鬼，对死亡的恐惧更甚于面子。再说这两件事也不能截然分开，你死了，人家就不嘲笑你了吗？人家同样会指着你的骨灰盒说三道四："胆小鬼，害怕结婚竟吃了安眠药，一定是阳痿患者，见不得女人，断子绝孙的玩意儿，准是祖宗八辈都没干好事！"

你一死不要紧，却要累及祖宗的清名，你还敢死吗？王路举起拳头，暗暗下定决心，为了祖宗的颜面，咱也得好好活下去！

正如古人所说的：上天有好生之德。他老人家怎么能看着你吃安眠药而不闻不问呢？关键时刻总要拉你一把，让你苟延残喘，当然只是回光返照，不要死得太快就是了。

正当王路走投无路之际，忽然传来一个救命的信息，据说李婷婷新近得到一笔"贷款"，存在银行里，正不知怎么开销才好呢。王路心说："这是怎么说的，这不是瞎耽误工夫吗？早知如此，何必要死要活的，又是抢银行，又是吃安眠药，累不累呀？"

"婷婷，心肝宝贝，我的小猫咪，你在哪里呀？"王路在心里急呼婷婷，打电话通知她晚上 7 点半，昆仑饭店西餐厅，不见不散。

这可是近几年少有的稀罕事，王路自打把李婷婷钓到手以后，就再也没带她光顾五星级大酒店了，今天抽什么疯呢？

李婷婷问："是不是有什么事？"

王路说："没事，就是想你了。"

李婷婷说："大前天咱们俩还聚过一回，这才几天哪，就又想我了？"

王路说："一日不见，如隔三秋嘛。"

李婷婷说："你少油嘴滑舌的，我都知道啊！"

王路心说："你知道什么呀？没见过这么笨的，把你卖了，你还帮人家数钱呢。"

傍晚，刘爽来电话，命令王路立刻到她那儿去一趟。

王路问："又有什么事？"

刘爽说："想你了呗。"

王路说："我昨天晚上不是刚……怎么又想我了？"

刘爽说："可说呢，你昨天晚上也不知……我今天一天不得劲儿，你要是不给我找补找补，我再也过不去了！"

王路笑问："怎么啦？"

刘爽说："我问你，你最近什么时候洗的澡？"

王路说："三个礼拜前吧。"

刘爽骂道："臭猪！"

王路说："今天不行，今天我有事，脱不开身！"

刘爽说："你有什么事？"

王路还真有点猝不及防，一时竟不知说什么才好。幸亏他还有点歪才，立马编了一套谎话。

刘爽大失所望，悻悻地说："那你就不管我的死活啦？"

王路说："你可以……"

刘爽说："怎么……"

王路说："这都不懂，你可真是个老土！"

刘爽说："人家初中毕业就参军，复员后又转到公安战线。你们那些肮脏的玩意儿，人家怎么懂呢？"

王路说："你也不用给自己戴高帽子，这是本能！"

刘爽说："要不你教教我？"

王路说："你那个电话会不会有人窃听？"

刘爽说："不会，我这是保密电话。"

王路就如此这般地解说了一番。刘爽一边听，一边笑，骂道："去你妈的，这么下三烂的事，你们也做得出来！"

一席话把刘爽哄得滴溜乱转，这边搞定以后，王路又去昆仑饭店赴约，准备再把李婷婷小傻瓜搞定。

一个晚上搞定两个女流之辈，王路觉得没多大意思，以他那么大的才情，简直不够发挥的。

不大一会儿，李婷婷就来了。王路一见，不啻天上掉下来一个宝贝，一把攥住她的手说："可想死我了！"

一面说，一面还要亲嘴，李婷婷忙用手阻隔，说："中国没有这个礼节。"

王路说："我这是法国的礼节！"不由分说，到底狠狠亲了一下。

两个人勾肩搂腰地走进酒店，惹得一帮服务小姐纷纷侧目而视。两人只当没瞧见，亲亲热热上楼，找到西餐厅。进去以后，捡了一个周围没人的双人小桌。

小姐递过菜单，王路打开一看，心中暗暗叫苦，原以为吃西餐省钱，谁知西餐也涨价了。

王路兜里只剩270块钱了，已经充不起大款，只好点些大路菜，什么猪肉卷、煎牛排、法式烤鱼、红菜汤之类，再加上黄油、面包、冰激凌、酒水等一些必不可少的零碎，统算下来，也要开销250块左右。想想离下月发薪水的日子还有二十来天，兜里还有20块钱不到，这日子可怎么过呀？对王路来说，可谓背水一战，今天晚上若不能将李婷婷兜里的钱变到自己兜里，那明天只好站到大马路上喝西北风去了。

不成功，毋宁死！

王路如此算计李婷婷，按李婷婷的智商，自然不是王路的对手，上当受骗在所难免。可悲的是李婷婷兜里的钱并不是她自己的，而是她师傅周文庸的，结果周文庸莫名其妙地成了受害人。周文庸的社会地位不同，当时是政协委员，你骗政协委员的钱，不是有点老虎脸上拔胡须吗？对自己的小命也太不当回事了。

原来前一段时间，棋院有一个去美国留学的名额，美国方面为了在世界上普及象棋，表示愿意接受一个中国的女棋手，进行培训，并提供食宿等优惠条件。棋院讨论人选的时候，周文庸就推荐了李婷婷，因为李婷婷是他的女弟子，胳膊肘不能往外拐。棋院的领导大都认为李婷婷缺少天赋，并非可造之才，去了也是白白浪费这个名额。棋院的领导虽然脑袋还不算太糊涂，但也难过人情这一关。见周文庸脸红脖子粗地坚持要李婷婷去，大家心说："犯不上得罪他，人家红得正发紫呢。派谁去地球都一样转个不停。"于是拍板说："李婷婷就李婷婷吧！"

俗话说：人走时气马走膘，天掉包子狗造化。按说这是个千载难逢的大好机会，人的一生能有这么一次机会，那也是祖宗的坟头冒青烟了。谁知李婷婷这小姑奶奶不仅不感恩戴德，反而认为是领导故意整她。你想她小日子正过得有滋有味，心里知足得不得了。小小年纪，每月就挣好几百块钱工资，平日里也没什么事，除了下下棋，就是东游西逛。更主要的是她和王路正恋得热乎，隔三岔五就能去郊区的小破屋，裹着破被破褥子痛快痛快。哇呀，这简直就是天堂的日子了，还想怎么样呢？幸福之余，也不免产生一点儿悲天悯人的心理：要是世界上三分之二的劳苦大众，都能像我这样那多好呀！

现在你要把她扔到美国那个地方去，人生地不熟，举目无亲，整天吃西餐，语言也不通，又无法与王路幽会，这不是要她的小命吗？

不去，不去，说出大天来也不去！激愤之余，李婷婷又产生一点儿爱国情绪：死也要死在中国这块土地上！

周文庸动之以情，晓之以理，最后勃然大怒，把李婷婷训了个狗血淋头，并且告诉她："不想当将军的士兵就不是好士兵！"

李婷婷说："我本来也没想当将军，再说我只是一个棋手，怎么当将军呢？"

周文庸说："你爹妈是不是弱智？"

李婷婷说："不会吧，我看他们好像挺正常的。"

周文庸说："我说的'将军'，指的是世界冠军，世界冠军，你也不想当吗？"

李婷婷心说："世界冠军有什么稀罕的！"但这话她不敢当着周文庸说出来。

最后在周文庸的威逼利诱之下，李婷婷勉勉强强同意去美国，但她心有不甘，旋即又提出一个理由："我们家没钱，我父母都是工人，一个月几百块钱工资，哪儿有钱供我留学呢？"

周文庸说："没钱不要紧，我先给你拿 5000 美元！"

话一出口，周文庸意识到自己说秃噜嘴了，忙又说："这钱是借给你的，等你到国外挣了钱，再慢慢还我吧！"

过了几天，周文庸真的将 5000 美元交到李婷婷手上，李婷婷满心不愿接这个钱，但怕师傅不高兴，就接了下来，存到银行里。她的主意是找一个借口，把留学的事辞了，再把钱还给师傅就是了。

就在李婷婷想找借口又没想好这么一个空档儿，王路得到了消息，闹了半天，原来李婷婷手里有钱。这一下完了，以李婷婷的智商，不免要受骗上当，所谓在劫难逃。而且日后要为这笔钱打一场旷日持久的官司，最终还连累王路折进了大狱。

　　宿命，或许这就是宿命！

　　此时此刻，两人都没想到日后还有那么多的曲折。两个人情意绵绵，充分享受着五星级大酒店所拥有的华丽气氛，以及由这种华丽所提供的浪漫情调。

　　其实这只是一个美丽的陷阱。

　　大概是喝了美酒的缘故，两个人都有点热血沸腾，急不可耐，于是匆匆离开富丽堂皇的大酒店，打车赶赴郊区那间又脏又乱的小破屋，一瞬间由天堂跌落地狱一般。但是对于情人来说，这种巨变还不足以影响他们的情绪。他们的身体里正燃烧着一种有毒的烈火，这种烈火有一个特性，能够产生无穷的幻觉，以致把狗窝也当作了天堂。

　　一切都不在话下！

　　两个人也不及叙谈，脱衣上炕，躺在破褥子上，又盖上破被子，管它有没有虱子，管它霉味多么刺鼻，先滚在一起再说。

　　李婷婷表现得特别疯狂，恨不能以命相搏，把她家祖上的德行都表现出来了。然而王路还有几分理性，主要是他还有任务在身，不得不采取有理、有节的策略。等到关键时刻，他突然停止了动作，找到外衣，摸出烟默默地抽了起来。

　　李婷婷等了一会儿，见他没有了动静，问他："你怎么啦？"

　　王路说："心烦，注意力集中不起来。"

　　李婷婷说："你要这么半半落落的，还不如找根绳子把我勒死算了！"

　　王路说："我实在是提不起兴趣，你说怎么办？"

　　李婷婷说："你究竟为什么事心烦？"

　　王路叹了一口气说："不说也罢。"

李婷婷翻身爬起来，用滚烫的双手搂住王路的脖子，说："也许我能帮你呢？"

王路说："我欠人一笔债，人家限我 24 小时还，过期就要剁我 4 个手指呢！"

李婷婷说："报警呀！"

王路说："报警也没用，那都是黑社会，亡命之徒。他怕什么？先废了你，再找一个人去坐牢。"

李婷婷说："你到底欠人家多少钱？"

王路说："4 万块钱！"

李婷婷一听这么大的数字，吓了一跳，知道除非把她卖了，这个忙她帮不了，也就不作声了。

王路扔掉手里的烟头，一边搂住李婷婷的腰，一边说："听说你不是有 5000 美元吗？"

李婷婷闭着眼睛，猛听得 5000 美元，耳朵不由得一支楞，嘴里含混不清地说："那不行，那是我师傅的钱，我怎敢随便动用！"

王路说："我先借用一下，一半天就还给你。"

李婷婷扭动着身躯，哼哼唧唧地说："不行，不行，事情不能那么办。"

王路说："见死不救是不是？"

李婷婷说："不是我见死不救，是我没法救。我拿师傅的钱救你，万一有个闪失，师傅那里我怎么交代？"

王路也不客气了，突然一把将李婷婷推下身去，然后四处找内裤，一边穿，一边说："没想到你竟这么无情无义，从此以后'你走你的阳关道，我过我的独木桥'，咱俩一刀两断！"

李婷婷问："你这是做什么？"

王路说："我走！"

李婷婷说："这么老晚也没车了！"

王路说："没车我不会用腿走，反正我不想在这儿待着，一秒钟都不想待！"

李婷婷一见他这么大决心，吓得不得了，忙扑过去，抱住他的大腿说："有话好好说，何必如此呢？外面黑咕隆咚，万一碰上个劫道的，再把小命丢了，你让我可怎么办呢？"

王路说："我是死是活你都甭管，从此你是你，我是我，咱们只当谁也不认识谁就完了！"

王路站在炕上，居高临下。李婷婷跪在炕上，抱住王路的腿。王路装腔作势，几番挣扎要走，李婷婷死死抱住不放，央求说："一日夫妻百日恩，你就这么绝情，说掰就掰？"

王路说："让我走！"

李婷婷说："不让、不让，就不让！"

王路冷笑着说："就算你能留住我的人，也留不住我的心。哀莫大于心死，你留我还有什么意思呢？"

李婷婷说："我把钱借给你还不行吗？"

王路说："刚才跟你借你不借，现在又想借了，我还不借了呢！"

李婷婷说："不借也得借，非借不可！"

王路说："不借、不借，就不借！"

王路嘴里说"不借"，忽然蹲下身，将李婷婷推倒在炕上，李婷婷推他说："你不是要走吗？"

王路说："我哪儿舍得下你呀！"

李婷婷说："你还是走吧，绝情的话都说了一箩筐，还这么涎皮涎脸的，好意思吗？"

王路说："这是你让我走的，好，我走！"

说着就要起身，李婷婷忙伸出两只胳膊紧紧箍住他的脖子。王路心想："为今之计只好趁热打铁，先把这小婊子弄服帖再说了。"

李婷婷说："慢，我还有话要说！"

王路说："你说！"

李婷婷说："钱借给你可以，但你什么时候还我？"

王路说："一半天，两三天，最多一个礼拜吧！"

李婷婷说："一个礼拜，你上哪儿弄那么些钱去？"

王路说："我有一笔货，人家还该我3万多块钱，再随便挪几千块钱，先把你的钱还上不就结啦！"

李婷婷说："这不是我的钱，是我师傅的钱，所以我得把丑话说在前头。你要同意呢就借给你，我也豁出去让师傅骂一顿；你要不同意呢，你就走，我也不拦着你。"

王路说："你还有完没完？"

李婷婷说："有完怎样？没完又怎样？"

王路说："你要再这么没完没了，我也提不起兴趣了，你可别怪我！"

李婷婷说："不说了，不说了，等完事再说吧。"

王路说："你到底借不借？不借就算了！"

李婷婷忙说："借、借，明天一早银行一开门……"

　　王路从婷婷手里拿到 5000 美元后，立刻到雅宝路黑市，按当时的汇率兑换成 4.5 万元人民币。有了钱，王路在刘爽面前又挺直了腰板，装得大款似的，装修房、买家具都由他一手包揽。

　　房子装修好以后，刘爽十分满意，一想反正已经领了结婚证，也用不着偷偷摸摸地怕人说闲话，就叫王路搬过来一起住。王路正巴不得呢，回家通知老娘，说从今天晚上起要搬出去住了。他老娘原想问个仔细，见儿子一脸的不耐烦，话到嘴边又咽了回去。王路四下寻摸一番，发现竟没有值得带的东西，心说："老娘一辈子也不容易，反正是一堆破烂，都留给她算了！"转身要走，老娘实在忍不住，含着眼泪叫住了他。王路立马皱起眉头，但一见老娘的样子，心里也有点酸酸的。

　　王路觉得老娘苍老了许多，只见她颤颤巍巍走到五斗橱前，拉开最下层的抽屉，哆哆嗦嗦从最里面翻出一个不起眼的小包，打开里三层外三层的包裹，原来是一个存折，递给王路说："你结婚哪儿不用点钱，这个——你拿去用吧！"

　　王路接过来，打开一看，上面居然有一万多块钱，吓了一跳，心想老娘一个月不过几百多块钱工资，还要负责母子两人的日常开销，这一万多块钱是怎么攒的？还不知是怎么一根菜叶、一根菜叶，又经历了猴年马月，才集腋成裘。就算一天省一块钱，也需一万多天，自己今年还不到30岁，看来自己还没有出世，老娘就已经开始攒钱了，你说这个功夫下得有多大？

想到这里，王路心中也老大不忍。老娘这一辈子真不容易，没吃过一顿好饭，没穿过一件好衣裳，整日做牛做马，没过一天舒心的日子，连痛痛快快大笑一回的日子也没有。自己也不能在她老人家面前尽孝，这一万来块钱就留给她养老吧！又一想："老娘辛辛苦苦攒钱为的是什么？不就是为了给自己结婚时用吗？你就是把钱退给她，她也舍不得花，早晚还是得给自己。既然如此，母子俩又不是外人，何必闹那个虚套呢？"

想到这里，王路将存折揣进兜里，说："那我就先走了！"

老娘说："有空常回来看看！"

王路也不答话，大步走了出去。走到大街上，忽然感到脸上有点异样，用手一摸，方知自己不知不觉中流了两滴眼泪。

婚礼的准备工作正在有条不紊地进行，诸事顺遂。只是王路高兴不起来，他有一块心病，一时不知怎么解决才好。

这倒不是他觉得对不起老娘，也不是他觉得刘爽太丑，而是因为李婷婷。

李婷婷犹如一颗定时炸弹，不知何时就会爆炸。而且不爆则已，一爆就有可能是原子弹，给你来一朵蘑菇云，再来一阵十二级的冲击波，威力所及，玉石俱焚。就算一时死不了，也会让你患上白血病，半死不活的。

王路以为，必须在婚礼之前彻底了断他与李婷婷之间的关系，否则后患无穷。但这件事说起来容易做起来难，一来李婷婷刚借给他5000美元，你总不好提上裤子就翻脸吧？二来他和李婷婷之间曾有过海誓山盟，虽然他只是说说而已，反正也不花钱，但李婷婷那傻丫头却当了真，一门心思要谈婚论嫁，白头偕老。你现在冷不丁告诉她，要跟别人结婚，你想她受得了吗？弄不好核装置就要提前引爆，闹个天翻地覆！也有可能闹上法院，告他一个强奸罪，索要青春赔偿费。

王路真正害怕的是李婷婷哭哭啼啼，四处博取同情，并且把他的丑事一一抖搂出来，让他名誉扫地，满城风雨，臭不可闻，最后连刘爽也幡然悔悟，和他一刀两断，甚至不承认肚子里的是他的孩子，那才叫他难受呢！

不过王路是个象棋大师，长于形势判断。据他估计，即便他提出分手，李婷婷也不敢胡闹。因为这是一把"双刃剑"，既能伤及王路，也会伤及她自己。这种男女关系方面的事情对男方的伤害要大大小于女方。男的大不了是小节有亏，女的可就不是小节的问题了，您总得考虑今生今世还嫁不嫁人，以及嫁得出去嫁不出去的问题了。

可能是原子弹爆炸，也可能是哑弹根本不响，既然两种可能各占50%，何妨一试？一般来说，世上的事若有1%成功的希望，就值得一试，何况50%呢！

王路决心和李婷婷摊牌，告诉她一个道理：这年头睡了就睡了，弃了就弃了，没那么多说头！

但是这个话他不准备亲口对李婷婷说，多少有点不好意思。他想找一个说客，把他的"至理名言"传过去，先看看她有什么反应。

于是王路给吴卫华打电话，叫他立马来棋院一趟。吴卫华是他的铁哥们儿，又是他的崇拜者，叫他往东，他绝不敢往西，正是做说客的最佳人选。

吴卫华说："有人要修万里长城，三缺一，正等着我呢！我已经答应人家了，不去把人家晾在那儿，不合适吧？"

王路说："那你把我晾在这儿，合适吗？你可考虑清楚！"

吴卫华说："那你给我什么好处？"

王路说："我请你吃饭行不行？"

吴卫华说："那还差不多。"

不大一会儿，吴卫华骑一辆破车，兴冲冲地来了。王路把他拉到没人处，如此这般暗授一番机宜。吴卫华一听，脑袋就大了，说："我还以为你要请我吃饭，原来有事求我！"

王路说："世上没有免费的午餐，平白无故凭什么请你吃饭，我有病啊！"

吴卫华说："这种事只能由你自己去说，我算哪条大尾巴狼，怎好趟这浑水？"

王路说："老朋友嘛，帮帮忙啦！"

吴卫华说："噢，你玩够了，不想要了，自己又不敢去说，怕挨骂。让我去说，我又一次也没玩过，我怎么那么冤大头啊！"

王路说："我不要了，你不正好接手吗？有哥们儿给你开道，你擎个现成的，别提有多美了！"

吴卫华冷笑着说："我他妈又不是捡破烂儿的！"

吴卫华虽然不愿捡破烂儿，但说到底还是不敢驳王路的面子。在王路的威逼利诱之下，只好硬着头皮去找李婷婷。找到女棋手宿舍，推门一看，只见李婷婷一个人坐在桌旁，正对着棋盘发呆，心说："这可是个机会！"连忙迈进去，轻轻关好门，又轻手轻脚走到李婷婷对面坐下。一时也不知从何说起，只好瞧着李婷婷，努力做出一点儿笑容，脸上的肌肉不时扯动，想笑又笑不出来。

李婷婷表面上似乎在钻研棋艺，其实思想上早已开了小差，满脑子胡思乱想，多与王路有关。今天她想的主要是婚礼，她和王路何时结婚，穿什么婚纱，摆几桌酒席，请些什么人……后来又想到生孩子，生男的好，还是生女的好？

正想得美呢，忽然不知从哪儿冒出一只猴子，冲她龇牙咧嘴地出怪相，吓了她一跳，怨这只猴子搅了她的清梦，没好气地问："你怎么来啦？"

吴卫华说："有几句话，不知当讲不当讲，讲了你可别生气……"

李婷婷说："有话就说，有屁就放，不放就走，别在这儿惹人不耐烦！"

吴卫华一听她出言不逊，顿时也来了气，心说：我他妈的怎么这么窝囊，姥姥不疼，舅舅不爱的，别人欺侮我也就算了，这个小丫头片子也看人下菜碟！好哇，这可是你自找的，怨不得我了！"便说："王路有一件事，他自己不好说，所以叫我给你传个话……"

李婷婷问："什么话？"

吴卫华也不跟她客气了，说："王路要跟别人结婚，所以要跟你断绝一切关系，从此你是你，他是他，你要干什么，他绝不干涉……"

李婷婷说："放你妈的屁，不可能！"

吴卫华冷笑着说："你也别太过自信，这年头有什么是不可能呢？"

李婷婷骂道："滚蛋，滚！"

吴卫华说："我只是代人传话，你骂过来骂过去的，也太不客气了吧？"

李婷婷说："跟你这号人用不着客气！"

吴卫华说："你是不是认为我不敢打你呀？"

李婷婷说："你敢吗？我借你点胆子？"

吴卫华说："别把我惹火了！"

李婷婷起身，伸手指着门说："滚，立刻从这里滚出去！"

吴卫华"腾"地站起来，恶狠狠地瞅着李婷婷，李婷婷胸脯一挺，头一扬，一脸不屑的样子。吴卫华恨得牙痒痒，手也痒痒，真想照她脸上来一巴掌，杀杀她的傲气。犹豫了半天，终于也未敢出手，忽然一笑说："你不是叫我滚吗？好好，我滚，我滚还不成吗？"

他一面说，一面转身自动滚了出去，一直滚到二楼，方才止住"惯性"，挺起胸膛，做出一副男子汉的样子，踱进屋去。

王路正如热锅上的蚂蚁，团团乱转，一见吴卫华，忙问："说了没有？"

吴卫华说："说了，有什么大不了的。我也没跟她客气，开门见山，一针见血，其他的也顾不上了！"

王路说："一准地哭天抹泪，寻死觅活的吧？"

吴卫华说："没有，这倒不好瞎说，确实没有！"

王路说："奇怪，今天怎么又出息了？"

吴卫华说："人家根本就不信！"

王路说："不信什么？"

吴卫华说："不信你敢和她吹！"

王路"哼"了一声，"天底下还有咱不敢的事吗？"

吴卫华说："人家一心要赖上你了，痴情得很，非要在你这棵树上吊死。这样的傻瓜眼下可不好找了，我看你想甩她可不容易！"

王路说："就这点烦人，玩玩得啦，她却当了真。唉，烦，今天有点烦，有点烦，有点烦……"

王路哼起了流行歌曲，忽然李婷婷出现在门口，手一招说："王路，你出来！"说完转身就走。

王路冲吴卫国笑笑，又挤挤眼，跟随而去。到了三楼宿舍，李婷婷将王路让进屋，撞上门，两人坐下以后，李婷婷说："刚才是你叫吴卫国来传话的吗？"

王路说："不错。"

李婷婷说："那是真的了？"

王路说："真的假不了，假的真不了。"

李婷婷说："你到底什么意思？"

王路沉默了一会儿，方说："婷婷，咱们的关系还是吹了吧，好说好散，今后还能做个朋友！"

李婷婷瞪大了眼睛，里面装满了疑惑和不解，这可是她从没料到的事情，眼泪止不住"哗哗"地流了下来，哽咽着说："究竟为了什么？我有什么对不起你的地方？"

王路说："天下没有不散的宴席，既然不可能，就别耽误你，你也好早点转向，再找一个比我强的！"

李婷婷抽泣得越发厉害，上气不接下气地说："为什么……不可能?"

王路说："事到如今，我也不想瞒你，我因一时不慎，把一个女的肚子弄大了，人家现在讹上我了，非要跟我结婚不可，我也没有办法。"

李婷婷说："肚子弄大了可以流产，她凭什么讹你? 再说你若不愿意，她讹你也没有用呀!"

王路说："这个女的是个警察，你想我惹得起吗? 你还记得上次来了三个人把我带走那件事吗?"

李婷婷问："怎么啦?"

王路说："你以为他们把我带走为的什么? 就是为了逼我和女警察结婚! 我要是不答应，当场就把我弄死也不是不可能。"

李婷婷说："照你这么说，还没了'王法'了?"

王路说："就算不把我弄死，随便找个借口把我弄进去关两天，我这辈子也抬不起头了，你哪了解这里面的黑暗!"

李婷婷说："那我跟了你五六年，睡也睡过二三百回，你就不管我啦?"

王路一看，李婷婷逐渐止住了哭泣，反响也不如他想的那么大，心说："有门儿，说不定还能和平解决，趁热打打铁吧。"忙走过去，跪在李婷婷的脚下，用手扶住婷婷的大腿说："婷婷，若说这个世上还有我爱的人，那就是你了! 求你看在咱们俩往日的情分上，成全我这一回!"

李婷婷说："我成全你，谁成全我呀?"

王路说："我向你保证，最多一年半载，我就和女警察离婚，咱们再……"

李婷婷说："你这话只好哄三岁的孩子!"

王路举起右手说："我坚决向你保证……"

两人正扯皮，忽听有人敲门，两人一惊。王路忙站起身，李婷婷也忙掏手绢擦眼睛，又整理一下衣衫，两人都是老经验，旋即做出没事人的样子，外面的人见里面的人不搭理他，将门敲得山响，王路问："谁呀？"

外面的人回答："我，吴卫华！"

王路冲过去开门，骂道："你他妈的讨厌不讨厌？"

吴卫华一脸坏笑，"我瞧你老半天不下去，怕你们打起来，所以上来瞧瞧。"

王路说："你是不是盼着我们打起来？"

吴卫华说："我为什么盼着你们打起来？"

王路说："你好乘虚而入呀！"

吴卫华撇撇嘴说："你说这话就没劲了，也就是你以为是个宝贝，那么矮的个儿，两条小短腿，别人未见得感兴趣！"

李婷婷一听就蹿了上来，骂道："你妈的吴卫华，你说什么呢？"

吴卫华说："小娘子素不相识，何故出口伤人？"

说着吴卫华就要进屋与李婷婷理论，王路忙拦住了他。看吴卫华的样子像是吃错了药，王路也不明白是怎么回事，他哪里知道吴卫华是因为刚才做说客时挨了骂，心里越想越窝囊，此时上来故意找碴儿打架的。

王路一想，戏已经演得差不多了，再演下去就要穿帮了，忙说："走，走，有什么话咱们下边去！"拉着吴卫华下楼去了。

李婷婷坐在那里心乱如麻，她本是个没头脑的人，一时竟不知怎么办才好。是和王路大闹一场，还是就这么算了？莫非让他白睡了五六年，就这么便宜他了？按时下三陪小姐的价格，睡一晚至少也需三四百元，这几年起码让他睡了二三百回，若按三四百元计算，得 10 万人民币。看在往日的情分上，优惠他一半，也有 5 万元呢！

李婷婷心想："拿 5 万元青春赔偿费万事皆休，不拿 5 万元就跟他干，就是人脑子打出狗脑子，也不能轻饶了他！"

晚上回家，李婷婷与老妈进行了一次秘密交谈，把她和王路之间的事一五一十竹筒倒豆子般坦白交代。她老妈一听，如五雷轰顶，差点没当场晕死过去。她一直以为婷婷是个黄花大闺女，谁知她这个不争气的丫头，早就背着她在外面跟人家睡了觉，而且已经睡了五六年，她居然一点儿都不知道。幸亏如今的科学技术发达，要不孩子怕也生下三四个来了！

发生了这样的事情究竟应该怨谁呢？婷婷的老妈觉得谁都没有责任，政府没有责任，家长没有责任，孩子们也没有责任。年轻人嘛，都打那个岁数过来的，也都知道是怎么回事。要怨就怨"避孕套"，自从有了那玩意儿，年轻人就变得肆无忌惮起来。也不知是谁吃饱了撑的没事干了，居然发明出这么恶心的玩意儿，也亏他想得出来！

完了，一切都完了。哗啦啦似大厦倾，昏惨惨如油将尽。信仰、荣誉、心血……顷刻之间灰飞烟灭，只剩下白茫茫大地一片真干净。李婷婷的老妈心头泣血，欲哭而无泪，真有立马倒地就死的感觉。眼一闭，腿一蹬，由着他们闹去吧，眼不见为净。自杀吧，刚过上两天好日子，还真有点舍不得；不自杀吧，在亲戚朋友面前，这张老脸往哪儿搁？

脸和命孰重孰轻？按咱们老祖宗的一贯教导，自然是脸比命更重要。自古道"士可杀不可辱"，"宁可站着死，不可跪着生"，都是这个意思。不过这是对读书人的要求，像李婷婷的老妈没读过几天书，就不好这样要求她了。她老人家没事的时候也把脸看得比命重要，什么"饿死事小，失节事大"一类的豪言壮语也常挂在嘴上，谈论别人也头头是道。但事情发生在自己子女身上，她就要命不要脸了，心说："亲戚朋友又怎样，这年头谁管谁呀？谁家没有烦心的事？你笑我，我还笑你呢！个人顾个人，只扫自家门前雪，哪管他人瓦上霜。扯淡，谁要是不知趣，可别叫我说出不好听的来！"

李婷婷心中始终忐忑不安，怕老妈承受不了这么沉重的打击，别再犯了脑溢血、心脏病，要了她的老命，那罪过就大了。一说自己已不是处女之身，眼看着老妈脸色变黑，头发变白，皱纹乍起，竟像老了10岁，婷婷暗说不妙。谁知过了一会儿，老妈又逐渐恢复了原状。婷婷心中暗暗称奇，也不知是什么伟大的力量，居然使老妈具有这么坚韧不拔的承受能力，真可谓泰山崩于前而不变色了。

老妈，老妈，我爱你！

李婷婷试探着问："妈，您说咱们能白白便宜王路这小子吗？"

老妈说："便宜他？哼！我恨不能吃他的肉，喝他的血！这种挨千刀的坏蛋，留在世上只知道糟蹋祸害姑娘，不把他骗了，难消我心头之恨！"

李婷婷说："那您说怎么办？"

老妈想了半天，也没想出妥善的办法，便说："我先听听你的主意。"

李婷婷说："索性大闹一场，去棋院领导那儿告他，闹得他臭不可闻，最好把他的婚事也搅黄了，那才解气呢！再不干脆去法院告他，告他强奸无知少女，判他个十年八年，最不济也让他掏一笔青春赔偿费！"

"呸！"老妈照婷婷的脸上啐了一口，说："这种事也要告，告你娘的头！"

李婷婷说："难道不告他？"

老妈说："你告他没关系，只怕他还没臭，你自己反倒臭不可闻了！"

李婷婷说："反正也就那么回事了，谁怕谁？"

老妈说："那你还想不想嫁人了？女孩子的名誉是最要紧的，人家都知道你跟王路睡过五六年，谁还要你呀？"

李婷婷说："妈，您这都是老一套了，如今的人开通得很，谁还管你是不是处女。"

老妈说："现在的人是比过去开通多了，但据我看也是表面开通，骨子里仍是过去那一套。乱搞男女关系，他是很开通，但要选老婆就不开通了。你不是处女，他结婚时不说，等新鲜劲儿过去以后，那就是一辈子的话把儿，一有点磕磕碰碰的事儿，他就可能抖搂出来恶心你，你难受不难受？有的结婚十好几年，孩子都老大不小了，还为这事闹离婚，甚至打出人命挨枪子的也不少呢！"

一席话说得李婷婷低下了头，老妈越发来了劲儿，"就算有人要你，不是缺胳膊少腿，就是老得跟你爹似的，要人没人，要钱没钱，你又图个啥？好孩子，听妈一句话，这种事千万不能闹，原来还影影绰绰，你一闹就成真的了！"

李婷婷说："难道就这么便宜他啦？"

老妈哭丧着脸，长叹一口气说："那也是没办法的事，谁让你托生个女儿身呢！想要强也挣不过命去，就自认倒霉吧！"

母女俩唏嘘不已，像是世界末日来临一般，露出凄凄惨惨的表情。

　　周文庸和杨玉华的婚姻只维持了三年零八个月。这次是女方主动提出离婚，男方则百般抵御，但最终也未能挽救这场婚姻。

　　就在周文庸与南方某小报记者大打"口水战"的时候，忽然一则消息称："周、杨婚姻又亮红灯！"

　　那一边硝烟未散，这一边战事又起，真如烈火烹油，立刻引起极大轰动。

　　这则消息起因于某报记者对杨玉华的电话采访，既然是电话采访，两人并未谋面，这也为稍后当事人矢口否认埋下了伏笔。

　　据这则消息称，杨玉华在电话中细述心曲：她并不想离婚，因为她与周文庸真心相爱，又经历过周文庸为了她与罗珊离婚的一番曲折，所以她与周文庸已到生死不渝的地步。但她又有不得不离婚的苦衷，每念及此，就有椎心泣血、痛不欲生的感觉。

　　那么不得不离婚的"苦衷"究竟是什么？

　　杨玉华说，这两年周文庸的比赛成绩大幅下降，她已风闻社会上的一些人将"原因"归罪于她，说什么"周不离罗"，罗珊带走了周的好运，而她只是一个"扫帚星"，这给她带来了很大的压力。

周文庸是一位杰出的棋手，曾经为中国的国际象棋赶超俄罗斯做出了很大贡献。如果因为她的存在，耽误了中国赶超俄罗斯的速度，她岂不成了历史的罪人？

　　为了中国的国际象棋，她只有做出牺牲，毅然决然地选择离婚！

　　一个多么无辜而又伟大的女性！

　　在这里，杨玉华无疑扮演了一个悲剧的角色，这当然与她身上与生俱来的艺术细胞有关，但她的长项是跳舞，而不是演戏，所以不免有些隔膜，想要博取眼泪显然不太可能。

　　周文庸的没落有其历史必然性，离婚与否都很难改变他的状况，自然也不可能对中国的国际象棋的前途产生什么影响。

　　既然如此，你又何必非要离婚呢？

　　从圈内陆续传出的一些情况看，周、杨之所以分手，其原因就是志趣不合。

　　杨玉华与罗珊不同，罗珊是一位棋手，与周文庸有共同语言，能说到一起，而且能说得比较深，即便闹些矛盾，也能看在棋的份儿上含糊过去，凑合着过。

　　杨玉华是搞艺术的，对棋则一窍不通，至少在彼此的专业方面，两人无话可谈，也没有什么志趣可言。

　　其实这只是表面上的原因，或者说这是当事人双方都愿意承认的原因，因为这个原因冠冕堂皇一些。

　　杨玉华一开始之所以选择周文庸，显然不是因为他会下棋。下棋的人据说智商要高一些，跟一个智商高一些的人结婚，总比跟一个智商低一些的人结婚要好吧？

　　杨玉华之所以选择周文庸，也有一些功利方面的考虑。爱情也许有一点，也许一点儿也没有。但当时周文庸是政协委员，而且钱挣得比较多。

　　当年周文庸虽然输给了卡尔罗夫，但也挣回了 10 万美元。

　　那时钱还不像现在这么毛，一年挣一万元人民币，即所谓"万元户"是也。

有些卖鸡蛋的小贩，起早贪黑，一年也能掏弄个"万元户"。这使很大一部分知识分子内心失衡，对着蓝天，仰头叹曰：搞导弹的还不如卖鸡蛋的！

周文庸一次就拿回 10 万美元，眼下或许不算什么，但在当时却是一个不可思议的"天文数字"，足以让人心动，让人发狂。

在一次"庆功"会上，有一位小姐上台给周文庸献花，并献香吻，趁机展开了攻势："看您已老大不小，也该考虑考虑终身大事，找一个年轻漂亮的终身伴侣，比如我……"

周文庸也不认识她，着实被她吓了一跳，"我早已结婚，而且有了孩子！"

"那又怎样，这年头结婚、离婚还不是家常便饭，难道真要跟你那位黄脸婆过一辈子？"

"我可是老派人……"

据杨玉华对记者说，她之所以要与周文庸离婚，还有一个理由，那就是周文庸的女朋友太多。她可不想重蹈罗珊的覆辙，与其以后为了某个第三者撕破脸皮，打上公堂，弄得灰头土脸，两败俱伤，还不如自己主动退出，好离好散。即便做不成夫妻，也还可以做一对好朋友。

说的真比唱的还好听。

周文庸是名人，又能大把地赚银子，身边有几个异性崇拜者，也是很自然的事。只是这些人要想打败杨玉华，从她手中夺走周文庸，恐怕还得回回炉，看看她们家的祖坟上是否长出了一棵蒿子。

杨玉华毕竟不是罗珊，她要相中一个人，那这个人绝对跑不了。她有这个条件，模样俊俏、脑瓜灵光、善解人意。对男女之间的事，也可算大师级的人物了。她又会笼络人，懂得变一些小花样，耍一些小手腕，你要想逃出她的手心，那可有点"蜀道之难，难于上青天了"。

　　周文庸自打和杨玉华结婚以后，行为也大为收敛，一直是老老实实，不敢乱说乱动。周夫人四两碱，二两面，把周大师拿得服服帖帖，心说："咱们也别再找别的什么树了，就这棵树上吊死挺好。"即如杭州的王小姐，周文庸和她的交情不可谓不深，杨玉华在杭州见过王小姐，知她是个小妖精，不可不防，因而警告周文庸，不许再跟王小姐来往。周文庸虽心有不满，但仍依旨行事，不敢有丝毫违背。由此也可以看出，周文庸的心里确是深深爱着杨玉华，别的女人实不在眼里了。

　　这之后王小姐从杭州打来电话，十回倒有九回找不到周文庸。有时王小姐来北京，周文庸也躲着不见，实在躲不及，面子上也淡淡的。王小姐要请他吃饭，他推说有事；找他打牌，他又说戒牌了，弄得王小姐好没意思，浑身上下都不自在。后来王小姐想到，一准是杨玉华从中起的作用，不由得对杨玉华又多了一层怨恨。心说："不过是一般同志的关系，哪至于就防范到这步田地？好像几辈子没嫁过人，好不容易逮着一个，老怕他跑了，恨不能拴在裤腰带上。这哪儿像个搞艺术的，整个一个没见过世面的'柴火妞'。既然如此，你还不如把他杀了，然后埋在你们家的院子里，让他永远陪着你，想走都走不了。"

　　其实当初王小姐与周文庸交往的主要目的是要拆散周文庸与罗珊的婚姻，而对周文庸本人并没多大兴趣。如今目的已经达到，又何妨功成身退呢？

　　王小姐想："是不是给自己再加个任务，把这一对也拆散呢？"又一想周文庸也怪可怜的，杨小姐也几辈子没嫁过人，自己也该得饶人处且饶人，就算做点善事吧。

　　不过王小姐心中有种预感，她认为周文庸的这次二婚也长不了。这就像一块水泥贴在干墙壁上，瞧上去二者附在一起，但不定哪一天"哗啦"一声就裂开了，掉在地上摔个粉碎。

　　王小姐主动退出了竞争，逐渐疏远周文庸，可怜一场同志式的亲密关系就这样莫名其妙地结束了。

从王小姐这个例子也可以看出，杨玉华说她和周文庸离婚的理由之一是因为他的女朋友多，实在有点言不由衷。

那一年春天，政协委员改选，结果周文庸落选了。

落选的原因未予公布，但据棋界的一些人士分析说，周文庸的落选不外乎两个原因：一是成绩大不如前，已难荣膺棋界代表；二是自身也有一些缺点，常为人诟病。

政协对自己的委员有一定的标准，尤其对委员的能力及道德方面有较高的要求，你如果达不到要求，落选也就成了自然而然的事情了。

好在周文庸比较豁达，也没有官瘾，你让我当，我不推辞；你不让我当，我也不争。只要有棋可下，于愿足矣。

虽然他这样看，但杨玉华却未必这样看。对同一件事，不同的人有不同的看法，即便恩爱夫妻也在所难免。

当时周文庸的状况委实不能令人满意。原先他可以大把大把地赚银子，而今不行了，只能挣点干工资。有时参加比赛，还能挣点出场费，如此而已。过去他是政协委员，名声大，有人上赶着巴结，遇事也有个照应。如今他已沦为布衣，以前的诸多好处也没有了，公事公办，谁也不能搞特殊化！

人情冷暖，世态炎凉，非经过这么一个大起大落，你才会有切肤之痛。不过俗话说得好："瘦死的骆驼比马大！"尽管周文庸已大不如前，毕竟还有些老本可吃，一时半会儿还"死"不了，隔三岔五就有人请他吃饭。次数自然比以前少了，时间也越隔越长，不过有人请总比没人请要好一点儿，周文庸也还知足，因此凡是有人来请，他绝不推辞。一来他已经吃油了嘴，家里的饭菜已难以下咽；二来他的成绩每况愈下，心情郁闷，也需借酒浇愁。今朝有酒今朝醉，明天的事也就懒得想它了。

有一天夜里，杨玉华打发两个孩子睡下以后，看看时候不早了，也脱衣上床。但她睡不着，瞪着两只大眼珠子想心事。傍晚的时候，她曾给周文庸打电话，周文庸答应回家吃饭，但一直没回来，也不知跑到哪儿浪荡去了。

类似的情况在这对名人的家庭生活中可谓司空见惯，这与周文庸的生活习惯有关，他宁愿在外面飘着，也不愿回家。飘什么劲儿呢？无非是饭局、打牌、聊天，也没做什么过分的事，但他就是不愿回家。

有人没家想有个家，有人有家却不愿回，这是怎么一回事？家里有如花娇妻，还有两个大胖小子，正好尽享天伦之乐，你躲什么，又逃什么呢？

其实说穿了一钱不值，一来周文庸不大耐烦做家务，他是干大事、赚大钱的人，怎好去干做饭、看孩子之类的琐碎事呢？这自然要怪罗珊，什么"男主外，女主内"，相夫教子，要做贤妻良母，结果就把周文庸养成了一个"大懒虫"。

这是一个教训，如果你是一个女儿家，最好在谈恋爱的时候就拿起鞭子，轻轻抽打你的那口子，万万不可心慈手软。若你不能趁恋得热乎的时候把他调教出来，等到婚后怕就来不及了。若你对他心里爱得不行，怕他跑了丢了飞了，于是自甘下贱，整天为他洗衣、做饭、掏钱给他花，还上床陪他睡觉，讨他的欢心，那你就大错而特错了。当然，这种错误也不能说有多么严重，不过是婚后自己多辛苦一点儿，而且这种辛苦可能会无休无止地延续下去，直到你去见马克思的时候才能休息。

如今罗珊种下的恶果，却要杨玉华来承担，你说老天爷不是有点不公吗？

还有，杨玉华已人到中年，从年龄上说已有危机感。她干的是"力气活儿"，身体好得不得了，对某些方面的要求也很强烈，周文庸力不从心，有点应付不过来。他老兄的岁数一天比一天大，又沉溺于美酒佳肴，弄了个虚胖囊肿的症候，又不注意锻炼身体，能力就一天比一天下降。只是他老兄一向充男子汉充惯了，喜欢说些大话，尤其在电视荧幕上，更是豪气干云。有一次他在电视上讲棋，嫌人家的着臭，像个小脚女人，扭扭捏捏放不开，于是张牙舞爪地说："这个地方不能松，无论如何要像男子汉一样挺出去！"

这是他当着全国棋迷的面讲的，无论是男棋迷还是女棋迷，无不欢呼雀跃，大声为之喝彩。

他在公开场合可以这么说，回到家里对老婆就不好这么说了，因此杨玉华常埋怨他说："你在电视上不是讲得挺好嘛，怎么一到我这儿又怂头日脑像个女人了？"

周文庸笑而不答，心说："大庭广众之下，自然要英勇一点儿，但见了夫人难道不该温柔一点儿吗？"

谁知杨玉华不领这个情，宁愿他粗鲁一点儿，也不要太过温柔了。

一来二去，周文庸就有点怕杨玉华，老想躲着她，这也是他不愿回家的原因之一。

如今这年头，怕老婆不是也很正常吗？

想着想着，杨玉华就迷糊过去了。

不知过了多久，杨玉华忽然被惊醒，屏息一听，就听见门那边有响动，似乎有人在鼓捣门锁。杨玉华以为是周文庸，等了一会儿，见门外那位既不开门，又不敲门，知道不是周文庸。"那会是谁呢？难道是劫匪？"这么一想，杨玉华的一颗心"怦怦"直跳。周文庸也不在，万一劫匪破门而入，她和两个孩子岂不成了待宰羔羊？

怎么办？她那小脑袋瓜立刻迅速运转，打110、大声呼救、用桌子顶住门，把现金和珠宝藏进马桶水箱，把孩子藏到床下……她觉得这些措施皆不妥，唯一可行的办法就是一动不动地装死，听天由命。

就在她自惊自吓之际，门那边却没了动静，杨玉华估摸可能是劫匪撬不开门，知难而退了，一颗悬着的心终于归位。又等了一会儿，确信劫匪已经离去，这才起身下地，蹑手蹑脚走到门前，屏息静听，又从"猫眼"往外望了半天，不见人影，这才打开门，想看看劫匪把门锁撬坏没有。

不料门一开，又吓了一跳，只见门边躺着一个人，杨玉华想："难道是撬着撬着，忽然心脏病发作，倒地而亡？可见老天爷有眼，报应不爽。"再仔细一看，谁知却是周文庸，已醉得不省人事，钥匙、钱包、手绢、人民币散落一地。

原来周文庸大醉而归，不愿惊动杨玉华，就掏钥匙开门，只是他醉得头昏眼花，怎么瞧门锁都是两个眼，手又哆嗦，要想把钥匙捅进去，竟比纫针还难。后来他也泄了气，腿一软，瘫在了地上，呼呼睡去。

杨玉华这一气非同小可，真想踢他两脚，就让他这么躺着，关起门不理他。但一想这位毕竟是她老公，不好像路人一样对待，于是耐着性子将人民币、钱包、手绢一一捡起，然后扶起周文庸进了屋，关好门，把周文庸扶到床前，撂到床上。周文庸往上一躺，又呼呼睡去。杨玉华推他，叫他脱鞋，周文庸不耐烦，吭叽着一翻身滚到一边去了。杨玉华耐着性子给他脱了鞋，又想给他沏杯热茶醒酒，正起身去拿杯子，就听"哇"的一声，周文庸吐开了，搜肠刮肚，把他晚上吃的东西全都吐了出来。吐了一床不说，他还知道不对，忙坐起身探头再吐，结果又吐了一地。

杨玉华心中早就不耐烦，此时不由得气冲两胁，心说："这哪是人过的日子，还不如跟一头猪一块儿过呢！"

杨玉华不如罗珊那么泼辣，平日里即便和周文庸闹些矛盾，她也不愿意拌嘴吵架，怕邻居听了笑话。

杨玉华当下也不作声，先把床单换了，服侍周文庸睡下，然后把周文庸吐在地上的秽物扫净，又用拖把拖了三遍。想想换下的床单也不宜久留，又拿到厕所去洗，一边洗，一边想着心事，眼泪止不住"扑嗒"、"扑嗒"掉了下来。

杨玉华是个有主意的人，事到临头知道该怎么办，因此比罗珊更显厉害。

　　又过了几日，杨玉华终于将一切考虑清楚，于是心平气和地与周文庸摊牌，说彼此在脾性、生活习惯方面有不小的差异，与其这么凑合着过，还不如分开各奔东西，人生贵适意，幸勿多苛求。结婚固可喜，离婚亦风流。

　　周文庸遭此突然袭击，有点猝不及防，忙说："我是做得不够，多有对不住你的地方，我今后改还不行吗？"

　　杨玉华说："你的生活习惯是长年养成的，改得了吗？"

　　周文庸一想也确实不大好改，又说："孩子还小，咱们总得为孩子想想吧？"

　　杨玉华说："我正是为孩子着想，才出此下策。请问这几年，你为孩子做过一回饭吗？洗过一次衣服吗？"

　　周文庸说："总洗过一次两次吧？"

　　杨玉华说："那也是我说死说活拉你去的，你还鼻子不是鼻子，眼不是眼，一脸的不高兴。"

　　周文庸默然了。

　　杨玉华又说："我现在真的很累，从心里累，就想好好休息休息。"

　　周文庸说："那就请个保姆吧？"

　　"多说也无益。"杨玉华叹了一口气，一脸的不屑，"何不像个男子汉，痛痛快快不好吗？"

　　杨玉华一说"男子汉"，周文庸有点受不了，感觉自尊心大受伤害。当年他与罗珊离婚，是他先提出来的，罗珊大吵大闹，大动干戈，结果两败俱伤，反目成仇。这一回让杨玉华抢了先，自己反落了后，已经很没面子了，如果再像罗珊那样，不是太掉价了吗？

　　想到这里，周文庸说："既然如此，那就离吧，我同意。"

　　两个人又商讨了一些具体事宜，好像在说别人家的事，显得很心平气和。之后周文庸便简单收拾一下自己的东西，搬回父母家去住。一来按《婚姻法》的规定，离婚双方需有一段"分居期"方可起诉，大约需一年的时间；二来已到这步田地，再凑在一起还有什么意思呢？

当年周文庸与罗珊离婚，打得乌眼鸡一般，有一段时期周文庸回家，如庙里的菩萨，冷面冷心，一言不发。甭管罗珊说什么，他一声不吭，弄得罗珊抓耳挠腮，不知如何是好。这倒不是他的一种策略，而是打心眼儿里嫌弃罗珊，怎么瞧怎么不顺眼，也就懒得张嘴说话了。

如今周文庸也怕杨玉华像他那样，等他一回来，就扮作观音大士的模样，不仅一言不发，还微微冷笑，斜着眼瞧人，那该有多糟心呀！

男子汉，大丈夫，惹不起还躲不起吗？何如一走了之，眼不见心不烦就是了。

虽说如此，两人毕竟还没履行离婚手续，名义上仍是夫妻。所谓藕断丝连，凡事还有个照应。在这场名人离婚事件中，当事双方最终也没有反目成仇，是其最大的特点，而且舆论也宽厚了许多，似乎表明人们在这类问题上的观念已有微妙的变化了。

就在周文庸与杨玉华暗中准备离婚之际，周文庸与南方某报记者打起了口水"官司"，准备向法院起诉，索赔1000万人民币。

不久，杨玉华又有意无意将她与周文庸"婚变"的消息捅了出去。

周文庸有点焦头烂额，他年岁渐大，精力已大不如前，难以应付这个"两难"的局面，只好去找杨玉华，希望她看在夫妻过去的情分上，暂时否认"婚变"的传言。

周文庸说："我正与南方某报记者打官司，索赔1000万，一旦法院判下来，分你500万如何？"

杨玉华说："你索赔1000万，法院能判你100万就不错了。"

"100万就100万，分你50万！"

"可我已经把话说出去了，又怎么能收回来呢？"

周文庸想了一下，觉得这事确实不大好办，不如请教一下高世平，当记者的在这方面总还有些经验，便说："好办，由我来安排吧。"

回去以后，周文庸给高世平打了一个电话："老高，我有点事求你！"

高世平说："凡是我能办到的……"

"目前社会上有一种流言，说我跟杨玉华要离婚，完全是无中生有，希望你能为我们澄清一下！"

"这事似乎是杨玉华主动向外界透露的！"

"杨玉华绝没有说过这个话，不信你可以亲自向她证实一下。"

高世平心里一动，眼下不少媒体正在炒作周文庸的第二次婚变，要是当事人突然站出来否认，倒是一则独家新闻，便说："现在有些记者职业素质太差，没问题，这事包在我身上。明天我派个记者去你们家，顺便给你们来一张'全家福'。"

周文庸底气不足，踌躇了一会儿说："还是分头采访吧，我目前住在国家队，训练太忙。'全家福'就免了吧。"

高世平一听这话，心里明白"婚变"一说恐非虚言，这要是辟谣的消息发出去，回头人家真的离婚了，不是自己打自己嘴巴吗？又一想，辟谣的消息自己不发，别人也肯定发，放弃了岂不可惜？至于以后怎么变又管它做什么？先抢了"独家新闻"再说吧！便问："罗珊近来在美国过得怎么样？"

周文庸说："不知道，你有什么消息没有？"

高世平说："老周哇，说句不怕你见怪的话，你和罗珊离婚有点可惜了，圈内人都说'周不离罗'，自打罗珊离开你以后，你想想你究竟怎么样？"

周文庸这两天也正思念罗珊，拿罗珊与杨玉华进行对比，发现"周不离罗"这个说法确实有点门道儿，离绝对真理只有一步之遥。此时高世平一席话触动了他的心事，不由得感慨地说："我现在也有点后悔了，你想罗珊在时，我是今天这副模样吗？这里面究竟有什么道理，我也说不太清。或许罗珊也是下棋的出身，我们志趣相投，比较容易沟通吧！"

周文庸说出了心里话，高世平不由得暗暗吃惊，明白周、杨婚变怕是难免，而周、罗破镜重圆也不是不可能，这又是一则独家新闻，千万别让他人抢了去。

第二天，高世平派了一位女记者去采访杨玉华，大约是同性相斥的缘故，记者也没客气，单刀直入地问："据报道，关于婚变的消息是你跟记者透露的吧？"

杨玉华说："天地良心，我可没跟记者说过这类的话。"

"这种事记者敢瞎编吗？"

"这里面恐怕有点误会，我是谈了一些与周文庸感情方面的问题，比如成绩下降、志趣不同、女朋友多，等等。我也说了要照这样发展下去，离婚也不是不可能。但我绝没说过现在就要与周文庸离婚的话，记者却写得很肯定，好像我跟周文庸正在闹离婚，这就有点无中生有了！"

女记者说："既然你们感情上已经出现危机，从发展来说，你对你们这场婚姻是否还有信心？"

杨玉华暧昧地一笑说："这种事就不好说了。总之，我和文庸现在还不想离婚，拜托你为我们辟一下谣，拜托！"

女记者回去以后向高世平做了汇报，然后说："这篇文章没法写，你今天发了，兴许他们明天就离婚了，你不是找骂吗？"

高世平说："咱们这篇文章的宗旨就是辟谣，你就只管辟谣，别的事你就不用管了。"

女记者答应后走了。

文章见报以后，虽然也算"独家新闻"，却没引起一点儿响动。关于周、杨婚变的文章还有二十几家媒体转载，而辟谣的文章却没有几家媒体感兴趣了。高世平原想指着这篇"独家新闻"出出风头，结果"竹篮打水一场空"。如今的人已是越来越不好糊弄了，过去随便弄个东西上去，就能引起"轰动效应"，如今是越来越难了。由此高世平又想起了罗珊，既然周、杨的婚变已提不起大众的兴趣，倒不如炒炒罗珊。罗珊虽是过了气的人物，但没准还能引发一丝怀旧的情绪呢。

高世平给罗珊打了一个越洋电话："罗珊，近来还好吗？"

罗珊说："凑合着活吧，一时半会儿还死不了。"

高世平说："最近国内又传出周、杨婚变的消息，你知道吗？"

罗珊说："听说了，这也早在我意料之中，谁跟他也长不了。"

高世平说："最近我采访过周文庸，他对你很是思念，话里话外对当年跟你离婚颇为后悔。"

罗珊说："怕是言不由衷吧？"

高世平说："圈内的一些朋友都希望你跟周文庸能破镜重圆呢。"

"绝不可能！"电话里罗珊的声音变得尖锐起来，"当年他那样对我，现在人家不要他了，他又想起我来了，我又不是贱骨头！"

"自打离婚以后，这么些年过去了，你一直也未再嫁，难道一辈子不嫁人了？"

"嫁总是要嫁的，不过现在孩子还小……"

"有没有目标？"

"我现在接触的多是外国人，即便有几个中国人，也老的老，小的小，又都结过婚，一时哪儿找合适的去？"

"嫁个老外也不错。"

"我要嫁就嫁个中国人，跟老外可过不到一块儿去！"

……

高世平从罗珊嘴里套出了不少心里话，就把这些话敷衍成一篇文章，上半篇写周文庸思念罗珊，有破镜重圆之意；下半篇写罗珊誓言覆水难收，此恨绵绵无绝期。最后提到罗珊有心再嫁，而且不嫁老外，要嫁中国人。

文章见报以后，果然引发了圈内一些人的怀旧情绪。这些人大都同情罗珊的遭遇，认为她是第三者插足的牺牲品，而且这些年不嫁，显见仍忘不了与周文庸的一段情。那么若周、杨婚变，周、罗破镜重圆，未必不是一个差强人意的结果。

大家的心意还是不错的，但也只是"剃头挑子———一头热"。实际上罗珊不仅对周文庸早已死了心，而且对普天下的男人也已死了心，这是她多年未嫁的原因之一。

哀莫大于心死，如今罗珊只想和儿子相依为命，了此残生。

罗珊当年毅然赴美，独在异乡为异客，甫一安定下来，便将儿子接去美国，把自己的全部心思和精力都倾注在儿子身上。

罗珊有一个心愿：把儿子培养成一个棋手，然后让他去夺取世界冠军。周文庸最大的遗憾就是还未夺取过世界冠军，而且以他目前的状况，想夺取世界冠军已无可能。罗珊想把儿子培养成世界冠军，未必没有跟周文庸叫板的意思。她的心愿一旦实现，也可出一出憋在心里的一口怨气，因为这个世界冠军是她苦心培养出来的，与父亲没什么干系。

两个人虽然离了婚，但较量仍在继续，而且这种较量势必要在第二代身上体现出来。

儿子何辜，从小就要承担父母之间的恩怨？

按说罗珊与周文庸都是国际象棋高手，他们爱情的结晶应该多少继承点国际象棋的基因。但说也奇怪，他们这个儿子于棋上却没有什么天赋，罗珊从他两岁时起就教他下棋，到了美国后，又把他送到纽约一所著名的棋校学习，但他进步很慢。罗珊看在眼里，急在心里，但也无可奈何。有时她想："这孩子也许并不是下棋的料，只是功夫下得大了，钱也花了不少，半途而废有点不甘心。何况就算你让他转行学别的，若再不成，你又怎么办？"所以横下一条心，好歹也让他在这条道儿上继续走下去。

罗珊在美国谋生并不容易，语言不通，生活不习惯，除了会下棋，别无所长，谋生的手段十分有限。有一位大公司的老板是华裔，知道罗珊的名声，请她去公司，安排个挂名的差使，主要的工作就是教员工下棋，每个星期三天，下午和晚上各两小时，每月送她一笔"束脩"，算是固定收入。这笔收入维持娘儿俩的日常开销还可以，但送孩子去学棋，就显得十分拮据。因此罗珊有时也陪一些大老板、社会名流下下棋，挣些外快，以补贴家用。

罗珊为这个儿子操碎了心，加之自我封闭，感情上缺少雨露的滋润，几年下来，已瘦成一把骨头。有时夜深人静，不免想起远方的亲人，流下不少眼泪。有时她也想带儿子回国定居，那样她会轻松许多，只是刚刚创下一个小小的局面，放弃岂不可惜？一时难下决心。

其实罗珊每年都要回国一两次，主要是她的父母年事已高，就她这么一个女儿，实在放心不下。回来以后，不免去棋院看看，会会昔日的同事好友，有时也不免见到周文庸。一开始罗珊见到周文庸，往往感到十分尴尬。过去曾在一个被窝睡觉，"老婆"、"老公"叫得亲热；现在忽然成了外人，两不相干，甚至彼此还有一点敌意，罗珊不知如何处理才好。后来罗珊的心态渐趋平和，为人处事也成熟了许多，再回国碰到周文庸时，也自然大方多了，每次都要聊几句，毕竟还有些"共同语言"——儿子。虽然离了婚，但儿子是一根线，把两人联系在一起，想剪也剪不断。

不能做夫妻，难道也不能做朋友吗？

那年夏天，罗珊又一次回国探亲，头发剪得短短的，瘦瘦的身，瘦瘦的脸，穿一条白色的连衣裙，干爽利索，韵味十足。罗珊看过父母之后，又到棋院走走。那天正好有比赛，观战室里人满为患。罗珊刚一出现在门口，立刻吸引住在场的所有眼球。

彼时高世平的文章刚刚发表不久，大家都知道罗珊有意再嫁，对她的到来也格外敏感。不是想找一个目标，就是已经有了目标，但不知谁是这个幸运儿，能娶这么一个贤惠媳妇儿。

罗珊满面春风，笑意盈盈，见谁都十分亲热。众人猜想："肯定是已经有了目标，要不怎么会笑得这么开心？！"

周文庸一见罗珊来了，忙起身主动打招呼，两人走到一边，开始交流"育儿"经验。罗珊说起儿子进步太慢，周文庸也很焦急，说："怎么搞的，学了这么多年，连个'一级'也没混上？"

罗珊说："也许我不该逼他选择这条路……"

周文庸说："你还是叫他回来，我亲自教他，管保不出一年，就让他拿下'候补大师'称号！"

罗珊说："那敢情好了……"

两人正说着，那边走过来两个人，说要找罗珊商量点事。这两个人罗珊也认识，一位是围棋九段棋手，一位是某体育杂志的编辑。罗珊说："有什么话就在这儿说吧。"

那位棋手说："我们这事不好当着周老的面说，还是去一边说吧。"

周文庸说："什么见不得人的事，不敢当着我的面说？"

罗珊笑着起身随二人而去，又问："究竟是什么事？"

那二位也不答话，一左一右挟着她，把她带到一个"荒无人烟"的角落。两人的眼色怪怪的，脸上似笑非笑。

那二位都是离了婚的光棍，想老婆想疯了，光棍对光棍，谁怕谁？

那位编辑说："听说你这次回来是想找个对象，有这事吗？"

罗珊问："谁说的？"

那位棋手说："报社高世平说的。他说采访过你，你这么说的，那还有假？"

罗珊说："高世平那小子最不是东西，一贯地造谣生事，哪天我见了他，非臭骂他一顿不可！"

编辑说："我们俩的情况，你也了解，在圈子里也不是默默无闻之辈。我看你也不用挑来拣去，哪儿就遇见好的了？干脆在我们两个之中挑一个算了！"

罗珊说："你们什么意思？就算要求婚，也不是这么个求法。"

棋手问说："那怎么求？"

罗珊说："总得买一朵玫瑰花，一条腿跪在地上求吧。"

棋手说："跪就跪！"说着就要往下跪。

罗珊连忙阻止他说："你不怕丢人现眼，我还怕丢人现眼呢！"

编辑说："你给句痛快话，我们两人是不是还有机会?"

罗珊说："有机会，大家都有机会，不用着急。"

……

这天李婷婷去棋院办事，顺便瞧瞧师傅。

周文庸一见她就来气，说："正要找你呢，给我老老实实坐着！"

李婷婷忙遵命坐下，周文庸问："美国是不是不去了？"

李婷婷说："不去了，最近我妈心脏病又犯了，她就我这么一个女儿，我要是去了美国，我妈一旦犯病过去了，娘儿俩连面也见不着，那多遗憾啊。"

周文庸冷笑着说："不用老拿你妈当挡箭牌，这么好的一个机会白白放过，你将来会后悔一辈子！"

李婷婷说："我不后悔。"

周文庸心说："没见过这么又傻又笨的人，真想骂她两句，再踢她两脚，可又不是自己的女儿，没这个权利。"便说："你既然不去美国了，那就把 5000 美元还给我吧！"

李婷婷到此也不得不实话实说，告诉师傅钱已经借给了王路。周文庸一听便知麻烦了，愤怒地说："你怎么能拿我的钱借人呢？"

李婷婷说："是我一时不慎上了他的当，后悔也来不及了。"

周文庸说："听说他是个有名的滚刀肉，借钱不还，存心赖账，你把钱借给他，不是'肉包子打狗——有去无回'吗？"

李婷婷说："别人的钱他敢赖账，您的钱他敢赖账吗？"

周文庸说："给你三天时间，赶紧找他把钱要回来吧！"

李婷婷回去以后，找王路要钱，王路问："什么钱？"

李婷婷说："装什么傻呀？我可告诉你，那是我师傅周文庸的钱，你自己掂量着办！"

王路说："欠债还钱，天经地义，我能不还吗？只是你再容我两天……"

李婷婷说："别人的钱，你也欠多了，都拿你没有办法，我这笔钱你要也敢赖着不还，那才算你小子有种！"

王路冷笑着说："你又能把我怎么样？"

李婷婷说："我是不能把你怎么样，但我师傅就不好说了，你自己想去吧！"

王路一想，周文庸确实不好得罪，看来这钱不还不行。忽然换作一副笑脸，柔声细气地说："婷婷，咱们当初借钱的时候，立过字据吗？"

李婷婷说："怎么没立过！"

王路说："你把字据拿来我瞧瞧。"

李婷婷此时已经认清了他的为人，多了一个心眼，便说："也不知塞到哪儿去了，还得找找。"

王路心想："婷婷这小丫头片子一向傻啦吧唧，说不定还真把字据弄丢了。没了字据，这事谁说得清楚！就是打到法院去，咱也不怕。"这么一想，他心里又起了赖账的念头，"这年头欠债的是爷爷，要债的是孙子，我就不还了，你能把爷爷怎么样？"

又一个月过去了，李婷婷隔三岔五便上门讨债，不仅一个大子没见，反倒惹了一肚子气。李婷婷也急了，只好找师傅去讨主意。周文庸也不给她好脸色，不客气地指出，她的面前只有两条路：一、先把钱垫上，替王路还钱。二、上法院起诉王路。

李婷婷无奈，只好跑去找王路，告诉他："我师傅说了，你要是再不把钱还上，就上法院起诉你！"

李婷婷说着说着就哭了，然后苦口婆心地说："你虽然对不住我，但我们之间毕竟还有一段情，不到万不得已，我实在不愿走上那一步！"

王路说："婷婷，你对我好，我也知道。不过好归好，事儿归事儿，你师傅说的未必不是一个解决问题的办法。"

"你什么意思？"

"你想呀，你一个劲儿地逼我还钱，我一时半会儿又还不上，你师傅那边又不答应，这事怎么办呢？恐怕只好上法院解决了！"

"上法院你就不用还钱啦？"

"还不还全在你啦！"

"此话怎讲？"

王路凑到李婷婷身边，轻轻往她耳边吹气，低声说："我只问你一句话，还念不念咱们那么些年的交情了？"

李婷婷不由得红了脸，垂了眼，含糊不清说："念又怎样？不念又怎样？"

王路说："你要念我就有主意。"

李婷婷说："什么主意？"

"那张借钱的字据还在不在？"

"我找了半天也没找见。"

"找不着就算了，若找着了你就交给我，再不你把它销毁了也行。那样的话，即便上了法庭，我也输不了。"

李婷婷心乱如麻。

一边是她的旧情人，虽说这个情人对不住她，不能算好人，但正如人们常说的：男的不坏，女的不爱。况且他是自己的"第一个"，想忘都忘不了。前一段时间，一听说他背弃了自己，和别人结了婚，恨不能喝他的血，吃他的肉，可又几次梦中梦见了他……

另一边是她的师傅，师傅不仅手把手教她下棋，而且对她关照有加，百般呵护，自己能在棋界混得还不错，实与师傅有很大关系，可谓情同父女，恩重如山。

李婷婷感觉两边都是她的"亲人"，哪一边都不容她对不起。但这是一边欠另一边钱的问题，要想做到两全其美就太难了。最好自己把钱垫上，既成全了王路，又不得罪师傅，可惜自己又没钱。

晚上，李婷婷又将这件麻烦事与老妈商量。先说师傅为自己指出的"第一条路"，老妈一听就急了："凭什么让你垫钱？"

李婷婷说："钱是我借给王路的，我有不可推卸的责任！"

老妈说："那你有钱吗？"

李婷婷说："我哪儿有呀？每个月只挣点干工资，又不能偷，又不能抢，要不您帮我凑点？"

老妈说："不要说我没钱，就是有钱也不能替你补这个窟窿，咱们不过日子啦？"

李婷婷又说出了师傅的"第二条路"，老妈听后忙说好，"咱们不是正愁不知怎么整治那小子吗？就借这个由头把他告上法院，让法院整治他吧！"

李婷婷说："王路穷得叮当响，你就是把他告上法院，他还不出，你又有什么办法？"

老妈说："那是法院的事，你操这个心做什么？"

李婷婷又提到王路叫她销毁"借据"的事，老妈听后沉默半晌，忽然说："你还想着他呢，是吧？"

李婷婷顿时小脸绯红，忙分辩说："我恨不能咬他一块肉，怎么会想他呢？！"

老妈说："妈也是打那个时候过来的，难道还不知道这里边的事？"

李婷婷默然不语。

老妈又说："不要人家给你两句甜言蜜语，你就又动心了。咱们一步走错，不能步步都走错！"

李婷婷说："我不就是害怕走错，才来找您商量吗？"

老妈说："借据可是要紧的东西，千万不能销毁，也不能丢失。他让你销毁借据，那是害你呢！你想，你把借据销毁了，他是不用还钱了，可这钱总得有人还吧？谁还呢？最后只有着落到你身上，你这不是冒傻气吗？"

李婷婷如醍醐灌顶，忙点头称是。

老妈又说："借据在哪儿呢？拿出来让妈看看。"

李婷婷找出了借据，老妈仔细看了半天，说："还是放在我这里保险！"

李婷婷说："莫非您还信不过我？"

老妈从大衣柜里拿出一个小铁匣子，里面多是历年积攒的票证，就将借据放进去，锁好，又把匣子放回大衣柜，藏在最底层，上面压了不少衣被包袱之类，说："别看就这么一张破纸，也值四五万块钱呢，能不经点心吗？"

不久，李婷婷一纸诉状将王路告上了法庭。这主要是周文庸那边不断施加压力，李婷婷纵有心包庇王路，为形势所迫，也不得不出此下策。区法院立案后，传唤王路到庭问话，王路才知道李婷婷跟他耍了个心眼，借据一直保存得好好的，心里大为懊悔，感觉这事他有点大意了，按他当时与李婷婷的热乎程度，就是不立字据，李婷婷同样会把那5000美元借给他。就算立了字据，他要把字据骗过来烧了也易如反掌，但他根本没当回事，结果留下了隐患。

其实这事原本很简单，你只要把欠的钱还上，不就大事化小，小事化无了吗？但王路是"泼皮"本性，狗改不了吃屎，死猪不怕开水烫。他心说："上法院有什么不得了，不就借了5000美元吗？又不是判刑杀头的罪过，你能把爷爷怎么样？况且就算我有心还钱，现在也没这个钱呀！"

5000美元结婚时已用得精光，孩子又刚刚出世，哪儿没有用钱的地方，又一向大手大脚惯了，顾头不顾腚的，两口子每月的工资维持日常开销都不够，每到月底总要打几天饥荒。他这样的情况，你叫他拿什么还债呢？

　　要钱没有，要命一条，您看着办！

　　只是你跟法院要混，能有好果子吃吗？这个道理即便王路不懂，难道刘爽也不懂？刘爽一听人家已经告到法院，就知大事不妙，当即把王路臭骂了一顿，叫他赶紧想办法，哪怕借高利贷呢，先把这个窟窿补上，以后的事以后再说。她哪儿知道，王路外面欠的债远不止这5000美元。她现在犹如坐在一个火山口上，眼下只不过是小规模喷发，一旦整个火山爆发，玉石俱焚，她也不免受王路连累，难逃灭顶之灾。

　　刘爽又与王路商量，想去区法院走走后门。她在警界混了十几年，区法院还有几个熟人。王路连忙赞好，说："现在大家都兴走后门，亲爱的，这一回可就全靠你了！"

　　刘爽说："走后门是走后门，不过有一点得说清楚，钱是一定要还的！"

　　王路说："那当然，等国民经济发展了，个人收入大大增加，到时候咱们一定把钱还上！"

　　刘爽说："那得等多少年？"

　　王路说："等个十年八年总差不多了吧。"

　　刘爽白了他一眼，说："瞧你这德行，真该把你送去劳教劳教！"

　　刘爽嘴上虽然这么说，但还是备了一份礼物，去区法院走后门。先找熟人，又熟人托熟人，一直找到办理此案的法官，递上了话儿。那边也不置可否，把礼物退了回来，刘爽也不知那位是清官呢，还是嫌礼物太轻，心里有点忐忑不安。

　　法庭对这类民事纠纷一般是先进行调解，而当事双方则你说你的，我说我的，很难达成一致。尤其是欠债方，原本存心赖账，见法官只是和颜悦色地做"思想工作"，他也乐得先扯扯皮，拖一天是一天。结果扯来扯去，几个月的时间就过去了。

周文庸一看这架势，不知哪一天是个头，老大不耐烦，就把李婷婷叫去商量，说："看样子不走走后门是不行了。"

李婷婷说："要走后门还得您出马，我可干不了这种事。"

周文庸问："为什么？"

李婷婷说："您手眼通天，认识的人也多……"

周文庸说："那倒是，我随便找个人去，不要说那个小小的法官，就是他们的院长怕也要吃不了兜着走了。只是为了区区 5000 美元，我就动用这些关系，不是让人看轻了吗？"

李婷婷说："那怎么办呢？"

周文庸说："中院院长不是常到你们那儿下棋吗？你跟他熟不熟？"

李婷婷一拍手说："我怎么把他给忘了呢！"

原来棋院设有一个老同志棋类活动中心，每星期活动两次，专门接待 60 岁以上的离退休老同志。据统计，经常来下棋的人中，部级官员有 40 多位，司局级的官员有 60 多位，此外还有 100 多位教授、学者一流的人物。其中离退休的居多，但也有在职的人，中院院长即是其中之一。

中院院长是一位围棋类爱好者，心仪老同志棋类活动中心已久，老想申请入会，但他"资格"不够，一来他才 50 多岁，没到离退休年龄；二来他这个院长说着吓人，但只是个司局级，人家还没放在眼里。院长因为认识记者赵牧，就托赵牧去走走"后门"。赵牧一口答应，跑到棋院，找到老同志围棋类活动中心负责人，质问道："你们什么意思？中院院长都不收？"

负责人说："不是不收，按章程只收 60 岁以上的人，他还不到 60 岁，怎么收？"

赵牧说："可别让我找出 60 岁以下的人来……"

负责人说："也不敢说一个没有，比如刘杰，那是廖部长介绍来的；再如方明泉，那是乔司令介绍来的，不好驳这些人的面子！"

赵牧说："这不结了，你既然已经破例在先，又何妨再破一次例呢？"

负责人一想也是，如今的事也不必太过认真，就算你包公似的坚持原则，有人说你好吗？有人给你发奖金吗？再说他也经常求赵牧发一些比赛活动的消息，倒也不敢轻易得罪。

就这样，中院院长费了九牛二虎之力，总算挤进了老同志围棋类活动中心。按说这个活动中心不过是为了玩玩，让这些老同志下下棋，散散心，可有人就是喜欢拿着鸡毛当令箭，煞有介事，你有什么办法？

李婷婷是国际象棋选手，棋院交给她一个任务，就是陪这些老同志下棋，一来二去，便和中院院长混得很熟。院长管婷婷叫"老师"，每次见面，必先做出毕恭毕敬的样子，腰一哈，叫一声："李老师！"李婷婷也不知院长是逗她，反而欣欣得意起来，逢人便说："连中院院长都管我叫老师呢！"

这天中院院长又来棋院下棋，李婷婷正陪一位副部长下棋，见中院院长来了，忙说："认了认了！"把棋子一胡噜，起身就跑了。那位副部长还从未赢过她，此时不由得满面红光，笑得嘴都合不上了。

李婷婷迎上中院院长，把他引进一间小屋，将打官司要债的事简单地说了一下，递上起诉副本。

院长摘下眼镜看了一遍，说："不是现在还在初院吗？等到了中院再说吧。"

李婷婷说："那得等到何年何月？"

院长说："你年纪轻轻的，心急什么呀？"

李婷婷说："您给批示一下，叫他们快一点儿！"

院长说："我怎能随便批示呢？！"

李婷婷一屁股坐到院长身边，双手搂住院长的胳膊，一边摇晃，一边撒娇撒痴地说："求求您了，求求您了……"

院长被她缠得没办法，况且李婷婷这副样子被人瞧见也不好，便说："我没带笔……"

李婷婷忙跑出去找来一支笔，院长无奈，只好在起诉副本上写了几句话：

申谊同志：

据棋院李婷婷同志反映，她有个债务纠纷官司在你们那儿。我也不了解情况，不好随便置喙，请按相关政策及有关法律条文予以办理为盼！

方中信

院长这几句话可谓圆滑至极，丝毫不露破绽，即便日后有人想要挑刺，怕也无处下嘴。"请按相关政策及有关法律条文予以办理"，难道区法院的人不懂这一点？所以说了等于没说。

李婷婷对这个批示也不甚满意，心中颇为失望，但不好说什么，只得硬着头皮，将院长的批示送到区法院申谊手中，那人也没说什么，让李婷婷回去等消息。李婷婷心里嘀咕，怕是没什么作用。

没过几天，区法院就宣判了，判李婷婷胜诉，王路还钱，诉讼费由王路承担。

王路接到判决书后，对刘爽说："你这后门是怎么走的？一点儿作用都没有！"

刘爽说："这就不错了，要不是我走后门，能拖好几个月？恐怕人家早就判了！"

王路不服，上诉到中级人民法院，他想初院拖几个月，中院再拖几个月，高院又拖几个月，一年不就过去了吗？不料中院的工作效率还挺高，仅一个星期便宣判了，王路败诉，维持原判，不得上诉。

王路没料到会判得这么快，顿时慌了手脚，知道这下不还是不行了，不还就是跟政府对抗，那不是活得不耐烦找死吗？可又拿什么还呢？兜里没钱自不待说，要是能借点钱先把这个窟窿补上也行，可他的信誉太差，谁还敢借给他钱呢？夫妻二人筹划来、筹划去，也不知上哪儿掏弄这 4 万多块钱去。一想若到了日子仍还不上钱，法院就要派人来"抄家"，什么存折、彩电、冰箱……凡值钱的东西一卷而空，这日子还怎么过？夫妻二人愁眉苦脸，茶饭不思，上吊的心都有了。

后来，王路看着老婆、孩子也挺可怜，良心有所发现，自己既为人夫，又为人父，怎么也得像个男子汉，便对刘爽说："不就 5000 美元吗？愁什么？兵来将挡，水来土掩！车到山前必有路，船到桥头自然直！"

刘爽说："总得有个办法吧？"

王路拍着胸脯说："放心，包在我身上！"

刘爽说："咱可不能做违法的事！"

王路说："咱一个当大师的人，难道还会去溜门撬锁、拦路抢劫？那都是力气活儿，让咱干也干不了呀！"

刘爽说："那你能干什么？难不成你出门跌个跟头，就能捡一个大皮夹子？"

王路说："我也不用干什么，只需坐在屋子里，点一支烟，动动脑细胞，那钱就来了！"

刘爽将信将疑，心说："你那脑细胞要真好使，何至于弄到今天这步田地？"但眼下已山穷水尽，无计可施，只好让他再动动他的脑细胞。

这一动不要紧，结果就把王路动进了大狱。

原来王路和刘爽结婚时，住在刘爽的宿舍，筒子楼，15 平方米的单间，厨房、厕所共用。孩子出生以后就感觉周转不开，单位一时也无力为他们解决住房，两人就商量在外面租一套暂住。托人找房，一时半会儿也没有结果，又花了点钱，在报上登了一个租房启事，没过几天，就有人打电话来和他们联系了。

打电话的是一对老夫妇，儿子和媳妇赴美留学，将住房托二老照管。后来儿子和媳妇都在美国找了工作，又领了"绿卡"，眼见一时半会儿是回不来了。老两口想："房子空着也是空着，不如变俩钱花花。"恰在此时见到王路的租房启事，遂主动联系。

王路和刘爽前去看房，这是一套两居室，有客厅，厨房、厕所也还宽敞，心里十分满意。那对老夫妇一听男的是大师，不由得一惊；又听说女的是警察，又不由得一惊，心说："这一对可是打着灯笼都难找，不租给他们还想租给谁呢？"

双方一拍即合。老夫妇原定租金800元，看在大师和警察的份上，又减免200元，按市面的房租标准，可算十分便宜了。王路和刘爽生怕这事黄了，立马和老夫妇签了租约，并付了半年的租金。又将房子粉刷一新，搬了进去。

王路打的就是这套房子的主意，这使他起码损失了10万脑细胞。他老兄坐在屋子里，点着一支烟，把天下的人算计了一溜够儿，最后把目标定格在租他房的那对老夫妇身上。说句老实话，他从心底不愿算计这对老夫妇，年岁那么大了，儿子又不在身边，没法照顾他们，也怪不容易的。何况人家又租给他房，还少要了他的租金，对他也算不薄，于情于理他都不该对不起人家。只是现今法院把他逼得急了，事急则从权，狗急还跳墙呢，有什么办法？他倒想算计克林顿呢，够得着吗？只好算计身边的人，找一个软柿子捏咕，谁让他撞到咱的枪口上了呢？

王路心说："对不住了，要怪也别怪我，还是怪法院吧，这份人情暂且记下，等以后发了财再补报吧！"

王路打的如意算盘是把他租的这套两居室偷偷卖掉，这套两居室最不济也值10万元，除了还账，还能剩5万多元，又够花一阵子了。至于私卖人家房产是怎样一个罪过，他也没怎么想，认为大不了还是一个欠账还钱的事，原来欠人家4万多块钱，现在欠人家十来万块钱，多几万块钱而已。最后无非是打到法院，初院、中院、高院，每个院拖他几个月，加起来又可以拖老长一段时间，到时候发生什么变化还说不定呢，兴许打起了第三次世界大战，一概债务全免，那这钱也就不用还了。

这么一想，王路觉得自己简直就是个天才。放出风说自己受人委托，手里有几套二手房出售，若有人搭桥牵线，事成之后必有重谢。

没过几天，他的那个狐朋狗友吴卫华向他提供了一个线索，说有一个温州老渔民，放着好好的虾蟹不打，非跑到北京来卖服装，不料一不留神就发了财，手里着实有两个钱，想在北京买房定居，正托人打探呢。王路心说："外地人更好，外地人人生地不熟，好蒙不是？"就叫吴卫华把他约来面议。

温州人来了以后，把王路这两居室里里外外瞧了个仔细，心中还挺满意。过去他老兄一个人在北京打天下，租了间平房穷将就。如今手里有俩钱，烧得慌，就把老婆、孩子也接来了。孩子来了要上学，他又听说了一个小道消息：在北京买房可以上户口。那样的话，孩子上中学、考大学也有了着落。他在心里算了一笔账，租房也不少花钱，最后房子还不是自己的。买房虽然一开始多花一点儿，但房子毕竟是自己的，将来就是不住把它卖了，本也能收回来。

买房是买房，但北京的房价那么贵，商品房又买不起，只好买一套二手房。他是个生意人，耗子成精了，肚子里的小算盘不时拨来拨去，老想算计别人，占个大便宜，只是天底下哪有那么多便宜可占呢？

温州人问："老板，您这套房子要卖多少钱？"

王路说："一口价，15万！"

温州人说："按说也不贵，不过我手头没那么多钱，您看可有商量？"

王路说："你打听打听，我这套房要到市场上，起码也值30万左右，我这已经便宜一半了！"

温州人说："老板，好好的房子，干吗把它贱卖了呢？"

王路说："我正要移民澳大利亚，房子留着也没用。"

温州人说:"您这一出去,就要挣大钱,难道还在乎这点钱?"

王路说:"话不能这么说,我在国内好歹有一份工作,不愁吃,也不愁穿,这一出去就不好说了,兴许连工作也找不着,手里不留点钱行吗?"

温州人点点头,又笑笑说:"老板,再降一点儿嘛。"

王路头摇得像拨浪鼓,"不降、不降,一分也不降,我这房又不愁卖不出去!"

温州人说:"那您把房契拿出来让我看看。"

王路说:"你还没决定买不买,看房契做什么?"

温州人说:"不看房契我又怎么决定买不买呢?"

王路说:"那就再说吧,就算你要买,我还得跟我老婆商量商量。"

温州人说:"商量商量也好……"说着起身告辞。

王路也不挽留,将温州人送了出去。

这两个人各怀鬼胎,一个要卖,一个要买,心情都很迫切,但表面上又都装作满不在乎,想要吊吊对方的胃口。对温州人来说,不过是想占点小便宜;但对王路来说,则另有顾虑。他倒不是想抬价,而是害怕这笔买卖若显得太过容易,温州人反而会疑心生暗鬼,不上钩了。话虽如此,等温州人走了,王路又有点后悔,还不如少说点,哪怕就说 10 万呢,弄 10 万是 10 万不是? 要是温州人真的嫌贵,不来了,可找谁哭去?

谁知温州人第二天便来了电话:"老板,您考虑好没有?"

王路正坐立不安,这下心里有了底,不紧不慢地问:"考虑什么?"

温州人说:"降点儿价呀!"

王路问:"你说多少?"

温州人说:"不瞒您说,我手头倒是有 20 多万,可我还得过日子,不能不留两个钱。这么说吧,您要是肯降到 12 万,我就买了,再多我就没这个能力了。"

王路说:"那就依你,我一个要移民澳大利亚的人,也不穷在这两万三万上面，没工夫跟你老扯皮。"

温州人说："那您把房契准备好，我一会儿就过去。"

王路说："不忙，我今天没空儿，一会儿有人要来看房，还是改日吧。"

温州人说："老板，不好这样吧？"

王路说："又怎么啦？"

温州人说："您既然已经答应了我，怎么还让别人看房呢？"

王路说："笑话，难不成别人愿出 15 万我不卖，非卖你 12 万？"

温州人急了，说马上带钱过来，王路劝他不要着急，他也不听，"啪"地把电话撂下了。

王路一想，这事不大好办，为什么呢？因为他手里没有房契，就算温州人带钱来了，双手奉上，他也干瞅着眼馋不敢收。

王路的心里像猫挠过一样，血淋淋地难受，起身出门，下楼去了。

王路走到大街上，也不知要上哪儿去，心里盘算一件事：怎么才能把房契弄到手？也没想出什么好办法，只能走一步，说一步，听天由命。见路旁有个副食店，进去装了一个点心匣子，坐车去了那对租他房的老夫妇家。

等见到那对老夫妇，叫一声"大爷"、"大妈"，奉上点心匣子，又从兜里掏出半年的房钱，递了过去。大爷、大妈笑得嘴都合不上，心说："这孩子真懂事，比自己的儿子强。租房时付了半年房租，住了不到 4 个月，下半年的房租又送来了，这样的房客上哪儿去找？"

王路趁机便把要借房契的事提了出来，他说："我既然租了大爷、大妈的房，也想长期租下去，所以想把我们家三口人的户口转过来，主要是为了孩子着想，入托上学方便不是？但现在转户口很麻烦，没有房契根本转不了，因此不得不借房契一用。"

大妈说："你爱人不是警察吗？"

王路说："警察也不行，警察也得按手续办事。再说我们那位也是死脑筋，不愿为这点小事托人情走后门。"

老两口都夸王路的爱人做得对，当警察的就该这个样子。当即将房契找出来，交到王路手里。

王路回去以后，打电话约见温州人。

温州人说："我刚才去了，你不在家。"

王路说："我刚才有点急事，出去了一下，你现在过来吧。"

温州人买房心切，不大一会儿工夫便带着钱赶过来了。

王路把房契拿给他看，温州人翻来覆去研究了半天，问道："老板，我记得你不是姓王吗？怎么这上面姓宋呢？"

王路说："这你就不知道了，这套房是我爱人的，这上面是我老岳父的名字。"

温州人说："既然我买了房，您看是不是换成我的名字？"

王路说："就这事不大好办，不瞒你说，我原也想把这上面的名字改成我的名字或我爱人的名字，到房管所一打听，手续还挺麻烦，一时半会儿办不下来，所以一直拖着，也懒得改了。"

温州人问："那怎么办呢？"

王路说："这事包在我的身上，但也不能急，房子你先住着，等我托托人，早晚改成你的名字就是了。"

温州人想想，自己一个外地人，在北京也没户口，想要改房契怕比登天还难，只好先这么混着，将来看机会再说。

两人签了购房合同，温州人就把 12 万人民币交给了王路，并问道："您什么时候能把房腾出来？"

王路说："三天吧。"

等晚上刘爽回来，王路也不告诉她卖房的事，钱也藏了起来，只是说："今天那老两口来了，说他们的儿子近期要回国探亲，让咱们先把房腾出来，等他儿子走了，再搬回来。"

刘爽说："那咱们上哪儿住去呢？"

王路说："再租一套不就结啦！"

"说得倒轻巧。"

"要不咱们暂时搬回我妈那儿去住，我妈那儿好歹有两间房。"

"你妈那儿我也去过，只能算一间半。再说你妈怎么也得占一间吧，咱们占另一间，挤得下吗？"

"外面不是还有一间厨房吗？让我妈住厨房不就行啦。"

"那不合适吧？"

"没问题，我妈是中国妇女勤劳勇敢的典型，这么点困难怕也吓不倒她。"

刘爽白了他一眼，啐道："养你这样的儿子也真是造孽！"

第二天，王路先去棋院，找到李婷婷，交给她 45000 元人民币，嘱咐她跟法院打一声招呼，把官司了结，李婷婷忙答应了。

中午，王路请了假，回家去找老妈，直截了当地说："我们想搬回来住……"

老妈一听儿子一家三口要搬回来住，不由得喜从天降，但又顾虑蜗居狭窄，怕委屈了儿媳妇，心中很是不安。

王路说："放心，她一个当兵的出身，摔打惯了，没那么些说的。"

老妈心想："就算儿媳妇能将就，可孙子才几个月大小，难道也将就不成？这可是老王家的一条根，如今又是一脉单传，宝贝得不得了，更不能受半点委屈了。"主动说："那我就住厨房吧……"

王路说："妈，您年纪这么大，也怪不容易的，也别太委屈自己了！"

老妈说："妈已是快入土的人了，哪儿不能忍一忍。只要你们三口人回来，一家人团团圆圆，妈心里比吃蜜还高兴呢！"

王路见老妈执意要住厨房，也就不坚持了。他四下转转，发现这屋子破破烂烂，实在没法住，遂给他认识的一个工头打电话，叫他派几个人来，帮他装修房屋。

过了一个多钟头，工头带着几个弟兄，蹬一辆破板车来了。王路吩咐他把前面的门窗统统拆掉，换成铝合金的，然后粉刷墙壁、铺地砖，说："活儿也不多，最好两天给我干完，我还等着搬家呢！"

工头说："料还没备，还是三天吧！"

王路说："哥儿几个辛苦一点儿，不行就晚上加加班吧。"

工头问："料是你备还是我备？"

王路说："地砖归我，其余全归你！"

工头算了一下，跟王路要了1500块钱，派两个伙计去买料，又叫他们带几条麻袋，半路上遇见修房的地方，顺几袋沙子回来，两个伙计蹬上板车去了。这里工头又指挥剩下的几个伙计拆房，七手八脚，油锤铁锹一起上，不过一顿饭的工夫，就把前面的门窗连同墙垛拆得一干二净了。屋里原只有点破旧家具，这下全都暴露在光天化日之下了。王路看着，觉得很没面子，说还有事，要先走一步了。

他把老妈叫到一边说："您盯着点儿，有事给我打电话。"

老妈问："晚上要不要给他们做饭？"

王路说："他们这是包活儿，您一概甭管，只烧点水沏壶茶就齐了。"

老妈问："那你还什么时候过来？"

王路说："明天上午我先去买地砖，然后拉过来。"

又过了两天，这里一切收拾停当，看着还挺像那么回事儿。刘爽也过来巡视一番，心中虽然不大满意，但也没说什么。王路还挺孝顺，怕老妈住着不舒服，临了又叫工人把厨房拾掇干净，粉刷了一遍。只是屋子太小，放不下一张床，就用凳子支两块木板，把老妈安置进去。至于原来那些旧床、旧桌椅板凳，就全不要了，一总卖了破烂。老妈心疼得要吐血，死活抢下了一个五斗橱，那是她和王路他爹结婚时买的，30多年了，睹物如见人，总得留个念想不是？叫人帮着把五斗橱搬进厨房，橱与床之间仅剩一条缝，每次进去都要侧着身，但老太太安之若素，不觉得那是什么克服不了的困难。

王路和刘爽把家搬了过去，这边的条件虽然不如那边，但有一弊也有一利，从此孩子有老人照看，倒也免了后顾之忧，可以过几天舒心日子了。

等那套两居室腾空以后，王路通知温州人过来拿钥匙，算是正式办理了移交手续。

温州人把房屋重新装修一下，置办些真皮沙发、红木家具，一家三口高高兴兴搬了进去。兴奋之余，温州人也没忘给家乡的父母兄弟姐妹打电话，告诉他们他已在北京买了房，安了家。家里人都替他高兴，鼓励他好好干，说以后还要靠他的关系，也到北京去见见世面呢。

温州人心满意足，一门心思要做北京人了。

又过了一段时间，周文庸与南方某报记者之间的口水官司终于尘埃落定，他与杨玉华之间的离婚传闻也逐渐烟消云散。两人一看时机已到，此时不离，更待何时？就将财产分割清楚，去街道办事处办理了离婚手续，心平气和地分了手。

周文庸又成了孤家寡人，他曾有过两个老婆、三个大胖小子，如今这些人先后离他而去。这要搁在别人身上，肯定要掉几滴眼泪，悲哀好几天，但周文庸不一样，他是个棋痴，只要有棋可下，就心满意足了，什么夫妻之情、天伦之乐，从未略萦心上。明朝时有个诗人，名曰林逋，隐居杭州孤山，以梅为妻，以鹤为子，人称"梅妻鹤子"。周文庸自然没有林逋那么雅，但两人情形相仿，不谋而合。周文庸身居红尘，以棋为妻，以棋为子，或许可称"棋妻棋子"。只是读起来有点拗口，不如"梅妻鹤子"那么韵味悠长。

有人评价周文庸是"上帝派到这个世界上来下棋的人"。

这个评价或许还比较贴切。既然是上帝派来下棋的人，若不在棋上成就点惊天动地的伟业，岂不辜负了上帝他老人家的一番美意？

周文庸的最大遗憾是迄今为止还没拿过世界冠军。离婚以后，他又树立起了雄心壮志——要拿世界冠军！

有记者采访他，他说："不出昏着，我仍是中国第一！"

记者问他今后有何打算，他说："先拿一两个世界冠军再说吧。"

记者又问："多长时间才能到手？"

他说："就是今年！"

今年年景不错，国际国内形势一片大好。但这与他不相干，他的优势是已经离了婚，无妻一身轻，有棋万事足，也到该出成绩的时候了。

想当年若不是罗珊一通胡搅，他早打败卡尔罗夫，荣膺"世界第一"了。后来若不是杨玉华带来霉运，他也早拿几个世界冠军了。如今这两个"祸害"已离他而去，他还不该时来运转，拿几个世界冠军吗？

当时正好有一个世界大赛，冠军奖金是 200 万美元，给了中国 5 个名额，为此国内举行了选拔赛。过去周文庸的全盛时期，无须选拔，便铁定占一个名额。如今不行了，成绩已大不如前，若凭空分他一个名额，会招致一堆反对意见。棋院领导只好顺从民意，宣布重大改革措施，无论是谁，不管他资格多老，功劳多大，一视同仁，都需参加选拔赛。

这要搁在过去，周文庸早就火了，怒气冲天，骂骂咧咧。他也不耐烦跟棋院这几头大瓣蒜拍桌子瞪眼，干脆去找体委领导告状，而且一告一个准。但眼下他底气不足，只好服从棋院的决定，和"儿孙辈"们一起参加选拔赛，从头打起。

周文庸对这次世界大赛十分重视，认为是自己东山再起的一个大好机会，心中憋着一口气，要争世界冠军，并做了精心准备，不仅打谱研究，而且准备了三大"制胜方略"。这三大"制胜方略"是他多年经验的总结，属不传之秘，过去任用其中之一，便大奏功效，十分灵验。这次他准备三个一起用，破釜沉舟，背水一战，不成功，便成仁！

他的第一个"制胜方略"是一套西服，也不是什么名牌，穿起来
皱皱巴巴，挺不起眼。但十几年前，他曾穿着这套西服横扫俄罗斯，
一连赢了六位特级大师。他给这套西服起名"得胜服"，十分珍爱。凡
遇重大赛事，常穿这套西服，而且穿则胜，不穿则败，屡试不爽。

他的第二个"制胜方略"是火锅牛肉面。五六年前，俄罗斯一位
国际象棋特级大师来中国访问，此人世界排名在前10之内，名声震
耳，中国棋手均感信心不足。周文庸与之交手，轻而易举便将其擒下
马，心中不免有点奇怪，怎么会如此不堪一击？仔细找了找原因，发
现也没什么特别之处，就是中午有人拉他去吃饭，吃的是火锅牛肉面。
周文庸便把火锅牛肉面起名为"得胜饭"，以后凡遇重大赛事，必先吃
一顿火锅牛肉面。只是这"得胜饭"有时灵，有时不灵，远不如"得
胜服"那么灵验。

他的第三个"制胜方略"是输点小钱，即所谓"吃小亏，占大便
宜"。周文庸是天生的赌徒，凡能赌的东西，他都有兴趣。他有一个习
惯，喜欢在大赛前赌一把，看看自己的手气如何。若手气好，赢了钱，
就预示着他比赛要输；若手气不好，输了钱，就预示着他比赛要赢。
所以每逢大赛之前，他都要变着法儿地输点钱，为的是赢得比赛。为
此他还有一套理论，比如这次大赛的奖金是200万美元，他准备赛前
至少要输出去200美元。你若说他这不是冒傻气吗？200万美元能不
能到手还不知道，先扔200美元！他说："这你就不懂了，其实这200
万美元的奖金，老天爷早有安排，我若连200美元都不舍得扔，你想
老天爷能让我赢这200万美元吗？"

扔200美元就能得到200万美元，天底下能有这样的美事吗？纯
属一派胡言，但他就信这个，你有什么办法？

这天下午要举行选拔赛的第一轮比赛，周文庸一大早便穿起了他
的"得胜服"，中午又吃了一顿火锅牛肉面，饭后又拉着李婷婷玩牌，
李婷婷知道他有这个毛病，乐得赢他俩钱花花。结果那天周文庸的手

气极臭，不过一顿饭的工夫就输给李婷婷 600 元人民币。周文庸笑得嘴都合不上了，心说："有门儿，下午的棋必赢无疑。"

下午一点半左右，周文庸来到棋院，踌躇满志，似乎已看到 200 万美元在向他招手。上了二楼，准备去赛场酝酿一下情绪，忽听背后有人叫，回头一看，原来是高世平。

高世平说："我正到处找你呢……"

周文庸问："有事吗？"

高世平说："最近我出了一本书，想送你一本，请多多指教。"

周文庸一听"书"字，不由得脸色大变，又听"送书"给他，脸色就越发难看了，心里骂道："这个妖怪，明知我就要参加比赛，还送书给我，怕我不输是怎么着！"

原来棋手有一个毛病，赛前忌讳听"输"字，而且株连九族，凡与"输"字同音的字，也都在忌讳之列。

与"输"同音的常见字大致有"书、抒、纾、舒、枢、叔、淑、姝、殊、倏、疏、蔬"等，统统都在禁忌之列，有点"文字狱"的味道。"书"字的使用频率较高，属禁忌的重中之重。结果棋手在日常生活中也对书有了成见，不看书，不摸书，不说书，自然也就不爱书了。有人批评棋手没文化，不爱书即是一个例证。他讲话："那也没有办法，试问哪个棋手不爱赢爱输呢？若真有人说他不爱赢爱输，那他就是妖怪，我不是妖怪，所以我不爱'书'！"

高世平哪知这里面的说道，愣头愣脑，从皮包里抽出一本书，递了过去，周文庸接也不是，不接也不是。接吧，人家明明送"输"给你，你还要接"输"，这不是有病吗？不接吧，人家把你当个人，要请你指教，又怎好一口拒绝呢？他一咬牙把书接了下来，犹如接了一只蝎子，有点惶恐，怕蝎子蜇人，冷汗也不觉冒了出来。假装看看表，说马上要比赛，拔腿就走。等拐过弯儿，高世平瞧不见了，周文庸急忙把那本书从窗口扔了出去。

都是那本书惹的祸！周文庸心绪大乱，虽说已经实施了三大"制胜方略"，但那威力显然不敌一本书。原有的自信也不知跑到哪里去了，心里开始嘀嘀咕咕，怕输棋，200万美元啊，一输就全完了。这个选拔赛采用的是单败淘汰制，输一盘就出局，连翻本的机会都没有。

其实第一轮和他相遇的棋手只是个少年，"孙子"辈儿，要搁平时，周文庸只把他当一道菜，三下五除二就解决了。但今天他的心态已经不对了，患得患失，水平难以正常发挥，棋下得别别扭扭。前半盘依靠过去的经验，也还说得过去，但走着走着就走出了"昏着"，心里一懊恼，又接二连三出错，那棋就没法下了。按说那局棋还没到山穷水尽的地步，只要坚持下去，也有可能赢棋。但周文庸已没了斗志，以自己堂堂超级大师的身份，和一个低级别少年下到这步田地已是不该，若再死缠硬泡，希冀人家孩子犯错误，就太失风度了。

想到这里，周文庸主动停钟认负。从此以后，他再也不提要夺世界冠军的话了。

善有善报，恶有恶报；不是不报，时机未到；时机一到，一切都报。

这天傍晚，租房给王路的那位老先生外出办事，恰好从楼下路过，一时高兴，便上楼来敲门，打算看看王路，顺便讨杯茶喝。

门一开，是个陌生人，后面还跟着一个孩子。

老先生一愣，以为走错了门，忙问："王路不在吗？"

温州人说："王路搬走了。"

老先生又是一愣，忙问："什么时候搬的？"

温州人说："搬了有三个多月了！"

老先生说："不能吧？"

温州人说："为什么不能？"

老先生说："这房是我租给王路的，他搬家怎么也没通知我一声？再说就算他搬家了，你怎么又住进来了？"

温州人一听话茬不对，有点发慌，忙说："这房……王路已经卖给了我……"

老先生急了："我的房，他凭什么卖给你呢？"

温州人只得将老先生让进屋，把他买房的来龙去脉说给老先生听。老先生气得浑身打战，差点一口气上不来。

温州人拿出房契，想证明王路确实把房卖给了他。

老先生说："这上面的名字就是我！"

温州人说："王路说您是他的老泰山。"

老先生说："我和王路只是户主与租户的关系，没有任何其他关系！"

温州人越发地慌了，说："为买这房，我给了王路 12 万元呢！"

老先生说："这就更荒唐了，这套房是公房，我虽然是户主，但也没有产权，产权归房管局，私自买卖公房是犯法的，你懂不懂？"

温州人说："我一个外地人，只想安安分分地过日子，怎么敢犯法呢？"

老先生说："那就好，我给你三天时间，你把房给我腾出来！"

温州人说："那我的钱呢？"

老先生说："你的钱给谁了，就跟谁要去！"

温州人说："王路说他要移民澳大利亚，兴许这时候已经走了，我上哪儿找他去呢？"

老先生说："依这小子的所为，多半是在骗你，他在北京棋院工作，你去棋院一打听便知。"

第二天，温州人去了棋院，他也没找王路，直接找到办公室主任。主任一听是经济纠纷，就不想管，又欺负他是外地人，遂把王路的地址告诉他，说："王路这两天没来上班，你到他家去找就是了。"

温州人按地址找到王路家，王路一见他来了，知道东窗事发，心说："刚过几天好日子，这么快就完了？"无奈只得打起精神，起身让座，倒茶递烟。

温州人鼻子不是鼻子，脸不是脸，说："你一个当大师的人，怎么净干这种没屁眼儿的事?！"

王路说:"人家身后拿着刀子讨债,我也是被逼无奈才出此下策,这也不必说它,如今只说怎么了结吧。"

温州人说:"如今房主逼着我腾房,我也没有别的要求,你把12万元还我就是了。"

王路说:"这也是应该的,房子既然住不成,钱自然要还你,总不能让你人财两空不是。但有一点,这钱我因还债已用去7万多块钱,只剩下小5万块钱。要不你先把这5万块钱拿去,剩下的钱我慢慢还你?"

温州人说:"咱们可是有头有脸的人,不好这么办事吧?你骗我上当,我不追究了,装修那房花了3万多块,我也不让你赔了,我只要我买房的12万,不过分吧?"

王路说:"不过分,不过分,我心里也很感激。"

温州人说:"那你还推三阻四,这么不痛快……"

王路说:"实际情况如此,我也没有办法。"

温州人说:"那我只好找法院解决了!"

王路说:"这又何苦?朋友之间不好为这点小事撕破脸皮吧?"

温州人说:"我没你这样的朋友!"

王路说:"你虽然不把我当朋友,我可一心一意把你当朋友呢。"

温州人哪见过这样的"滚刀肉",抓耳挠腮,一时竟不知如何是好。最后只得宽限他7天时间,"7天再不还,只好上法院打官司了"。

王路一口答应,说:"7天就7天,7天之内我一定尽力,但谋事在人,成事在天。7天过后,我若还不上,你也不用客气,直接去法院吧,咱哥儿俩法庭上见!"

后来温州人又来找过几次,王路也确实没钱,怎么还?他讲话:"没钱就是没钱,到法院也没钱!"法院能把他怎么样?大不了也就是让他变卖家产还钱,你看看这屋里,彩电、冰箱、洗衣机……全加在一起也就1万来块钱,离12万还差得老远呢!"要不咱俩订一个还钱的合同,每月100块钱,从我工资里扣除,你看如何?"

温州人想了想，一个月100，一年1200，要还12万得100年，自己能活100年吗？

如今这世道变了，怪不得人说"欠钱的是爷爷，要钱的是孙子呢"！没办法，只得打起精神，赔着笑脸，左央求，右央求，求王路开恩，把欠他的钱还上，下辈子当牛做马也要报答，足足扮演了一回孙子的角色。

在这里扮演了孙子，心里毕竟不能平衡，回去以后，越想越气，心说："今天可别有人来，今天若有人来，也甭管什么事，对不起，一概驳回。咱们为什么就非得装孙子，难道就不能装一回爷爷？"

恰巧老先生来催他搬家，他说："王路还我钱我就搬，王路不还我钱我就不搬！"

老先生问："那王路什么时候还你钱呢？"

温州人说："那谁说得准呢？少则三天五天，多则八年十年。"

其实他说的也是实情，可老先生听了却气得半天说不出话，回去以后便一病不起，发烧、乏力、神志不清，时好时坏。老太太吓坏了，衣不解带，日夜伺候，心说："要是因为这点事，再气出个好歹就不值了。"

这一天，老先生的侄子来探病，问起病因，老太太便将房子的事说了出来。

侄子先是表示诧异，说："天下居然还有这等事？"又说，"也没什么大不了的，交给我就是了。"

老太太问他怎么办？侄子说："这您都甭管，我让他把房腾出来不就行了。"

老太太知道他办事毛毛糙糙，不放心，叮嘱他说："这事咱们原本占理，你去了以后，跟人家商量着来，千万别要蛮的，一件事又办成了两件事！"

侄子说："放心，咱们家好歹也算书香门第，那种动胳膊动腿的事，让我干也干不来。"

侄子去找温州人，见他生得瘦小，也没放在眼里，又欺负他是外地人，不由得摆出北京大爷的谱儿，翻着白眼说："给你三天时间，把房给我腾出来，否则后果自负！"

温州人问："你又是谁？凭什么要我腾房？"

侄子说："我是谁，犯得着告诉你吗？叫你腾你就腾，别找不痛快！"

温州人一见他这架势，像是黑社会，八成是老家伙雇来的，心里就有了怯意，说："我也不是赖着不搬，只因王路拿了我的钱不还……"

侄子说："谁拿你的钱，你找谁去，我只要你腾房，别的事跟我说不着！"

两人不欢而散。

又过了几天，侄子听说温州人那边没有动静，心说："没见过这种人，真是活得不耐烦了，便找了几个铁哥们儿，书包里藏着菜刀，来找温州人算账。进了门儿，发现屋里已有七八个人，一个个面色不善，像是要打架的样子，知道对方已有了准备，不由得一惊。但事到临头，也不容他拉稀，只得硬着头皮问："腾房的事儿怎么样啦？"

温州人冷冷地问："你想怎么样？"

侄子说："哥们儿，想打架是怎么着？"

温州人说："打就打，这年头谁怕谁？"

侄子顿时变作一副笑脸，说："大哥，这是怎么话说的，咱们又不是黑社会，难道还要火并一场？"

温州人说："谁要火并了，我这只是几个老乡，凑巧来作客，就让你们碰上了。"

侄子说："其实这件事根子在王路那小子身上，咱们斗来斗去，可就应了一句老话：'鹬蚌相争，渔翁得利'。"

温州人说："不如咱们一起去找王路，彻底了结这件事！"

侄子说："我也正要会会那小子呢。"

于是两路人马上化干戈为玉帛，一起去找王路。

到了王路家，只见王路正在吃饭，天气太热，光着膀子，瘦干狼似的，众人一拥而上，将他团团围住。

温州人还没说话，侄子先发了话："你就是王路？"

王路说："我就是！"

"知道我们为什么找你吗？"

"不知道。"

"装傻充愣是不是？我可告诉你，今天你若不把欠人的钱拿出来，可别怨我们对不住你！"

"那你能怎么样？"

"倒也不能把你怎么样，不过是卸你一条胳膊，再不卸你一条腿而已。"

"现在是法治的时代，你们可要考虑后果！"

温州人说："原来你还知道现在是法治的时代，这就好。"又对众人说："咱们也不要难为他，就送他去一个讲法的地方吧！"

众人都说"好"，立刻有两个人上来，扭住王路的双手，押着他往外走。

王路挣扎不脱，忙问："你们要把我送到哪儿去？"

侄子说："自然是公安局，还能把你送到哪儿去？"

王路说："你们送我去公安局，我也不反对，可你们总得让我穿一件衣服吧？"

侄子说："穿衣服干吗？就这样光着挺好！"

王路说："我好歹也是一个大师，这样走在大街上，恐怕影响不好。"

侄子说："正好让大家看看大师是什么模样！"

众人不由分说，把王路押至大街上，果然引来不少围观的人，有认识王路的，也有不认识王路的，纷纷打听是怎么回事儿。王路的脸皮少说也有一尺多厚，但到此地步，也觉羞愧难当，恨不能找个地缝钻进去。忽然他使劲儿一挣巴，挣脱开扭住他的手，撒腿就跑。那些人岂容他轻易逃脱，一齐追了上去，一边追，一边喊："抓住他！抓住他！"围观的人都以为是抓小偷，有几个热心的人就想帮着截他，王路也红了眼，大喝一声："让开！"拦他的人也怕他拼命，忙闪到一边，王路趁机逃了出去。

王路前面跑，一堆人后面追，像是拍电视剧。王路心里明白，再让这些人抓住，肯定轻饶不了他。要钱是没有，只好让他们卸一条胳膊，再不卸一条大腿……他忽然想起附近一条胡同里有个派出所，派出所岂不是最安全的地方？这么一想，便加快了脚步，拐进那条胡同，一头闯进派出所，告诉值班的警察："有人要杀我，快救救我！"

值班的警察见他光着膀子，满头大汗，上气不接下气，恐怕不是虚言，忙打电话向领导汇报。正说着，温州人等也赶到了，吵吵嚷嚷找王路，忽然从里面冲出十几个警察，将他们团团围住，为首的人大喝一声："这是什么地方，岂容你们撒野，都给我带进去！"

这些人本是乌合之众，顿时傻了眼，乖乖缴械投降。警察又从他们的书包里搜出菜刀等凶器，立即以杀人嫌疑犯对待，叫他们一个个都到墙角蹲着，又问他们谁是头儿？侄子是北京人，自然比那些外地人见过世面，忙供出温州人是主谋。温州人也无从否认，警察便把他带出去，重点审问。温州人也不敢隐瞒，一五一十，竹筒倒豆子，把王路骗他钱的事全都招了出来。警察也不信他的一面之词，又讯问王路，王路也实话实说，顺便做了点批评与自我批评，他以为不就是欠了12万块钱吗？有什么大不了的？

最后"案情"大致清楚了，派出所领导商量了一个处理意见，经向上一级领导请示后，将温州人等一干人教育释放，只把王路一人留下了。王路也没有在意，还以为是派出所采取的保护性措施。"咱是什么人？咱是大师，大师自然要重点保护一下啦。"

晚上8点多钟，刘爽闻讯后赶来营救。都是同一条战壕的战友，刘爽以为有她说情，把王路保出来应该没有问题。不料接待她的警察支支吾吾，语焉不详，只是说已向上级领导汇报了，结果如何尚不得而知。刘爽看这架势，似乎王路出了什么问题，但又问不出个所以然，只得怏怏而回。

第二天一早，刘爽去刑警队找她的师兄，想托师兄打探一下消息。师兄不敢怠慢，忙给有关方面的熟人打了几个电话。然后告诉师妹，问题有点棘手，一时半会儿怕难以了结。目前有关方面正准备以"涉嫌诈骗"立案，诈骗金额有 12 万之多。

刘爽慌了，忙问师兄如何是好？

师兄说："现在只能采取一些补救措施，尽快把人家那 12 万还上，或许能起点作用。"

刘爽低头无语，眼泪不由自主地流了下来，心里恨王路不争气，又恨自己选错了对象。结婚不到一年，生出多少揪心的事，竟没过几天安稳日子，嫁这么一个人，不是作孽吗？但又有什么办法呢？这个人再不济也是你的老公，又是你孩子的父亲，能见死不救吗？

刘爽自怨自艾了一番以后，开始积极执行师兄的"拯救王路方略"。具体来讲就是四处借钱。可一个星期过去了，愣是一分钱也没借到。

这时传来了消息：检察院已批准正式逮捕王路，刘爽不由得急火攻心，起了一嘴的燎泡。无奈之下去了棋院，找办公室主任哭诉，希望棋院出面，为王路说几句好话。按一般情况，若单位作劲死保这个人，公检法方面也不得不考虑这个情况。主任听后，不置可否，说些同情的话，假意叹息了一番，心里却想："王路涉嫌诈骗，性质严重，谁敢沾他呀？沾上他再惹祸上身，不是吃多了撑的吗？况且王路人缘极差，平时也没什么好处到领导这里，领导为什么要替他说话呢？"

"世人皆欲杀，我意独怜才。"主任哪有这个雅兴，当下把刘爽很好地敷衍了一番，这是他的拿手好戏，叫你摸不清他的真实意图，心里存一点儿希望，过后什么事也没办。

刘爽又深入基层，找棋手谈话，希望他们看在平日交情的份儿上，凑点钱把王路捞出来。她也是病急乱投医，溺水抓稻草。棋手中大多与王路没什么交情，此时幸灾乐祸、落井下石还来不及，谁想去捞他呀?! 这也怪王路平日做事不留余地，把人都得罪光了。真正与王路有点交情的只是几个女棋手，其中交情最深的属李婷婷，但两人已因爱生恨，哪有心肠掏钱救情郎呢? 其他两位与王路有一腿的姑娘，也都缩起脖子，装作不认识这个人了。

只有董燕还念旧情，对刘爽说："嫂子，你放心! 这件事就交给我吧。我们这些人，一人凑一点儿，说什么也要把王路救出来!"

董姑娘积极行动，扮起大慈大悲、救苦救难的观音菩萨，四处劝赈，八方化缘，说什么为人要积德行善，修修来世。救人一命，胜造七级浮屠。转世投胎，阎王爷要把你托生个驴或托生个马，见你做过善事，再把你托生个人也说不定呢! 谁知世风日下，人情浅薄，对于她这番义举，竟没人响应，一个个都装穷酸，不愿往外掏一文钱。董姑娘急了，怒斥众人说："你们也不要太过绝情，谁能担保自己就不出点事儿呢! 王路再不好，也跟咱们一个锅里吃过饭，一个炕上睡过觉，怎能见死不救呢!"

方七段最看不上董燕那猪头猪脑的样子，说："你跟王路有一腿，所以愿意掏钱救他。我们跟王路又没一腿，凭什么掏钱救他? 再者你愿意掏钱救他，也没人拦着你，掏就是了，你又不是没钱!"

董燕脸一红说："方老，你说什么呢? 谁跟王路有一腿了?"

方七段说："你跟王路难道没一腿吗?"

董燕说："当然没有了!"

方七段说："那你急赤白脸的非要救王路干吗呢?"

董燕说："我这不是瞧着他的老婆、孩子怪可怜的吗?"

方七段说："你瞧人家婷婷，不言不语也不张罗，一看就知道与王路没关系，哪像你，动不动就露馅了。"

李婷婷脸也一红，说："方老，怎么扯着扯着又扯到我身上来了？"

方七段说："表扬你还不好？"

这个老光棍也不知怎么回事，几句话就把屋子里的姑娘得罪了一大半，也难怪他40多岁了还找不着对象呢。

董姑娘虽一心向善，无奈众人都愿意来世当牛做马，加之还有一个老光棍装傻充愣，从中作梗，董姑娘也不禁灰了心。董姑娘诚如方七段所说，确实也有点钱，但要让她一个人掏钱救王路，她又舍不得，心说："当初和王路有一腿的，也不止自己一个人，何况彼时王路也没特别看待自己一眼，自己又充哪门子大瓣蒜呢？算了，反正好心也没有好报，好心只当驴肝肺，不如扔到大街上，让狗吃了也就完了。"

这么一想，董姑娘自以为看破了红尘，也就不再过问王路的事了。

不久，王路的案子又有新的进展，公安方面已经侦办完毕，案子移交检察院，检察院准备向法院提起公诉。到此地步，恐怕任何人也无力回天了。刘爽心力交瘁，焦头烂额，该求的也都求了，该做的也都做了，一点儿效果也没有，只能眼睁睁看着王路一步一步走进大狱。有时去刑警队，见到师兄，忍不住痛哭流涕，诉说自己的不幸。师兄见小师妹这般模样，也很伤感，小师妹结婚还不到一年，孩子生出来才几个月，丈夫就折进了大狱，她往后的日子可怎么过？但师兄也是心有余而力不足，帮不上什么忙，只能说些安慰的话，劝小师妹保重身体，为了孩子，要顽强地活下去。

"师兄，我也曾是争强好胜的人，从不信命，可我怎么就这般命苦？"

"只因你当初选错了人……"

此时王路折进大狱的消息在棋界这个小圈子里已被传得沸沸扬扬，认识王路的人都说："挺机灵的一个小伙子，怎么就不学好，落到了这步田地？"

高世平初听这个消息，也吃了一惊，随即想到王路还欠他4000块钱，心说："这可是个机会，等法院开庭的时候，我也补一张状子上去，跟他算算这笔陈年老账。又一想这样做是否有落井下石之嫌？高大记者可不愿为4000块钱做恶人，想要拉几个垫背的，知道西北的象棋特级大师杨品华正在北京，遂打电话过去，说："老杨，知道王路的事吗？"

杨大师说："听说了，活该！"

高世平说："他是不是欠你的钱？"

一提到钱，杨大师顿时义愤填膺："可不是欠我的钱，这小子真不是玩意儿，他以为蹲了大狱就不用还了，等他出了狱，我也得跟他要，还得跟他算利息！"

高世平说："他不仅欠你的钱，也欠我的钱，还欠好几个人的钱呢。"

杨大师说："我还以为就我瞎眼呢。"

高世平举了几个人，都是棋界有头有脸的人物，说："若等他出了大狱再要钱，恐怕过了追诉时效，不如咱们几个人联合写一份诉状，现在就跟他要钱！"

杨大师说："今天晚上有一个招待会，你说的这几个人也都出席，正好一起合计一下。"

高世平问："什么招待会？我怎么不知道？"

杨大师说："没给你发请帖吗？"

一句话就提醒了高世平，他的案头正放着一摞请帖，遂拿过来翻检一遍，里面果然有招待会的请帖，说："咱们招待会上见吧。"然后挂断了电话。

晚上，高世平赴宴，走进大厅，一眼便看见刘海英刘大师也在座，忙走过去，坐到她身边，打招呼："海英，多日不见！"

刘海英说："主任，我那篇稿子怎么还没见报呢？"

高世平说："忙什么？早晚给你上就是了。"

此时刘海英已从棋院退役，入某名牌大学学工商企业管理。只是她初中都没毕业，底子太差，有点赶鸭子上架，但为日后计，只好猪鼻子插葱——装大象了。某大学念她是亚洲女棋王，国家特级大师，也就睁一只眼，闭一只眼，无非是混一张文凭，捏着鼻子发一张也就是了。

刘海英既成了大学生，有时也写两篇文章，托高世平发一发，这就给高世平出了难题。高世平原对刘海英有些想法，也下过一些功夫，但一事无成，不免恼羞成怒。如今刘海英托他发文章，正好利用职权，公报私仇。但他对刘海英仍有些想法，所谓贼心不死，不想把事情做得太绝。于是在发与不发之间犹豫再三，最后决定采取中庸之道，不是不发，也不是即发，而是拖几天再发，而且要给她好好改一改，不改成一篇中学生的作文绝不给她发！

这时杨品华杨大师走了过来，说："高主任，我和那几位把你的意思说了，他们也深表赞同，咱们是不是现在就商量一下？"

高世平说："我看咱们不如先吃，等吃完了再商量也不迟。"

等杨大师走了，刘海英问："你们商量什么呢？"

高世平便把联合起诉王路欠债的事说了出来，刘海英说："你们这不是落井下石吗？"

高世平说："这怎么是落井下石呢？难道他欠了我们的钱，我们不该跟他要吗？"

刘海英说："主任，你也算有身份的人，还是要慈悲为怀，不好乘人之危吧？"

高世平听了，有苦说不出，知道自己在刘海英心中的形象本就不高，如今怕是又落了好几丈。忽然想起王路所说他与刘海英的事，心说："别装得圣女贞德似的，谁不知道谁呀！"心里有气，想要堵堵刘海英的嘴，此时又喝了酒，正好以酒盖脸，胡言乱语一番，也不怕她恼。于是皮笑肉不笑地附到刘海英耳边说："海英，我有点事问你……"

刘海英问："什么事儿？"

高世平说："王路说你跟他……是你给他……"

一边说，一边观察刘海英的反应，谁知刘海英脸不变色，心不跳，依旧一副冷若冰霜的样子，高世平心里不由得"咯噔"一声。只听刘海英说："他是这么说的吗？"

高世平说："是这么说的，当时赵牧也在座，不信你可以去问他！"

刘海英说："那你认为可能吗？"

高世平说："起初我也不信，但王路那小子说得有鼻子有眼，倒叫人不能不信了。"

刘海英沉默了一会儿，忽然问："王路现在是不是关在看守所呢？"

高世平说："法院还没有判决，自然是关在看守所。"

刘海英说："明天我找两个人去看守所把他捏巴死，省得他出来以后再害人！"

高世平一听这话，明白刘海英虽然表面上不动声色，其实内心里早已起了波澜，看来王路所说倒不一定是假，于是装傻说："那我可不信，看守所里有的是警察，你想把他捏巴死就捏巴死？"

刘海英说："看守所又怎样？咱们黑道、白道都有人，去看守所把他捏巴死还不易如反掌！"

高世平说："以后我再不敢招惹你了。"

刘海英说："那又是为什么？"

高世平说："你一生气再找两个人把我捏巴死，我不是吃饱了撑的，自寻死路吗？"

刘海英说："别看我在你眼里没什么分量，求你发篇稿，你还推三阻四，故意压着不发。要是换一个人，我让他死，他敢说个'不'字？当场就掏刀抹脖子了。"

高世平说："说了半天，原来你是怪我没给你发稿子。我知道错了，等吃完这顿饭，回去我立马就发，明天见报行不行？"

刘海英一笑，"这还差不多。"

等酒宴吃得差不多了，高世平将那几位王路的债主召到一起，商量向王路讨债的事。那几个人委托高世平全权处理，高世平也一口应承下来。

回去以后，高世平起草了一份诉状，叫那几个人都签了名，递交法院。据说这份诉状在王路的案子里起了相当作用，王路原来涉嫌诈骗，金额只有 12 万元，如今一下提高到 20 多万元。当时 20 多万就是大案了，是重点打击对象，王路也算生不逢时，撞到了枪口上，在劫难逃。

不久，检察院将此案以诈骗罪向法院提起公诉，法院经过审理，认为情节属实，证据确凿，根据《刑法》判处王路有期徒刑 12 年，剥夺政治权利两年。

王路入狱后，转眼几年过去了，棋界这个小圈子里的人也快把他忘记了。

时间如白马，岁月催人老。李婷婷也过了恋爱的花季，到了该谈婚论嫁的年纪。找一个合适的男人，最好有钱有势有貌，性格温良，视妻如命，组织一个幸福美满的家庭，生儿育女，了却人生的一件大事。

然而王路阴魂不散，圈内的人都知道她和王路有一腿，十五六岁就和王路跑到外面租房同居，谁还敢要她呢？

少年时的风流债，怕是要用一辈子的时间去偿还了。

李婷婷表面不急，心里却急，她的老妈比她更急，女大不中留，留来留去结冤仇。老妈老观念，她认为婷婷既然有"渣"，就不要挑挑拣拣，好歹对付一个就行了。

老妈的观念对李婷婷也有影响，她本来品位不高，否则也不会十五六岁就和王路鬼混，以致落下终身的遗憾。

有一段时间，李婷婷有点饥不择食。

当时王路刚入大狱不久，李婷婷闲得无聊，就报了一个英语补习班，学了三个月，26 个字母还没认全，又不学了。在补习班上，她认识了一个饭店服务员，不出三天便以身相许，两人成天出双入对，摽着膀子压马路，热乎得要死要活。后来李婷婷发现这位服务员也是个花心萝卜，和她谈朋友的同时，还和其他两个姑娘谈，李婷婷一怒之下便不理人家了。

又一次李婷婷去海口参加比赛，晚上几个人相约去歌厅唱歌，和歌厅的小老板认识了，一来二去，两人就好上了。比赛不过五六天的时间，两人的感情迅速升温，临到李婷婷要回北京时，小老板送她一条沉甸甸的金项链，两人洒泪而别。

回到北京以后，李婷婷天天给小老板打电话，情意绵绵，一聊就是两个多钟头。结果那个月棋院的长途电话费陡增许多，领导知道后感到问题严重，不得不采取措施，将长途电话上锁，钥匙由领导亲自掌管，想打长途电话者，需先向领导请示，经领导批准后才能打。你也许会问，李婷婷不是有手机吗？当时手机的话费比较贵，谈情说爱用手机就不值了，只能用单位的长途电话。谁知领导非从中作梗，这以后李婷婷和小老板就断了联系，最终谁也不认识谁了。

有一天李婷婷路过一个水果摊，想买点苹果孝敬老妈，和摊主聊了起来，问摊主一个月能挣多少钱？摊主说："再不济也挣 2000 多块吧。"

李婷婷睁大了眼睛问："能挣那么多啊？"

摊主问："那你是干啥的？"

李婷婷说："我是棋手。"

"那你一个月能挣多少钱？"

"也就五六百块钱吧。"

"那你还干什么劲儿，不如来我这儿卖水果，我正要雇个人呢。"

"我要来你这儿，你一个月给多少钱？"

"给你 1000 块行不行？"

李婷婷还真动了心，不过她也没去卖水果，而是跟卖水果的交了朋友。

这个卖水果的是从甘肃农村跑到北京来的打工娃，见有北京小姐瞧上了自己，兴奋得不得了，遂雇一个人替他看摊，他天天跑到棋院去找李婷婷。李婷婷训练，他坐在一边，也无事可干，就那么傻坐着，弄得棋院上上下下都烦得不行。棋院的人大多比较势利，你若是有头有脸的人，怎么都行，他也知敬重，赔着笑脸，说些客气话。但对一个外地农村来的个体户，有必要客气吗？办公室主任嫌他有碍观瞻，想把他撵走，又不愿亲自出面，就授意竞赛科长去做这件事。科长领命，上楼到训练室，假装巡视一番，发现有闲杂人员在场，就问："你找谁？"

卖水果的说："找李婷婷。"

科长说："我们这儿是训练重地，有规定闲人免进，你找李婷婷请到外面！"又提高音调喊一嗓子："李婷婷，有人找你，有什么话外面说去！"

卖水果的无奈，起身下楼去了；李婷婷也无奈，红着个小脸，也起身下楼去了。这以后两人就吹了。

你说找对象只凭感觉，只要人合适，不必管他门第、身份、地位如何。本人觉得不错，但别人不这么看，认为你们不般配，一致反对，还要设置障碍，生生把你们拆散。你又能怎么办？只好暂时放弃自由平等，屈从世俗。你想反抗，好啊，但你得有勇气，有决心，准备做出重大牺牲。对方毕竟人多势众，一人一口吐沫，就把你淹死了。

还有一次，李婷婷打一辆"面的"去海淀，途中与司机聊天，又问司机一个月能挣多少钱？司机说："这个活儿真不是人干的，早晨6点钟出车，晚上10点钟收车，一天十六七个小时连轴转，累个臭死，一个月也不过挣五六千块钱。"

李婷婷心说："挣五六千还嫌少，那我们一个月才挣五六百，又找谁说理去？"便主动提出要和司机交个朋友，一图他挣得多；二图他有辆车，坐着方便。

司机恰好也没结婚，见李婷婷的模样还说得过去，就问她是干什么的？李婷婷说是棋手，司机知道棋手干的是动脑子的活儿，智力肯定没什么问题，就同意交朋友了。

　　从此这辆车便成了李婷婷的私车，司机也很恪尽职守，早晨送，晚上接，平时随叫随到。李婷婷坐上不花钱的车，着实得意了几天。

　　李婷婷找了个司机，便以为找到了"白马王子"，处处炫耀，生怕别人不知道。平日司机来接，两人也不避嫌，当着众人的面，亲吻搂抱，其状甚为亲密，弄得大家心里挺不舒服，都说刚把卖水果的给她拆了，谁知转眼又摽上个"面的"司机，好像八百辈子没谈过对象，也太没起子了。

　　晕了，晕了，有点文化好不好？

　　有人将李婷婷这些疙瘩事当作笑料说给周文庸听，周文庸勃然大怒，徒弟丢人现眼，做师傅的自然也脸上无光。周文庸是实在人，有一句老话，说什么"一日为师，终身为父"，他就当了真，心想："棋上没把人家孩子教出来，婚姻大事上再放任自流，你这个师傅是干什么吃的？"

　　现在虽说提倡"婚姻自主"，但孩子不懂事，若大人不予指点，孩子就容易走弯路。眼前就是个例子，你让她婚姻自主，她就给你找一个卖水果的，若任其自由发展，还不定闹出什么样的笑话来呢。

　　周文庸决定跟李婷婷好好谈一谈，做做思想工作，劝她迷途知返。于是打电话将李婷婷找来，说："听说你最近交了一个卖水果的？"

　　李婷婷说："早吹了。"

　　"不是又交了个'面的'司机吗？"

　　"'面的'司机怎么啦？"

　　"棋院现在有不少闲话，你知道不知道？"

　　"闲话怎么着？婚姻自由，我爱跟谁交朋友就跟谁交朋友，我爹妈都不管呢！"

　　周文庸一听这话，顿时火冒三丈，心说："你爹妈虽然不管，我可不能不管，要不怎么叫师傅呢。"不由得露出了"法西斯"教练的本相，上前薅住李婷婷的后脖领，把她的头按在桌面上，有心照她的屁股上打两下，再踹一脚，但人家毕竟是个大姑娘，又怎好下手呢？吹胡子瞪眼地说："自古以来讲究的是门当户对，知道你自己是什么身份……"

李婷婷问："我有什么身份？"

周文庸说："你好歹是个棋手，干的是动脑筋的活儿，就找不着人啦，非找点卖水果的、'面的'司机不可吗？"

李婷婷问："那我找谁呀？"

周文庸说："你找个大学生呀，文化层次也高一点不是？"

李婷婷说："大学生才挣多少钱？哪有'面的'司机挣得多呢！"

周文庸照她的后脑勺扇了一巴掌，说："找对象难道就是为了钱？"

李婷婷说："钱多总比钱少好吧？"

周文庸说："找对象主要是看人，人若不好，钱再多有什么用？结了婚又离婚还是小事，一辈子都得受苦！"

李婷婷心说："你既然这么明白，怎么还离了两次婚呢？"但这话她不敢说出口，怕师傅不高兴。

之后李婷婷便和'面的'司机"拜拜"了，主要是压力太大，周围的人都反对她和"面的"司机谈恋爱，你若是不管不顾地谈下去，不是招人不待见吗？毕竟还要在这里混，不好把人都得罪了。

既然如此，那就找一个文化层次高一点的吧。但要找一个文化层次高的也不容易，原因是她日常接触的人，文化层次都不高，所谓"物以类聚，人以群分"。对文化层次高的那个圈子里的人也不是很熟，很难给她找一个合适的人。有时也有人给她介绍一个大学生，她又瞧不上眼，嫌人家个子太矮，长相一般，挣得太少，还不会哄骗人……总之，挑肥拣瘦，高不成，低不就，对文化层次高一点的人有一种本能的排斥，不如文化层次低的人顺眼，脾气相投，有共同语言。

俗话说"岁月不饶人"，渐渐地，李婷婷也变成了大龄女青年。现在不要说大学生难找，就算她回过去头去找卖水果的或'面的'司机，恐怕人家也要考虑考虑了。

一个姑娘的婚事就这么让周围的人生生耽误了。

有一次，棋院领导请一位企业老总吃饭，顺便拉点赞助。领导想找一位女棋手作陪，此时刘海英已经退役了，领导把棋院的几位姑娘扒拉来扒拉去，发现只有李婷婷的模样还马马虎虎过得去，就把她叫来，交代了任务——酒宴上重点对付那位企业老总，标的20万人民币，务必拿下。

李婷婷说："您还是找别人吧，我可没这本事。"

领导说："放心，这位钱总是有名的慈善家，人称'活菩萨'，只要你小嘴甜一点儿，再多灌他两杯酒，这事就齐了……"

李婷婷无奈，只得先应下来再说。

赴宴之际，李婷婷打扮得花枝招展，等见到钱总后，发现他不过四十几岁，心想："这么年轻就当了老总，钱一定多得花不完。"忽然冒出一个傻念头："要是能做钱总的夫人也不错！"这么一想，不由得媚眼如丝，笑得如花一般了。

钱总做的是化妆品的生意，专门制造一些低档产品，目标只盯在工薪阶层身上。由于企业雇用了不少残疾人士，在纳税方面得到政府部门很大优惠，日子还过得去。钱总说："税收优惠还在其次，主要是我们肯在广告上花钱。"他这个企业每年毛利两个亿，用在广告上的钱就1.1亿，实际利润只有9000万。钱总说："有人说我这是往水里扔钱，崽花爷钱不心疼。他哪儿懂啊，我若不花这些钱，能挣来那9000万吗？该花的钱就得花，眉头都不皱一皱，扔！"

为此钱总请了一家广告公司，做他的广告代理。据知情人透露，企业广告这块儿其实是一个"黑洞"，有些钱在企业没法花，没法下账，但是打到广告公司的账上，花起来就方便多了，也是另一种"洗钱"的方式吧。至于这个"黑洞"究竟有多黑？也不好说。有这么一个例子，前不久这个企业广告科的一个副科长出了事，纪检人员在他家光现金就搜出了 100 多万。您想，一个小小的副科长就弄了这么些钱，那些比他职位高的又怎样呢？只有天知道了。

当然，副科长是副科长，总经理是总经理，只要他还没被揪出来，你只能先说他两袖清风，一尘不染了。钱总说他信佛，虔诚的佛教徒。你敬他烟，他说不会；你敬他酒，他说不喝；你为他布菜，他说从不吃肉。

阿弥陀佛，罪过，罪过！

遇到这么一位"三不"总经理，李婷婷可就一筹莫展了。酒宴过程中，钱总只向服务员要了一杯白开水，除了说话，竟没动一下筷子。最后上了一道冬菇油菜，钱总这才要了半碗米饭，用开水泡了，就着一片冬菇，一根油菜，把半碗米饭吃了下去。

李婷婷见钱总如此清苦，心想 20 万元怕是没指望了。幸亏办公室主任见过世面，告诉李婷婷，这拉赞助就好比和尚化缘，化得来就化，化不来换一家继续化。世上的人有信佛的，也有不信佛的，你也甭管他什么德行，只管闭着眼睛去化，化来了，我给你发奖金；化不来，我也不会怪你。

李婷婷听了，只好硬着头皮去找钱总化缘，问道："20 万元的赞助怎么样了？有戏没戏？您给句痛快话。"

钱总不说有戏，也不说没戏，偏不给痛快话，吊着李婷婷的胃口。

李婷婷以为有点门儿，放出手段缠着钱总不放，一来二去两人就混熟了。

后来李婷婷说："我原以为你不会干这种缺德事，谁知你也不能免俗。"

钱总说："此话怎讲？"

李婷婷说："你又不喝酒，又不吃肉，装得像个带发修行的和尚似的，和尚难道不戒女色吗？"

钱总说："这你就不懂了，中国的道家自古以来就有一种修行的方法，叫作'采阴补阳'，我不过是将佛、道两家融会贯通，各取所长而已。"

说句不客气的话，似钱总这样佛、道双修，李婷婷一个浅薄女子如何抵挡得住？上当受骗在所难免。不过李婷婷也有一样好处，即使上当受骗，也无怨无悔。知道钱总已有妻室家小，做不成夫人了，便一心一意要给钱总当"二奶"。

"二奶"就"二奶"，歌里是怎么唱的？不求天长地久，只愿曾经拥有！

就这么自轻自贱，上不得台盘的小愿望，最终也落了空。钱总对李婷婷，不过是玩玩而已，年轻漂亮的姑娘玩腻了，换换口味。据他评价说："李婷婷这些女棋手狗屁不懂，没多大意思。棋界最出类拔萃的女性只有刘海英刘大师一个人，可惜咱们缘各一面，没福消受，也是终身的遗憾……"

后来他就把李婷婷扔到脑后，懒得理她了。

李婷婷为此哭过两回，所幸她为人还算豁达，诸事也还想得开，哭过也就算了，擦干眼泪，又去寻找新的目标……

无可奈何花落去，似曾相识燕归来。

此时棋坛续有新人出现，逐渐唱起了主角。当年和周文庸一起在杭州"棋王争霸战"中叱咤一时的人物，大多已淡出了舞台。

胡总编到了年龄，退了下去，从此就没了音讯。

罗珊48岁时，嫁给了一位美籍华人，倦鸟归林，从此又过起正常的家庭生活。

杨玉华离婚不久，便和一位导演喜结良缘，两人本是老情人，又志同道合，有导演在一旁襄助，杨玉华很快就东山再起，艺术上焕发了"第二春"。

王小姐岁数也大了，赌不起青春，嫁给了一位港商。半年去香港陪夫婿，半年回杭州修身养性。只是她既已嫁了人，当年追她的男同胞也都断了念想，她再想兴风作浪也不容易，从此杭州棋坛一派歌舞升平。

刘海英刘大师自某名牌大学毕业以后，到一家大公司任总裁秘书，不久升任公关部经理，整天驾一辆"宝马"，周旋于大小老板之间。刘大师依然洁身自好，坚持独身主义，世无孔子，不当在弟子之列，这辈子怕是不会嫁人了。据说她开的"宝马"是一位企业老总送的，想来这位老总也是白往水里扔钱，到嘴不到肚，干瞅着眼馋而已。

与王路有过交往的姑娘大多退役改了行，棋艺上没什么发展，只好另谋生路。

孙姑娘最终未能抗过命运，嫁给了拳击手。

董燕董大师嫁给了国家队的一位棋手，不到三个月，两人不知为何离了婚。过了两年，报上有消息说，两人准备破镜重圆，但之后就没了下文。

方七段四十好几的人，始终未找到合适的对象。有人说他暗恋着刘海英，谁知多情却被无情恼，一怒之下，决心与海英对着干，一个不嫁，一个不娶，看谁能耗到最后。所以这也是一个多情的种子，当代柳湘莲第二。可惜刘海英不是尤三姐，不愿为他自刎，倒辜负了他的一番苦心。

那年日本举办"富士通"大赛，这是一项世界性的比赛，中、日、韩的顶尖高手都会参加，一较高低。

方七段参加了国内选拔赛，连赢七人，顺利入选"富士通"大赛。在比赛中，方七段发挥出色，连破日本棋手羽根泰正、林海峰、石田芳夫、小林光一，获决赛权。形势一片大好，国内棋坛为乐观情绪所笼罩，都认为方七段有可能为中国夺得第一个围棋世界冠军。

谁知乐极生悲，人算不如天算，一场突如其来的恋爱风波，不仅吹散了国人的好梦，也彻底断送了方七段的围棋生涯。

原来方七段在事业蒸蒸日上的同时，心中忽然泛起一种无名的躁动，这是岁数到了，体内的某种分泌物起了作用，没有办法。

方七段千不该、万不该爱上一个"有夫之妇"。

这位有夫之妇名曰陶岚，从小学棋，在北京业余棋界也算一号人物，人长得白白净净，斯斯文文，像一个很有教养的乖女孩。

论相貌，陶岚自然还比不上日本棋坛的梅泽由加里四段，但在中国棋坛已属出类拔萃。国内棋界历来有"四大金花"之说，纯系小报记者闭着眼睛胡乱吹捧，实则这"四大金花"比起陶岚来，还远远不如。

俗话说"天有不测风云，人有旦夕祸福"，这一天大家正闲得无聊，忽然有消息传来，陶岚未婚先孕，产下一个女婴。大家不信，都说这么一个乖女孩，怎么会干出这种事情？传话人说："人不可貌相，海水不可斗量，这年头什么事不会发生？"

原来陶岚自学了棋以后，平日里免不了要各处下下棋，打打比赛，认识了不少人。这业余棋界鱼龙混杂，三教九流，无所不有。有几个小棋痞子，见陶岚花容月貌，年岁又小，有心勾引。陶岚涉世未深，在交友方面没有经验，况且正花样年华，春心萌动，对这方面也感到好奇。结果一来二去就被棋痞轻易上了手，等肚子大了，后悔也来不及了。

幸亏陶岚还有些本钱，尽管拖着"油瓶"，还不愁找一个"接收大员"。年轻人哪有不犯错误的，有错改了就好。后来陶岚结了婚，找到了工作，从此收心，一心一意地过日子了。

有时陶岚也来棋院帮帮忙，做做裁判，打打下手什么的，也不知怎的，一来二去就被方七段瞧上了。

要说棋院本来女棋手就少，像模像样的就更少，也就难怪方七段瞧上陶岚了。方七段眼皮浅，一见陶岚即惊为天人，魂不守舍。也不管陶岚是有夫之妇，死缠硬磨，非要跟陶岚谈恋爱。叫陶岚跟她丈夫离婚，嫁给他。

陶岚自经历那场挫折之后，刚刚稳定下来，自然不愿破坏安定团结的大好局面。但方七段纠缠不休，有点怕了他，为躲着他，也不敢到棋院去了。

方七段找不见陶岚，如热锅上的蚂蚁团团乱转。恰好"富士通"决赛在即，方七段遂向棋院领导提出要求，若让陶岚跟他一起去日本参加比赛，他就去；若不让陶岚去，他也不去了。

这算哪门子事呢？简直是拿国家的荣誉当儿戏，棋院领导虽然十分震怒，但知道他有点神经，也不敢把话说得太重，还指着他拿冠军呢！

谁知方七段也一根筋，对陶岚可谓忠贞不贰，痴心不改。她去，我去！她不去，我也不去！

棋院领导无奈，只好去找陶岚，请她出山做做思想工作。陶岚也深明大义，主动去找方七段，像对待病人一样，陪他散步，陪他聊天，晓之以理，动之以情，软语温柔。

"怎么回事？"陶岚问，"你怎么一会儿去日本，一会儿又不去了？"

"还不是因为你……"方七段说。

"怎么会因为我？"

"我跟领导说了，你要去，我就去；你要不去，我也不去！"

"那领导怎么说？"

"领导能怎么说，自然不让你去。"

"为啥不让我去？"

"你是谁，跟我一点儿关系也没有，怎么让你去？"

"这不结了，你既然知道这一点，还提那个无理的要求做什么？"

"这也是可以改变的……"

"怎么改变？"

两人沿着工人体育场绕圈子，见路边有一个空着的长椅，就坐下了。

"你还没回答我呢，"陶岚说，"怎么改变？"

"其实挺简单，"方七段说，"你嫁给我不就变了！"

陶岚捶了他一下，笑得花枝乱颤，"我已经嫁人了！"

陶岚不笑则已，一笑越发动人，方七段忍不住抓住她一只手，"你不是可以离婚改嫁吗？"

"那么容易呢……"陶岚想抽回自己的手，又怕方七段犯神经病，只好让他握着。

"那你离不离呢？"

陶岚不敢说"离"，也不敢说"不离"，只好说："你先去日本，等打完决赛回来再说。"

"好，这回我非赢赵治勋拿冠军不可！也算是我送你的一份大礼。"

两人谈得挺好，陶岚回去对棋院领导说："方七段答应去日本，而且信心十足，准备赢赵治勋拿冠军呢。"

棋院领导心上的一块大石头终于落了地，说陶岚是个人才，不仅人长得漂亮，小嘴也会说，倒是个政工干部的好材料，准备调来棋院，予以重用！

谁知过了没两天，方七段突然反悔，又说不去日本参赛了，也不说理由，反正不去了。

这下棋院领导可没咒念了，只好派一个人去日本，正式通知"富士通"决赛组委会，方七段因病无法参赛，决定弃权。

当时的形势是这样的：由日本赵治勋九段与中国方七段争夺第一、二名，由日本小林光一九段与林海峰九段争夺第三、四名。

赵治勋和方七段这一对，由于方七段弃权，赵治勋已稳获冠军。

小林光一与林海峰这一对则大大出乎人们的意料之外，原来小林光一见方七段弃权，他也弃权了。不过两人的弃权有着本质的差别。方七段的弃权是为了陶岚，有点"不爱江山爱美人"的意思；小林的弃权是因为没能争夺冠军，没什么意思，故而弃权。

人活一口气，小林光一确有心高气傲之处。

这样"富士通"决赛出现了罕见的场面，两位参赛棋手赵治勋九段与林海峰九段，各对棋盘空坐30分钟，然后由裁判宣布：因对手弃权，赵治勋获冠军，林海峰获第三名。

两人虽不战而胜，但其内心之尴尬也可想而知。

　　方七段无端弃权，在国内引发了一场轩然大波，棋界及媒体均进行了严肃批评。方七段脆弱的神经也因此受到强烈刺激，出现种种症状，无法下棋，只好回家休养。但久病不愈，一下棋就头疼如裂，只好改为长期休养。这一养就八九年过去了，实际上等于退出了棋坛。

　　如今的方七段整日以泪洗面，一个很有天赋、很有希望的棋手就这样自己把自己的大好前途断送了，说起来令人深感痛心。

　　这一年，周文庸 50 岁，李婷婷 32 岁。

　　周文庸自第二次离婚后，一直也未再娶，仍在棋坛拼搏。像他这个岁数，仍雄心未泯，想要拿世界冠军，已属不易。一般棋手三十来岁就已没有心思钻研棋艺，提高成绩了，而是考虑今后的出路，有点门道的人，削尖了脑袋，也要钻营个一官半职。以周文庸的条件，混个一官半职本易如反掌，他有老本可吃——棋王，曾经为中国的国际象棋发展立下过汗马功劳。上级领导也不会忽视他所做的贡献，给他安排个体面的出路也在情理之中。但周文庸没有官瘾，从未想弄个处长、局长的干干。似他这般胸襟，如今已越来越难见到了，圈内的人说起这一点，也无不挑大拇哥。

　　钦佩之余，有人便想为周文庸张罗一个老伴儿，让他老人家顺顺当当安度晚年。只是一时找不到合适的人选，周文庸毕竟 50 岁的人了，年岁小的姑娘谁愿意找一个老爹呢？这只是问题的一个方面，另一方面老爹也不愿意找一个年岁相当的老妈。老爹的择偶标准是，第一人要漂亮，第二岁数不能超过 35 岁，是否结过婚不限。若对方年岁小，只有 20 多岁，只要她同意，老爹绝没有意见。

　　后来就有人想到了李婷婷，她虽然不能算美人，但还说得过去。而且她今年 32 岁，离周文庸的择偶上限还差着 3 岁。

　　一个是年届半百，离过两次婚的单身贵族，一个是急于嫁人的大龄女青年，若把这两人撮合到一起，岂非棋坛的一段佳话？

也有人有顾虑，这两人原是师徒关系，一旦发展为"师生恋"，在中国人的老观念里，虽不能说大逆不道，但总有点疙疙瘩瘩。"卿防物议，我畏人言"，不要说别人，只怕这两人都不会同意。你本来好心去做媒，结果让男的臭骂一顿，让女的也臭骂一顿，这不是自讨没趣吗？

又有人说："你这也是多虑，'师生恋'怎么啦？这年头比'师生恋'更稀罕的事也多着哪。你只管去说，我估摸那两人可没把'师生恋'看得有多严重，一说准成。"

于是这些热心人分别找周文庸和李婷婷说了他们的想法，这两人均没表示异议。热心人又请他们两人吃了一顿饭，算是正式确立恋爱关系。

不久媒体传出消息，周文庸与李婷婷爆发"师生恋"，一场世纪末的名人婚礼正在酝酿之中……

对这场"师生恋"，圈内的人赞成者有之，反对者也有之。原因是当事人双方都不那么单纯，动机也有些可疑，招来一些闲话也在所难免。

高世平听到这个消息后，先是不信，经向知情人打探证实后，心里觉得此事不妥，一来两人年岁相差太过悬殊，二来李婷婷的阅历也太过丰富，两人若结合在一起，转眼就是一场悲剧，早晚都得离婚。虽说婚姻自由，只要人家两人愿意，外人无权干预，但自己作为周文庸的老朋友，似乎有义务略进忠言，岂能任老朋友误入歧途而无动于衷？

何为"狗拿耗子"？高世平之谓也。

高世平给周文庸打了一个电话："听说你正跟李婷婷谈恋爱，有这回事吗？"

周文庸说："八字还没一撇呢。"

高世平说："咱们也有十几年的交情了，今天我有几句肺腑之言，你可愿听？"

周文庸说："你说！"

高世平说："过去我佩服你，认为你在棋上还有些天分，对中国的国际象棋事业做出过很大贡献。但若你跟李婷婷的事属实，今后我就不准备再佩服下去了。"

周文庸问："那又是为什么？"

高世平说："李婷婷跟王路的事，你不知道吗？"

周文庸说："不知道！"

高世平说："这就是我不佩服你的地方，圈子里尽人皆知的事，唯独你不知道，你说你不是棋呆子又是什么？"

周文庸问："婷婷跟王路究竟有什么事？"

高世平说："不说也罢。"

周文庸说："说嘛，没关系。"

高世平说："这些事我也是道听途说，了解得不是很详细，不如你去问赵牧。"

周文庸问："赵牧知道吗？"

高世平说："赵牧自然知道。"

周文庸打电话给赵牧，寻问李婷婷的事，赵牧说："你这就是问道于盲了，我跟李婷婷也不是很熟，见面只是点头而已，我怎么会知道她的事？"

周文庸说："高世平说你知道。"

赵牧说："他说我杀了人，你也信吗？"

两位大记者都不肯道出实情，但也足以让周文庸起了疑心。他有一个问题不解，李婷婷是他的徒弟，她的事外人知道，自己却不知道，这不是有点奇怪吗？

恰好有记者来访，问起"师生恋"的最新动态，周文庸说："也不知是谁这么缺德，捕风捉影，造谣生事，而且还捅到报纸上去了，弄得满城风雨。我现在正找这个人，找到以后，非告他个家破人亡不可！"

记者诧异地问："难道没有这回事吗？"

周文庸说："怎么可能呢？李婷婷是我的徒弟，有道是'一日为师，终身为父'，我若找她谈恋爱，不是有悖中国人的伦理道德吗？"

记者说："一般人对'师生恋'的态度也不那么严苛，这也有一些先例，比如鲁迅与许广平，徐悲鸿与廖静文，都是师生结为夫妇，终成一段佳话。"

周文庸说："鲁迅是什么人？徐悲鸿又是什么人？我怎么敢和这二位相比呢？你别看这二位师生结为夫妇成了佳话，我要是和李婷婷也结为夫妇，那就不是佳话而是笑话了！"

记者回去以后，就将周文庸否认"师生恋"的消息上了报。李婷婷看后，犹如兜头挨了一闷棍，心说："周某人也太不够意思了，怎么变卦也不事先通知一声？"感觉很没面子，就给高世平打了一个电话，说要举行新闻发布会，有重要事情宣布。

高世平逗她说："你懂不懂新闻发布会的规矩？"

李婷婷问："什么规矩？"

高世平说："你先在一家高级一点儿的酒店摆两桌，然后把各大报社的记者都请去，吃一顿之外，每人再送一个红包或送一份礼品，一般小型新闻发布会就是这样了。"

李婷婷问："那得花多少钱？"

高世平说："什么话，这年头不花钱就想发新闻，你也太小看我们这些当记者的了。"

李婷婷说："那我就跟你一个人说吧。"

高世平说："我也得花钱啊！"

李婷婷说："就算我欠你一份人情，以后一齐补报吧。"

高世平和她磨完牙，方问："你究竟是什么事？"

李婷婷说："我想发一个声明，否认与周文庸有恋爱关系！"

高世平说："没戏！你这个声明花多少钱也上不去。"

李婷婷说："那周文庸为什么就上去了呢？"

高世平说："周文庸是名人，你又不是名人。"

随后高世平给李婷婷出了个主意，既然报纸上不去，不如发到网上去。网上有一个好处，你只要写好往上一贴就齐了，网站编辑也控制不了，你不是爱怎么写就怎么写，爱怎么发就怎么发吗？

李婷婷一听这主意不错，不用花钱就能办事，而且不用看编辑、记者的脸色。就叫人代写了一个300多字的"声明"，往全国各大小网站普遍一贴。周文庸否认"师生恋"的消息不过只上了一家小报，后有两三家文摘报转载。李婷婷的否认声明可不得了，起码上了全国100多家网站。结果凡上网下棋或看新闻的棋迷，都知道李婷婷否认了自己与师傅谈恋爱的事。有女棋迷在QQ上称赞李婷婷为女同胞争了面子，过去都是男甩女，今天终见女甩男，真令我辈女同胞扬眉吐气。

一场轰轰烈烈的"师生恋"忽然冰消雪融，灰飞烟灭，使那些不了解内情的人大感摸不着头脑。若说有小丑拨乱其间，大概就是高世平背后起了点作用。说来也奇怪，当事人双方不仅不恨他，反而都感激他。周文庸说高世平是"诤友"，紧要关头说了真话，使自己避免了一场尴尬。李婷婷则感谢他出了个好主意，把自己否认"师生恋"的声明发到了网上。

又过了一年多的时间，有人给李婷婷介绍了一位博士研究生。李婷婷一看人还不错，暗暗下定决心，就是豁出老命，也要把此人拿下！这回她可真有点急了，也顾不上女性应有的害羞、含蓄、矜持、尊严了，挽挽袖子，赤膊上阵，使出了浑身的解数，不仅陪博士研究生谈情说爱，还为他洗衣做饭，而且不时拿出钱来给他当零用，晚上还陪他睡觉……李婷婷这一番作为，比那练全活儿的保姆还尽职，真正做到了全心全意，任劳任怨。按说石头见了也要流泪，何况血肉之躯的人呢?！谁知两人交往了半年多，那位博士研究生也不知哪根筋出了毛病，突然提出分手。问其理由，他只是说事业无成，无暇考虑终身大事。而且彼此的岁数都不小了，他不想耽误李婷婷的大好前程，不如就此分手，也好让她去找一个更好的归宿。

说起来这位博士研究生也是个典型的书呆子，满脑子净是"志同道合"一类的陈腐观念。他认为李婷婷什么都好，就是文化层次太低，说不上话，你说东，她说西，你说的话她不懂，她说的话你又不爱听，怎么一块儿过日子呢？其实他不懂，像他和李婷婷这种情况，实是一种最佳的婚姻组合。有人给你洗衣做饭，操持家务，免去你的后顾之忧，让你一心一意专注在事业上，这不是很好吗？你想找一个志同道合、说得上话的人，但找这样的人在家庭生活中不见得是明智的选择。两个人虽然说得上话，但如果不停地说下去，忘记了做饭，或者都不喜欢做饭，志同道合者就要饿肚皮了。

李婷婷到此已智穷力绌，不知该如何挽回局面。想想自己搭米搭面，搭感情搭身体，一个恋爱中女人该做的事，她都做了，甚至一些婚后才该做的事，她也都提前做了。如果这样还拴不住人家的心，分手就分手吧。

李婷婷只觉心里酸酸的，眼里涩涩的，想哭又哭不出来……

又过了两天，李婷婷的一个女友开生日 Party，见李婷婷连日来郁郁寡欢，就把她请来散散心。

来客中有一位老者，仙风道骨，卓尔不群。女友介绍说："这是一位名医，极擅看手相，不如让他看看，究竟花落谁家？"

李婷婷就把手伸了过去。

老者捏住她的手，仔细看了一番，说："姑娘，你想问什么？"

李婷婷不及答话，女友抢先说："自然是问终身了！"

老者说："我看这位姑娘感情方面颇多坎坷，终身似至今未定……"

女友心想："都说这个老家伙断事灵验得很，我就不信，今天倒要试一试他。"便说："我这位姐儿们最近新交了一位男友，您老给看看，结果如何……"

老者又拿起李婷婷的手仔细端详，连说"可惜、可惜"，女友忙问缘故，老者说："这位姑娘新交的男友各方面条件都很不错，若能成其好事，怕不是天作之合？可惜两人命犯水火，相因相克，只恐好事难偕，到头来仍是竹篮打水一场空……"

女友转过头问李婷婷："是这样吗？"

李婷婷不答，只是怔怔地发呆，忽然眼里有大滴的眼泪"扑簌扑簌"流了下来……